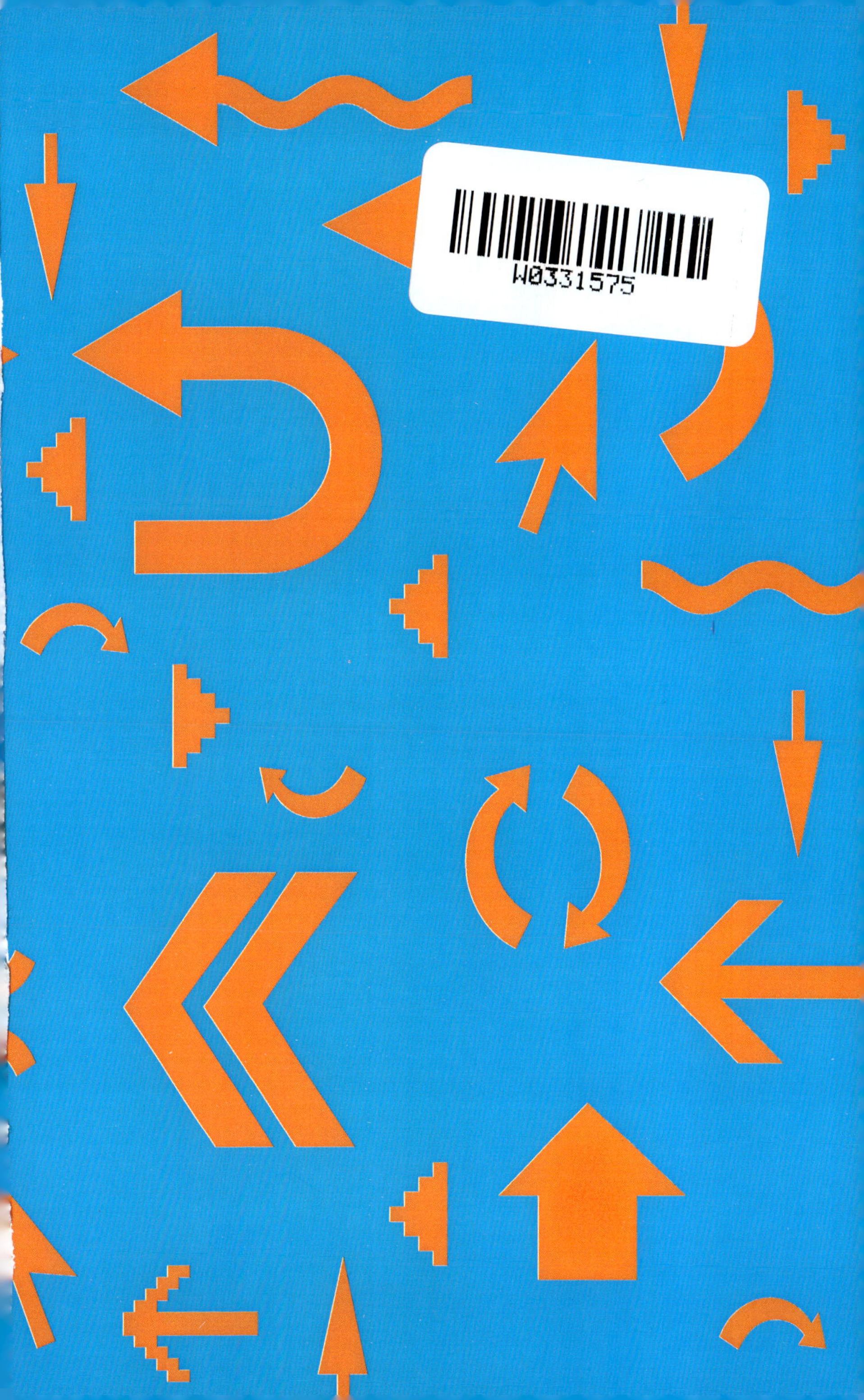

Claudia Rasper, Magistra der Sozial- und Wirtschaftswissenschaften, langjährige Marketing- und Vertriebschefin für die Pharmazeutische Industrie, seit 2013 selbständige Unternehmensberaterin für Social Skills & Humormanagement, deren Credo es ist „die ernsten Dinge des Lebens mit Humor zu beleuchten und sich selbst dabei nicht allzu wichtig zu nehmen".

Ilse Straka, Dr. phil. Romanistik & Slawistik (Sprach- und Kommunikationswissenschaften), langjährige Human Resources Managerin in internationalen Industriekonzernen, seit 2013 selbständige Unternehmensberaterin, die durch am D.I.P. in München absolvierte Ausbildungen stets „Improvisation & Provokation" im Methoden-Gepäck mit dabei hat.

Miteinander sind sie CRIS (www.cris.at) und die Autorinnen von „MENSCHTAGE".

hinreißend zerrissen

Claudia Rasper
Ilse Straka

Design by Dasuno

Herausgeberinnen:

Mag. Claudia Rasper, CMC
Untere Öden 3
3400 Klosterneuburg
Dr. Ilse Straka, CMC
Wienerstraße 38/11
2103 Langenzersdorf

Autorinnen: Mag. Claudia Rasper, Dr. Ilse Straka
Design: Dasuno, Wien
Druck: druck.at, 2544 Leobersdorf, Printed in Austria

Oktober 2019

ISBN 978-3-200-06597-0

CRIS sagt allen Interviewpartnerinnen DANKE:

„Danke für euer / Ihr ehrliches Interesse an unserem Buchprojekt, das spontane Vertrauen, die unbeschreibliche Offenheit und für die schriftstellerische und inhaltliche Freiheit, aus euren / Ihren Gedanken, Ideen, Erlebnissen, Erfahrungen, Bedürfnissen, Impulsen - stets vor dem Hintergrund WERT-freier WERT-schätzung – aus unserer eigenen humorvoll provokativen oder philosophischen sprachlichen Feder Geschichten gestalten zu dürfen. Kreative Objektivität und Anschlussfähigkeit waren unsere Leitmotive für das Beleuchten von Themen, die euch / Sie und uns bewegen und die wir gemeinsam weiterhin bewegen müssen, weil wir dürfen. Vielfalt gegen Einfalt!“

INHALTSVERZEICHNIS

Binnen
SUPER
GIRL

Als die Frage an mich herangetragen wurde, ob ich Lust hätte, das Vorwort für dieses Buch zu schreiben, war ich zuerst gerührt und gleichzeitig aber auch ein wenig geschüttelt, um gleich einmal rotzfrech und den Sinn dieses Buches völlig konterkarierend mit einem typischen Wortspiel jenes britischen machoesken Doppelnull Agenten in dieses Vorwort zu starten, der Frauen bekanntermaßen viel lieber an- statt begreifen mochte. Gerührt zum einen, weil die beiden Autorinnen ausgerechnet an mich herangetreten sind, was ja den Glauben, dass ich von Frauen auch nur irgendeine Form von Ahnung haben muss oder etwas Sinnvolles beitragen könne, ja auch irgendwie voraussetzt. Und geschüttelt, weil mich sofort der Gedanke, diesem schmeichelhaften Vertrauensvorschuss nicht mal ansatzweise gerecht werden zu können, überkam, weil ich genauso viel oder genauso wenig Ahnung von Frauen habe, wie die meisten Männer. Aber rühren und schütteln sollen Doppelnullen. Warum nicht mal den Frauenversteher geben.

Vor allem in einer Zeit, in der es sich das vermeintlich starke Geschlecht gerne in der Ausrede bequem macht, dass es durch die #metoo Bewegung ja so schwierig geworden ist, mit der Damenwelt in Kontakt zu treten, ist die Lektüre dieses Buches ein wirksames Gegengift. Denn in Wahrheit war es ja auch nie wirklich schwierig. Zumindest solange man seinen eigenen Hausverstand nicht in einem Supermarkt abgegeben hat. Denn wer als Mann die Meinung vertritt, dass ein „Nein" auf verschiedene Arten interpretiert werden kann, ist sowieso verloren und muss zurück zum Start.

Und gerade jetzt, in einer Zeit, in der wir in einer neuen Form von Realsatire immer wieder vor Augen geführt bekommen, dass der Ausdruck „politisch korrekt" einem Widerspruch in sich gleichkommt und dennoch immer wieder wie ein gesellschaftliches Damoklesschwert über uns schwebt und das Miteinander nicht einfacher macht, ist es umso wichtiger, nicht alles reflexionsfrei abzunicken, sondern wachen Geistes und hellen Ohres den inneren Seismographen zu schärfen und einen Weg zurück zur Eigenverantwortung zu suchen. Auch, oder vielleicht sogar eher vor allem im Miteinander zwischen Mann und Frau. Darf man heutzutage unter der Schutzglocke der Satire überhaupt noch sagen, dass eine Frauenbewegung gut und wichtig ist, solange sie rhythmisch ist!? (©Harald Schmidt). Darf man im Vorwort eines Buches von und über Frauen überhaupt das Binnen-i vernachlässigen? Die Antwort auf die erste Frage ist immer abhängig von der persönlichen Interpretation des Begriffs Humor. Und die Zweite beantworte ich persönlich mit einem klaren JA und zwar, weil ich davon überzeugt bin, dass das Binnen-i zum einen zu einer ästhetischen Entstellung des Schriftbilds beiträgt und zum anderen, dass wirklich emanzipierte Frauen weder auf holprig gegenderte Bundeshymnen noch Binnen-i´s in Texten Wert legen, sondern viel mehr darauf, dass sie zum Beispiel im Job bei gleicher Qualifikation auch das gleiche Gehalt wie das männliche Pendant bekommen sollten. Solange das nicht gelebte Realität sondern ein zu verhandelnder Umstand ist, sind noch viele Hausaufgaben zu erledigen. Vielleicht oder gerade deswegen, halte ich persönlich es für wichtig festzuhalten, dass das zum politischen Leitprinzip erhobene Gender-Mainstreaming ganz ursächlich auf einer falschen Annahme basiert, nämlich jener, dass es zwischen Mann und Frau keine Unterschiede gibt. Bei allem Respekt und Verständnis für die dringende Erfordernis von Aufholbedarf in Sachen Gleichstellung. Aber bevor Gender Kompetenz in Unisex Toilettentüren, emanzipierten Ampelweibchen oder weiblich quotierten Straßennamen zu vermitteln versucht wird, gäbe es für die Wirtschaft viel dringlichere Dinge wie eben oben angeführt zu erledigen.

Ich glaube, das Einzige was ich wirklich zum Thema Frauenbewegung weiß und aus voller Überzeugung und quasi im „Schmäh ohne“-Modus sagen kann, ist, dass ich es für beschämend halte, dass „Gleichberechtigung“ im 21. Jahrhundert überhaupt noch ein Thema und nicht längst schon Selbstverständlichkeit ist. Wenn wir davon sprechen, dass die Existenz der gesamten Menschheit durch sich wandelndes Klima, Kriege oder Atomwaffen oder sonstigen Grauslichkeiten immer mehr gefährdet wird, dann ist das sicher richtig. Richtig ist aber auch, dass wir Männer unsere Existenz einzig und allein den Frauen zu verdanken haben und das wird sich auch bis zum Tag, an dem die Männer die Kinder zur Welt bringen können, nicht ändern. Somit kann abschließend festgehalten werden, dass Frauen vielleicht mal abgesehen vom Heben schwerer Dinge und Spinnentöten – genau das Gleiche zu leisten im Stande sind wie wir Männer, nur können sie eben doch diese eine für den Fortbestand unserer Spezies nicht ganz unwesentliche Sache deutlich besser als wir. Und während eine ganze Armada an politisch korrekten Vielfaltspredigern sich in der Rolle der einzig Legitimierten gefällt, schwingt da ganz nebenbei immer auch ein bisschen ein Hauch Intoleranz mit. Denn Vielfalt zeigt sich doch auch im Zulassen von Männlichkeit und dem Vergönnen natürlicher Weiblichkeit. In diesem Sinne, liebe Leserinnen und Leser ... haben Sie Freude bei der Lektüre dieses Buches.

Alex Kristan

Claudia Resümiert ...

Dürfen Frauen Genies sein und gibt es viele davon? Oder sind ihre Beine zu kurz, ihre Hintern zu rund, ihre Köpfe zu klein und ihr Hirn zu groß?

In den letzten Jahren hörten wir immer wieder „Die Frauen kommen“. Das ist der zweite Irrtum „Die Frauen sind schon da“.

Der erste Irrtum war, als Darwins Assistent Romanes sagte: „Frauen besitzen nur wenig von jener beharrlichen Zielstrebigkeit und Durchsetzungskraft, die für den mannhaften Geist charakteristisch sind.“

Wir trafen 70 zielstrebige und durchsetzungsstarke Frauen aus Kultur, Wirtschaft, Wissenschaft und Bildung und freuen uns sagen zu können, dass das Wort – und damit die Macht – nicht mehr ausschließlich der Mann hat.

Was wir allerdings schon feststellen oder sehen, ist, dass Frauen andere Frauen nicht von Haus aus bewundern. Besonders unter Frauen herrschen mitunter harte Emotionen. Diese sollten nicht zum feministischen Schlachtruf werden, sondern selbstkritisches Denken in Bewegung setzen.

Wir sind davon überzeugt, dass noch viel mehr Frauen IHREN Weg gehen müssen, damit wir eines Tages wirklich zu einer Parität der Geschlechter in allen Bereichen finden können.

Die niederländische Königin Maxima hat eine Definition für Feminismus gefunden, der wir uns gerne anschließen: Wir sind dafür, dass Männer und Frauen die gleichen Lebenschancen haben. Heute, hier und jetzt und dafür gilt es sich einzusetzen, gemeinsam mit Männern, denen dies ebenfalls ein Anliegen ist.

Weibliches Selbstbewusstsein war im vergangenen Jhdt. eher spärlich gesät und noch am ehesten bei Damen in der „Oberschicht“ zu finden. Auch wenn es sich im Laufe der Zeit verändert hat, positiv verändert hat, gibt es noch viel zu tun.

Und obwohl wir unser Buch nicht als ein Buch „für den Feminismus“ verstanden sehen wollen, vielmehr als ein Buch von zwei Frauen über eine spontan überlegte Anzahl an Frauen für unendlich viele Menschen, müssen wir doch so ehrlich sein, dass sich unser Blick für Benachteiligungen, denen Frauen trotz der Fortschritte auch heute noch ausgesetzt sind, geweitet hat und dass Rückschritte denkbar sind.

Denn in jeder interviewten Frau spiegelt sich die Welt und in jeder Erzählung die Wirklichkeit unseres Landes.

Ilse Subsumiert …

Die CRIS-Devise lautet: nicht zwei Augen zu und durch, sondern 144 Augen auf und hinein ins Vergnügen!

Mit all diesen Augen blicken wir ohne Scheuklappen und über schubladisierende Grenzen namens: Alter, Herkunft, Aus- und Einbildung, Jobprofil, hierarchische Positionierung, selbst & ständig, unselbst & ständig, Branchenzugehörigkeit uvm. hinweg direkt hinein in die spannenden, entspannenden wie verspannenden Berufswelten des 21. Jahrhunderts.

In der nach wie vor täglich fühl- und lesbaren Auseinander-Dividierung à la „Liebe Mit- und ohne Glieder!“ sind wir Frauen begegnet, die nicht besser und nachvollziehbarer beleuchten, demonstrieren und verkörpern, wie vielseitig, bunt, erfahrungs- und ideenreich, grenzenlos interessant, kreativ, überlebenswichtig und damit bereichernd und sinnvoll ergänzend wir Frauen, also Menschen „ohne Glieder“, für Familie, Gemeinschaft, Gesellschaft, Wirtschaft, Politik und für die Zukunft immer schon waren und noch immer sind.

Immerhin steht hinter jedem Binnen-I ein weiblicher Mensch!

Jedes Alter, jedes Geburtsdatum, jede Gewichtsklasse hat

in unserem Buch eine „gleichberechtigte“ Daseinsberechtigung. Alle Dekaden sind vertreten. Der Bogen spannt sich vom „Baby-Boom“ bis zum „Millennium“, oder umgekehrt. Betrachten Sie es, wie Sie wollen!

Während eine prominente Autorin acht ehe-malige Spitzenpolitikerinnen unter die Lupe genommen hat, Thema „Macht“, wollten wir, das „unprominente“ CRIS-Duo, 70 ein-malige Spitzenfrauen vors virtuelle Mikrofon holen, Thema „Macht nix“. Es macht tatsächlich nichts, dass wir als Frauen auf die Welt gekommen sind, denn es ist mächtig, was Frauen gerade heraus in unser virtuelles Mikro gesprochen haben. Stoff, aus dem unsere folgenden Geschichten entstanden sind. Sind darin Ähnlichkeiten mit lebenden Personen und realen Handlungen rein zufällig? Das ist unsere schriftstellerische Freiheit. Mit einem Augenzwinkern beschreiben wir Wirklichkeiten von arbeitenden Frauen.

Viel Spaß beim Weiterlesen!

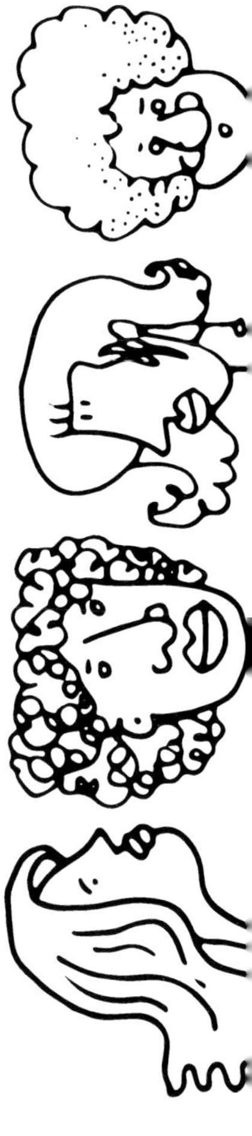

1 Aufeinander schauen – Parteiprogramm oder unverbindliches „willhaben"

Sie hat noch gelernt, dass es Sinn macht, einen „gemeinsamen Zweck" zu verfolgen und dafür unterschiedliche Gesellschaftsformen vorgesehen sind. Eine GmbH, eine AG, eine OG, eine KG oder was auch immer – schön brav im gesetzlichen Rahmen – schließlich ist sie Kammervertreterin und weiß, was sich gehört. Für diesen „gemeinsamen Zweck" schließen sich Menschen in Genossenschaften zusammen, gründen Vereine oder starten Bewegungen.

Eine der größten gegenwärtigen Bewegungen ist „Fridays for Future", mit der junge Menschen für eine Neuordnung unserer Gesellschaft eintreten. Hier ist kein „Ibiza" zu sehen, kein „zack, zack, zack" zu hören, sind keine Seilschaften zu entlarven, sondern eine überschaubare Forderung zu erkennen. Die Forderung nach einer mutigen Klimapolitik.

Ihre Partei war einst eine soziale Bewegung mit einer breiten Agenda. Sie haben sich gegenseitig den Rücken gestärkt und nicht nur Rückendeckung gesucht. Jetzt hat sie manchmal den Eindruck, dass ihrer Partei die Agenda verloren ging, die Vorbildwirkung abhanden kam und Deckungssuchende die Mehrheit stellen, die die ursprüngliche Vision, das Gemeinsame, das große Ganze untergräbt statt untermauert. Populisten bestimmen schon seit längerem mit ihrem konservativen Weltbild die Themenlandschaft Österreichs. Und was unternimmt ihre Partei? Ich verrate Ihnen jetzt ein Geheimnis. In ihrer Partei wird über Kaffee und Kuchen diskutiert. Ob der Kuchen mit oder ohne Schlagobers bei Wahlveranstaltungen auszugeben ist. Halten Sie, mit oder ohne parteibücherlichem Anspruch auf Kaffee und Kuchen, ungelernte Serviererin-

nen und autodidaktische Bäckerinnen bei Partei-Aktivitäten noch zeitgemäß? Oder dürfen Frauen entlastet und vom Kuchen befreit werden, um Dialoge, Wahlkampfgespräche mit Menschen vor Ort zu führen? Dürfen Frauen also Politik betreiben, oder sollen sie lieber bei Kaffee und Kuchen bleiben?

Die Frage: „Wann bekommen wir endlich einen Roboterautomaten gefüllt mit Kaffee und Kuchen?" hat hingegen noch keiner gestellt. Nicht einmal jene Frauen, die nicht mehr „ausschenken" wollen. Dabei wäre es doch so einfach und technisch längst realisierbar. Nähern sich Menschen diesem Roboter bis auf einen Meter, stellt er charmant die Frage: „Darf es Kaffee und Kuchen sein?" Ein deutliches, simples „Ja" würde reichen, damit „der rote Robi" das Bestellte ausspuckt.

Das wäre zeitgemäß. Das wäre provokativ oder zumindest ein nützlicher digitaler Schritt für weibliche Bewegungsfreiheit.

Natürlich ist die „Kuchen-Debatte" eine Schlüsselfrage in unserem wertkonservativen Land mit ausgeprägten traditionellen Rollenbildern. Tagtäglich erlebt sie, dass Kindererziehung und Kinderbetreuung in Österreich selbst bei gut ausgebildeten Frauen noch immer reine Frauensache ist. Sie sieht, dass Frauen für Kinder zurückstecken und Karriere-Einschnitte in Kauf nehmen. Ob Frauen in Österreich von Altersarmut bedroht sind, wagt sie hingegen nicht zu beantworten.

In ihrer parteipolitischen Funktionärslandschaft hat sie an manchen Tagen, nicht nur bei Diskussionen um Kaffee und Kuchen, den Eindruck, dass sich das Rad der Errungenschaften langsam, aber stetig zurückdreht. Es gibt bereits erste weibliche Stimmen um sie herum, die ihr zu verstehen geben: „Ich kann nicht mehr kommen, ich schaffe es zeitlich nicht mehr. Täglich muss ich neben meinem Job die Windeln wechseln, meiner aufgezwungenen Leidenschaft „Taxi-Dienst" nachgehen, den Haushalt schupfen, die Eltern versorgen und nebenbei noch für „die Sache" arbeiten, ganz unentgeltlich. Ich kann einfach nicht mehr." Diese oder ähnliche Sätze stoßen bei der Parteiorganisation auf wenig Verständnis. Schließlich geht es um „die Sache". Um welche Sache eigentlich? Na ja egal, muss die Parteibasis halt wieder improvisieren.

„Wisst ihr eigentlich, wie mein Tag am Veranstaltungstag aussieht?", entrüstete sich erst kürzlich eine junge Mutter ihr gegenüber, bevor sie weiter ausholte: „Natürlich „freut" ihr euch über: „Ja klar springe ich bei der nächsten politischen Aktion wieder ein. Kein Problem. Ihr könnt auf mich zählen. Und macht euch keinen Kopf, ihr braucht mir nichts dafür zu bezahlen. Das Wenige ist nämlich nicht der Rede wert. Und selbstverständlich stehe ich für euch um 2 Uhr morgens auf, backe Kuchen, wecke dann um 6 Uhr die Kinder, bringe sie zur Schule, oder vielleicht fährt ausnahmsweise mal mein Mann. Anschließend fahre ich noch schnell ins Büro und nachmittags wieder schnell nach Hause. Alles schnell, schnell, schnell. Ich versorg' die lieben Kleinen, gebe ihnen gegen 17.30 Uhr einen „Gute Nacht"-Kuss, begrüße meine Mutter, den Kinderdienst mit einem flüchtigen „Danke" und hüpfe noch schnell unter die Dusche. Keine Sorge, dabei achte ich auf meine Frisur. Zeit für eine Haarwäsche habe ich aber nicht. Dann nehme ich den in der Früh gebackenen Kuchen, setze mich ins Auto, rufe meinen Mann an, um ihm mitzuteilen: „Liebling, es wird spät, aber Oma ist bei den Kindern. Wir sehen uns frühestens morgen zum Frühstück!" Alles kein Problem, ist ja für die gute Sache. Ohne über „gut" und „Sache" nachzudenken bin ich dann gegen 18 Uhr im

Saal, zeitgerecht zum Aufbau der Kaffee-Ecke. Ihr könnt euch wirklich auf mich verlassen. Und selbstverständlich kann ich bis zum Schluss bleiben, meine Mutter passt auf die Kinder auf. Übrigens, um welche „Sache“ geht es eigentlich dieses Mal? Gibt's einen roten Faden?“

Als Bezirksvorsitzende der Frauen in der Wirtschaft kämpft sie seit vielen Jahren für „die Sache“. Sie will keine internationale Bewegung starten, noch nicht, auch keine neue Frauenbewegung schaffen. Jedoch hat sie sich zum Ziel gesetzt, weibliches Engagement und die Solidarität unter Frauen zu stärken.

Sie lädt Frauen immer wieder ein, politisch aktiv zu werden und mitzuarbeiten. Für „die Sache“. Wenn sie jedoch Antworten wie oben bekommt, fällt es ihr schwer auf Engagement und Solidarität zu pochen. Dann seufzt sie: „Es liegt noch ein langer Weg vor uns.“

Aber, und davon ist sie überzeugt: „Wir brauchen noch viel mehr Frauen in der Politik. Die Politik soll schließlich ein Abbild unserer Gesellschaft sein. Und klar brauchen wir auch Männer dafür. Männer, die uns dabei unterstützen, dass wir irgendwann ein gleichberechtigtes und gleichgestelltes Leben führen können. Dass wir in politische Entscheidungen eingebunden werden. Dass wir für gleichwertige Arbeit den gleichen Lohn erhalten. Dass wir einen Lohnausgleich erhalten, wenn wir in Teilzeitarbeit festhängen. Dass alleinerziehende Frauen später nicht in die Armutsfalle schlittern. Dass wir Stereotypen aufbrechen können … .“

Sie ist nicht mehr zu stoppen. Plötzlich läuft ihr Gesicht vor Begeisterung rot an, gestikulieren wild ihre Hände und es scheint sie nichts mehr am Sessel zu halten. Sie will unmittelbar zur „Sache“ kommen.

Liebe Leser, ist „die Sache“ wirklich so einfach? Ist sie der Schlüssel zum Erfolg? Sollen genauso viele Frauen wie Männer zukünftig z.B. in Ausschüssen sitzen? Könnte „die Sache“

lauten: Diversität mit unterschiedlichen Kompetenzen aber demselben Wertemuster sind unser Lösungsansatz. Dann könnten Männer mangels Ausreden endlich sagen: „Wir unterstützen nicht Feminismus, sondern klugen Kapitalismus."

Sie erinnert sich an die letzte Ausschusssitzung, bei der eine Obfrau durch einen Obmann ersetzt werden sollte. Der relative Anteil an weiblicher Beteiligung, also die „kritische" Masse, welche bekanntlich ein Drittel der Gesamtzahl der Mitglieder ist, war nicht gegeben. Somit war es auch nicht weiter verwunderlich, dass die weiblichen Fragen vor der Abstimmung: „Wie lange ist der junge Mann schon bei der Partei? Was bringt er für Kompetenzen mit? Welche Wertevorstellungen vertritt er?" bei Männern kaum Anklang fanden. Stattdessen hatten die Männer in der Runde rasch eine Antwort parat: „Typisch Frau! Jetzt haben wir auch zu diesem Thema wieder eine Frau-Mann-Diskussion. Unnötige Fragen, die uns nicht weiterhelfen und „der Sache" nicht dienlich sind."

Die Abstimmung fiel aus, wie sie ausfallen musste. Die wenigen Frauen hatten keine Chance. Sie waren Außenseiter in der Gruppe. Sie hatten einen Minderheitenstatus und keine Minderheit findet jemals Gehör. Der Obmann wurde mehrstimmig angenommen. Die Obfrau wurde eine Kurz-Geschichte, kurz danach durch diesen Obmann ersetzt.

Sie weiß, dass es noch viel zu tun gibt, und dass es wenig Sinn macht, Themen auf „Frauen gegen Männer" oder „Männer gegen Frauen" zu reduzieren. Aber sie weiß auch, dass eine benachteiligte oder unterrepräsentierte Gruppe nur Aufmerksamkeit erhält, wenn sie zahlenmäßig gleich verteilt ist. Dafür engagiert sie sich. Deswegen will sie Frauen für die Politik gewinnen, um miteinander das Gemeinsame zu erreichen.

Ach ja, was war nochmals das Gemeinsame? Um welche „Sache" ging es?

2 BOBO

Wir treffen uns im Herzen von Wien am „Canale Grande“. Die Wiener nennen ihn liebenswürdig Wienfluss und erzählen von längst vergessenen Zeiten und vom Abwasser, das den Wienfluss einst verunreinigte. Heute zieht er ruhig und geruchsarm an uns vorüber, der 2,4 km lange Kanal, der Wien durchfließt. Die Wiener Kanalisation hat an ihm wahre Wunder bewirkt. Es ist ein herrlicher Herbsttag, die Vögel zwitschern und wir genießen für ein paar Minuten schweigend den wunderschönen Treffpunkt im Herzen von Wien.

Ihre Unaufgeregtheit, ihre herzliche Art, sie selbst spricht von Charme, und ihr Feingefühl, sie nennt es Diplomatie, sind nur einige wenige Charakterzüge, die bereits nach den ersten Worten, die wir wechseln, spürbar werden.

Sie erklärt mir frei heraus: „Ich stamme aus einem Bobo-Ghetto. Dort bin ich aufgewachsen und sozialisiert worden.“ Sie wünscht sich, dass das jetzt nicht überheblich klingen mag, aber natürlich hängt der Umgang miteinander und die Empfindung füreinander mit Bildung zusammen. Sie lebt idealistisch, pflegt einen „sanften“ Materialismus, ist korrekt und kreativ zugleich, und demonstriert auf Kundgebungen außerhalb ihres Bobo-Bezirks ihre politische Weltanschauung.

Wie sie so vor mir sitzt, erinnert mich ihr Auftreten für einen kurzen Moment an die Hippies der 70er Jahre und ihr Geist an die Yuppies der 80er Jahre. Sie ist eine Frau, deren freizügiger Geist in einem großzügigen, großstädtischen „Bobo-Körper“ wohnt.

Sie ist selbständige Grafikerin mit einer kleinen Werbeagentur, die seit mehr als 20 Jahren in dem von ihr geschaffenen Netzwerk tätig ist: „Wir schließen uns immer wieder zusammen. Bei größeren Aufträgen kooperieren mehr Personen,

bei kleineren Projekten eben weniger. Jeder bringt sein Wissen, sein Know-how ein und am Ende des Tages, manchmal auch erst am Ende des zweiten oder dritten Tages, schicken wir ein gemeinsames Konzept auf Reisen. Nicht ins Ungewisse, sondern zum Auftraggeber. Und dann warten wir, warten auf den Auftrag, hoffen und beten und beten und hoffen und wenden uns wieder erfreulicheren Dingen des täglichen Alltags zu."

Früher als sie noch jung war, hatte sie Angst davor, Kunden zu verlieren oder eines Tages sogar ohne Kunden dazustehen. Heute 20 Jahre später kann sie selbstsicher behaupten: „Meine Kunden werden mit mir älter. Ich habe kleine Kunden, große Kunden, quer über alle Branchen, da lege ich mich nicht fest. Wo ich mich allerdings festlege, ist bei der Chemie zum Kunden und beim Serviceanspruch für den Kunden.

Meine Service-Leistungen sind persönliche Beziehungs-Dienstleistungen, die mir keiner bezahlt, in die ich investiere und die ich kostenlos mitliefere. D.h. ich verrechne nicht jede Beratungstätigkeit und lasse nicht um 16 Uhr den Bleistift fallen. Ich bin im Dienstleistungsbereich und differenzieren kann ich mich nur über den Servicegedanken und die chemischen Reaktionen auf meine Persönlichkeit."

Für sie ist Grafiker ein Handwerksberuf: „Ich bin jetzt nicht die künstlerisch versierte Grafikerin, diese Freiheit habe ich bei vielen meiner Kunden gar nicht." Viele der bekannten Vertreter ihrer Zunft wie Alfons Mucha, Stefan Sagmeister kommen aus dem grafischen Handwerk und verschrieben sich erst im Laufe der Zeit der Kunst. Heute sind sie Künstler und verkaufen Visionen und Illusionen. Sie verkauft nach wie vor Formen und Farben sowie Bilder und den passenden Text dazu.

Auf offene und ehrliche Art versichert sie mir, dass sie Aufträge ablehnt, deren Anforderungen sie nicht gerecht werden kann oder wo die Chemie nicht stimmt. Dann entschlüpft ihr schon beim Erstgespräch: „Ich glaube, mit uns zwei wird das nichts, ich empfehle Ihnen einen Kollegen." Erwartungen aufrecht zu erhalten, die sie nicht erfüllen kann, machen für sie keinen Sinn, daher beendet sie eine Kunden-Beziehung, noch bevor sie beginnt schwierig zu werden. Denn sie wird schwierig, davon ist sie überzeugt. Sie will schon zum zweiten Mal nicht überheblich klingen, aber sie weiß, was sie kann und sie weiß auch, was sie nicht kann oder will. Sie verkauft längst nicht mehr ihre Seele. Daher unterstreicht sie in unserem Gespräch die Wichtigkeit ihrer Erstgespräche mit potentiellen Auftraggebern: **„Sie sind immer gratis, aber niemals umsonst."**

Termine nimmt sie meist in Jeans und T-Shirt wahr, nur ganz selten stört dieser Auftritt die Chemie. Früher als sie noch keine Frau Magistra war, galt sie vor allem im öffentlichen Bereich als „depperte Grafikerin". Das Blatt wendete sich erst mit dem abgeschlossenen Studium, das sie berufsbegleitend absolvierte.

„Ja", seufzt sie laut, „in diesen Anstalten zählt der Titel nach wie vor mehr als die Chemie." Schützen Titel vor chemischen Entladungen? Tu felix Austria!

Es scheint, dass in unserem Land weder Jeans noch T-Shirt noch Kostümchen über die Strahlkraft eines Titels hinwegtrösten können. In den heiligen Hallen der öffentlichen Hand begegnen sich Menschen erst ebenbürtig, wenn sie einem „Titel" gegenübersitzen. Oh du schönes Österreich, auch ohne Hofrat wärst du wer!

Heute sieht sie diese Titelgeilheit in Österreich mit einem Augenzwinkern und sagt: „Ich bin Wertschöpfungsdenker und mein „Handwerk mit Titel“ ermöglicht mir den „Flirt“ auf Augenhöhe.“

Neben ihrer Augenhöhe und ihrem Servicegedanken beschäftigt sie seit längerem Wertschöpfung und wie wir diese im eigenen Land halten können. Sie versucht alle ihre Drucksorten in Österreich in Auftrag zu geben. Mit ihren Kunden diskutiert und streitet sie nur allzu gerne über dieses Thema: „Ein Chinese oder Rumäne kann unsere Sprache nicht lesen, er druckt einfach, verstehen Sie, was ich meine? Ein österreichischer Partner denkt und liest mit und erfüllt dadurch eine zusätzliche Kontrollfunktion. Wir sind Menschen, und obwohl wir uns in unserem Netzwerk Lektoren leisten, die Korrektur lesen, passieren Fehler, so ist das eben.“

Sie ist davon überzeugt, dass durch die hohen Lohnnebenkosten in Österreich das Druckerei-Gewerbe zerstört wird und erzählt von Mitarbeitern, die sich zusammenschließen und eine Druckerei übernehmen. Sie spezialisieren sich in weiterer Folge auf einen bestimmten Druck und versuchen so über die Runden zu kommen. Aber wenn Kunden nicht bereit sind, „höhere“ Preise zu bezahlen und die Lohnnebenkosten nicht fallen, wird es bald keine kleinen mittelständischen Druckereien in Österreich mehr geben. Zu groß ist der Preisdruck der Rumänen und Chinesen.

Ihr leidenschaftlicher Einsatz den Druck in Österreich zu halten, zieht auch in ihrem Netzwerk Kreise und immer öfter geht sie mit positiver Argumentation und Überzeugungsarbeit voran. Wenn ihre Auftraggeber mit einem Druck in China ein paar Cent sparen wollen, argumentiert sie mit dem Klimawandel: „Für die paar Cent an Einsparungen reist das bedruckte Sackerl durch die ganze Welt, wollen Sie das wirklich? Wollen Sie so viel CO_2-Ausstoß produzieren? Österreichischer Druck wäre Ihr kleiner positiver geschäftlicher Beitrag, um den von uns Menschen mitverursachten Klimawandel nicht noch weiter voranzutreiben."

Sie will auch weiterhin den Lebensstil eines Bobos nicht missen und zusammenführen, was bisher als unvereinbar galt: „sanfter" Materialismus und Rebellion, beruflicher Erfolg und eine nonkonformistische Haltung. Dafür geht sie mit mehr als einem Augenzwinkern durchs Leben und schafft Text-Bild-Kompositionen, die durch formvollendete Schönheit immer wieder aufs Neue bestechen. „Wir machen Schönes, das ist es, was wir Frauen gut können", dabei zwinkert sie mir zu und zündet sich genüsslich eine weitere Zigarette an.

3 BULLSHIT-PROZESSE

Auch die Gesundheitsindustrie ist eine Branche, in der Männer seit vielen Jahren das Sagen haben. Wo Kompetenz mit Männlichkeit gepaart und Frauen mit Wellnessfarmen assoziiert werden.

Selbst unsere mit dem Innenminister Hand in Hand „gegangene" Gesundheitsministerin überstrahlte mit ihrem Kompetenzdasein keinesfalls die österreichische Landschaft und machte Politik, die der Zeitgeist von ihr verlangte.

Aber zurück zu ihrem Unternehmen, in dem sie seit mehr als einem Jahrzehnt als Schnittstelle zwischen Kunden und Unternehmen „operiert". Das Umfeld ist geprägt von deutscher Unternehmenskultur und tut sich sichtlich schwer, Themen wie Innovation und Digitalisierung in die eigene Prozesskette mitaufzunehmen. Mittelalterliche Männer in schwarzen Anzügen und dunklen Krawatten gängeln mit einer

Präsenzkultur das tägliche Geschehen. Sie leiten und lenken die Geschicke der Mitarbeiter, dirigieren Prozesse mit klaren, einfachen Worten und selbst jene Mitarbeiter, die bei Dienstantritt höchst motiviert und engagiert „operieren“, verlieren nach kurzer Zeit Interesse und Engagement.

Initiativen, welcher Art auch immer, werden rasch im Keim erstickt, davon kann sie ein Lied singen: „Unser persönliches Engagement, dass wir unser Wissen teilen oder einfach unsere Ideen in Prozessabläufe einfließen lassen, ist weder gewünscht noch gefordert. Sagen wir so, gefordert nur dann, wenn es wieder einmal darum geht, zu erklären, warum der Prozess nicht eingehalten wurde. Dann werden wir gefragt, dann sollen und dürfen wir denken, dann sollen wir unser Hirn, das wünschenswerterweise fast täglich beim Eingang hinterlegt werden muss, wieder einschalten. Prozesse und Modelle von gestern oder vorgestern haben wir viele.“

Wieso das so ist, frage ich sie. Das weiß sie ehrlich gestanden nicht genau. „Unsere Manager sind im Unternehmen aufgewachsen, sie haben nie andere Prozesse und Strukturen gesehen, vielleicht sind sie ja deswegen der Meinung: „Wir sind die Besten. Wir zeigen auch weiterhin Mitarbeitern und innovativen Ansätzen die kalte Anzugschulter.“ “

Veraltete Handlungsmuster, Management nach kommunistischem Fünfjahres-Plan, Budget und ewig unveränderte Leistungskennzahlen werden weiter gepflegt und gehegt, obwohl das Umfeld, die Wirtschafts- und Kundenlandschaft sich längst verändert haben.

„Eines meiner Lieblingsbeispiele ist jenes, als meine Kollegin und ich kürzlich ein neues IT-Programm testen sollten. Ein Programm, das unser Bestellsystem verbessert hätte, das als Schnittstelle zum Kunden bemerkenswerte Vorteile aufgezeigt hätte. Ich durfte Anregungen schriftlich festhalten, meine Änderungswünsche notieren und individuelle Kundenwünsche mit in unsere Liste aufnehmen. Stellen Sie sich vor, Sie fahren seit Jahren in dasselbe Hotel. Das Hotel kennt Ihren gewünschten Bettpolster und das Getränk, das Sie immer bei der Anreise konsumieren. Genau das hätte ich auch für unsere Kunden machen wollen, sprich deren Einkaufsgewohnheiten personalisiert aufzeichnen. Als ich mit meiner Arbeit endlich fertig war, brachte ich meine Notizen meinem Chef. Als er mich sah, legte er die übliche Gelassenheit in seinen Gesichtsausdruck und diese „Was willst du denn schon wieder?"-Arroganz in seine Stimme: „Na ja, jetzt kommen Sie aber zu spät. Außerdem muss Ihnen doch klar sein, dass jede Änderung in der Standardsoftware Unsummen verschlingt. Ihre Notizen können'S in Reißwolf stecken!""

Das sind dann jene Momente, wo Frau sich fragen könnte:

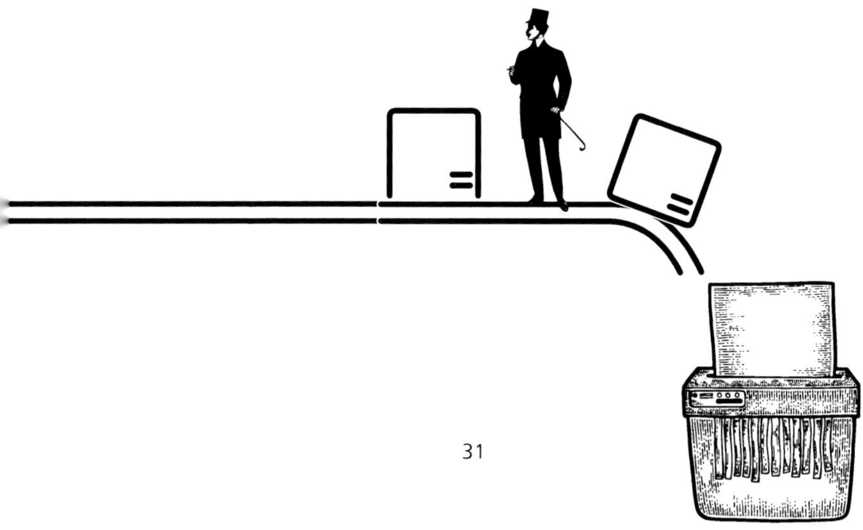

„Sucht er eine Beschäftigungstherapie für mich, weil ich ihm die letzten Wochen zu aufmüpfig war? Oder habe ich meine Nase in Angelegenheiten gesteckt, die mich seiner Meinung nach nichts angehen? Oder war das seine subtile Rache für einen vorjährigen informationstechnologischen Bullshit-Prozess, dessen Funktions-Untüchtigkeit Frau aufdeckte? Nicht mutwillig, nicht aus Bosheit, sondern um aufzuzeigen, dass sie gerne selbst-denkend agieren würde und Verantwortung durchaus tragen, d.h. ertragen kann."

Kundenwünsche effektiv und effizient umzusetzen, natürlich nur in dem Rahmen, den das Unternehmen festlegt, das ist ihr ein Anliegen und dafür hätte sie gerne zusätzliche IT-Rechte inklusive aller Pflichten.

Als sie wieder einmal einen dringenden Kundenwunsch am Telefon entgegennahm und ihr Chef nicht im Büro war, ging sie direkt zum IT-Chef und bat ihn um Freischaltung des Systems. Schließlich sollte der Auftrag umgehend „eingeklopft" werden, damit die Ware noch heute den Kunden erreicht. Sie erzählte dem IT-Chef lange und ausführlich von ihrem Telefonat, dass der Kunde die Ware für den Patienten dringend benötigt und ihr Chef wieder einmal nicht anwesend ist. Wäre ihr Chef anwesend gewesen, hätte er ihr diese Sonderrechte durch seine Unterschrift auf einem vorgefertigten Bestellformular eingeräumt. Beim IT-Chef half kein Betteln, kein Flehen, er blieb hart: „Dafür sind Sie nicht zuständig und ich übrigens auch nicht. Ohne den schriftlichen Antrag Ihres Chefs kann ich leider nichts unternehmen." Der Fall war geklärt, sie erhielt die Genehmigung nicht. Der Kunde wurde vertröstet und die Ware eine Woche später verschickt.

Zurück am Schreibtisch in ihrem Büro dachte sie sich: „Bei uns sind selbst Kundenanfragen ein Problem!"

Spontan erzähle ich ihr einen Witz von Helmut Qualtinger: „Sagt ein Mann zum anderen: „Ich habe ein neues Motorrad, das ist doppelt so schnell wie das alte." Der Andere: „Toll!

Wo willst du denn hinfahren?" „Das weiß ich noch nicht, aber ich bin doppelt so schnell dort." Diese Geschichte zeigt sehr anschaulich den Unterschied zwischen Effektivität und Effizienz, finden Sie nicht auch?"

„Ja, da haben Sie Recht, Ähnliches erlebe ich in meiner täglichen Arbeit. Wissen Sie, die Ausnahmen bei Kundenanfragen werden mehr und deswegen bräuchte es meiner Meinung nach Manager, die dies einerseits erkennen und andererseits bereit sind, Arbeitswelten zu reformieren. Ja, nicht nur zu reformieren, sondern auch bereit sind, Kontrolle durch Vertrauen zu ersetzen und Bullshit-Prozesse endlich über Bord zu werfen. Jeder Gefangene in einem Gefängnis hat mittlerweile mehr Freiheiten als wir. Wir werden klein gehalten, von Managern in schwarzen Anzügen, die bestimmen, wie wir arbeiten sollen, wann wir arbeiten sollen und wo wir arbeiten sollen", bricht es ärgerlich aus ihr heraus.

„Wollen Sie noch eine Geschichte hören, die sehr schön zeigt, wie wir Prozesse einführen, die keiner lebt, die keiner nutzt, die in Vergessenheit geraten und plötzlich – wie Phönix aus der Asche – wieder auftauchen und dann, wie könnt's anders sein, ordentlich für Verwirrung sorgen?

Vor rund drei Jahren bekamen wir ein neues Vertriebssteuerungstool und wie bei allen IT-Systemen, erst wenn sie mit Daten gespeist werden, werden sie zum Leben erweckt. Also war es meine Aufgabe und die Aufgabe meiner Kollegin das System mit Daten zu füttern. Unsere Manager hätten dann auf Knopfdruck eine Auswertung zur Steuerung der Vertriebsmannschaft zur Verfügung. Wir klopften fast täglich über 16 Monate lang verschiedene Kundendaten ins System. Doch nichts geschah. Keine Fragen, keine Reports, die Manager verloren noch bevor sie das neue System ausprobierten ihr Interesse, und wir mit ihnen.

Da die Daten weder für Auswertungen noch für Zielvereinbarungen, noch für Kundenanalysen genutzt wurden, beschloss ich gemeinsam mit meiner Kollegin, die Dateneingabe wieder einzustellen. Weitere 20 Monate später, also drei Jahre nach Einführung des sündteuren IT-Systems startete unser Vorstandschef – höchst und persönlich – eine Abfrage und war verblüfft über die fehlenden zwei Jahre. Rasch wurden Meetings einberufen. Das mittlere Management versammelte sich und brütete Stunden über der Misere. Wie konnte das passieren? Wer trägt die Schuld an den fehlenden Kundendaten? Natürlich nicht der Prozess, der nie gelebt wurde, nicht die Manager, die keine Auswertungen fuhren, sondern die Basis. Die Basis war schuld an der Misere. Rasch waren wir identifiziert und überführt. Seit diesem Tag pflegen wir wieder täglich die angeblich steuernden Vertriebsdaten ins System. Mit Fragen: „Warum sind die Daten nie abgerufen worden?" oder „Sind diese Daten nach drei Jahren noch aktuell und aussagekräftig?" wurden wir nicht weiter konfrontiert.

Womit wir schon konfrontiert wurden, war ein speziell auf uns zugeschnittenes Schulungsprogramm. Wir sollten endlich lernen, wo und wie die Daten einzupflegen sind, denn der Vorstandschef kam beim überraschenden Lesen des Reports der ersten 16 Monate zu dem unbefriedigenden Schluss: „Unter „wenig aussagekräftig" ablegen!"

Ja, so ist das in unserem „modernen" Unternehmen. Bullshit-Prozesse werden am Leben und groß gewordene „Biedermänner" an der Macht gehalten. Frauen kommen nicht zur Geltung, weder in der Führung noch an der Basis."

Trotzdem will sie sich weiter für neue Prozesse und stärkeres Vertrauen in die Mitarbeiter engagieren. Wozu? Für ihre Kunden und für ihre Kollegen. Diese lassen erstaunlicherweise die Wertschätzung erkennen, die sie im Management-Team vermisst.

Als ich sie noch frage, was sie unter „Biedermänner" versteht, antwortet sie spitzbübisch: „Männer, die sich gerne als großartig inszenieren, jedoch selten diesen Ansprüchen gerecht werden. Die Privilegien genießen, für die sie einfach nichts können. Privilegien, für die es weder Wissen noch Fähigkeiten braucht, sondern einzig und allein „ANZUG-liche“ Seilschaften.“

Und wie privilegiert sind Sie, liebe Leser, inmitten von Bullshit-Prozessen?

4 Buschenschank sei Dank

Mit dem Dank ist das so eine Geschichte. Wann haben Sie sich das letzte Mal bei jemandem für eine Kleinigkeit bedankt? Wie lange ist es her, dass Ihnen selbst Ihr Partner, die Kinder, ein Freund, Kollegen lautstark gedankt und dabei sogar in die Augen gesehen haben? Mein Lebensgefährte zum Beispiel bedankt sich jedes Mal, nachdem ich seine Wäsche kastenreif gebügelt habe. Das erste Mal war ich tatsächlich sprachlos, das zweite Mal dachte ich, er will mich auf den Arm oder aufs Bügelbrett nehmen, sich lustig über mich und meine nicht immer glatten Bügelkünste machen, und seit dem dritten Mal, und das ist viele, viele Jahre her, freue ich mich, dass er meine unregelmäßige Dienstleistung inmitten unseres gemeinsamen Haushalts nicht als Selbstverständlichkeit ansieht. Und er ist immerhin Jahrgang 1955!

Aber wenn, aus welchen Gründen oder Umständen auch immer, kein Danke kommt, weder von links noch von rechts, oder dieses unscheinbare Wort eher Seltenheitswert hat, dann ist es doch eine unheimliche Gabe, eine besondere Tugend, oder ein durchaus hart erarbeitetes Geschenk, sich selbst oder seinem Leben gegenüber dankbar sein zu können. Wenn’s sein muss, jeden Tag. Oder wie sehen Sie das?

Dass Dank und Dankbarkeit so sehr in den Lebensmittelpunkt einer Frau rücken können und derart verankert sind, habe ich in dieser Intensität bis zu dem Zeitpunkt, wo ich die Älteste von drei Schwestern näher kennen lernen durfte, selten erlebt.

Obwohl alles im Leben irgendwie immer mit einem Plan anfängt, existieren in ihren erfahrenen Augen die großen Lebenspläne nicht, oder schon lange nicht mehr, weil sie nicht überleben. Kommt doch immer alles anders als planmäßig gedacht! Ein Dreimäderlhaus ist als zweite Generation in einen Familienbetrieb hineingeboren. Bestellte Ackerflächen vor der Haustüre, nach der Schule ein reger Heurigenbetrieb, aber vor allem unzählige Weinranken schlängelten sich um die Zukunftsperspektiven der drei heranwachsenden Mädchen. Selbstverständlich hatten auch ihre Eltern einen Plan. Eine von den Töchtern wird in den Familienbetrieb einsteigen. Sie hatten die Jüngste im Visier. Bis dahin durften sich die „Dirndln" schulisch austoben wie sie wollten. Während sich eine der beiden jüngeren Schwestern für die Modebranche entschied, widmete sich die andere der Landwirtschaft und dem Weinbau. Die Große wählte den Weg in die Hotelfachschule. Die Pflichtschulzeit hat sie in keiner guten Erinnerung, nie hat sie sich in der reinen Mädchenklasse wohl oder dazugehörig gefühlt. Die groß gewachsene, stattlich wirkende Frau, die mir gegenübersitzt, war damals, kaum vorstellbar, das kleine, gehänselte stille Mäuschen, das nach einem Jahr Klosterschule erst in die zweite Klasse der Hauptschule eingestiegen ist. Freundinnen waren spärlich für das neue, fremde Klassenkind. Erst ihr Aufbruch rauf auf den Semmering in die Ausbildung fürs Hotelgewerbe hat sie auf die bis dahin zarten Hinterfüße gebracht. Dort oben, in der frischen Höhenluft, ist sie „größer" geworden.

Vom Semmering zog sie nach St. Gilgen, von dort ins

Gasteinertal in ein Mayr-Hotel. Sie lernte die berühmte Mayr-Kur kennen, und hatte trotz des spartanischen Menü-Angebots von trockenen Semmeln, Milch und Wasser, einen tollen Job in der Küche. Von diesem kulinarisch etwas außergewöhnlichen Platz am Herd ging's eines Tages wieder zurück nach Hause in den Süden Wiens und schnurstracks in eine geschichtsträchtige Mühle im Wienerwald, in der angeblich Franz Schubert zu seinem „Lindenbaum" inspiriert wurde. Acht Jahre war sie dort Direktionsassistentin, ein viel zu hochtrabender Job-Name, wie sie heute noch meint. Sie war DANKBAR für das Vertrauen, das ihr die Eigentümerfamilie entgegengebracht hat, und hat als Gegenleistung verlässlich und verantwortungsbewusst die Rezeption und den Lehrlingsbetrieb geschupft. Informell und ohne großes Aufsehen ist sie im Laufe der Zeit die rechte Hand der Chefin geworden.

Lebensplaner oder Heurigenkalender? Das Leben der jüngsten Schwester hat ihre Weichen gestellt, und so ist sie, die Älteste, die Große, mit ihrem Franz unerwartet in den elterlichen Heurigenbetrieb und in einen neuen Lebenskalender eingestiegen. „Gut erzogene Tochter!", sie lacht, nein, es ist ihr nicht schwer gefallen, ihr Leben komplett auf den Kopf zu stellen und mit 31 Jahren ihren guten Job in der traditionsreichen Mühle aufzugeben, den sie nicht nur aus Loyalitätsgründen nie verlassen wollte.

Es war von diesem Einstieg der „Jungen" bis zum Ausstieg der „Alten" vor acht Jahren Gott sei DANK immer ein harmonisches Miteinander. Und diese respektvolle Familien-Kooperation lebt weiter, weil die Eltern noch immer ihre hilfreichen Hände zur Verfügung stellen. Sie weiß, der gegenseitige Respekt von Jung & Alt, der in ihrem Lokal mit allein 180 Innensitzplätzen herrscht, ist nicht selbstverständlich. Möglich ist diese Ausgeglichenheit nur, weil klar ist, wer der Chef ist. Und das ist sie, sie die Große mit dem großen DANKBAREN Herzen und den klaren Worten. Mittlerweile hat sich die dritte

Generation betrieblich dazu gemischt, denn eine der beiden Töchter arbeitet schon fleißig mit. Ich kann mir gut vorstellen, dass die klare, aber DANKBARE Mama eine coole Chefin ist.

Sie selbst hat schmerzhaft in anderen gastronomischen Betrieben miterleben müssen, wie fehlender Respekt, vor allem der jüngeren Generation den Eltern gegenüber, vor den eigenen Mitarbeitern und Gästen ausgetragen wurde. Das hat sie nie vergessen! Vergessen wird sie auch niemals, dass sie in ihrem beruflichen Leben immer sehr intensive, d.h. sehr fordernde Frauen als Chefinnen gehabt hat, aus deren beispielhaftem Verhalten sie enorm viel lernte. Sie hat sich beides mitgenommen, das Gute, Vorbildhafte, und das Schlechte, Vermeidbare im Umgang mit Mitarbeitern. Gelitten hat sie nie unter den strengen Frauenhänden, ganz im Gegenteil, sie haben sie stark gemacht für die richtige Augenhöhe in der Begegnung mit Menschen. Da gehört im Wesentlichen für sie dazu, Mitarbeitern zuzuhören, egal ob es um spannende Ideen oder ideenlose Spannungen geht, oder sich zu entschuldigen, wenn sie sich selbst einmal im Ton vergreift. Da bricht doch keiner Chefin der Welt ein Zacken aus der Krone. Höchstens aus dem Keppelzahn!

Frauenspezifische Arbeitsthemen, skurrile Situationen zwischen Mann und Frau, generationsbedingte Rollenkämpfe, nichts davon ist in diesem frauendominierten Familienunternehmen dingfest zu machen, wo an Stelle des Weingottes Bacchus nach wie vor der pater familias angehimmelt wird und Ehegespons Franz, als echter Spezialist der edlen Trauben, bedingungslos zwischen angeheirateten Rebstöcken und Weinkeller fuhrwerken darf. Sie sind eine Familie, ja, aber eigentlich sind sie nur Menschen, die gut zusammenarbeiten, weil jeder das tut, was er am besten kann.

Zur Familie, zum Familienbetrieb gehören natürlich auch noch Mitarbeiter. 15 Stück an der Zahl. Und wieder fällt das Wort DANKBAR: „Ja, ich bin sehr DANKBAR für unsere

Mitarbeiter, aber wir sind nicht „beste Freunde“. Das ist nicht nötig.“ Das hat sie von ihrem Mühlen-Chef gelernt, als sie mit 21 Jahren Herrin über einen Haufen Gastronomie-Lehrlinge war, der im Begriff war, ihr ein bisschen zu entgleiten: „Sie müssen den jungen Burschen sagen, dass das so nicht geht, Sie sind nicht die Freundin!“ Da hat sie's begriffen, es gehören klare Strukturen her und die müssen allen klar sein.

Was ihr Personal betrifft, hat sie ebenso klare, ungetrübte Vorstellungen. Wenn eine Stelle frei ist, beispielsweise im Service, sind die Anforderungen von ihr so klar und deutlich, und weit hörbar, dass ihr kostspieliges Annoncieren erspart bleibt, weil bestens funktionierende Mundpropaganda Bewerber und Bewerberinnen anzieht. Sie, die gestandene Heurigenwirtin, steht auf Mundpropaganda und hält diese für die bessere Suchmaschine nach geeignetem Personal, weil sie das Gefühl hat, dass sich wirklich nur die melden und vorstellen, die tatsächlich bei ihr arbeiten möchten. Nicht erst einmal ist es vorgekommen, dass Mitarbeiter über andere Mitarbeiter ins Unternehmen gekommen sind. Dieser Zugang zu Personal hat bei ihr Kontinuität, so wie die Dienstverhältnisse der Mitarbeiter. Wenn's mal nicht passt, dann löst sie in aller Freundlichkeit das arbeitsrechtliche Verhältnis, über das sie scherzend das menschliche Verhältnis stellt: „Man muss sich immer wieder begegnen können!“ Sie hat Recht, wir wissen nie, wann und wo sich Wege wieder kreuzen, und die Welt ist bekanntlich ein Hühnerstall. Größenmäßig!

Ob vollbusige Kellnerin im feschen Heurigendirndl oder charmanter Kellner in lässiger Tracht, sie legt sich nicht fest. Beides hat Arbeitsberechtigung in ihrem Lokal. Wichtig ist doch schlussendlich nur, dass er oder sie „lieb“ und „nett“ ist und einen guten Schmäh hat, denn dann verzeiht der Gast jeden Fehler. Gäste haben auch ihre Ecken und Kanten, sind tagesverfassungsabhängig grantig, oder grundsätzlich nicht im Lot. Und die gehören neben gutem Surschnitzerl und Achterl

GV einfach mit'n Schmäh gepackt, denn in Wirklichkeit brauchen diese Menschen, Männer wie Frauen doch nur Zuwendung und Aufmerksamkeit. Die besondere Zuwendung bekommen die „schwierigen“ Gäste von der Chefin höchst persönlich. Und so mancher, der ein bissl „verschüttet“ ist, freut sich über diese Sonderbehandlung und kommt, wann immer „Ausg'steckt“ ist. Der Kunde DANKT'S.

Ja, in den gemütlichen, rustikalen Räumlichkeiten lockt nicht nur hervorragender Wein-Geist, sondern fasziniert der gemeinsame Unternehmens-Geist. Der Spruch „In vino veritas“ wird in diesem Haus um eine Facette reicher: „In DANKBARKEIT veritas“! Denken Sie bei einem guten Glas Wein darüber nach, denn „es wird a Wein sein, und wir werd'n nimmer sein …“

5 Das Führen von Personal oder Untergebenen ist wie das Abrichten von Schäferhunden

Da kommt wahrlich Freude auf, wenn der neue Chef mit diesem Original-Sager vor sein mehrköpfiges Team tritt. Das sitzt. Es fühlte sich für seine Mitarbeiterin, eine Übersetzerin mit akademischem Abschluss für Italienisch und Spanisch, die auch Kaffee kochen kann, nicht ganz so beschissen an, weil sie die einzige Frau in dem Unternehmen war, das international aufgestellt über wertvolle Gasleitungen und Gaslieferungen wacht. Der Gedanke: „Der meint sicherlich nur meine männlichen Kollegen, schließlich hat er vom Schäferhund und nicht der Hündin gesprochen“ verlieh ihr eine gewisse Sicherheit. Dennoch fühlte es sich für sie als Frau komisch, ungewohnt, eigentlich grauslich an. Bis vor kurzem war doch alles noch ganz anders, total okay. Italienischer Mutterkonzern, nur kollegiale Italiener im Team, viele tolle Dolmetsch-Termine in Italien, interessante italienische Übersetzungstexte im technischen Bereich, fünf Jahre lang ein gutes Verhältnis zu dem Chef, der dann von heute auf morgen nach Mailand abgezogen wurde. Schade. Dann kam der „Abrichter“ aus Sizilien. Seine Sekretärinnen, die er von nun an versucht hat zu rekrutieren und an das Unternehmen oder an die Kette zu binden, haben sich die Klinke in die Hand gegeben. Eine blieb sogar einen ganzen Tag. Nur die italophile Dolmetscherin blieb stur, und ist in der „Abrichtungsphase“ des Neuankömmlings weiterhin hartnäckig auf ihrem Sessel picken geblieben: abwarten und selbst gebrauten Kaffee trinken.

Ich weiß gar nicht, was ich getan oder gedacht hätte, wenn ich nach einer Woche Abwesenheit ins Büro zurückgekommen wäre und sämtliche Zetteln und Schreibmaterialien, die sich zum Zeitpunkt, als ich das Büro verlassen habe, noch auf dem Schreibtisch befunden haben, kreuz und quer am Boden verstreut wiedergefunden hätte. Was hätten Sie getan? Den neuen unsympathischen Chef verdächtigt? Ich hätte nichts gedacht, ich hätte getan, d.h. ich hätte bei diesem Anblick sofort aus Zorn zu heulen begonnen, weil irgendwer oder irgendwas, eigentlich egal, meinen geordneten Saustall zu Fall gebracht hat.

Besagter Chef meinte zu ihr des Öfteren: „Alles, was Sie bis jetzt gemacht haben, war falsch!“ Sollte die bodennahe Akten-Verteilung vielleicht symbolisch bedeuten, mit dem Alten aufzuräumen, den Weg frei für einen frischen Schreibtisch zu machen, Platz für Neues zu schaffen? Spekulation über Spekulation, lassen wir diese Aktion doch besser unter die Kategorie „XY ungelöst“ fallen. Wichtiger ist doch zu erfahren, wie's weiterging. Angefühlt hat sich dieser Vorfall für die engagierte und ehrgeizige Übersetzerin wie der Beginn eines

Terror-Regimes, für Schäferhunde wohlgemerkt: kurze Leine, Beißkorb, leerer Fressnapf zur Bestrafung und ja nur keine Streicheleinheiten.

Auch in einem unternehmerischen „Abrichtezentrum“ kann Menschen das (Nach-)Denken nicht verboten werden. Das Tun ja, aber Gedanken sind und bleiben nicht nur frei, wie uns das Volkslied „Die Gedanken sind frei“ seit Beginn des 19. Jhdt. melodisch verkündet, sondern auch abrichte-frei. Es war für sie ein erlösender, wohliger Gedanke, der ihr eines Tages eingeschossen ist: „Geh, ich war z‘erst da, wenn du willst, dass ich geh‘, dann schmeiß‘ mich raus. Du kannst mich mal!“ Gar nicht ladylike, werden Sie sich jetzt vielleicht denken. Stimmt, aber genau diese rohen Gedanken haben ihr kurzfristig eine derart gelassene Ausstrahlung verliehen, dass sich der Chef ihr gegenüber zwar noch immer nicht ladylike benommen hat, aber erstmals die eine oder andere verbale Streicheleinheit verteilt hat. Zu spät. Sie war sich im Klaren, einen vermeintlichen Paranoia-Chef zu ändern, oder warten bis sich der so geändert hat, wie sie ihn gerne hätte, das spielt’s nur im Kino. Und wer es bis jetzt noch nicht weiß, wir können tatsächlich, so sehr und so oft wir uns das im Leben wünschen, unsere Mitmenschen nicht ändern, nicht nach Belieben auf und an ihnen herummeißeln, bis wir die Statue gefertigt haben, die uns und unseren Bedürfnissen entspricht. Aber die gute Nachricht ist, wir können uns ändern. Ich liebe Noni Höfner, die Herrin des Deutschen Instituts für Provokative Therapie in München, bei der ich einige Ausbildungen zu Improvisation und zum Provokativen Stil in der Beratung nach Frank Farelly genießen durfte, für ihren Satz: „Solange wir warm sind, können wir uns ändern.“

Wenn sich also die Atmosphäre am Arbeitsplatz anfühlt wie: „Gibt’s heute wieder Zwinger oder nicht? Gibt’s saftige Knochen, oder nur eine Handvoll trockener Brekkies? Darf ich an die Laufleine, oder muss ich bei Fuß gehen?“, und dieser

Zustand einem im wahrsten Sinne des Wortes die Luft nimmt, dann ist Veränderung, raus aus der luftleer empfundenen Hundehütte, wohl das kleinere Übel.

Ja, sie ist in dieser sauerstofflosen Phase gerade mal 30 Jahre alt und bricht in Tränen aus, wenn ihr die Straßenbahn davonfährt. Plötzlich ist sie extrem leicht aus der Fassung zu bringen. Sie knallt mit Bürotüren, schmeißt mit Wörterbüchern um sich, reißt das Fenster auf und schreit ihrem Chef auf die Straße nach: „STRONZOOOOOO", was so viel heißt wie Arschloch. Davon erzählt das Büro heute noch, lachend.

Das war nicht der Kündigungsgrund, nein, sie ist selbst entschieden gegangen, obwohl sie dort ursprünglich gerne in Pension gegangen wäre. „Danke, Stronzo, ich hab's vom italienischen Wunschkonzern in die Weiten der EU-Landschaft gebracht! Mille grazie. Arrivederci **„Italophilie", benvenuti „Multikulti"!**"

Wie der EU-Dienstvertrag unter Dach und Fach war, hieß es Koffer packen und mit der nächstmöglichen Maschine nach Brüssel. Nicht nur der Job hatte das Mascherl „Umwelt", sondern die sprachgewandte, frisch gebackene EU-

Mitarbeiterin ist auch in eine neue „Mitarbeiter-Umwelt“ mit tollen Aspekten und lustigen Reibungspunkten eingetaucht.

Gemeinplätze gibt es auch in dieser „Wir sind alle Europäer“-Berufswelt. Selbst wenn viele entsandte EU-ler meinen: „Wir sind alle gleich, weil wir alle Europäer sind“, im Brüsseler Büroalltag zeigt sich, dass jeder so seine Eigenheiten hat. Es ist nicht störend, es ist erheiternd zu erleben, dass der korrekte Deutsche schon um „Achte“ hinter seinem Schreibtisch sitzt, während der Spanier um „halba Zehne“ kommt und einmal gemütlich frühstückt. Ja, jeder bringt seinen kulturellen Background im Arbeitsrucksack mit. Für die „Neue“ war es stets irgendwie lustig anzusehen und mitzuerleben, dass kulturelle Unterschiede den Arbeitsalltag dominierten. Wieso ist das in Brüssel lustig und woanders alles andere als lustig, nämlich „Schluss mit lustig“?

Ist das Euphemismus, eine beschönigende Umschreibung für etwas Unangenehmes? Oder ist das EU-FEM(IN)ISMUS? Es war für mich sehr aufschlussreich zu hören, dass das EU-Beamtendienstrecht vorsieht, dass das Gehaltssackerl für Männer wie Frauen gleich befüllt wird. D.h. jede Kategorie im System hat ihren Wert, ihr festgelegtes Gehalt, egal ob auf dem kategorisierten Job Adam aus Rumänien oder Eva aus Österreich sitzt. Also bitte, es nicht alles schlecht, was in Brüssel abgeht. Das hätte doch sinnvollen Nachahmungswert! Kann es sein, dass wenn Mann und Frau auf der Berufsbühne nicht ständig 24 Stunden lang auseinander dividiert werden, der Umgang mit zusätzlichen kulturellen Unterschieden nicht so ins Gewicht, sondern vielmehr raus aus dem Blickwinkel der persönlichen Division fällt, und tatsächlich lustig und erheiternd als Multiplikation empfunden wird?

Natürlich sind auch in Brüssel und Umgebung tendenziell mehr Frauen auf Assistenz-Posten als auf Manager-Posten. Die Frage: „Wer sitzt in diesem Riesenapparat auf welchen Positionen und wieso?“, hat sich meine Dolmetscherin selten bis nie gestellt und diese auch nicht wirklich verfolgt. Sie ist nach ihrem Brüssel-Einsatz wieder zurück nach Österreich gegangen. Heimweh hat ihre Mobilität beflügelt, und sie bekleidet weiterhin als EU-Beamtin eine verantwortungsvolle Position bei einer EU-Agentur im Herzen von Wien.

Zwischen ihre EU-Einsätze hat sich lediglich eine „Schwangerschaftsperiode" in der Privatwirtschaft eingeschlichen. Schwangerschaftsperiode deswegen, weil diese exakt neun Monate Zwischenlösung bei einem österreichischen Wirtschaftsprüfungs-Unternehmen für sie nur „zum Junge kriegen" waren. Verständlich, wenn sich die Aufgaben als Assistentin der Geschäftsleitung auf digitalen Babysitter für den Chef spielen reduziert und sie trotz internationalem Umfeld pro Woche höchstens zwei diktierte Sätze auf Englisch schreiben durfte.

Aktuell sitzt das sprachenaffine Organisationstalent wiederum auf einer guten EU-Position. In eine hohe, noch höhere Position zu gehen, würde sie nie anstreben. Ihr ehrliches Bekenntnis, das sie lachend hinausposaunt: „Ich kann nicht damit umgehen, so viel Verantwortung zu haben. Das ist, glaub' ich, eine sehr persönliche Sache, weil ich mir zu viele Sorgen mach'. Und das lässt mich nicht schlafen in der Nacht. Und somit brauch' i des net. Und ich bin auch nicht jemand, der sich über seinen Beruf definiert. Ja, ich arbeite um zu leben und nicht umgekehrt. Ich habe einen guten Posten, ich verdien' gut, ich hackle rein, aber wenn ich nicht arbeiten müsste, dann tät' ich's nicht, ehrlich."

6 Deine „Lightversion" von Gleichberechtigung kannst du dir in die Haare schmieren

Kurz nach ihrer Pflichtschulzeit zeigte sie Entschlossenheit und Tatendrang. Es war nicht die klassische „Mädchenschule" für die sie sich begeisterte. Nein, ihr Interesse galt einer HTL im 10. Bezirk. Einer Schule, die mehrheitlich von jungen Burschen besucht wurde. Wo Mädchen zu „Kettenfädel"- oder Näharbeiten eingeteilt worden sind, während Burschen verschiedene Maschinen zerlegen durften. So war das in den 80er Jahren. Doch diese Ungleichheit ging ihr schon damals gegen den Strich. Sie bewegte sich ständig zwischen den zwei Polen: Anpassen und Aufbegehren. Zwischen Näharbeiten und der Mechanik von Maschinen. Nur auf Näharbeiten reduziert zu werden konnte sie sich beim besten Willen nicht vorstellen. Hätte sie das gewollt, wäre sie ins Gymnasium gegangen und nicht in die HTL.

Es gab Lehrer, denen eilte ihr konservativer Ruf an dieser Höheren Technischen Lehranstalt voraus. Oft waren sie alt, einfach in die Jahre gekommen und mit ihrem Alter ihr traditionelles Weltbild. Ihr schulisches Interesse hingegen galt dem Fortschritt und damit den Maschinen. Doch keiner ihrer Lehrer kam freiwillig auf die Idee, sie gemeinsam mit den Jungs an Maschinen arbeiten zu lassen. Sie wollte nicht Spaß mit den Jungs haben, sondern Mechanik studieren und mechanische Maschinen reparieren. Ketten fädeln konnte sie auch zu Hause!

Diese technischen Stunden für sich einzufordern, gleiches Recht für Mädchen und Burschen zu verlangen, beschäftigte sie also bereits im Alter von 16 Jahren. Das Weltbild ihrer Lehrer mag noch so veraltet gewesen sein, es hinderte sie nie daran, für sich selbst und andere offen, interessiert und neugierig „Burschen-Inhalte" einzufordern.

Sie brachte frischen Wind an diese Schule und die Meinung „eine Frau ist wie ein Löschblatt, sie nimmt alles auf und gibt es verkehrt wieder", verflüchtigte sich rasch. Ihrer aufsaugenden Beharrlichkeit war es zu verdanken, dass für einige Jahre die Arbeit an dieser Schule geschlechtsneutral verteilt wurde. Schüler konnten nähen, wenn sie wollten, und Schülerinnen durften Maschinen näher kennen lernen.

Dies ist nur eines der vielen Beispiele für veraltete Rollenbilder, das sie aus dem Hut zaubert, wenn sie über ihren Erfahrungsschatz spricht. „Irgendwie zog es sich symptomatisch durch mein Leben. Immer wieder versuchten Menschen mich klein zu machen, zu reduzieren auf ein veraltetes Rollenbild, dem ich nicht entsprach."

In ihrem anfänglichen Job in der Textilbranche durfte sie sogar ihre Persönlichkeit beim Eingang abgeben. Wie fortschrittlich!

„An meinem ersten Arbeitstag erhielt ich ein grünes Kleid. Naja, sagen wir einmal es sah aus wie ein Kleid, denn eigentlich war es eine gold geknöpfelte Schürze mit Ärmel. Dieses grüne Kleid musste ich mir überwerfen und meine Straßenkleidung in einen Spind im Kellergeschoss hängen. Erst mit dem grünen „Tarnanzug" durfte ich hinauf in mein Büro im Einkauf. Zusätzlich schenkten sie mir ein zufälliges Pseudonym. Was für ein Geschenk! Ich sollte meinen mir angetauften Vornamen für die nächsten acht Arbeitsstunden vergessen, damit es im Unternehmen zu keinen Verwechslungen und verwirrenden Doppelnennungen kommt. Mann oh Mann, wer hätte schon drei Marias auseinanderhalten können? Ich entsinne mich nicht mehr genau, welchen Namen ich wählte, war es Sandra oder Conny, den ich mir gemeinsam mit und auf meiner grünen Arbeits-

uniform für die nächsten acht Stunden übergestülpt habe.

Nur eines weiß ich noch genau, wie Madonna, unsere Pop-Ikone der 80er Jahre habe ich mich nicht gefühlt. Ich konnte weder mit heißen privaten Outfits noch mit meinem coolen Namen punkten. Ich wurde auch nicht mehr gesehen. Ich tauchte unbemerkt in der „grünen" Masse unserer mitarbeitenden Menschen unter. Wir waren wie Ameisen. Die von der einheitlich grünen Sorte. Frühmorgens trafen wir noch in schrillen Klamotten am Unternehmens-Standort ein, nach Betreten des Geländes zogen wir uns „gemeinsam" in Grün um, legten unseren Schmuck ab und wischten uns die Schminke aus dem Gesicht. Auch das war so eine Regel. Schmuck und Schminke wurden nicht gutgeheißen, schließlich sollte es unter uns weiblichen Ameisen keinen Unterschied geben. Wir sollten alle einheitlich in Grün leuchten. Ja, Sie haben richtig gehört. Dies galt nur für uns Frauen. Männer mussten weder ihre Identität noch ihren Namen, noch ihre Privatkleidung am Firmengelände abgeben.

Das Motto für uns Frauen lautete: „Eine für alle, alle für eine". Nur dass mit „eine" die Königin gemeint war, in unserem Fall das Unternehmen namens „Resten-König".

Am späten Nachmittag verließen wir müde und ausgepowert das Gelände unseres „geliebten" Standorts. Nur unsere Königin, der Eigentümer, blieb länger und mit ihr die Männer im Management-Team, die sich neue Instrumente zur Steigerung von Effektivität und Effizienz überlegten."

Sie war viele Monate Teil des unicoloren weiblichen Ameisenstaats und erlebte hautnah, was das Sprichwort „Wir sind alle gleich, nur einige sind gleicher" für sie und ihre Ameisen bedeutete. Noch heute kann sie Sprichwörtern wie „Wir sitzen alle im selben Boot" nur wenig abgewinnen. Vor allem dann, wenn die einen angeln und die anderen rudern.

Und obwohl sie weiß, dass Dienstkleidung, damals wie heute, durchaus gefordert wird, hat sie Kleidungsvorschriften löblicherweise nie mehr wieder im Zusammenhang mit dem Geschlecht erlebt.

Dass Kleider jedoch schon immer bestimmte Assoziationen in uns Menschen weckten und damit Macht, Geschlecht, Status oder Alter in Verbindung gebracht werden und mit ihnen gewisse Eigenschaften, ist nicht erst heute bekannt. Haben Sie Gottfried Kellers „Kleider machen Leute" schon vergessen?

Es ist nicht generell von der Hand zu weisen, dass sich Berufskleidung für bestimmte Berufe als zweckmäßig erwiesen hat. Ärzte und Priester tragen seit jeher Arbeitskleidung und wenn wir von ihnen als „Gott in Weiß" oder „Diener Gottes" sprechen, tauchen automatisch Männer in unserem Kopf auf.

In diesem bildhaften Zusammenhang erinnert sie sich an den Tag, als sie mit ihrer Mutter gemeinsam das Grab ihrer Oma besuchte. Am Friedhof auf dem Weg zu ihrer Oma gingen sie an mehreren Gräbern vorbei und plötzlich fragte sie ihre Mutter: „Du, Mama, ist es eigentlich erlaubt zwei Leute in einem Sarg zu bestatten?" „Nein, natürlich nicht", entgegnete die Mutter. „Dann haben die da drüben eine Ausnahme gemacht. Da steht nämlich: „Hier liegt ein Arzt und ein ehrlicher Mann"."

Der Textilbranche blieb sie noch eine ganze Weile treu, obwohl sie dem Ameisenstaat nach der Geburt ihres Sohnes und der Karenzzeit endgültig den Rücken zukehrte.

In einem mittelständischen Familienunternehmen erlebte sie nur Jahre später eine Firmenkultur der „außerirdischen" Art. Hier war es gelebte Praxis zu sagen: „Überstunden werden nicht bezahlt. Schließlich bedeuten Geschäftsreisen für das Unternehmen, mitunter nach China und nicht nur nach Salzburg, Vergnügen und können daher nicht noch extra bezahlt werden." „Überirdisch", was sich Unternehmer so alles einfallen lassen, nur um das Paket „Arbeitnehmer" so preiswert wie möglich zu schnüren. Hier wurden eigene Gesetze geschaffen und Arbeitnehmerrechte mit Füßen getreten. Alles ausschließlich zum Wohle des eigenen Imperiums und seiner Nachkommen.

Nicht nur dieses Arbeit gebende Imperium lebte in einem anderen Universum und hegte überirdische Gedanken, sondern auch ihr damaliger Ehemann war in der Lage, außerirdische, deckungsgleiche Aussagen zu formulieren: „Dein Beruf ist ja eigentlich so etwas wie dein Privatvergnügen. Du arbeitest, aber verdienst wenig bis nichts. Daher kann es auch nicht sein, dass ich auf unseren Sohn aufpassen muss, wenn du wieder einmal auf Geschäftsreisen bist." Ja, das saß. Soeben hatte er ihr mit seinen Worten mitgeteilt: der Mann bringt das Geld nach Hause und die Frau hat sich um das Kind zu kümmern. Ausnahmsweise, wirklich nur ausnahmsweise, und weil er es ihr ausnahmsweise erlaubt, kann sie noch etwas dazu verdienen.

Sie musste an zwei Fronten kämpfen. Einmal gegen Ausbeutung am Arbeitsplatz und einmal gegen Sexismus in ihren eigenen vier Wänden.

„Deine „Lightversion" von Gleichberechtigung kannst du dir in die Haare schmieren", hätte sie dem Gatten am liebsten an den Kopf geworfen. Ihrem Arbeitgeber hätte sie damals gerne unterbreitet: „Wissen Sie, wenn Sie Geschäftsreisen als mein Privatvergnügen sehen, dann bleibe ich das nächste Mal freiwillig im Büro und mache dort Urlaub."

Obwohl ihr der Mut für diese verbalen Konter fehlte, stand ihr Entschluss fest: „Ich will zukünftig mit Menschen in Institutionen arbeiten, die sicherstellen, dass Unternehmer Arbeitnehmerrechte nie mehr wieder mit Füßen treten können. Themen wie Gleichberechtigung und Gleichstellung sollen endlich das Papier wert sein, auf dem sie geschrieben stehen."

Kurze Zeit darauf gelingt ihr der Sprung von der Privatwirtschaft in eine Einheit des öffentlichen Sektors, wo sie nach wie vor Arbeitnehmerinteressen vertritt und gleiches Recht für alle fordert.

Blickt sie auf ihr berufliches Leben zurück, kommt sie zu der Einsicht: „Die HTL hat mich geprägt und meinen zivilen Ungehorsam geformt. Dort habe ich geschnallt, dass ich als Frau dieselben Rechte habe und dass ich mich für mehr Gerechtigkeit einsetzen kann und muss."

Und obwohl es in ihrem Leben manche Hochs und einige Tiefs gab, ging sie unbeirrt ihren Weg. Sie wollte nie in die Schublade der Emanzipation gesteckt werden, da ihr klar war, dass sie aus dieser Schublade nur mehr schwer herauskommen würde. Sie wollte keine Feministin sein, und trotzdem kämpft sie für die Gleichheit vor dem Gesetz. Sie will nie mehr wieder abhängig sein und sieht mit Entsetzen, dass die Selbstbestimmung von Frauen erneut in Frage gestellt wird. Gesetzesinitiativen definieren unbezahlte Arbeit von Frauen als Teil ihrer Natur. Konservative machen berufstätige Frauen für den angeblichen Zerfall der Familie und die drohende demografische Katastrophe verantwortlich. Und Frauen wird womöglich demnächst das Recht auf Abtreibung eingeschränkt.

Geht es nach ihr, sollen Männer endlich anerkennen, dass Frauen genauso viel zählen wie sie und eine „Lightversion" von Gleichberechtigung 2019 nicht mehr zur Diskussion steht.

7 DENKSTEINE IN DER LEITUNG OHNE FÜHRUNG

Haben Sie schon einmal versucht bei McDonald's zu plaudern und gleichzeitig alles zu verstehen, was Ihr Gegenüber von sich gibt? Ich bin gescheitert. Nicht am vergessenen Hörapparat, sondern am Geschirrgeklimpere der offenen Küche und an der schallenden Türautomatik, deren Bewegungsmelder auch die Sitzenden erfasst hat. Es war mir zu wichtig, wirklich jedes Wort von dem zu hören, was meine Interviewpartnerin mir erzählen würde. Abgesehen davon, dass die Klimaanlage dieser kleinen, überschaubaren Filiale Temperaturstufe „Eiswürfel" anzeigte und ich im hochsommerlichen Juli weder mit Jacke noch Pullover bewaffnet war. So alt bin ich ja doch noch nicht. Daher war ich sehr froh, auf eine flexible junge Frau zu treffen, die sich ungeplant und unvorbereitet mit mir auf ein Interview im Auto eingelassen hat, inmitten eines McDonald's Parkplatzes. Selten so gelacht über eine Lebens-Premiere. Ein unerwartetes, unvergessliches Erlebnis für uns beide!

Ja, diese junge Frau stürmt nicht nur auf Beifahrersitze, sondern auch auf Hochschulen in Graz und Maastricht, um sich dort Bachelors und Masters zu angeln. Aber nicht mit roten Rosen von RTL, sondern mit unbekümmerter Schlauheit. Von Gesundheits- über Pflegewissenschaften bis hin zum Bereich „Public Health", wo es vorrangig um Ökonomie, Politik und Changemanagement geht, hat sie alles in der Tasche. Mit diesem Wissen im Gepäck ist sie schließlich für zwei Jahre als klinischer Datenmanager in die Brust- und Darmkrebsforschung eingetaucht. Ihr Steckenpferd blieb draußen am Anbindebalken. Aber nicht lange, denn nach den beiden Forschungsjahren hat sie umgesattelt und nun bereits seit sechs Jahren mit ihrem Steckenpferd „Changemanagement"

„Veränderungen managen"

den richtigen Stall gefunden. Sie reitet nicht am hohen Ross, obwohl sie in dieser Medizinprodukte-Firma den Bereich „Consulting" für ganz Österreich allein verantwortet und auf einer Leitungsfunktion ohne Mitarbeiterverantwortung sitzt. Haben Sie schon eine Vorstellung, was sie arbeitet? Ich noch nicht. Ihre Firma bezeichnet sie liebevoll als Metallwarengeschäft, das von Kopf bis Fuß fast alles ersetzen kann. Gut zu wissen!

Sie verkauft nicht diese medizinischen Metallwaren, das übernimmt der Außendienst, sie arbeitet mit Krankenhäusern zusammen und kümmert sich coachend und moderierend mit den Klinik-Teams um die Optimierung von Prozessen und Behandlungspfaden für Patienten. Obwohl sie sehr viel „Ungereimtes" in der Krankenhauslandschaft mitbekommt, macht ihr der Job noch immer immens viel Freude. Das verdankt sie nicht zuletzt einem Geschäftsführer, der sie mit ihrem Steckenpferd „Veränderungen managen" nicht auf der Koppel einsperrt, sondern ihr den notwendigen Auslauf und Freiraum für Strategie und Gestaltung gewährt.

Sie belehrt nicht gerne. Sie hat unglaublichen Spaß daran, Menschen an ihre eigene vorgestrickte Lösung, die sie von Anfang an im Kopf hat, heranzuführen. Die sollen selbst draufkommen, was sie anders machen sollen oder was sie brauchen, damit sich ihr großes Ganzes verändert und verbessert. Vorpreschen wie eine durchgegangene Stute funktioniert nicht. Denn Veränderung, wie wir wissen, aber allzu oft in unserer Ungeduld vergessen, braucht viel Zeit. Diese Zeit gönnt sie geschickt allen, die am Veränderungsprozess mitarbeiten.

Hat sie im Krankenhausbereich, den sie sehr männerlastig erlebt, als Frau gewisse Vorteile? Nein, aber es macht einen Unterschied, ob eine Frau oder ein Mann in extern beratender

Funktion vor dem Führungsteam eines Spitals steht. Da sitzen der Geschäftsführer, der Primar, die Pflegedienstleitung, die Stationsleitung, die Leiter der interdisziplinären Teams aus den Bereichen Administration, Physiotherapie, Orthopädie, da sitzt prominent versammelt die „kollegiale Führung". Sich dieses Unterschieds bewusst zu sein, das ist der Vorteil, ihr Vorteil. Wenn ein Mann, wie kürzlich ein Kollege von ihr, den Ton angibt, kommt beim männlichen Auditorium an: „Jetzt haut er mit der Peitsch'n drauf." Wenn sie als Frau vor diesem Rudel „predigt", spürt sie höfliches Gentleman-Gehabe: „die lassen wir jetzt ausreden, die ist sympathisch", wo keiner merkt, dass sie mit der Peitsch'n draufhaut. Für meine quirlige nicht angeschnallte Beifahrerin steht fest, wenn Männer beraten und ihr Fachwissen auf den Tisch knallen, hört es sich nach Befehlsausgabe an. Sie hingegen teilt wohl überlegt ihre „Denksteine" aus, die anregen und nicht erschlagen. Das Beste, die Lösung, kommt eben zum Schluss!

Auf der einen Seite bewusst Druck und Tempo rausnehmen, Zeit geben, auf der anderen Seite trotzdem schlagfertig sein, das hört sich einfacher an als es ist. Schlagfertigkeit war nicht immer ihre Stärke. In ihrem ersten internen Firmenmeeting, sie war 26 Jahre jung, gerade einmal ein Monat in diesem Unternehmen und mit dem Aufbau ihres Bereichs „Consulting" betraut, da singt ein lustiger Kollege: „Can you blow my whistle, baby, whistle baby, let me go .....", zwinkert ihr zu und fragt: „Was heißt denn das auf Deutsch?" Die Schlagfertigkeit hat auf sich warten lassen. Aber nicht lange. Sie hat mit hochrotem Kopf unter lauthalsem Lachen der Außendienst-**MANN**schaft den Meeting-Raum verlassen, sich kurz geärgert, aber blitzschnell abgekühlt,

um wieder hinein und in der Tagesordnung weiter zu gehen mit: „Du, aber deinen blas‘ ich nicht." Dieser Konter, wenn auch noch nicht schlagfertig genug, ist gesessen. Den hat ihr der kurzfristig sprachlose Kollege nicht zugetraut. Seither hütet er sich vor ihren fertigen Schlägen! Wobei sie es grundsätzlich hasst, sich auf das niedrige Niveau solcher Testosteron-Idioten zu begeben. Rot wird sie noch immer ziemlich schnell, aber nicht, weil sie sich, wenn's unter die Gürtellinie geht, persönlich schämt und betroffen fühlt, nein, sie schämt sich kurz fremd, liebe Männer, nur für euch. Das nenn‘ ich Schamgefühl auf höchstem Niveau!

Sie ist eine One-Woman-Show, sozusagen eine Firma in der Firma, und trotz dieser strukturellen Außenseiter-Rolle fällt ihr zunehmend auf, dass in ihrem Unternehmen ausgerechnet die männlichen Kollegen so zwischen 30 und 50, egal in welcher Ebene sie sich befinden, das tägliche Sempern, die tägliche Opferrolle „mir geht es nur so gut, wie es die anderen zulassen" für sich in Anspruch nehmen. Haben die was falsch verstanden mit der Gleichberechtigung? Frauen sind doch die Armen, oder doch nicht? Lösungsorientiert wie sie ist, hat sie diesen internen Trend erkannt und dafür den Nebenjob mit Stellenprofil „Kummerkasten" geerntet, der zwar unbezahlt für sie, aber unbezahlbar für die betroffenen Herren ist. Männer brauchen eine Box, wo sie sich ausheulen können. Wo und bei wem soll denn das emotionale Mitteilungsbedürfnis raus dürfen, wenn sie immer stark wirken müssen und ihnen zu Hause niemand zuhört?

In diesem Moment unseres Auto-Gesprächs fällt es wie Schuppen von der Windschutzscheibe. Ich sitze neben einer Männerversteherin, für die es im Gegensatz zum „womanizer" noch keinen Eintrag auf Wikipedia gibt. „Manizer"? Bevor Sie auf abwegige Gedanken kommen, hier geht es nicht um blindes Verführen, sondern um blendendes Verstehen, und das hat sie drauf, egal ob ihr ein geschäftiger Mann oder eine abgestellte Autofahrerin vis-à-vis sitzen.

Früher wollte sie Musicalstar werden. Absolut. Das war ihr großes, ambitioniertes Ziel. Wie sie so sechs, sieben Jahre alt war, hat sie in jeder freien Minute getanzt, getanzt, getanzt, aber nicht Ballett. Hip-Hop, Jazz, Musical hat sie leidenschaftlich trainiert und in einer Improvisationstheater-Gruppe viele Aufführungen mitgespielt. Mit 16 Jahren war's leider vorbei mit der Tanzkarriere. Eine Knieverletzung kam, sah und siegte. Das abrupte Ende hat insgeheim die Eltern gefreut: „Endlich wird sie was Handfestes machen!"

Handfest ist auch ihre Vorstellung von einer optimierten Frauen-Berufswelt. Sie ist ein Fan von „Männer-Frauen-Kombi", in der Frauen akzeptieren, dass es ab und zu rüder zugeht, und Männer begreifen, dass weibliche Perspektiven Verbesserung und nicht Verschlechterung bedeuten. Um die Wichtigkeit ihrer „Männer-Frauen-Kombi" zu unterstreichen und mir so richtig zu veranschaulichen, zeichnet sie auf das leicht verdreckte Seitenfenster eine reine Männer-Kombi: zwei Affen, die sich gegenüber sitzen und brüllend auf die Brust schlagen: „Ich bin gut, ich bin stärker", und eine reine Frauen-Kombi: zwei Schwäninnen, die sich im großen Teich um eines von 2000 Wasserpflänzchen streiten: „Das ist aber meine Alge!" Mit diesen lustigen Bildern will sie mir abschließend sagen, dass wir zusammen stärker sind, weil jedes Geschlecht seine positiven und negativen Seiten hat, und wir beides brauchen, um uns zu ergänzen.

Ich betrachte meine Autoscheibe, schmunzle, starte den Motor und fahre um einen weiteren Denkstein reicher nach Hause. Ihre angesprochene „Männer-Frauen-Kombi" nimmt im Abendverkehr auf der Südost-Tangente und in meiner Phantasie symbiotische Gestalt an: DER gefürchteten Muräne spaziert DIE zierliche Putzergarnele durch's aufgerissene Maul ohne gefressen zu werden …

8 DER KAISER IN DER ANSTALT WAR ICH

„Meine Mutter wollte mich nach der 4. Klasse Gymnasium mit zugebenermaßen mittelprächtigem Notendurchschnitt arbeiten schicken. Da ich aber eine unverbesserliche Optimistin bin, bekannter Weise also immer mit halbvollem Glas liebäugle, bettelte ich darum, eine Schule mit Matura besuchen zu dürfen. Ich bin 1962 geboren, für all jene, die sich jetzt vielleicht fragen, wielange das denn bereits her ist.

Nach vielen Anläufen bei meiner lieben Frau Mutter, unzähligen Diskussionen verbunden mit einer Hartnäckigkeit und Ausdauer, die mir bis heute innewohnt, habe ich schlussendlich die Aufnahme in die Knödelakademie geschafft.

Und siehe da, plötzlich wurde ich Vorzugsschülerin. Wenn Kinder etwas wirklich wollen, schaffen sie auch Leistung. Eigentlich will ich gar nicht von Leistung sprechen, denn die letzten 100 Tage unserer Regierung wurde das Thema ja bereits rauf- und runtergespült und ich werde es heute hier und jetzt nicht weichspülen. Vielleicht komme ich später nochmals darauf zurück im Zusammenhang mit meiner Arbeit in einem staatsnahen Unternehmen. Nur so viel sei gesagt, im Kindesalter halte ich wenig bis gar nichts von Leistung. Kinder sollen nicht leisten müssen, hier soll einzig und allein das spielerische Erlernen im Vordergrund stehen. Die Neigung, die uns innewohnt, das Interesse, das wir verspüren, soll gefordert und gefördert werden und Chancen, die sich einem bieten, sollen ergriffen werden ohne Wenn und Aber. Das ist eine kleine Spitze für uns Mädels.

Übrigens der Knödelakademie hat meine Mutter damals nur zugestimmt, weil sie sich dachte: „Okay, dann halt Hausfrau und Mutter mit Matura, zumindest lernt sie kochen."

Nach der Knödelakademie und ohne Freund, also weit und breit kein Samenspender in Sicht, begann ich bei einem Reiseveranstalter zu arbeiten. Eigentlich wollte ich ja zur AUA, schließlich lernt man in der Knödelakademie nicht nur kochen, sondern auch den Servicegedanken besser kennen und vielleicht sogar verstehen. Allerdings gab es zur damaligen Zeit einen Aufnahmestopp. Retrospektiv bin ich heute ganz froh darüber.

Wochen darauf lernte ich bei besagtem Reiseveranstalter den Vater meiner Kinder kennen und schätzen. Schicksal, Zufall, Bestimmung, wer weiß das schon, meine Mutter hat sich wahrscheinlich gedacht: „Ich habe es ihr ja gleich gesagt. Wozu Matura, wenn es mehr als Hausfrau und Kinder nicht spielen wird.“ Aber so schnell gab ich nicht auf. Erst nach der Geburt unseres zweiten Kindes legte ich für kurze Zeit eine Pause ein. Gegen den eigenen Willen musste ich zu Hause bleiben. Denn zu dieser Zeit waren Kindergärten nicht flächendeckend gegeben und Kinderkrippen eine Rarität am Land. Um nicht nur zu Hause zu sitzen, unterstützte ich meinen Vater, der ein kleines mittelständisches Unternehmen sein Eigen nannte, im Büro.

Als ich wieder zu arbeiten beginnen wollte, hörte ich bei meinen Vorstellungsrunden immer wieder folgende Worte: „Sie haben ja zwei Kinder, bei zwei Kindern fallen Sie sicherlich öfters aus.“ Dass meine Kinder mittlerweile acht und zehn Jahre alt waren, interessierte zu diesem Zeitpunkt niemanden.

Irgendwann fand ich doch noch den Job als Sekretärin in der „Anstalt“. Ich nenne sie jetzt liebevoll Anstalt, auch wenn wir keine Irrenanstalt sind. Na ja, manchmal vielleicht doch. Schon allein aufgrund der staatlichen Nähe. Das Gelände unserer Anstalt war schon damals sehr groß und eine Welt für sich. Noch heute gibt es eine Bibliothek, eine Wäscherei, eine Großküche, einen Friseur, Aufenthalts- und Trainingsräume und vieles mehr und einen Verwaltungsdirektor, der mich schließlich für 14.000,00 öS, nein nicht Teilzeit, sondern Vollzeit, beschäftigte.

Umgerechnet bedeutete das, ich bekam 1996 trotz Matura und Berufserfahrung nur rund 1.017,42 Euro, dafür viele Sonderleistungen wie Bildschirmzulage, einen Zuschuss für Urlaub und viele andere Kleinigkeiten. Mein Verwaltungsdirektor wurde nicht müde über diese Vorteile zu sprechen. In seinen Erzählungen war meine Zukunft rosig und schön und die Vorteile der Zugehörigkeit zur Anstalt deckten meine gehaltlichen Einbußen zu. Worüber er allerdings, wissentlich oder unwissentlich, vergessen hat zu sprechen, sollte ich bereits Monate später erleben. Die nächste Strukturreform war im Anmarsch und mit ihr die kurz davor genannten Vorteile im Arsch. All die schönen Extras für mich und all jene Personen mit meinem Eintrittsdatum und „später" gehörten der Vergangenheit an.

Damals sprach das Management-Team noch von Strukturreform. Heute spricht die Führungsetage von Disruption. Keine Sau weiß, was das heißt, aber jeder verwendet den Begriff. Vielleicht denken die da oben sich: „Wörter, die keiner versteht, führen zu keiner langen Diskussion." Jedenfalls nicht unmittelbar im Anschluss an die wortgewaltige Rede über die bevorstehende Reform.

Vielleicht dachten sie sich auch, durch viele Extras können niedrige Gehälter und Biennalsprünge als erklärtes Ziel ohne Zielvereinbarung leichter argumentiert werden. Vielleicht dachten sie sich aber auch gar nichts. Wer weiß? In den letzten Jahren kamen immer wieder neue Vorschläge aus der Vorstandsetage. Nicht wenige dieser Vorschläge wurden uns als geniale Strategie verkauft. Eine Strategie, die sich nur allzu schnell wieder zu verflüchtigen schien. Und wir, wir „Kleinen", wir einfachen Angestellten mussten rasch erkennen, dass nichts dahinter steckt, außer vielleicht schlechter Schlaf.

Nachdem der Vertrag also unterfertigt war und ich als

Sekretärin zu arbeiten begann, schmerzte nicht nur das Gehalt, sondern auch die Arbeit mit einer Kollegin im Großraumbüro. Ich nannte das Großraumbüro meiner Anstalt schon damals liebevoll „Närrinnen-Turm". „Nur schnell weg von hier, weg aus diesem „Närrinnen-Turm"", waren meine ersten Gedanken am Morgen und die letzten am Abend.

Um diesen Wunsch so rasch wie möglich in die Tat umzusetzen, engagierte ich mich parallel zu meiner Sekretärinnen-Tätigkeit im „Närrinnen-Turm" in der EDV. Ich „lachte" mir den EDV-Leiter an und unterstützte ihn bei seiner Arbeit. Ich übernahm seine Backups, vertrat ihn im Urlaub, rollte mit ihm gemeinsam die ersten Projekte aus und pflegte Datenbanken. Immer noch parallel zu meiner Sekretärinnen-Tätigkeit und mit dem Wunsch, mich endlich vom „Närrinnen-Turm" abzuseilen. Schon ein Jahr später bekam ich die Chance ihn für immer zu verlassen und ins Büro des Großmeisters der EDV zu wechseln.

In meinen Träumen würde die Anstalt aus ihrem Dornröschenschlaf erwachen. Wir, der EDV-Leiter und ich, würden gemeinsam Abläufe verbessern, Datenbanken neu ausrollen, Mitarbeiter auf PCs einschulen, eine Netzwerkorganisation entstehen lassen und die schöne, schlafende Frau im Wald, die Anstalt, mit neuem Leben erfüllen. Begeisterte Kollegen, dankbare Kunden und Vorstände, die diesen Fortschritt erkannten, würden sich um uns scharen. Unsere Meinung und unsere Arbeit wären gefragt und ich wäre die gewählte Kaiserin im Haus.

Trotz „demselben Schaß" an Gehalt war ich höchst motiviert und inspiriert, meine Träume in die Tat umzusetzen. Mein Engagement kannte keine Grenzen. Ich meldete mich zu Access-Kursen an, setzte Gelerntes unmittelbar danach in die Tat um, verbrachte mit meinem Kollegen unzählige Stunden, mitunter bis spät in die Nacht hinein, in der Anstalt. Wozu? Um für Probleme eine technische Lösung zu finden und mit immer größerem Wissen zu punkten. „Learning by Doing" oder weibliche Intuition, Entdeckergeist oder einfach nur der Traum, das Dornröschenschloss, meine Anstalt, wach zu küssen, ließen mich manchmal, neben Familie und Haushalt, über mich selbst hinaus wachsen.

Eine der Hauptbeschäftigungen der Angestellten war es, auf Biennalsprünge zu warten und sich darüber innerlich zu freuen. Sie taten es nie öffentlich. Es gab keine Feiern, keine ausgedehnten Diskussionen, die Menschen blieben mit ihrer Arbeit und ihren Biennalsprüngen unter sich, einsam und unaufgeregt. Einzig und allein das Thema „Parkgarage" und wer hat Anrecht auf den nächsten Stellplatz löste kurzfristig emotionale Momente aus. Da gingen die Wogen hoch und Menschen begannen sich zu engagieren. Schließlich ging es um einen Stellplatz in der großen Garage. Auserwählte würden zukünftig im Winter ins warme Auto hüpfen und im Sommer die angekündigten 39 Grad Hitze nicht sofort am eigenen Leib verspüren.

An vielen Tagen im Jahr gewann man den Eindruck das Motto der Anstalt war: „Nur nicht zu viel auftauchen, immer schön mitschwimmen, nur nicht mit Wissen glänzen. Wer zu oft glänzt, wird mit Arbeit belohnt." Mit Unwissenheit zu glänzen war egal. Schließlich war man nach zehn Jahren Mitgliedschaft so gut wie unkündbar. So gab es also schon immer jene, die täglich auf der Stelle traten und jene Wenigen, die sich engagierten und mehr aus ihrem Jobprofil machten.

Für diese Wenigen wurde ich zum Vorbild. Selbst der Verwaltungsdirektor schätzte meine Kompetenz und meine Eloquenz und lud mich vermehrt zu Strategie-Meetings ein. Im Laufe der Zeit sah ich, dass mein Engagement ansteckend war. Das beflügelte mich. Ich engagierte mich doppelt und dreifach und genoss die staunenden Blicke der Kollegen, als ich mit nur zwei Jahren Zugehörigkeit einen Stellplatz in der Parkgarage bekam.

Wenn ich durch Gänge schreite, den Kabelsalat im Serverraum betrachte, die PCs auf den einzelnen Arbeitsplätzen sehe, oder die letzten Updates im Internet bestaune, bin ich stolz auf uns, auf meinen Kollegen und mich. Wir haben die Anstalt tatsächlich aus ihrem Dornröschenschlaf gerissen. Vielleicht war es auch gut, dass wir Mann und Frau waren. Er las nie gerne Gebrauchsanweisungen und seine Fragen nach dem Weg kamen beim Gegenüber oft nicht an.

Vielleicht war es aber auch meine Freude an der Veränderung. Jeder Tag war anders. Keiner glich dem anderen und trotzdem gab es immer Probleme zum Lösen. Viele dieser Lösungen halfen übrigens nicht nur der Organisation, sondern auch den Menschen bei ihrer täglichen Arbeit.

Ja, ich glaube wirklich, ich habe diese Anstalt aufgeweckt. Früher hätte ich gesagt: „Die Kaiserin der Anstalt bin ich", auch wenn die offizielle Krönung nie stattfand. Vielleicht war ich auch lange Zeit die Kaiserin, die für ihre „Untertanen" da ist, das Wohl der Organisation im Auge behält und stets Lösungen parat hat. Vielleicht hatte ich aber einfach nur Glück und einen guten Draht zu meinem Chef und den Kollegen ganz ohne Dystopie. Wieder so ein Fremdwort, von dem keiner weiß, was es eigentlich bedeutet und das in letzter Zeit immer häufiger durch unsere staatstragenden Gänge hallt.

Eines kann ich mit Sicherheit sagen – uns IT-lern wird ja immer wieder nachgesagt, wir sind NERDs oder auch Sonderlinge –, dass wir an unserem Fachwissen hängen und auch manchmal soziale Defizite haben. Aber wir verwenden niemals Wörter, die wir nicht verstehen."

9 Die Dienerin vorm Zechenkas'

Kennen Sie den „Diener zweier Herren" von Carlo Goldoni? Das ist das bekannteste Bühnenstück des italienischen Komödiendichters, das 1746 in Mailand uraufgeführt wurde und als Höhepunkt der Comedia dell'arte gilt. „Die Dienerin vorm Zechenkas'" ist meine provokativ dramaturgische Erfindung, die nur diejenigen kennen, die regelmäßig zur Pediküre gehen. Diese gilt in meinen Augen als dienstleistender Tiefpunkt, weil sie am untersten Ende unserer Figur stattfindet, und deshalb wahrscheinlich für einen vernachlässigbaren Pflege-Höhepunkt gehalten wird. Wieso? Hören und sehen Sie sich doch um! Viel wird in „ganz oben" investiert.

Da wird das Gesicht gepflegt, massiert, Gurken aufgelegt, Runzeln geschält, Lippen aufgeblasen, Wangerln aufgepolstert, Mundpartien unterfüttert, obwohl das mit Überfüttern billiger käme. „In der Mitte“ geben wir immer öfter unsere Hände in Auftrag: kneten, eincremen, Nägel lackieren, verlängern und dekorieren, während im Vergleich „ganz unten“ unsere Füße mehr Aufmerksamkeit und Behandlung verdient hätten.

Die Branchen-Expertin, die heute mir und nicht meinen Füßen Aufmerksamkeit schenkt, bestätigt, dass es auf dem Gebiet der Fußpflege und Podologie, der griechischen Ableitung für Fußheilkunde, unternehmerisch noch viel Luft nach oben gibt. Nicht nur, was das generelle Marktpotential dieses Dienstleistungszweiges betrifft, werden im Vergleich zu anderen Körperregionen die zehn, manchmal schiefen Zehen und die zwei, oft rauen Fersen doch oft wie die Burgenländer unseres Körpers behandelt. Aber auch zu den Themen Leistungsspektrum, Anforderungs-Profil, „Schweißfuß“-Reputation darf aus ihrer Sicht noch einiges für dieses Berufsfeld getan werden.

Sie hat leicht lachen, hat sie seit kurzem das Sagen in DER fachlichen Interessensvertretung ihres Bundeslandes, der sie selbst mit ihrem Gewerbeschein als Mitglied verpflichtet ist. Oder wird ihr das Lachen vergehen? Werden die Mitgliedsbeiträge der zahlreichen Mitgliedsbetriebe finanziell ausreichen und ihre fundierte Fachkompetenz und jahrelange Berufserfahrung mehr Gewicht haben als politische Gesinnung in der Innung, um unter unzähligen Projekten z.B. den Branchengeruch der Fußpflege zu verbessern und damit die Attraktivität dieses Berufsstands zu erhöhen? Langweile ich Sie?

Ich bin verblüfft, dass die kürzlich gewählte ehrenamtliche Funktionärin auf alle Fälle in erster Linie das „dienende“ Image ihres Gewerbes eliminieren möchte, das ihr weder für die Dienenden, fast ausschließlich Frauen, noch für die Bedienten zeitgemäß erscheint. Wenn ich meine Füße ab und zu ins professionelle Wasserschaffel zum Aufweichen stecke, habe ich noch nie an Leib-Dienerschaft gedacht, sondern eher an Nagelwurz'n und Hornhaut.

Um Sie so richtig zu langweilen, frage ich Sie: „Wer zählt neben dem „Zechenkas"-umwitterten Gewerbe noch zu dieser Landesinnung, in der Männer noch immer als Exoten gelten und sie an der Spitze steht?" Fußpflege, Kosmetik, permanent Make-up, Nagel-Design, Massage, Piercing, Tätowierung. Während sich in der Massage, im Piercing und in der Tätowierung immer mehr Männer beruflich breit machen, ist die Fußpflege bis heute so gut wie „unbemannt". Ja, da sind willensstarke Frauen mit einer Vision gefragt, die diesen Zustand ändern wollen. Eine davon habe ich ausfindig gemacht, ohne sie unter dem Fußpflegestuhl hervorholen zu müssen.

Sie ist mit einer Lehre Kosmetikerin / Fußpflegerin als Fachkraft in ihr aktives Berufsleben gestartet. Nachdem damit aber ihr medizinisches Interesse alles andere als gestillt war, hat sie die Krankenpflegeschule abgeschlossen und jahrelang als Krankenschwester gearbeitet. Eine spezielle Ausbildung für „zertifiziertes Wundmanagement" hat sie vom Spital wieder zurück zu den Füßen gebracht. Da ist nämlich plötzlich ihre Idee entstanden, alles zu verbinden: Fußpflege, Krankenpflege und Wundmanagement, auf einem Niveau, wie sie das für richtig und gut hält. Der Schritt in die Selbständigkeit war somit im Alter von 37 Jahren getan. Zuerst war sie allein mobil unterwegs, hat Hausbesuche gemacht und ist sozusagen den Füßen entgegengekommen. Mittlerweile führt sie eine eigene Praxis mit neun Mitarbeiterinnen.

Blicken wir nun gemeinsam in ihre Praxis, in ihr kleines, aufstrebendes Unternehmen. Wollen Sie wissen, was sie bereits gegen die „dienende" Haltung ihrer Mitarbeiterinnen unternommen hat? Behandlungsliegen und Arbeitssessel sind nicht nur aus ergonomischen Gründen verstellbar, sondern vor allem auch, um schon beim Platz nehmen ein angemessenes Niveau zwischen Kunden und Behandlerinnen herzustellen. Und damit Behandlungen abseits von herabschauender Liege und untertänigem Schemel nicht ins Niveaulose abgleiten, herrscht in der ganzen Praxis zwischen allen Beteiligten, Kunden, Kundinnen, Mitarbeiterinnen, Lehrlingen, Chefin ausschließlich ein herzliches SIE. Ein DU, ist sie überzeugt, verleitet Kunden leichter, Dienstleistung und Dienstleistende abzukanzeln, kleiner zu machen, selbst wenn diese auf gleicher Höhe sitzt.

Sie kennt diese Diskussion „SIE oder DU" aus der Krankenpflege. 1995 hieß es endlich nicht mehr Schwester Maria, sondern Schwester Müller. Der Arzt wird ja auch nicht mit dem Vornamen gerufen: „Doktor Pepperl, in den OP bitte!" In dem Krankenhaus, in dem sie

gearbeitet hat, hat zumindest Namens-Gleichstellung stattgefunden. Nicht nur die Krankenschwestern selbst durften ihren Nachnamen tragen, sondern die gesamte Dokumentation trug ihre Nachnamen. Diesen guten Schritt, wie die Podologin ihn nennt, hat sie in ihren Betrieb übernommen. Für sie macht es einen großen Unterschied, ob jetzt schnell die Frau Susi gerufen wird, oder die Frau Huber. Ein kleines Zeichen, das gesunde Distanz schafft für Empathie mit wenig Spielraum für Entgleisungen. Übrigens, angesteckte Namensschilder mit Vornamen bergen eine besondere Gefahr. Ich habe es selbst erlebt und mitgehört in einer Rosenberger-Raststätte auf der A1, als die beschilderte Kellnerin im feschen, ausgeschnitten Dirndl gefragt wurde: „Darf Lisa rauskommen zum Spielen?"

Ihre Mitarbeiterinnen in der Altersbandbreite von Lehrlingsalter bis 60 halten diese kommunikative Maßnahme des Siezens nicht für „von vorgestern", sondern für „von Vorteil": alle, Kunden wie Angestellte, auf einem sprachlichen Niveau beim Zehennägel schneiden und entfernen des Hühnerauges. So einheitlich der Auftritt als Team nach außen ist, so ungleich ist das Team nach innen. Neben der Altersvielfalt verleihen unterschiedliche Nationalitäten aus aller Welt mit ihren Mentalitäten dieser „Frauenschaft", die sie liebevoll gerne mit einem Zoo vergleicht, einen besonderen Teamgeist. Da arbeitet die alles überschauende Giraffe mit der starken Bärin, die in sich ruht, und mit dem Eichhörnchen, das schnell und wendig vom Behandlungszimmer im ersten Stock ins Behandlungszimmer im Erdgeschoss springt.

Hätte sie statt ihrer neun Frauen, neun Männer in ihrem Kleinbetrieb würde es an manchen Tagen sachlicher, nicht so Detail verliebt zugehen, gibt sie herzhaft lachend zu. I-Tüpferl-Reiterei ist für die meisten Männer ein Fremdwort, daher erscheinen sie in unseren Frauen-Augen gleich einmal schnell als schlampig. Wieso sich Frauen wohler fühlen, wenn alles perfekt, von A – Z erledigt ist, hat sie noch nicht herausgefunden. Die männliche Lockerheit, erst ins Detail zu gehen, wenn's brennt, beneidet sie fast. Ich wünsche ihr insgeheim sehr bald ihren ersten lockeren männlichen Fußpfleger im Team.

Kürzlich habe ich in unseren Bezirksblättern einen Artikel gelesen, in dem der NÖ Gemeindebund-Präsident Alfred Riedl mit der Schlagzeile „Frauen die Ängste nehmen" aufhorchen und mich Leserin aufschrecken ließ. Im Zentrum des Kurzberichts standen der Frauenanteil in der Niederösterreichischen Kommunalpolitik und seine appellierende Aufforderung zum Umdenken. Wieso muss immer uns Frauen die Angst genommen werden? Drehen wir den Spieß doch endlich einmal um! Umdenken im Sinne der Schlagzeile „Männern die Angst nehmen Fußpfleger oder Podologe zu werden", damit in Zukunft viele Männer Freude an diesem „dienenden" Beruf haben, und endlich gleich viel verdienen wie Frauen. Gleich viel Anerkennung!

10 DIE LABOR-MAMA: KOPF UND HÄNDE

Sie kultiviert pflanzliche oder tierische Zellen in einem Nährmedium außerhalb des Organismus. Mit viel Engagement bemüht sie sich also darum, Zellen am Leben zu erhalten, zu füttern und zu analysieren, um nächste wissenschaftliche Schritte ableiten zu können. Je nach Projekt beschäftigt sie sich mit neuen Methoden oder neuen Modellen. Prozess- und Qualitätskontrolle sind ständige Begleiter ihrer wertvollen Arbeit. Warum? Weil sie nur eines im Auge hat: ein brauchbares, verwertbares Ergebnis in „ihrem" Zellkulturlabor zu erzielen.

Sie will kein Daniel Düsentrieb sein, sie will keine Flugobjekte bauen oder Wasser zum Dampfen bringen. Sie ist nicht wie er von Beruf Erfinderin. Sie ist Zellbiologin, und was für eine. Immer wieder stellt sie ihre Fürsorge, Genauigkeit und ihren Einfallsreichtum unter Beweis. Nämlich dann, wenn es darum geht, die einzig wahre Substanz zu entdecken. DIE Substanz, die Krebszellen tötet und gesunde Zellen unbeschadet am Leben hält.

Dafür nimmt sie täglich mehrere Kilometer Anfahrtszeit in Kauf. Interessiert beobachtet sie die Zellen des Vortages. Wie haben sie sich geteilt? Wie sind sie gewachsen? Sind sie überhaupt gewachsen? Haben sie überlebt? Wie schmerzhaft war wohl ihr Todeskampf oder war er doch nicht schmerzhaft? Es ist die Freude an der Arbeit und nicht das finanzielle Interesse, die sie auszeichnet. Sie „leidet", wenn sie sich wieder einmal von einer der vielen Zellen verabschieden muss. Obwohl sie selbstverständlich weiß, dass Zellen eine eingeschränkte Lebensdauer besitzen, mit Ausnahme jener Zellen, die von Tumoren abstammen.

„Das sind die Mühen meiner täglichen Arbeit! Ich stehe im Labor und versuche mit meinen Händen den Zellen zum Durchbruch zu verhelfen. Der damit verbundene steinige und lange Weg, gekennzeichnet von Rückschlägen, gehört einfach dazu." Bescheidenheit ist nur eine der wenigen Charaktereigenschaften, mit denen sie sich schmückt. Gerne spricht sie davon, dass sie sich selbst als „die Hände" sieht. Ihr Chef, der Laborleiter, hingegen ist „der Kopf". Dabei ist es sie, die an Methoden feilt und Modelle vorschlägt, wie sie die Zellen betreut. Es ist sie, die in Petri Schalen Zellen züchtet

oder die Kultivierung von Mikroorganismen beobachtet. Sie beobachtet viele Stunden lang, wie sich Viren und Bakterien verhalten, die bei diesem Prozess isoliert werden.

Petri Schalen haben übrigens nichts mit „Petri Heil“ zu tun, auch wenn sie im übertragenen Sinn nach einem brauchbaren Ergebnis fischt. Und wie beim Fischen muss der Köder dem Fisch schmecken, und nicht umgekehrt. Wenn ihrer Zelle die Substanz nicht mundet, bringt sie die Zelle zum Absterben und sie wird das Objekt der Begierde, den Fisch, nicht (ein)fangen.

Für ihren Chef hatte sie immer das richtige Modell parat. Auch wenn es an manchem hakte, also einfach nicht rund von der Hand ging, halfen ihr nicht selten Teammitglieder und deren Kommunikationsbereitschaft das Rätsel zu lösen. In ihrem Team gab es fast ausschließlich Frauen und Kommunikation scheint tatsächlich etwas für uns Frauen zu sein. Oder kennen Sie zwei Frauen, die angeln gehen?

Es war wieder einmal einer dieser Tage, an denen nichts funktionierte. Zur Draufgabe erfuhr sie noch, dass das Team nicht verlängert, nicht weiter finanziert wird. Sie, die es liebte sich auszutauschen, andere Meinungen einzuholen, stand plötzlich alleine da. Die finanziellen Mittel wurden eingestellt und das Projekt über Nacht für beendet erklärt.

Über Nacht wurde aus der Teamplayerin, „den Händen“ im Labor, eine One-Woman-Show mit einem neuen Chef an ihrer Seite. Diesen Chef nannte sie „Hans Dampf in allen Gassen“. Wie das? Weil sie ihn nur selten zu Gesicht bekam. War er für ein paar Minuten in ihrem Labor, physisch also anwesend, glänzte sein Kopf nicht selten mit Abwesenheit.

Mit wem sollte sie von nun an über ihre Zellen diskutieren? Wen konnte sie zu Rate ziehen, wenn ihre Zellen sich nicht verabschiedeten, sondern neue Muster aufzeigten? Jahrelang pflegte sie einen kooperativen Umgang. Das bedeutete in der Praxis, Kolleginnen nicht nur dann zu kontaktieren, wenn Gefahr in Verzug war. Einzig ihre Petri Schalen harrten der Dinge und warteten geduldig auf neue Projekte, neue Kulturen, neue Zellen.

Und es kam. Eines Tages stand das neue Projekt im Raum und mit ihm neue Zellen. Die Zeit des Stillstands schien vorbei. Für ihren Chef „Hans Dampf in allen Gassen“ schien alles auf Schiene zu sein, für sie hingegen noch lange nicht. Sie wollte das Alleinsein nicht weiter hinnehmen. Dass „Hans Dampf in allen Gassen“ Vertrauen in sie setzte und ihr eigenverantwortliches Handeln ohne zusätzliche Mitarbeiter zutraute, hielt sie für wenig befriedigend.

Das mangelnde Backup zu ihrer Person und der nicht vorhandene Austausch unter Kollegen belasteten sie schwer. Doch wie verschafft sich Frau Gehör bei einem Chef, der nie anwesend ist? Und falls er doch einmal anwesend war, waren seine Gedanken nicht bei ihr, sondern bei den zahlreichen Projekten, die parallel zu ihrem liefen.

Was sollte sie tun, um endlich gehört zu werden? Sollte sie versuchen sich aufreizend zu kleiden, in seine Arme zu stolpern oder die Angel nach ihm auszuwerfen? „Nein, das werde ich nicht tun“, beschloss sie. „Der Köder muss dem Fisch schmecken. Aber ich bin kein Köder.“ Die Laborsituation verlangte nach kreativen Maßnahmen, nach Initiativen, die nie zuvor jemand wagte. Also war sie ausnahmsweise frech und mutig, brachte Sand ins Getriebe und baute in den bestehenden Prozess einen gravierenden Fehler ein. Dann, so war sie sich sicher, würde er nicht nur physisch, sondern auch geistig anwesend sein.

Sie hatte Recht. „Hans Dampf in allen Gassen“ schenkte ihr akustische Aufmerksamkeit. Sie verständigten sich darauf, ihre Stunden aufzustocken und sie dem Laborleiter eines anderen Projektes im selben Haus zuzuteilen. Von nun an nahm sie wieder an wöchentlichen Labormeetings teil, tauschte sich aus, forderte Verstärkung ein sobald sie an Kapazitätsgrenzen stieß und nahm für sich ein Backup in Anspruch.

Mit Initiative und Mut fand sie einen Weg aus ihrer Laborkrise. Die Labor-Mama, wie sie von einigen genannt wird, ist heute wieder in ihrem Element und kann ihr Wissen in wöchentlichen Meetings zum Besten geben. Viele, auch CRIS, wünschen ihr den Durchbruch mit dieser neuen Substanz, denn sie kann nicht nur „Hände", sondern auch „Kopf" sein.

11 #DU MICH AUCH

Wer ist die mutige Frau mit dem prüfenden Blick, die unverfroren ihrem internationalen Kunden, der sie gerade einmal seit fünf Minuten kennt, beim Audit kühl lächelnd hinschmettert: „Nur weil ich im Nachnamen Fröschl heiße, bin ich noch lange nicht Ihr Froscherl!"?

Bald feiert sie ihren 28. Geburtstag, ist zurzeit Single und arbeitet bei einer der „Big Four" im weltweiten Wirtschafts- und Steuerberatungsgeschäft als Unternehmensberaterin und Prüferin in den Bereichen Sustainability, Climate Change und Services. Sie schaut der Lebensmittel- und Energiebranche sowie dem Finanzwesen ganz genau auf die Finger und evaluiert akribisch Zahlen und Fakten der Nachhaltigkeitsberichte. Ziemlich hektisch ist diese Branche, in der sich vorwiegend junge ambitionierte Frauen wie Männer trotz enormer Hierarchien gleichgestellt, „ohne Unterordnung", am Gang begegnen. Freie Entfaltung, um davon ein Berufsleben lang zu profitieren, ist nicht nur ein Schlagwort im Vision Statement, sondern gelebte Kultur.

Vor diesem anziehenden Klang nach EY, PwC, KPMG oder Deloitte, der für sie ein bedeutender beruflicher „step forward“ war, hat sie Branchenzertifikate vergeben und in einer Vereinsstruktur solo mit einem Chef österreichweit die Auszeichnung zum Entsorgungsfachbetrieb verliehen. Selbst dort konnte sie emanzipiert schalten und walten. „Equal Pay Day“, wozu? Gehaltstechnisch hat sie sich im kollektivvertraglichen Rahmen immer gut verkauft. „Vergiss deine Gehaltsforderungen!“ „Du mich auch!“

Jede Gehaltsverhandlung steht und fällt mit dem persönlichen Gespräch zwischen Arbeitgeber und Arbeitnehmerin. Und mit dem richtigen Tonfall, charmanter Hartnäckigkeit und sicherer Überzeugungskraft ist jeder Verdienst individuell verhandelbar, ohne als Frau auf DEN „Equal Pay Day“ hoffen und warten zu müssen. Ohne Fachwissen geht allerdings nichts. Das muss schon vorhanden sein, um darauf pochen zu können. Und ohne zu wissen, was der Arbeitgeber will, die ausgeschriebene Position verlangt und das Gehaltsschema hergibt, wird es immer schwierig bleiben, sich erfolgreich zu verkaufen. Liebe Frauen, aktiv zuhören und fokussiert raushören, wo die Punktlandung angesetzt werden kann! Wenn sich Frauen geschickt anstellen, klappt auch ohne große Klappe, dafür mit konkreten Vorschlägen, das Vorstellungsgespräch und die gewünschte Anstellung, ist das Froscherl mit dem aufmüpfigen Goscherl überzeugt.

Diese Erkenntnis ist ihr nicht in die Wiege gelegt worden. Ganz im Gegenteil, es war ein harter, steiniger Weg bis dorthin. Quasi eine Prüfung oder besser gesagt ein Prüfungsbogen, den ihr Leben geschrieben hat. Entstand so ihre unbändige Lust aufs Prüfen? Nichts ist spannender als genau unter die Lupe zu nehmen, was sich im Vergleich zum Vorjahr verändert hat. In ihren Kundenunternehmen geht es bei den Prüfungsschwerpunkten in erster Linie um Umweltschutz, Arbeitnehmerrechte, Menschenrechte oder globale Entwicklungsziele. Und privat?

Seit ihrem 15. Lebensjahr arbeitet sie durchgehend. Sie musste sozusagen durchgehende Öffnungszeiten am Arbeitsmarkt haben. Oft waren es zwei, drei Jobs gleichzeitig, die sie über Wasser und ihre FH-Ausbildung „Technisches Umweltmanagement & Ökotoxikologie" im Bereich des Möglichen gehalten haben.

Die Hörner hat sie sich in der Gastronomie abgestoßen. Dort hat #DU MICH AUCH erstmals gegriffen. Egal ob sie in einem Restaurant, in einer Bar, in einer Diskothek, in einem Gasthaus oder in einem Kaffeehaus gejobbt hat, es war immer dieselbe Leier. Hintern greifen stand auf der Tageskarte, am Menüplan der heißhungrigen und durstigen Männer, die Schmäh führen mit Bettkante frei machen verwechselten, ganz oben. „Für Betatsch'n gibt's a Watsch'n" hat sie im Extremfall nicht nur aus-gesprochen, sondern auch aus-geführt. Aus war's! Denn die, die an ihrem kräftigen Watschenbaum gerüttelt haben, haben entweder nur mehr blöd geschaut, oder sind, so schnell konnten sie gar nicht schauen, aus dem Lokal geflogen. Mann sei Dank!

Wobei sie andererseits nichts dabei findet, im Büroalltag mit Kollegen, mit dem Chef über Sex zu reden. Schließlich verbringt man unter gewissen Arbeitsumständen viel Zeit miteinander und ist sich gelegentlich sogar sympathisch. Sie zwinkert. Das Entscheidende ist doch, ihn nicht zu haben. Einen Uni-Professor, der ihr eines Tages auf dem FH-Campus über den Weg gelaufen ist und sie freudig erregt über das Wiedersehen umarmt hat, hätte sie nie wegen sexueller Belästigung angezeigt. Ist doch lächerlich. So lächerlich wie die kryptische Anmerkung ihrer 50-jährigen Studienkollegin, die bei diesem aufeinander und nicht ineinander Stoßen dabei war, dass sie eine gewisse sexuelle Spannung, fast schon Belästigung zwischen den Beiden gespürt hätte. Oder war die Studienkollegin nur neugierig und wollte herausfinden, ob da was läuft zwischen den Beiden, zwischen den Beinen?

Wir sollten also verdammt vorsichtig sein mit Fehlinterpretationen bis hin zu Falschaussagen. Das schädigt ganz schnell den Ruf! Von Frauen wie von Männern. Was aber durchaus Sinn machen könnte, wäre das Thema „sexuelle Belästigung am Arbeitsplatz“ in Studien, Nachhaltigkeits- und Prüfberichten der „Big Four“ so festzuschreiben, dass sich kein Kundenunternehmen mehr leisten kann, sich mit erhobenem Mittelfinger #DU MICH AUCH aus der Verantwortung und aus dem Staub zu machen. Im Vertuschen sind im unternehmerischen Kontext nicht selten nur die Finanzabteilungen Weltmeister. Denn wenn es in einer Firmengeschichte nur einen einzigen ernsten Fall abseits von selbst gewähltem Amüsement gegeben hat oder geben wird, ist es ein Fall zu viel.

Mit prüfendem Blick sehe ausnahmsweise ich auf die Uhr. Wir haben bereits überzogen, aber einen oder zwei Gedanken über die Zukunft von Frauen am Arbeitsmarkt darf sie noch anbringen. Ihr eindringlichster Wunsch wäre, Arbeitszeiten nicht nur politisch

zu flexibilisieren, sondern betrieblich so zu gestalten, dass nicht mehr so extrem viele Vollzeit arbeitende Menschen aus modernen Zeiterfassungssystemen direkt ins Burn-out fallen. Da nützen auch keine ausgeklügelten Mitarbeiter-Freizeitangebote mit satten Tennisrabatten oder Gratis-Trainingsstunden im Anschluss an die Kernzeit. Wenn sie sich so umhört im Freundes- und Bekanntenkreis, überdimensionalen Stress ortet sie in allen Branchen. Das Schockierende dabei ist, dass die, die ihr gestresst und ausgebrannt unter die Augen kommen, vorwiegend Frauen und gerade einmal zwischen 25 und 35 Jahre alt sind. Wie werden die alle ihren Pensionsantritt mit 65 Jahren erleben, wenn sie ihn erleben? Unter diesem Aspekt gewinnt #DU MICH AUCH eine neue Dimension.

12 Ein Bewerbungsgespräch der unkonventionellen Art

Sie war Studentin. Abwechslungsreich und interessant sollte ihr Leben verlaufen. Zielstrebig verfolgte sie ihre Lehrer-Ausbildung in den Fächern Mathematik, Philosophie und Psychologie. Unerwartet rasch bekam sie ihr erstes Kind. Es sollte nicht ihr einziges bleiben. Trotz des Kindersegens hat sie das Studium bis auf Mathematik beendet. Dieses Fach ging parallel zu den Kindern, dem Haushalt und in der beruflichen Abwesenheit ihres Mannes unter. Als dann auch noch ein viertes Kind geboren wurde, war sie für kurze Zeit einfach nur Mutter.

Ihr Mann, den sie bereits mit 16 Jahren kennenlernte, war geschäftlich viel unterwegs. Noch heute sagt sie: „Mein Mann kam nach Hause, wenn er nach Hause kam und er fuhr ins Ausland, wenn er ins Ausland fuhr.“ Und obwohl diese mannlose Zeit für viele Jahre ihr Leben war, schlich sich eines Tages die Frage ein: „Ich habe meinen Kindern Liebe und Sicherheit geschenkt, ein Haus gebaut und die Lehramtsausbildung abgeschlossen, war‘s das schon? Soll das zu Lebzeiten mein Leben gewesen sein?“

Den Anstoß zu dieser Frage lieferte unbewusst ihr Mann, der wieder einmal zu Hause auf Besuch war. Im Zuge des Hausbaus gab es an einem dieser Besuchstage ernste Dispute und grobe Meinungsverschiedenheiten. Heute kann sie nicht mehr genau sagen, ob es Eigeninitiative oder Trotzreaktion war, die sie am nächsten Tag ein Bewerbungsgespräch der unkonventionellen Art führen ließ.

Als sie ihre Nachbarin am Gartenzaun traf, fragte sie spontan: „Brauchen Sie nicht jemanden in Ihrer Kanzlei?“ Die Antwort kam so spontan wie die Frage. „Ja, ich suche

tatsächlich jemanden. Wann können Sie anfangen?" Mit ihrer lediglich aus sieben Wörtern bestehenden Frage sollte ihr Leben eine entscheidende Wendung nehmen. Es war ihr gelungen mit dem kürzesten Bewerbungsgespräch aller Zeiten eine Punktlandung zu erzielen. Kurz darauf hat sie in der Steuerberatungskanzlei ihrer Nachbarin zu arbeiten begonnen.

Sie beendete von einer Minute auf die andere ihre berufliche Pause, mit anderen Worten ihre „Mutter-Karriere" gegen den Willen ihres „Besuchs-Mannes", obwohl das Wort „Karriere" nie Teil ihres Wortschatzes war. Ein Nachteil, ein Vorteil? „Hätt' i war' i" stellt sich in ihrem Lebenslauf nicht mehr. Es ist gekommen, wie es kam.

Prägend für diesen Lebensverlauf war nicht ihr angeheirateter „Blitzbesucher", sondern ihre Eltern und Großeltern. In dieser Familie haben schon immer Mann und Frau gearbeitet ohne dass Kinder, Ehemänner und Haushalt zu kurz gekommen wären. Alles unter einen Hut zu bringen war in ihrem Fall einfacher als bei Opa, Oma, Papa, Mama, weil die Obsorge für ihren Ehemann wegfiel. Der war ja vorwurfslos die meiste Zeit des lieben Geldes wegen im Ausland.

Das Recht, nicht auf Ausland, aber auf Arbeit wollte sie mit dem Tag des Zaungesprächs für sich selbst in Anspruch nehmen, trotz anstrengenden neuen Lebensrhythmus. Ihren Job sah sie nicht als Belastung, im Gegenteil: „Ich relativierte viel mehr. Ich war besser drauf. Vieles war nicht mehr so wichtig. Mit dem Ergebnis, dass ich Zündstoff aus der Beziehung zu meinen Kindern nahm."

Irgendwann nach der Geburt ihres vierten Kindes machte sie nochmals für kurze Zeit Pause und sich vorübergehend selbständig, um an einer Privatschule zu unterrichten.

Ihre Eltern, selbst Pädagogen, platzten fast vor Stolz. Doch sie selbst fand keine Erfüllung in diesem Job. Sie hatte an einer Privatschule 36 Schüler zu unterrichten, von denen 30 nicht in die Schule gehen wollten. Es war eine extrem anstrengende und kräfteraubende Zeit. Heute ist sie froh, dass sie wieder in einer großen Steuerberatungskanzlei arbeitet. Dort ist sie Bilanzbuchhalterin und ab und an unterrichtet sie in dieser Kanzlei Mitarbeiter. Mit dem Unterschied, dass diese Menschen etwas lernen wollen und freiwillig und gerne in ihren internen Fachunterricht kommen.

Ihr Leben verlief nicht in geraden Bahnen, doch sie beklagte sich nie. Sie nahm ihr Schicksal in die Hände und so wie sie heute vor mir sitzt, ist aus ihr eine kluge, selbstbewusste Frau geworden, die so rasch nichts aus der Bahn wirft.

Sie hält wenig bis gar nichts davon, dass alle Frauen arbeiten. Jede Frau soll selbst wählen können, ob sie neben den Kindern arbeiten will oder eben nicht. Und keine Frau soll das Lebensmodell der anderen als Angriff auf ihr eigenes verstehen, als Vorwurf sozusagen. Das findet sie überflüssig, vernachlässigbar und nicht zweckdienlich. Das Bild einer Frau ist bunter geworden und es gibt längst nicht nur mehr ein Bild für eine Frau. Und das ist gut so.

Sie erinnert sich noch genau an ihre ersten Jahre mit den Kindern zu Hause. Der gesellschaftliche Druck war groß, das Verständnis ihres Umfelds, selbst einem Job nachgehen zu wollen, klein. „Du bist eine Frau und du hast bei deinen Kindern zu Hause zu sein", hörte sie nicht nur einmal. Heute gibt es ebenfalls einen gesellschaftlichen Druck nur mit einem anderen Argument. Heute kommt der gesellschaftliche Druck über die Finanzen und Frauen haben immer weniger oft die Möglichkeit zu Hause zu bleiben. Der Wohlstand will schließlich finanziert werden und zwar von beiden Seiten.

Wenn sie sich etwas wünschen dürfte, hätte sie gerne eine Welt der Wahlfreiheit, in der Frauen, unabhängig vom gesellschaftlichen Druck, entscheiden können, welchen Weg sie gehen. Eine Welt, in der Kinder kriegen als Zukunftsinvestition gesehen wird und die Jahre als Hausfrau angerechnet werden. Kinder sollen für alleinerziehende Frauen nicht zur Armutsfalle werden oder sie in eine finanzielle Abhängigkeit drängen, die für niemanden zielführend ist. Sie selbst sagt: „Ich habe nie mitbekommen, dass ich alleinerziehende Mutter war. Warum? Weil ich es nicht anders kannte. Wäre es mir früher bewusst geworden, hätte ich etwas verändert und mich vielleicht nicht erst vor drei Jahren scheiden lassen."

Ohne dieses kürzeste Bewerbungsgespräch ihres Lebens wäre sie womöglich heute noch mit ihrem „Zufalls-Gast" verheiratet.

13 EIN GAG SO EIN GIG

Dass sie bei einem ihrer ersten Auftritte nicht gleich die Wiener Stadthalle füllen wird, war zu erwarten. Aber die spärlich eintreffenden Gäste in das zu Jazz-Swing passende Gemäuer einer bekannten Lokalität eines angeblich noblen Vororts von Wien wirkten in ihrer anzahlmäßigen Geringfügigkeit doch etwas blasiert und sehr wenig. Die abseits der Bühne zurückhaltend, fast schüchtern wirkende Sängerin und Liedermacherin hat eine Idee. Sie steigt auf die Bühne und verspricht den Anwesenden, die bereits ohne zu Rempeln Platz genommen haben: „Meine Jungs an Bass, Schlagzeug, Piano und Gitarre und ich haben gerade beschlossen zu spielen, wenn einer mehr im Publikum sitzt als wir auf der Bühne stehen.“ Die Gäste hatten Glück.

Wahrlich ein Gag so ein Gig! Sie müssen jetzt nicht mit den Augen kullern, ich hab‘, wie Sie, auch nicht gewusst, was ein Gig ist. Im Musikerjargon werden damit einzelne Engagements bezeichnet, außerhalb von längerfristigen Verpflichtungen. Ja, erst dann wird vermutlich ein Gag zur fetten Gage. Bis dahin wird sie mit unberechneter Leidenschaft, unheimlicher Ausstrahlung und unglaublicher Stimme immer wieder auf einer anderen Bühne stehen. Und hinter ihr ihre Band, unter deren Begleitung sie jedes, noch so große wie kleine Publikum in ihren Bann zieht. Jeder Gig hat seine spezielle Männer-Formation, Trio, Quartett, Quintett oder Big-Band, nur die Front-Frau ist nicht auswechselbar mit ihrem unverwechselbaren Timbre in der Stimme. Sie betört mit ihren Interpretationen zwischen Chanson, Jazz und Groove, begeistert mit Eigenkompositionen und berührt mit ihren humorvollen Texten, die vom alltäglichen Leben handeln.

Es ist kein Gag, es ist die Wahrheit, Sängerin und Liedermacherin ist nur eine von zwei beruflichen Schienen, auf denen sie unterwegs ist. Während sie übers Jahr verstreut des nächtens schummrige Musikbühnen swingt, steht sie am helllichten Vormittag im Klassenzimmer einer ländlichen Volksschule. Ihr Klassenzimmer mit Kindern, mit denen sie kreativ arbeiten darf, weil sie hauptsächlich Musik und Turnen unterrichtet, verlässt sie ungern nach getaner 12-Stunden-Woche. Im Konferenzzimmer hingegen, dessen mütterliche, oft erdrückende Luft nur ab und an durch drei Männer, den Zahnhygiene-Mann, den Handballtrainer und den Sport-Coach aufgelockert wird, hält sie nichts und niemand länger als pädagogisch und gemäß Stundenplan notwendig ist, obwohl sich die weiblichen Lehrkörper alle gut verstehen. Liegt wohl an der kollegialen Landluft!

Ein Gag sind die Elternsprechtage, zu denen erfreulicherweise immer öfters die Papas auftauchen. Meistens mit „ihren" Mamas. Nicht selten gleitet dieses sich in der Klasse hinter verschlossener Türe klamm und heimlich konstellierende Dreiecks-Verhältnis in eine paartherapeutische Situation ab. Das ist nicht nur unangenehm, sondern eine Kunst, die elterlichen Streithansln und -gretln zu ihrem Kind zurückzuführen, ohne dabei lehrerhaft zu wirken. Sobald der paartherapeutische Rahmen wieder gesprengt ist, versteht der Papa schneller, dass etliche Hausübungen fehlen, während sich die Mama vom Hundertsten ins Tausendste redet. Der Papa würde schon gerne aufstehen und gehen, arbeiten gehen, weil alles gesagt und klar ist, was geübt werden muss. Die Mama würde noch gerne erzählen, wie es dazugekommen ist, dass ausgerechnet am Donnerstag-Nachmittag die Aufgabe nicht geschrieben werden konnte, weil der Opa ..... und noch Buntstifte zu besorgen waren ..... Draußen vor der Türe warten mit einem ungeduldigen Blick auf die Uhr die nächsten Paare. Noch heißt es Elternsprechtag und nicht Elternsprechmonat, oder gar Paartherapiejahr.

Die Musik ist ihr Element. Sie macht sie

leicht. So leicht, dass sie unbeschwert ihrer Lehrverpflichtung nachkommt, obwohl sie sich immer öfter im enger werdenden Konferenzzimmer denkt: „Was mach‘ ich hier?“ So ein erdrückender Gedanke ist ihr auf der Bühne noch nie eingeschossen. Auch wenn das Leben einer Musikerin neben der Bühne und außerhalb des Scheinwerferlichts durchaus Ermüdendes zu bieten hat, wie z.B. folgendes Telefonat:

Eventmanagerin eines smarten Innenstadt-Hotels: „Hallo?“

(Kampfdackelton und Säbel rasseln in nur einem Wort – Prädikat bemerkenswert!)

Musikerin: „Ja, hallo, ich bin die Frau Jazz. Der Herr Mustermann war so freundlich und hat mir Ihre Telefonnummer gegeben. Ich habe Ihnen nämlich vor mehr als einer Woche eine E-Mail geschickt und Ihnen ....“

Eventmanagerin: „Wie kommt der dazu, meine Nummer weiterzugeben? Und außerdem hab' i 80 E-Mails vor mir!“

Musikerin: „Is's jetzt ungünstig, soll ich vielleicht später nochmal anrufen?“

Eventmanagerin: „Nein, weil da hab' i no immer 80 E-Mails vor mir ....“

Aus dem Jazz-Brunch wurde nichts.

In dem Moment ist sie froh, die Bühne in ihrem Musikerleben ausschließlich mit Männern zu teilen. Obwohl, sie hat ein Lied geschrieben, wo es in einer Strophe heißt: „Bist du hübsch und blond, dann hast du gewonnen, die Musikerherzen sind längst schon zerronnen, schaust durchschnittlich aus, dann möchten sie wissen, ob du bist in Jazztheorie auch beflissen". Wie sie diese Zeilen getextet hat, war sie nicht blutjung, sondern 30, denn sie hat relativ spät die musikalische Laufbahn eingeschlagen. Damals hat sie Workshops besucht, bei denen sie mit großen Bands, mit Profi-Musikern, gespielt und gesungen hat, und in ihrer Nervosität immer wieder die lästige Frage aufgetaucht ist: „Bin ich gut genug?" Sie hat zwar an der Grazer Universität Gesang unterrichtet, aber ohne Musikstudium. Werden das die Profis goutieren, die nach der bereits siebten Sängerin, mit der sie trainiert haben, schon etwas fadisiert drein schauen? Lächeln, Humor haben die Big-Band Herren plötzlich instrumentalisiert, ohne auf die Pauke zu hauen, als nach ihr die neunte Sängerin Marke „hübsch, blond, schlank", die im Grunde genommen genau so nervös war wie ihre Vorgängerinnen, mit ihnen in das Trainingsprogramm eingestiegen ist. Die Vorschusslorbeeren waren bis in die hinteren Zuschauerreihen des Konzertsaals zu riechen. Die Frage nach Studium, Jazztheorie und sonstigen Voraussetzungen versteckte sich geschickt hinter dem goldigen Lorbeerbaum.

In vielen Augen, nicht nur denen mit musikalisch ungeschulten Ohren, zieht das Äußere am Weg auf die Bühne und oben auf der Bühne, wenn im Saal das Licht ausgeht. Wenn die im Publikum wüssten, dass sie sich in diesem Augenblick fühlt wie ein Pferd, vor dem gleich das Gatter aufgeht und es endlich hinausgaloppieren darf. Sie denkt nicht an Steigbügel, Sattel und Zaumzeug. Nein, sie überlegt nur kurz, ob alles sitzt: Rock, Hose, Schuhe, Brille, Mikro. Nur dieser gedankliche Spot und ein flüchtiger Blick in die ersten Reihen, dann zählt sie ein. Ob die Dame in der ersten Reihe direkt vor ihr streng und kritisch schaut, oder die drei Männer in der zweiten Reihe links schon jetzt weiche, glänzende Augen haben, ist eine mikrosekundenschnelle Beobachtung und spielt in ihrer exponierten Lage keine Rolle. Ihr musikalisches Wirken wirkt, mit und ohne eng sitzender Marlene-Dietrich-Hose oder sexy Bluse. Sobald sie anfängt zu singen, verschwimmt das Publikum und mit ihm die lauernden Blicke, die zugegebenermaßen ab- oder antörnend sein können. Sie ist nur mehr glücklich in ihrer Welt, in ihrer Musik, egal was sie an diesem Abend trägt, wie ihre Haare fallen oder ob ihre zarte Figur zur Geltung kommt.

Das ist die ungeschminkte Wahrheit über eine Lehrerin, die nicht nur in der Schule ungeschminkt und am liebsten in legeren Klamotten auftaucht, sondern auch beim Lokalbesitzer oder Veranstaltungsmanager, um ein Konzert, einen Gig, auszumachen. Gegen den Freundinnen-Rat: „Geh bitte, richt' di g'scheit her!" wehrt sie sich bis heute tapfer: „Ich will nicht als Sex-Objekt gebucht, sondern wegen meiner Stimme, meiner bildhaften Texte und meiner coolen improvisierten Rhythmen engagiert werden." Und das funktioniert sogar im Sweatshirt, wie ihre glanzvollen Sylvester-Auftritte im berühmten Hotel Sacher beweisen. Unaufgeregt angezogenen Menschen eine Chance geben, sie nicht abwürgen, bevor sie und er noch nicht einmal ein Wort gesagt oder gesungen haben.

Neulich hat sie ein Lied geschrieben „Du bist ein Geschenk des Himmels, genauso wie du bist, bist du einmalig ....". Wie fühlen Sie sich, wenn Sie im Auto gerade vom Zahnarzt kommend mit geschwollener Backe und Zahnlücke an einem Werbeplakat vorbeifahren, von dem Ihnen eine perfekte Schönheit entgegenlacht mit allen ihren Zähnen und gestrafftem Gesicht? Da setzt hoffentlich im Auto-CD-Player gleich wieder der Refrain ein: „Du bist ein Geschenk des Himmels ..." und singt Ihnen eine noch eher unbekannte Jazz-Künstlerin Ihre Einzigartigkeit vor. Ob Sie singen können oder nicht. Denn Sie gibt es wie mich nur ein einziges Mal!

14 Ein Hamsterrad ist keine Karriereleiter

Die Frau, die ungern zu spät kommt, schon gar nicht zu einer Premiere, hat tatsächlich das erste Interview ihres Lebens verschlafen. Aber ich spüre sofort, die ist eine neugierige Arbeitsbiene, die in der ihr zur Verfügung stehenden Lebenszeit die Welt niederreißt, sofern sie den Wecker hört.

Sie legt auch gleich los und ich galoppiere gedanklich mit: Handelsakademie, mit 16 Jahren nebenbei dreimal die Woche Telefondienst von 17 bis 19 Uhr bei einem Rechtsanwalt, Ferialpraxis wann immer Ferien am Kalender stehen, Matura, unverzügliches Inskribieren von Pharmazie, knapp gefolgt von Internationaler Betriebswirtschaft. Wieso nicht so ein Tempo, so ein Lebenstakt, wenn vielschichtiges Interesse in einem jugendlichen Kopf herumschwirrt? Ihr Schulenglisch könnte einen frischen Anstrich gebrauchen, also beschließt sie kurzerhand der Uni und Wien den Rücken zu kehren und mit einem wildfremden Filmregisseur und seiner Kinderschar nach New York zu reisen. Frischer Wind kommt in ihr Studentenleben und verweht angenehm die kleinen Strukturen, die sie bisher gewohnt war. Plötzlich ist alles so offen. Dennoch packt sie den Big Apple in ihre Reisetasche ein und kehrt mit aufgemöbelten Sprachkenntnissen wieder zurück nach Wien. Weiterstudieren steht auf der eifrigen Tagesordnung, bis zu dem Tag, wo sie sich spontan bei „Guatemala Solidarität“ als RückkehrerInnen-Begleiterin bewirbt. Hier ging‘s nicht um Flüchtlingshilfe im großen Stil, nein, das Reizvolle war das niederschwellige Begleitkonzept dieser Solidaritätsbewegung. Ja, wenn die Türschwelle niedrig ist, wird seltener gestolpert und müssen Füße nicht mühsam hoch gehoben werden, um einen schützenden Raum betreten zu können.

Diesmal sitzt sie sprachlos, d.h. ohne ein einziges Wort Spanisch verstehend und sprechend in ihrem Rucksack, im Flieger nach Übersee. Gleich vorweg, sie hat nie fertig studiert, denn dieser Einsatz wird länger dauern, als sie anfänglich dachte. Es begann schon mit einem erheblichen Zeitaufwand bei der Anreise. Anstatt mit dem Flugzeug am schnellsten Luftweg nach Guatemala zu gelangen, entschied sie sich für das günstigste Flugticket und das brachte sie zuerst einmal nach Mexiko. Von dort tingelte sie abenteuerlich, aber ohne Stress, auf dem Landweg mit verschiedensten Bussen hinunter in den Süden. Und weil ihr in diesen Tagen alles im wahrsten Sinne des Wortes Spanisch vorkam, besuchte sie in Guatemala angekommen zuerst noch schnell eine Sprachschule, bevor sie sich tatsächlich mit den sogenannten Rückkehrern aus den Bürgerkriegsgebieten des Landes zu beschäftigen begann.

Die Arbeit mit diesen Binnenflüchtlingen, dieser einheimischen Landbevölkerung, die wieder „zu Hause" angesiedelt wurde, hat sie so fasziniert, dass auch sie sich für unbestimmte Zeit in Guatemala ansiedelte. Nach Österreich zurückgekommen für wieder einmal drei Monate ist sie nur, um im System zu sein, ein bisschen Österreich-Luft zu schnuppern und Geld bei der Post oder beim Heurigen zu verdienen. Ja, das Kontrastprogramm war notwendig, denn die Arbeit in Guatemala war eigentlich Solidaritätsarbeit, sprich unbezahlt. Bezahlt gemacht hat sich, dass ihre Eltern sie unterstützt haben, nicht mit Geld, wie Sie jetzt vielleicht denken, nein, mit: „Mach' das, ist wichtig!" Es war wichtig, denn sonst wäre sie nicht insgesamt acht Jahre geblieben. Vier Jahre lebte und erlebte sie ein freiwilliges, unbürokratisches Arbeitsverhältnis bei der Flüchtlingskoordination. Umso erkenntnisreicher waren der Umstieg zur „Wahrheitskommission" und der damit verbundene mehrjährige Einstieg ins engmaschig strukturierte UNO-System. Sie ließ sich weiterhin bereitwillig und neugierig in Entwicklungsprojekte verwickeln. Ihr Leben selbst war bereits ein tolles Entwicklungsprojekt geworden. Als „fabrikneue“ UNO-Mitarbeiterin flog sie nur mehr einmal zurück nach Österreich. Nämlich um zu entbinden und danach schnurstracks mit dem Baby wieder zurückzukehren nach Guatemala, zu Job und Mann.

Dann die Lebenswende. Klein Markus sollte sein erstes Kindergartenjahr in Österreich absolvieren und sie wollte zu Hause ihren UNO-Mann und Vater des gemeinsamen Sohnes heiraten. Aus diesem befristet geplanten Stop-over in der Heimat ist ein unbefristeter Lebensaufenthalt in Österreich geworden. Wie gibt's denn sowas, werden Sie sich als geborener Lebensplaner fragen? Schuld war ein Zufallsangebot in Wien für einen anfänglichen 20-Stunden-Job. Wer hätte das gedacht, sie selbst am wenigsten, dass in dem Moment, wo ihre Blindbewerbung auf den Schreibtisch des Personalverantwortlichen flattert, jemand kündigt. In der Entwicklungszusammenarbeit auf diese Weise einen Job zu kriegen ist nicht üblich, nirgends auf der Welt und auch nicht in Österreich, das ist ihr bewusst. Sie ist eingestiegen in die offiziell formulierte Zuständigkeit für Finanzierungsprogramme, die sie sukzessiv stundenmäßig aufstocken konnte, und aktuell bei 37,5 Stunden hält. Kostenoptimierung mit Teilzeit-Mascherl! Sie wollen wissen wo? Zuerst einmal ist sie natürlich ausgestiegen aus einem komplizierten UNO Jobranking-System, in das es schwierig ist, überhaupt hineinzukommen. Pfeif drauf! Und sie ist umgestiegen in eine von mir geschätzten 3000 privaten NGOs am österreichischen Horizont. Hat es bei Ihnen „klick“ gemacht? Sie ist bis heute geblieben in DER, flapsig ausgedrückt, heimischen katholischen Entwicklungs-Agency, unter deren Marke, als überparteilicher Verein organisiert, niemand mehr die Priesterkrägen und Missionare sieht, aus denen diese NGO gewachsen ist.

Manchmal entsteht der Eindruck, dass der Geldkoffer namens „Entwicklungshilfe“ in Wien Schwechat das Flugzeug besteigt und irgendwo vom Radar verschwindet wie ein verloren gegangenes Gepäcksstück. Mit diesem Eindruck stehe ich sicherlich nicht alleine im Dschungel der internationalen Hilfsgelder. Umso beeindruckender ist es für mich zu erfahren, mit welcher hoch komplexen, akribischen „Gröscherl-Zählerei" jeder Cent verfolgt wird, bis er an seinem Bestimmungsort angekommen ist. In den Job hineingewachsen ist sie mit ihrem, wie sie selbst sagt, „Gut-Menschentum". Das hat ihr Erfahrungen gebracht, die ein Uni-Studium nicht anbietet, die sie aber genau für diesen Job qualifiziert haben. Sie ist das beste Beispiel dafür, dass gute Menschen auch Zahlenmenschen sein können, die mehr drauf haben als 1 + 1 zusammenzuzählen und Spaß daran haben, an einer Budget-Architektur zu basteln, die über klassische Buchhaltung oder Steuerberatung hinausgeht. Außerdem hat sie außerhalb der österreichischen und der EU-Rechnungslegung viele bunte Partner in Senegal oder Brasilien sitzen, die jedes Projekt anders färben und die schablonenhaften Abläufe anspruchsvoll und nie langweilig machen. Zufrieden mit sich selbst und dem, was sie mir erzählen und weitergeben kann, nimmt sie einen Schluck Kaffee.

Was sie neben ihrer Zahlenaffinität noch mitbringt, ist ihr „Mutter-Instinkt", für den sie sich noch nie geniert hat. Ganz im Gegenteil, sie nennt diese weibliche Eigenart „Hirten-Instinkt", der es ihr möglich macht, im Team zu denken, für andere mitzudenken. Mitfühlen, einfühlen, dann ist zusammenhalten und zusammenarbeiten kein Kunststück mehr, ist sie felsenfest überzeugt. Ein Kunststück war es sicherlich in Guatemala sich in die Männerwelt dieses patriarchal geprägten Landes, wo in den meisten Bereichen Machismus herrscht, hinein zu fühlen. Die einheimischen Männer haben Bewegungsfreiheit, gehen auf die Straße wann immer sie wollen, auch am Abend, oder zu Sitzungen quer durch die Stadt. Kein Wunder, dass die Herren der Schöpfung in Zentralamerika präsenter und sichtbarer sind als ihre Frauen. Sie war Guatemalteken deren Sichtbarkeit nie neidig, nein, aber sie hat plötzlich gespürt, was Bewegungsfreiheit bedeutet und wie dankbar wir Frauen in Österreich für diese Freiheit, nicht nur auf die Straße gehen zu dürfen, sein sollten. Dieser Hirten-, Familien-, Teamtrieb ist nicht immer von Vorteil, sie lacht, aber er macht es ihr leicht, sich mit ihrer Arbeit, ihrem Team, mit dem sie seit 15 Jahren in einem Zimmer sitzt, und ihren Partnern in fernen Ländern noch immer hundertprozentig zu identifizieren, ihren Arbeitgeber und seine „männerbelastete" klerikale Chefetage zu akzeptieren und ihre bildungswütigen jungen Kollegen aus anderen Bereichen, die in Karenz gehen, um den dritten Master zu erstrebe(r)n, zu ignorieren. Sie strahlt. Sie hat ihren Titel, ihren „Doktor", in der Praxis gemacht, im Leben.

Fragen über Fragen hätte ich noch zu ihrem Beruf und ihrer Berufung. Aber die Zeit drängt und es bleibt mir nichts anderes über, als eine kecke Abschlussfrage zu stellen: „Wenn du die Möglichkeit hättest, dich irgendwo mitten in Wien zu postieren, vorm Parlament oder am Heldenplatz, mit einem Banner in der Hand und darauf eine an Frauen gerichtete Botschaft, wie würde diese lauten?"

Sie überlegt und lacht: „Das passt nicht alles auf ein Transparent, ich brauch‘ ein Leporello!“ Aus Platzgründen entscheiden wir kurzerhand, dass sie die Fassade der Hofburg schmücken darf. Sie ist begeistert, das ist viel besser und vor allem im Großen auch für alle sichtbar. Okay, sie verpackt die Hofburg und wird schreiben und zeichnen. Ich bin gespannt, was wir zu sehen und zu lesen bekommen:

Überall sauberes, kristallklares Wasser, tausende Schwimmerinnen ohne Schwimmflügerl, am Ufer hunderte lachende Rotkreuz-Sanitäterinnen und am Leopoldinischen Trakt, also bei der Präsidentschaftskanzlei, ein riesiges Hamsterrad und daneben ein Billboard: „Denkmal(nach)-Schutz: Ein Hamsterrad ist keine Karriereleiter“.

15 EIN HUND KAM IN DIE KÜCHE UND STAHL DEM KOCH EIN EI

Ich habe diesen Kanon, dieses Endloslied als Kind geliebt. Humorvoller Schwachsinn pur, der gemeinschaftlich zusammengeschweißt hat, selbst wenn irgendwer falsch gesungen hat. Ich dachte damals nicht, dass sich das Lied eines Tages umdichten lässt und im Gegensatz zum Ursprungstext dann auch noch der Realität entspricht: „A Frau kam in die Küche und stahl dem Koch die Show …“!

Sie kam mit 21 Jahren und ohne Deutschkenntnisse von Kroatien nach Österreich. Sozusagen alleine ohne nichts. Was nicht stimmt, denn sie hatte vor ihrer Abreise „zu Hause“ die Hochschule fertig gemacht und sich ein Ziel in den Kopf gesetzt: „Ich geh‘ nicht mehr zurück.“ Das ist doch etwas, oder? Aber was konnte sie arbeiten ohne Deutschkenntnisse? Ohne Arbeitsbewilligung sowieso nichts. Also ihr Neustart in Österreich begann mit Behördenwegen. Mit der behördlichen Erlaubnis zu arbeiten blieb ihr dann nichts anderes übrig, als als Zimmermädchen zu beginnen. Dem steirischen Bettzeug war es egal, ob das Hotelpersonal Deutsch spricht, steirisch bellt oder nicht. Sie hat sich durchgeboxt und es hat sich ausgezahlt. Sie kann jetzt perfekt Betten machen und perfekt bügeln. Nach nur einer Saison ist sie von den einsamen Zimmern in die belebte Küche als Küchengehilfin gekommen. Dort hat sie sich von ihrer Hilfsarbeiter-Position aus viel abgeschaut und Deutsch gelernt. Zwei Jahre hat sie in der Steiermark in einer Hotelküche verbracht, in der sie dann sogar schon Desserts machen durfte. 2004 hat sie ihre Zelte abgebrochen, das Hotel aber stehen lassen, und ist nach Wien gezogen.

Zurück zum Anfang, wie im Ringkanon mit seinen unendlichen Satzwiederholungen. Wieder war sie alleine, kannte keine Menschenseele. Sie fing wieder von vorne an. Ihre anfängliche Arbeit in Wien führte sie ein Jahr lang in einen Catering-Betrieb. So hat sie die Wiener Großstadt und ihr weit verzweigtes und verzwicktes Straßennetz kennengelernt. Ja, im Catering war sie jeden Tag woanders. Da ist es schon vorgekommen, dass sie um Mitternacht irgendwo im 20. Bezirk gestanden ist und nicht wusste, in welche Richtung sie fahren soll, damit sie nach Hause kommt.

Eines Tages hat sie eine stinknormale Stellenanzeige gelesen. Von der Familie, die für ihr Lokal in Schönbrunn Unterstützung suchte, hatte sie nie etwas gehört. War ihr auch egal, wer Personal sucht. Wichtig war doch nur, dass gesucht wurde, denn sie wollte unbedingt wieder zurück in die Küche. Seit 14 Jahren ist nun diese Familie, die mit ihrem erfolgreichen Elektrohandel eines Tages Ausgleich anmelden musste und 1976 als gastronomischer Quereinsteiger das traditionsreiche Café Landtmann pachtete, ihr Arbeitgeber.

Ihr Bewerbungsschreiben war auf die Küche ausgerichtet. Beim Vorstellungsgespräch wurde ihr schnell klar gemacht, dass für die Küche prinzipiell keine Frauen aufgenommen werden. Das alternative Angebot als Thekenkraft zu arbeiten hat sie abgelehnt und im gleichen Atemzug nochmal nachgesetzt: „Ich will in die Küche!“ Das Vorstellungsgespräch hatte bald sein Ende. Sie blieb hartnäckig und hat nach zwei Wochen noch einmal zum Telefonhörer gegriffen, weil sie unbedingt in diese Küche hinein wollte. Nach einem weiteren Vorstellungsgespräch wurde sie aufgenommen. Ihre Freude war groß: „Die geben mir als Frau eine Chance!“ Sie war tatsächlich die erste Frau in einer Küche, wo bis zu ihrem Einstieg nur Männer heiße Töpfe heben mussten. Der Mund blieb ihnen offen, als sie zum ersten Mal im Küchendunst vor ihnen stand.

Sechs Monate später war sie Sous-Chefin. Dieses halbe Jahr war ungeachtet der hohen Raumtemperatur schweißtreibend für sie. Keiner der Männer hat sie ernst genommen. Das hat sie gereizt: „Ich zeig's euch!“ Jeden Tag hat sie sich von Neuem beweisen müssen, beweisen und beweisen, dass sie das kann und genauso gut ist wie ein Mann. Jeder Blick mehr „Na die is‘ ja nur jung und hübsch und a Frau“ hat ihr noch mehr Kraft gegeben, obwohl dieses monatelange Endloslied kein Scherzlied war. Eines Tages fragt sie der Küchenchef, ob sie seine Stellvertreterin werden will. Alle waren dafür, denn sie haben gesehen, dass sie in der Hitze des Küchengefechts überlebt. Sie war auch dafür. Und sie war wieder an einem Anfang. Was ist eine Sous-Chefin? Wo fängt ihr Team an und hört ihre Verantwortung auf? Elf Jahre sind aus diesem Anfang geworden. Die Beziehungen zu Abwasch und Service hat sie mit einfachem Geben und Nehmen aufgebaut und gefestigt. Wenn der Abwasch Hilfe gebraucht hat, ist sie beim Abwasch gestanden. Wenn sie Hilfe gebraucht hat, ist der Abwasch neben ihr gestanden und hat geholfen. Manus manum lavat, eine Hand wäscht die andere!

Nur einem Koch hat sie die Show gestohlen. Dem, der nach außen hin zwar einverstanden war, dass sie in der Küchenhierarchie aufrückt, aber insgeheim überzeugt von ihrem Scheitern war. Nachdem das Gegenteil eingetreten ist, wollte er sie, wie den Hund im Kanon, groteskerweise entzwei schlagen. Nicht mit Schöpflöffel oder Messer, nein, mit manipuliertem Datum und einem Rechenfehler mit Konsequenzen. Er musste gehen. Er hat gelogen. Sie hatte an besagtem Datum dienstfrei.

Sie und der Küchenchef haben sich so gut verstanden, dass sie sich „Arbeitsehemann" und „Arbeitsehefrau" nannten. Sie haben so viel Zeit miteinander verbracht, dass sie nicht einmal mehr miteinander redeten, weil beide wussten, was der andere als nächstes machen wird. Kaum lag seine Bratwurst auf dem Teller, hat sie ihren Senf dazugegeben, ohne ein Wort darüber zu verlieren. Es hat irrsinnig viel Spaß gemacht, mit blindem Vertrauen und Verstehen gemeinsam das Team auf- und auszubauen. Auf einmal waren fünf Frauen in der Küche und alles „picobello" in Ordnung. Frauen glauben halt immer zu wissen, wo was hingehört. Dem Küchenchef war es wichtiger, für ordentliche Stimmung zu sorgen.

Inmitten der stressigen Küchenarbeit hat er nicht nur lustige Videos gedreht, diesem tüchtigen Scherzvogel sind trotz enormen Arbeitsdrucks „viele Blödsinnen" eingefallen. Jeden Tag wurde durchgelacht. Es war Lehrmädel-Aufgabe den Kühlschrank sauber zu machen. Dafür mussten zuerst einmal alle Gitter aus dem Kühlschrank herausgenommen werden. Das Lehrmädel stand vor dem Kühlschrank, wollte ihn aufmachen und schrie auf einmal: „Ich kann das nicht aufmachen! Es klemmt, es klemmt!" Sie, die Sous-Chefin eilte sofort herbei: „Wie kann das jetzt klemmen, das ist ein normaler Kühlschrank ….", und versuchte mit voller Kraft die Kühlschranktür zu öffnen. In dem Moment sprang der Küchenchef aus dem Kühlschrank. Sie sind fast umgefallen vor lauter Lachen und haben gänzlich vergessen, wie anstrengend

ihr Dienst an diesem Tag noch sein würde.

Schweren Herzens musste sie diese lachende Küche vor drei Jahren verlassen, weil sie krank geworden ist. Sie spricht nicht über ihre Krankheit, die sie von ihrem geliebten Herd abgezogen hat. Sie erzählt mir stattdessen, dass sie ihr Arbeitgeber von Schönbrunn in die Wiener Innenstadt geholt hat, nachdem er ihr diesen Umstieg mit internen Weiterbildungen und einer Ausbildung in Gastronomiemanagement schmackhaft gemacht hat. Der Spaß in der Küche fehlt ihr ein bisschen. Außerdem steht sie jetzt nicht mehr im Hintergrund. Selbst als Sous-Chefin fühlte sie sich in der Küche gut versteckt. Jetzt steht sie vorne. Ganz vorne direkt vor den Gästen als Servicemitarbeiterin in einem stilvollen Kaffeehaus, dessen ursprüngliche Innenausstattung Adolf Loos gestaltete. Der schwierigste Schritt in dieser Phase der Veränderung war für sie, ihr sicheres Küchen-Terrain und vertraute Terrinen loszulassen. In dem gepflegten Ambiente, wo sich die Innenräume des Kaffeehauses in rekonstruierten Zotti-Metallkugel-Lampen aus Chrom-Nickelstahl spiegeln, hat sie sich erst daran gewöhnen müssen, in Dauerkontakt mit den Gästen zu stehen. Ständig sehen und gesehen werden!

Obwohl keine Probezeit für diesen Neueinstieg vereinbart war, wurde sie gleich in den ersten Arbeitstagen auf die Probe gestellt. An einem Mittwoch hat sie ihren ersten Dienst angetreten. Am Samstag gegen 15 Uhr, das Lokal war voll, stürmten alle Kellner mit ihren Kreditkarten-Terminals und flehenden Blicken auf sie zu: „Es funktioniert nicht!“ In diesem Augenblick hat sie nur gedacht: „Du musst jetzt cool aussehen, du musst jetzt cool aussehen, du musst aussehen, so aussehen, wie wenn du dich auskennst“, und die souveräne Anweisung gegeben: „Sagt bitte jedem, Bezahlung geht nur mit Bargeld.“ Sie hat ihnen noch etwas gegeben. Mit einer überlegenen Geste hat sie ihnen „OW“, ohne Worte, zu verstehen gegeben: „Ich mach‘ das schon.“

Am Sonntag holte sie der Abwäscher: „Große Problem, große Problem!“ Was ist jetzt schon wieder? Sie folgte ihm aufs Pissoir – Überschwemmung. Eine Herausforderung, wenn durch einen Sensor, jedes Mal, wenn MANN sich dem verstopften Urinal nähert, automatisch Wasser zum Spülen kommt. Die Chefin hat ihr am Abend augenzwinkernd gesagt, sie möge bitte mit der auffälligen Pannenserie aufhören. Worauf sie ihr insofern die Show gestohlen hat, indem sie entgegnete: „Was willst du, ich übe nur!“

Ihrem Mann stiehlt sie nie die Show. Den holt sie höchstens auf ihren Boden der Realität herunter. Zum Beispiel als ihm die Schönbrunner Dienstzeiten ein Dorn im Auge waren. Wenn es heißt 16.30 Uhr ist Dienstschluss, wieso bleibt seine Frau länger? Und genau zu dem Zeitpunkt, wo sie gerade Sous-Chefin geworden ist, hätte er sie gern über einen befreundeten Küchenchef in dessen Spitalsküche als Küchenhilfe mit geregelten Arbeitszeiten untergebracht. Dankend hat sie abgelehnt und er drei Tage nichts mit ihr gesprochen. Oder als er, der Buslenker, sich gastronomisch mit ihr und mit Grillspezialitäten im 23. Bezirk im Industriegebiet selbständig machen wollte. Er, der noch nie im Leben in einer Küche gestanden ist und noch nie einen Gastronomie-Griller gesehen hat. „Mit meinem Küchenchef mach‘ ich das gerne, weil ich weiß, dass er es kann. Du kannst das nicht. Wenn du deinen

Job und dein Leben ändern willst, dann tu es, aber ändere nicht mein's!"

Wie in meinem Kanon hat sich auch bei ihm bis heute nichts geändert. Ihr Miro ist noch immer Buschauffeur. Und beide zufrieden.

16 EIN JUDE UND EIN BRANCHENBUCH

„Nur zwei Wochen nach Abschluss der allgemein bildenden Pflichtschule, also mit 15 Jahren, habe ich das Waldviertel verlassen. Verstehen Sie mich bitte nicht falsch, mittlerweile lebe ich wieder im Waldviertel, ja sogar sehr gerne. Damals jedoch hat mich weder die Schule interessiert noch das Leben vor Ort gereizt. Ich wollte einfach nur weg, weg von zu Hause und Goldschmiedin werden, also eine klassische Lehre machen. Meine schulische Laufbahn reizte mich wenig. Ich hatte auch keinen Bock aufs auswendig lernen. Ich wollte nicht die Schulbank drücken und mit dem Lehrpersonal war ich selten einer Meinung. Ich habe für mich festgestellt, dass der Lehrer nie so lehrt, wie ich lerne. Es prallten zwei Welten aufeinander und so habe ich die Schule einfach auf schnellstem Wege hinter mich gebracht. Aus der Not machte ich eine Tugend. Denn für mich stand rasch fest, etwas mit meinen eigenen, zarten Händen zu schaffen, das ist es, was ich wirklich will.

Kurz nach meiner Pflichtschulzeit ging ich nach Wien, lebte das erste halbe Jahr bei meiner Schwester und machte mich alsbald auf die Suche nach einem Lehrherrn. In den darauffolgenden Wochen wurde ich bei verschiedenen Goldschmieden in Wien vorstellig. Weder meine Eltern noch meine Schwester begleiteten mich im zarten Alter von 15 Jahren zu diesen Gesprächen. Nur das Branchenverzeichnis war mir ein lieb gewonnener Berater. Täglich saß ich vor ihm, suchte mir die Adressen der Goldschmiede raus, markierte sie mit einem Stift und schrieb sie anschließend auf einen Zettel. Am nächsten Morgen stieg ich in die „Bim“ und fuhr die Adressen der Goldschmiede ab.

Noch heute höre ich die Worte meiner potentiellen Lehrherren in meinen Ohren klingen: „Eine Frau nehmen wir nicht. Sie könnten ja schwanger werden, das bringt uns nichts. Danke, so jemanden wie Sie suchen wir nicht.“ Ich war 15, brachte zarte 45 kg auf die Waage, hatte normale Beine, einen kleinen Busen und kleidete mich sportlich. Hätte ich mir die Haare kurz geschnitten, den Busen mit einer Mullbinde umwickelt und somit glatt gebügelt, wäre ich vielleicht rascher zu einer Lehrstelle gekommen. Noch heute weiß ich, wie verärgert ich war, dass sie mich mit diesen Worten abblitzen ließen. Ich fragte mich oft, ob sie eine gläserne Brille besitzen, die alle Gefühle aufzeichnet und im Gespräch meinen Hormonstatus misst. Diese Brille druckt dann auf einem Hightech-Drucker im linken Bügel ein Blatt aus, auf dem geschrieben steht: „Sie ist emotional und geschlechtsreif und kommt daher für diesen Job nicht in Frage.“

Obwohl, glauben Sie mir, es gab keine Zeichen von Femme fatale. Ich spielte weder mit weiblichen Reizen noch mit dem Gedanken einer Schwangerschaft. Aber was tun, wenn diese Brille dich in so eine Schublade wirft? Heute weiß ich, dass ich mit Ende der 80er in einer Zeit auf die Welt kam, wo Mädchen systematisch von qualifizierter Ausbildung ferngehalten wurden. Nicht selten wurde ihnen die geistige Befähigung für eine höhere Bildung abgesprochen. In der eigenen Familie fielen Wörter wie: „Töchter brauchen nichts lernen, da sie ohnehin heiraten werden.“

Und weil ich nicht aufgeben wollte, landete ich schließlich

beim AMS. Einem freundlichen Beamten erklärte ich kurz und bestimmt: „Ich will Goldschmiedin werden, aber es nimmt mich niemand, weil ich eine Frau bin und schwanger werden könnte.“ Seine Antwort kam wenig überraschend: „Machen Sie sich keinen Kopf. Wir haben etwas ganz Ähnliches für Sie, Feinoptik. Sie werden sehen, das ist fast dasselbe.“

Dass diese Berufsbilder nicht miteinander vergleichbar sind, sollte ich nur wenige Wochen später bei meinem ersten Lehrherrn erfahren. Ich erkannte sehr schnell, dass mir das AMS einen Chinesen als Japaner verkaufte oder anders ausgedrückt Tofu mit dem Etikett Schinken verzierte.

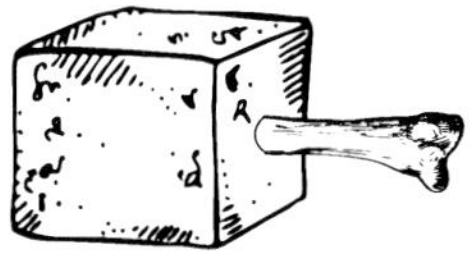

Und obwohl ich Zweifel hatte, sagte eine innere Stimme fast täglich zu mir: „Du willst weg aus dem Waldviertel, also tu etwas dafür. Mach eine solide Ausbildung und enttäusche deine Eltern nicht. Schließlich hast du ihnen nicht nur einmal gesagt, dass du es schaffst und dass sie sich keine Sorgen machen sollen.“

Sie müssen wissen, ich liebe meine Eltern und ich weiß, dass sie mich, die verlorene Tochter, mit offenen Armen jederzeit zurück genommen hätten. Aber mein Plan war, weg von der Schule und irgendwo einmal arbeitsmäßig reinschnuppern. Meine Eltern um finanzielle Unterstützung ersuchen, oder gar aufgeben, war nie eine Option. Diese Mischung aus Wut, Verzweiflung und Kraft, die mein Leben damals bestimmte, hat sich in mir festgesetzt und mich zu einer kämpferischen Persönlichkeit reifen lassen.

Die Lehrlingsstelle für Feinoptik war per se jetzt nicht uninteressant. Mein Lehrherr allerdings war ein unverbesserlicher Alkoholiker, der mich körperlich schwer arbeiten ließ. Wahrscheinlich sah er im Dunst des Alkohols den Jungen in mir, den die Goldschmiede zuvor, bei nüchterner Betrachtung, nicht finden konnten oder wollten. Ich schleppte fast täglich 50 l Spirituskannen durch die Räume. Das müssen Sie sich auf

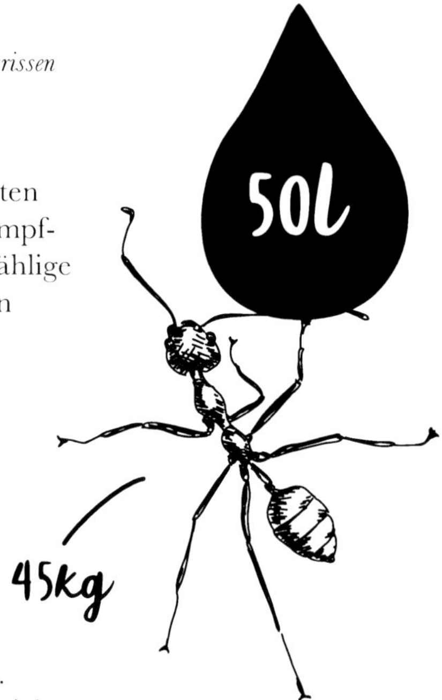

der Zunge zergehen lassen. Im zarten Alter von 15 Jahren mit einem Kampfgewicht von nur 45 kg zog ich unzählige Kannen über den Boden, denn von Heben war keine Rede.

Wenn Sie diesen Selbstversuch wagen und persönlich spüren wollen, müssen Sie jetzt keine 45 kg wiegen, also nehmen Sie jetzt bitte nicht ab, sondern erhöhen Sie einfach die Anzahl der 50 l Kannen. Ihrer Muskelkraft und Ihrer Kreativität sind bei diesem Feldversuch keine Grenzen gesetzt.

Ich will es hier kurz halten und nicht allzu ausschweifend diese Zeit erörtern. Nur so viel, es war eine schwere Zeit, aber noch immer stand für mich fest, aufgeben gibt‘s nicht, aufgegeben wird nur ein Brief. Bis heute. Was mir allerdings weder das AMS noch mein Lehrherr verrieten, war, dass ich im Bereich Feinoptik nach der Lehrzeit kaum eine Stelle in Österreich finden würde.

Feinoptiker waren nicht präsent und die wenigen Stellen, die es gab, befanden sich in Hall i. Tirol bei der Firma Swarovski. Jetzt werden Sie sich wahrscheinlich denken: „Das arme Mädchen, zweieinhalb Jahre Lehrzeit umsonst. Sie hat Lehrgeld bezahlt für nichts und wieder nichts!“ Nein, so sehe ich es nicht. Ich habe trotz der harten Zeit und des launigen Chefs viel gelernt und mich all die Jahre durchgebissen. Mich wirft heute so schnell nichts aus der Bahn. Meine Entscheidung, mit Händen zu arbeiten, fühlte sich schon bei meinem Promille-Arbeitgeber richtig gut an.

In Wien hatte ich mittlerweile Fuß gefasst und eine kleine feine Wohnung für mich gefunden. Sie war nicht groß, nur rund 30 m², trotzdem war sie mein eigenes kleines Reich, mein Rückzugsgebiet. Mein Lehrherr war zum Abschied sogar gerührt und ließ mich nur schweren Herzens, dafür mit wehender Fahne ziehen. Kein Wunder, eine Frau, die „aussieht“ wie ein Mann, die arbeitet wie ein Mann und trotzdem weniger verdient, wer wünscht sich das nicht?

Ich setzte meine Ausbildung mit einer Optiker-Lehre fort. Bewaffnet mit dem Arbeitszeugnis und einer großen Menge an profundem Wissen startete ich meine Karriere bei einem Optiker am Graben.

Dieses Geschäft am Graben war riesig im Vergleich zu dem, was ich bis dato gesehen hatte. Schöne hohe Wände, einladende Auslagen mit einer Glastür, die nie still zu stehen schien. Ständig war sie in Bewegung. Menschen aus Kultur, Kunst und Politik strömten zu uns ins Geschäft. Ich erinnere mich noch an den Tag, als Placido Domingo den Raum betrat. Mit einem breiten Lächeln bewaffnet und einer wunderbar ruhigen Stimme fragte er nach einer Sonnenbrille der Marke „schieß mich tot“, ich weiß es nicht mehr. Wir waren alle gefangen in seiner Ausstrahlung. Wir alle starrten gebannt auf diesen Mann, dessen Haar perfekt geschnitten war. Ein akkurat gescheitelter Braunschopf umrundete sein freundliches Gesicht. Vor uns stand einer der besten und vielfältigsten Tenöre dieser Welt. Nur unser Chef schien unbeeindruckt und begrüßte Placido mit den Worten: „Ich freue mich außerordentlich, dass Sie unser Geschäft beehren“, um ihn gleich anschließend in ein langes Verkaufsgespräch zu verwickeln. Verstohlen beobachtete ich meinen Chef und plötzlich war mir klar, das ist es, was ich will. Ich will mein eigenes Geschäft. Ich will Kunden beraten und sie über mein Fachwissen an mich binden. Ich will ihnen bestenfalls einen unvergesslichen Moment bescheren.

Nur wenige Monate später machte ich meine Optikermeisterprüfung und meine Kontaktlinsenprüfung. Mehr und mehr wurde mir bewusst, welche Chancen sich mir boten. Ich war nicht mehr das junge verschreckte Waserl aus dem Waldviertel, das mit 15 nach Wien kam, sondern eine selbstbewusste junge Frau, die plötzlich am Lernen Gefallen fand. Innerlich war ich gereift, äußerlich hatte ich mich nur wenig verändert.

Insgesamt blieb ich zwölf Jahre in Wien, sieben Jahre am Graben und die letzten Jahre verbrachte ich bei einem eingefleischten Juden im 19. Bezirk, einem der besten Kaufmänner Wiens. Hier bekam ich den Feinschliff für Verkauf. Ich lernte den Unterschied zwischen verkaufen und „geschickt“ verkaufen, den jüdischen Umgang mit Daten und Zahlen. Mich faszinierte sein Geschäftssinn. Er kaufte Gläser in China um nur 1 Euro und verkaufte sie in Österreich um 2000 Euro.“

„Übrigens da fällt mir spontan ein Witz ein. Der Lehrer fragt: „Mojshe, wie viel macht 2 x 2?“ Mojshe: „Beim Kaufen oder beim Verkaufen?“““

„Ja, das könnte passen. Mein Jude war sicherlich Spekulant und Kaufmann in einer Person. Daher überraschte es mich nicht, dass er mir nur zwei Jahre später sein Geschäft in den Ringstraßen-Galerien natürlich mit einem schönen satten Gewinn für ihn und einer Schuldenlast für mich verkaufen wollte. Ich lehnte dankend ab. Der Schuldenlast und dem künstlichen Licht in dieser riesigen Shopping-Mall konnte ich unaufgeregt widerstehen.

Also ging ich´s jüdisch an und stellte mir folgende Frage: Wie viele Einwohner hat Wien? Dann nahm ich meinen treuen Beraterfreund, das Branchenbuch, zur Hand und stellte mir die nächste Frage: Wie viele Optiker hat Wien? Und dann rechnete ich mir durch, wie viele Einwohner kommen auf wie viele Optiker und schon hatte ich einen wunderbaren Überblick. Eine ganz einfache Rechnung, die ich schließlich auch mit meiner Heimatgemeinde machte. Nach der Rechnerei war klar, ich werde es einfach probieren. Ich werde zukünftig mit einem eigenen Optiker-Geschäft im Waldviertel ausschließlich in meinen Geldbeutel wirtschaften.

So kehrte ich nach zwölf Jahren Abwesenheit ins Waldviertel zurück. Ich suchte mir ein Geschäftslokal und mietete mich ein. Freunde halfen mir beim Umbau. Wir verwendeten deren Werkzeuge, deren Maschinen und deren zusammengetragenes schlichtes Inventar, denn mein Fokus lag auf Auslagengestaltung. Nur wenige Monate später sperrte ich ganz alleine mein erstes Optiker-Geschäft im Waldviertel auf. Von früh bis spät stand ich im Geschäft, beriet Kunden mit einer Energie und Leidenschaft, die ihresgleichen sucht. Mein Engagement als „One-Woman-Show“ machte sich bezahlt. Heute habe ich zwei Geschäfte und acht Angestellte, die meine Werte und mein Lieblingssprichwort: „Be a woman, you must think like a man, act like a lady, look like a young girl and work like a horse“ teilen.“

17 Eine Frage des Stils

Die hohe Kunst der Diplomatie erlernte sie in jungen Jahren durch ihre Anstellung bei einem britischen Honorarkonsul in Graz. Wahrscheinlich fragen Sie sich jetzt: „Was bitte schön ist ein Honorarkonsul?“ Keine Sorge, wir helfen Ihnen gerne auf die Sprünge. Ein Honorarkonsul ist ein Ehrenkonsul und kein diplomatischer Konsul. „Ehre wem Ehre gebührt“, er spart der Republik Österreich viel Geld. Das Büro und die Angestellten zahlt der Honorarkonsul aus eigener Tasche. Aber wer bezahlt ihn? Niemand. Ihm reicht es Kontakte zu pflegen und von Zeit zu Zeit am diplomatischen Parkett zu erscheinen. Ihr Konsul vertrat jahrelang die Interessen Angehöriger Großbritanniens in Österreich. Er war mit typisch konsularischen Angelegenheiten wie Pass-, Visum- und Aufenthaltsfragen sowie Rechtshilfe betraut. Wenig aufregend und nur sporadisch glamourös.

Noch heute erinnert sie sich an ihre erste Amtshandlung. Keine Visaausstellung, wie Sie vermuten, sondern ein Besuch in einem Gefängnis in Graz. Sie war noch nicht lange bei ihm, erst ein paar Tage seine Assistentin, seine rechte Hand, als er sie zu sich rief und anordnete: „Fahren Sie ins Gefängnis und besuchen Sie die britischen Staatsbürger hinter den schwedischen Gardinen!“

Erst viel später erfuhr sie, dass ihr Chef noch nie in einem Gefängnis war und auch nicht beabsichtigte, ein Gefängnis je von innen zu sehen. Dafür war seine Abneigung für diese geschlossene Anstalt viel zu groß. Diese großen, sehr kühlen Gebäude, die Wachtürme und der Zaun, all diese bildhaften Vorstellungen ließen das Blut in seinen Adern gefrieren und die schrecklichen Tage seiner Vergangenheit stiegen wieder in ihm hoch. Falls Sie sich genau an dieser Stelle die Frage stellen: „Ist dieser Mann gar Jude?“, ja, dieser Mann ist ein jüdischer Textilunternehmer in Österreich. Er ist mit einer Engländerin verheiratet und pflegt ausgezeichnete Beziehungen nach Großbritannien. Sein Lieblingssatz: „Guter Stil räumt Stolpersteine aus dem Weg.“ Ein knappes Sätzchen ohne jegliche Missverständnisse, das in Wahrheit sein Leben dominiert.

Da das Gefängnis für ihn dieser Stolperstein, diese Hürde war, vertraute er sich seiner Assistentin an, oder soll ich ehrlicher schreiben, schickte er sie ins Gefängnis. Nicht ahnend was auf sie zukommen würde, instruierte er sie mit dem Notwendigsten. Ruhig und bestimmt erklärte er ihr die Verantwortung, die sie mit seiner Vollmacht trug. Er schärfte ihr ein, alles zu notieren, jedes noch so kleine Wort. Das Protokoll anschließend zu verfassen und ihm den letzten Protokoll-Abschnitt zur Unterschrift vorzulegen.

Zu guter Letzt fügte er noch hinzu: „Zeit ist Geld! Also verbringen Sie dort nicht Stunden, sondern kommen Sie so rasch wie möglich zurück!" Auch das ist eine Frage seines Stils, denn ähnlich wie Niki Nationale pflegte er zu betonen: „Wir haben nichts zu verschenken, also beeilen Sie sich lieber!"

Tags darauf fuhr sie mit seiner Vollmacht bewaffnet ins Gefängnis, um die „vier Durchreiseganoven" zu besuchen. Sie nannte sie intern liebevoll die „vier Durchreiseganoven". Warum auch nicht? Schließlich waren sie erst seit wenigen Monaten in Österreich. Gemeinsam mit ihren Frauen mieteten sie vier Stellplätze für sich und ihre Wohnwägen am Campingplatz in der Umgebung von Graz. „Nur nicht auffallen" war ihre Devise. „Wir sind Engländer, wir bereisen ganz Europa und wenn wir an schöne Orte wie Graz kommen, bleiben wir auch gerne länger."

Apropos Wohnwagen, da fällt mir doch glatt was ein. Vor kurzem sah ich ein Wohnmobil mit der Aufschrift: „Wir verreisen das Erbe unserer Kinder". Was für ermutigende, reizvolle Gedanken!

Zurück zu den „vier Durchreiseganoven", deren wahrer Bewegrund für den Stellplatz im Großraum Graz natürlich ein anderer war. Wer sich mit Engländern beschäftigt, hat mitunter schon folgenden Satz gelesen: „Für Engländer beginnt das Ausland schon auf der anderen Seite der Straße". Aus welchem Grund also bitte schön sollten diese Engländer für einen touristischen Stellplatz nach Österreich ziehen?

Ganz einfach. Engländer sind Geschäftsleute. Sie lieben es mit vornehmer Zurückhaltung überall auf der Welt Geschäfte anzubahnen.

Zu Beginn war die Geschäftsidee der „vier Durchreiseganoven" keine Schlechte. In Graz und Umgebung gab es viele nicht asphaltierte Auffahrten zu Einfamilienhäusern und die Steirer waren offensichtlich bereit, für Asphaltarbeiten eine Menge Geld hinzulegen. Bedauerlicherweise konnten die Engländer „eine Menge Geld" nicht richtig einordnen und übertrieben ihre Preisgestaltung bereits nach den ersten

in Asphalt gegossenen Auffahrten. Zu Beginn ist es ihnen tatsächlich gelungen, ihre vergleichbar hohen Preise attraktiv aussehen zu lassen. Waren die Preise nie attraktiv, sondern nur die Steirer naiv? „Steirer men san very good, very, very good for …“. For what?

Womit die Engländer mit Sicherheit nicht rechneten, war der „Geiz ist geil“-Stil der steirischen Österreicher. Dazu gesellte sich noch die traditionelle österreichische Männerstammtisch-Mentalität: „Du Karl, was hast du für den m² asphaltierte Auffahrt bezahlt? …. Was, so viel?“ Da behaupte noch einmal jemand, Männer sind nicht neugierig!

Graz und Umgebung mag weitläufig klingen, aber „Schlawiner“ sprechen sich rasch herum. Es dauerte nicht lange und die „vier Gentle-Männer“ wurden wegen schweren Betruges angeklagt und wanderten hinter Gitter. Böse juristische Zungen unterstellten ihnen „Fluchtgefahr“ und somit war es vorbei mit Nachsicht und Anzeige auf freiem Fuß.

Als sie ihr Auto vor dem Gefängnis parkte und über die Straße schritt, wurde ihr die Tragweite dieses diplomatisch befohlenen Besuches so richtig bewusst. In ihrem Kopf hallten die Worte des Herrn Konsuls: „Sie übernehmen Verantwortung für diese Aktion, seien Sie sich dessen bewusst“, und ihre Nervosität wuchs von Minute zu Minute.

Mit schweißnassen Händen holte sie bei der ersten Gefängnis-Kontrolle ihre Vollmacht aus der Tasche. Sie reichte sie dem Beamten, der einen kurzen Blick darauf warf, sie von oben bis unten musterte und schließlich hingebungsvoll zu säuseln begann: „So jung und schon HONORARKONSULIN.“ Sie lächelte verlegen, versuchte zu erklären, sich zu rechtfertigen, merkte aber bereits nach wenigen Worten: „Der hört mir nicht zu. Der will die Wahrheit gar nicht wissen. Der will nur mit mir flirten und den kurzen kostbaren Moment der Zweisamkeit und Freundlichkeit in dieser tristen Umgebung genießen!“ Er stellte ihr eine Besucherkarte aus und bat sie sich diese für die Dauer ihres Aufenthalts um den Hals zu hängen. Die Schultern wurden schwer und ihr Mund trocken, sie räusperte sich und dachte: „Mein Gott, hoffentlich versagen mir jetzt nicht meine Stimmbänder!“ Gespannt schaute sie auf ihre Armbanduhr, ging in Gedanken nochmals alle wesentlichen Punkte durch und schritt festen Schrittes über einen Asphaltweg, nicht englisch asphaltiert, zur nächsten Tür.

Wie durch Zauberhand öffnete sich auch diese Tür. Drinnen

waren überall Kameras und am Weg zum Gesprächszimmer wurde sie durchleuchtet und begegnete zahlreichen Wachmännern in Uniform. Bald darauf betrat sie das Gesprächszimmer, wo der erste der „vier Durchreiseganoven“ bereits auf sie wartete. Sie zückte ihren Block, notierte mit ihrem dunkelblauen Kugelschreiber sorgfältig jedes Wort, lächelte, sprach ruhig und bestimmt und betrachtete den gar nicht unsympathisch wirkenden Betrüger, der abgesehen von Büchern und Nasentropfen keine großartigen Wünsche äußerte. Auch die anderen drei halb-kriminellen Engländer waren sehr höflich. Sie fragten nach ihren Frauen und wie lange sie noch einsitzen müssten. Das konnte sie ihnen nicht beantworten. Das lag außerhalb ihrer Kompetenz. Mit: „Wir werden alle Ihre Wünsche umgehend an die britische Botschaft weiterleiten“, verließ sie nach nur einer Stunde erleichtert das Zimmer.

Im Stillen, ganz und gar heimlich wie unheimlich am Weg nach draußen in die Freiheit, schoss ihr ein: „Jeder Mensch sollte einmal ein Gefängnis von innen sehen, dann würden Menschen begreifen, dass sich hier kein Aufenthalt lohnt, nicht einmal ein kurzer.“

Drei Stunden später saß sie wieder im Büro an ihrem Schreibtisch. Feinsäuberlich tippte sie den Endbericht für den Herrn Konsul und legte diesen in die Unterschriftenmappe. Während dieser Zeit beim Konsul fühlte sie sich manchmal wie Miss Moneypenny. Unermüdlich tippte sie seine Briefe, setzte verschiedene Verträge auf und besuchte englische Gefängnisinsassen. Einzig und allein James ließ auf sich warten. Und so schenkte sie dem alten, halsstarrigen Konsul bei schwierigen Gesprächen ein Lächeln, das sie eigentlich für James reserviert hatte. „Nur Übung macht den Meister“, dachte sie sich. Falls James eines Tages käme, könnte sie jederzeit ihr schönstes Lächeln auf ihre Lippen zaubern.

Und ihr Lächeln ist schön und „entwaffnete“ selbst den

alten, unnachgiebigen Konsul. Wenigstens an manchen Tagen. Meistens, vor allem bei finanziellen Angelegenheiten, zählte allerdings nur seine Meinung, und zwar exklusiv seine Meinung.

Apropos zählen. Da er sehr wohlhabend war, zählten auch einige Immobilien zu seinem Vermögen. Als er eines Tages beschloss, zusätzlich zu seinen anderen Häusern ein weiteres Haus an Burberry zu vermieten, benötigte er neue Verträge und bat sie diesen Schriftsatz vorzubereiten.

Das war nichts Neues für sie. Wieder einmal war ihre Meinung gefragt. Meistens durfte sie Verträge selbständig vorbereiten und konnte seine Fragen beantworten, nur dieses Mal war es anders. Es ging um mehr und konnte rechtliche Konsequenzen nach sich ziehen. Daher schlug sie vor: „Herr Konsul, da würde ich lieber unseren Anwalt hinzuziehen." Er ganz erstaunt: „Wieso wollen Sie unseren Anwalt fragen? Sie haben ja Rechtswissenschaften studiert, das müssen Sie doch im kleinen Finger haben?" Sie verwundert zurück: „Nein, ich habe Dolmetsch und Übersetzer studiert." „Ach so, tatsächlich? Das wusste ich ja gar nicht. Wir haben doch immer gemeinsam Verträge gemacht." „Ja, das stimmt", antwortete sie. „Vielleicht sollten wir mein Jobprofil besprechen, damit Sie nicht Erwartungen in mich setzen, die ich nicht erfüllen kann."

Da sprang er auf, ging zu seinem Schreibtisch und meinte stilsicher: „Nein, nicht notwendig. Rufen Sie unseren Anwalt an." So war er. Damit war das Gespräch beendet und er fragte sie nie mehr um ihre Meinung, zumindest nicht was Verträge betraf.

Was hat sie in ihrer Honorarkonsul-Zeit gelernt? Ruhig und bestimmt beendet sie unser Interview: „Ich lernte diplomatisches Geschick und Opportunisten kennen und weiß heute, leere Phrasen zu trällern ist nicht mein Ding. Günstige Gelegenheiten ohne Rücksicht auf Konsequenzen zu meinem eigenen Vorteil zu nutzen ebenfalls nicht. Mein Ding ist,

Themen kritisch zu hinterfragen und lieber zweimal nachzudenken, bevor ich etwas sage. Falls ich es dann doch nicht weiß, was ja immer wieder vorkommt, sage ich mit schlichtem Stil: „Es tut mir leid, aber das weiß ich jetzt nicht.""

Das ist für sie eine Frage des Stils und den gilt es ihrer Meinung nach zu finden, nicht nur in politischer Hinsicht, sondern auch im Job. Alles also nur eine Frage des Stils!

18 Eine Männerquote muss her, warum eigentlich nicht?

Es gibt Dinge, auf die kann man sich verlassen, selbst wenn die Welt an manchen Tagen aus den Fugen gerät.

In wunderbaren Magazinen ist zu lesen, dass im Frühling die Natur erwacht und mit ihr unsere Gefühlswelt. Sind wir die restlichen Monate kalt wie Fische? Solche oder ähnliche Fragen werden natürlich nicht gestellt. Vielmehr wird darauf hingewiesen, dass wir uns im Rausch der Hormone befinden. Bei solchen Aussagen stellt sich mir die Frage: „Wem fällt dieser Blödsinn eigentlich jedes Jahr ein? Und warum werden gerade in den Wintermonaten die meisten Kinder gezeugt, wenn doch die Hormone im Frühling „betrunken" spielen?" Oder wir lesen wieder einmal über die x-te Diät und das tolle Körpergefühl im neuen Bikini. Dass keine Diät zielführend ist, es ohne sportliche Betätigung kein Top Model auf Hochglanzbroschüren schafft, ist mittlerweile selbst in den entlegensten Winkeln Österreichs bekannt. Interessiert sie sich für solche Themen? Nein, diese Inhalte lässt sie achtlos an sich vorbeiziehen.

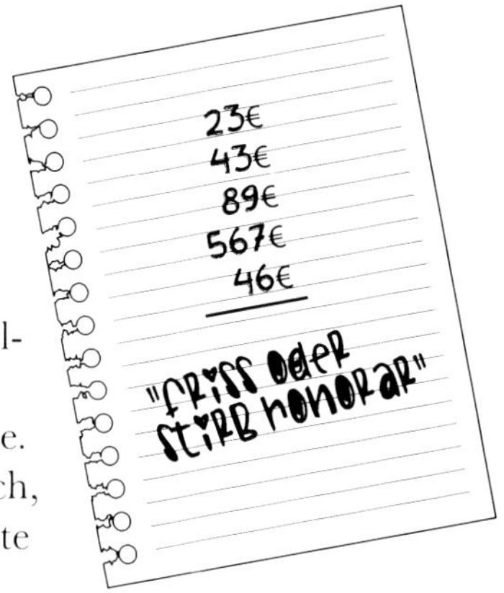

Sie hingegen interessiert das Thema: „Wieso arbeiten so wenige Männer in Sozialberufen?“

Diese Frage beschäftigt sie nicht erst heute. Wie ist es dazugekommen? Wie ist es möglich, dass sie seit mehr als zehn Jahren an der Seite einer männlichen Minderheit arbeitet? An keinem Tag stellen sie und ihre Männer die Sinnhaftigkeit ihrer Tätigkeit in Abrede. Warum leben also Männer ihr sozialpolitisches Engagement selten in Sozialberufen aus? Warum das so ist, kann keiner genau begründen. „Dabei wäre es so immens wichtig“, setzt sie im Laufe des Gespräches noch nach.

Und dann beginnt sie laut darüber nachzudenken: „Kann es das Gehalt sein, das Männer davon abhält im Sozialbereich tätig zu werden? 2.190 Euro brutto monatlich – „ein Friss oder Stirb Honorar“ mit geringer Aussicht auf mehr. Das klingt wahrscheinlich tatsächlich nicht verlockend für viele Männer. Selbst wenn das Gehalt beim Vorstellungsgespräch aufgewertet wird: „Wir hätten dich wirklich gerne im Team und du kannst dich dort auch persönlich entfalten. Außerdem sind wir untereinander rasch per DU. Du findest neue Freunde und Hierarchien verschwimmen. Aber keine Sorge, die hierarchischen Strukturen werden, wenn’s darauf ankommt, eingefordert.“ “

Plötzlich verdunkelt sich ihr Gesicht: „Ja vielleicht ist es auch gar nicht erwünscht, dass Männer in diesem Bereich zu arbeiten beginnen. Sie würden ja wahrscheinlich schon nach kurzer Zeit eine Gehaltserhöhung fordern. Schließlich wissen Männer längst und nur allzu gut, dass Bezahlung etwas mit Leistung zu tun hat und nichts mit Selbstwert. Wir Frauen hingegen finden das unangenehm oder unangebracht. Wir wollen nicht als undankbar gelten bei all dem Leid, das wir sehen. Was für Männer eine Selbstverständlichkeit ist, wäre für unsere Branche vielleicht eine Katastrophe mittleren Ausmaßes.“

Sie selbst hat erlebt: „Immer, wenn wir Frauen bei Einstellungsgesprächen „hart“ verhandeln, kommen wir nicht zum Zug. Dieser Eilzug saust dann einfach an uns vorüber. Allzu hartes Verhandeln wird uns Frauen als Verbissenheit ausgelegt.“ Hildegard Knef sagte einmal: „Brüllt ein Mann, ist er dynamisch, brüllt eine Frau, ist sie hysterisch.“ Sie fährt fort: „Dabei leisten wir Frauen in unseren Teams gute Arbeit ohne Inszenierung und ohne uns selbst in Szene zu setzen. Die Wirtschaft weiß längst, dass sie in vielen Bereichen auf die Arbeitskraft einer Frau nicht mehr verzichten kann. Aber darum geht es ja gar nicht. Ich verlier schon wieder den Faden …“

Ja, lieber Leser, was soll ich Ihnen sagen, auch mir kam kurz der Gedanke: „Typisch Frau!“

Nachdem sie kurz den Faden verlor, nimmt sie ihn wieder auf: „Männer hätten im Sozialbereich die Möglichkeit, sich ihren „Wunschjob“ auszusuchen. Stellen Sie sich das einmal vor! Sie hätten auf alle Fälle größere Wahlmöglichkeiten in den Handlungsfeldern sozialer Arbeit. Mitunter sogar eine bessere Chance, die lukrativeren Jobs zu bekommen. Also warum zögern sie? Weil sie sich urplötzlich mit Frauen solidarisch erklären und ihnen ihr Umfeld nicht streitig machen wollen?“

Sicher nicht. Ist es der gesellschaftliche Druck, der in letzter Zeit wieder stärker wurde? Fragt sich nur auf wen. Längst vergangen geglaubte Rollenbilder werden nur allzu gerne wieder „aufgewärmt“ und in politischen Reden „heiß“ gekocht: „Mama kocht die Suppe, Papa macht die Überstunden.“

Wo war sie stehen geblieben? „Natürlich spielen Männer in vielen Familien nach wie vor die Ernährer-Rolle. Das weiß ich schon. Viele Männer sind fast zur Gänze für das Familieneinkommen zuständig. Daher ist das Lohnniveau bei uns für viele Männer tatsächlich kein attraktives Ziel. Aber glauben Sie mir, auch nicht für Frauen und trotzdem leisten wir unseren Beitrag.“

Sie würde dieses Thema gerne öffentlich diskutieren. Denn

sie ist davon überzeugt, dass Männer für Kinder, für Behinderte und selbst für uns Frauen eine willkommene Abwechslung bieten. Weil Männer in den Teams, die sie kennt, einen „Männerbonus“ haben. Dabei spricht sie nicht von deren „sexy Bonus“, sondern von deren „tatkräftigem Bonus“.

Sie sieht in ihrem Job Männer, die aus dem engen hegemonialen Korsett geschlüpft sind und „weibliche“ Verhaltensmuster ausleben und somit unzensuriert ans Tageslicht bringen. „Sie dürfen sie selbst sein und müssen keinen Geschlechterstereotypen entsprechen. Diese Männer sind wirklich tolle Männer“, schwärmt sie. „Ich kann mit ihnen über so Vieles sprechen und habe dabei immer das Gefühl, einem reflektierten, empathischen Partner gegenüber zu sitzen.“

Fast traurig setzt sie nach: „Leider sind es in einigen Fällen wir Frauen selbst, die Männer, wenn sie sich einmal für einen Sozialberuf entscheiden, vergraulen. Nämlich dann, wenn diese Männer als Konkurrenz im Spiel der Kräfte gesehen werden. Lassen Sie sich folgende fiktive Situation auf der Zunge zergehen. Es ist eine Leitungsposition neu zu besetzen und eine Frau will zum Zug kommen. Schon wieder dieser verdammte Zug. Also diese Frau will den lang ersehnten Führungsanspruch wahrnehmen und mit ihm Macht und Geld erlangen. Die „gläserne Decke“ des freien Arbeitsmarkts hat sie satt. Sie soll in ihrem „sozialen“ Unternehmen nicht eingezogen werden. Sie will sich ihren Frauenkopf nicht an diesem Plafond wund schlagen, das will sie auf keinen Fall, und ekelt den Mann hinaus, noch bevor er ihr „ihre“ Führungsposition streitig macht. Der Gegenkandidat soll und darf um keinen Preis mit dem „gläsernen Aufzug“ an ihr vorbei in die Führungsetage rasen. Er soll im zweiten Stock aussteigen und sich „unter“ ihr austoben! Im dritten Stock residiert sie, die, die die „gläserne Decke“ zu ihrem festen „gläsernen Boden“ erklärt hat.“

Von der Fiktion zurück zur Realität. Männer, sind sie erst

einmal Teil ihres „sozialen“ Berufsbildes, fahren dennoch häufiger als Frauen mit dem „gläsernen Aufzug“ bis in den dritten Stock. Wieso auch nicht? Warum sollten in Sozialberufen andere Maßstäbe gelten als in vielen anderen Berufen? Kompensieren Männer in diesen Berufen das vermeintliche „Männlichkeitsdefizit“? Denn wer will am Stammtisch schon schwul wirken?

Wie sie es dreht oder wendet, dieses Thema, dieses Kräfteverhältnis zwischen Mann und Frau bleibt in ihrer NGO eine Ungleichheit. Und obwohl oder gerade, weil sie gegen soziale Ungleichheiten eintritt, ist es schwierig in ihrer Organisation diese Ungleichheit zu thematisieren. Ihren Optimismus verliert sie dennoch nicht. Das Strukturdefizit wurde im vierten Stock bereits klar umrissen und der Ruf nach einer Männerquote zuletzt wieder lauter.

„Wenn jetzt noch Führungsverantwortung mit mehr Verantwortung im Sinne von größerer sozialpolitischer Gestaltungsmöglichkeit und mit weniger Karrieregeilheit in Verbindung gebracht wird, sind wir auf einem guten Weg“, davon ist sie überzeugt.

19 EINE PÄDAGOGIN IST IMMER VORBEREITET. AUCH DIE FRAU DIREKTOR!

Nicht nur im Kindergarten gehört die Bühne und das Mikrophon täglich ihr, trägt sie schließlich die Verantwortung der Leitung eines mehrgruppigen Hauses, nein, sondern auch in unserem Interviewgespräch hat sie das Zepter in die Hand genommen. Ich lehne mich entspannt zurück und lausche gespannt ihren Themen, die ihr als Frau in der Berufswelt unter den Fingernägeln brennen, und die sich fein säuberlich niedergeschrieben, soweit ich das ohne Lesebrille erkennen kann, auf einem Blatt Papier mitten am Tisch befinden.

Ihr Top-Thema führt unmittelbar in die Sackgasse der Illoyalität, wie sie sie nennt. Ich spitze die Ohren, denn Sackgasse ist immer blöd, egal ob mit Auto oder Fahrrad unterwegs, stehen wir rasch an, stoßen auf Grenzen, sind am Ende. Es geht einfach nicht mehr weiter. Außer wir suchen absichtlich die Ruhe einer Einbahn, ein sicheres Parkplatzerl, um aus dem dichten Verkehrstreiben mit anderen abzubiegen.

Sie ist seit 30 Jahren berufstätig und blickt zufrieden auf sich und ihre Kindergarten-Karriere, die sie von den niedrigen Sesserln im Gruppen-Großraum auf den Leiterinnen-Thron im großräumigen Einzelbüro steigen hat lassen. Von der jungen Kindergärtnerin zur reifen Frau Direktor. Sie freut es, sagen ihre Augen, und sie ist stolz auf diesen Weg, den sie gegangen ist, sagt ihre laute, bestimmte Stimme. Hin und wieder ist diese Freude jedoch getrübt, denn die Stuten rundherum beißen noch immer. Die gegenseitige Loyalität fehlt.

Hat das möglicherweise etwas mit ihrem geographischen Bezirk zu tun, in dem die Karriere stattgefunden hat? Ist die Luft dort besonders verpestet? Liegen in dieser Gegend Kindergärten auf gärendem Sumpfgebiet? Oder sind nur einzelne

Grundmauern kontaminiert? Ja, sich gegenseitig schlecht machen und herunterziehen, über Kolleginnen ohne Hintergrundwissen urteilen, gehört, wenn ich ihr so zuhöre, ganzjährig zur Klima- und Wetterprognose dieses Gebiets.

Ich schweife gedanklich ab: Bei schlechtem Wetter heißt es sich wärmer, wasser- oder windabweisender anziehen. Was also tun, bei heranziehendem Gewitter oder bei aus heiterem Himmel hervorbrechender Sturmfront? Bevor der verbale Blitz hinterrücks einschlägt, oder unsachlicher Regen herunterprasselt, wie wär's einfach mit: nie das eigene Thermometer aus den Augen verlieren, und am Team-Barometer unaufgeregt beobachten, dass das Tiefdruckgebiet im Abziehen ist.

Nach den kurzen Wetterkapriolen in meinem Kopf, bin ich auch schon wieder ganz Ohr. Ja, es fehlen uns oft viele, viele Informationen, oder wir sind weit, weit weg vom Geschehen, gar nicht involviert, und nehmen uns, absichtlich oder unabsichtlich, nicht einmal einen Augenblick Zeit, darüber nachzudenken: „Wie hätte ich an ihrer Stelle dieses verzwickte Elterngespräch gelöst?" Oder: „Wie geschickt diplomatisch wäre ich dem grantigen Herrn Bürgermeister begegnet, der partout seine geheiligte Gemeindekasse für unser tolles Kindergarten-Projekt nicht öffnen will?"

Glauben Sie mir, ich lausche wirklich aufmerksam ihren Ausführungen, frage mich aber gleichzeitig heimlich, still und leise, weshalb es uns Frauen zusteht, ständig die Gescheitere, Bessere, Erfolgreichere raushängen zu lassen. Ist das ein pädagogisches Wetterphänomen, oder grundsätzlich genetisch bedingtes weibliches Desinteresse, gegenseitiges Verständnis für unterschiedliche Großwetterlagen aufkommen zu lassen?

Sie bringt auch den Zeigefinger, dieses rot lackierte Warnsignal, ins Spiel, mit dem das permanente, unaufgeforderte, genaue, als harmloses Hinschauen getarnte Hinzeigen auf Berufskolleginnen gestisch nochmals an Bedeutung zulegt. Was tun in solchen Situationen, sollte sich die Frau im Visier des Zeigefingers einmal zufällig im selben Raum befinden? Dem Zeigefinger den Mittelfinger entgegen strecken?

Im Gegensatz zu mir antwortet Frau Direktor auf meine erste Zwischenfrage, die da lautet: „Was braucht's in dem Loyalitäts-Dilemma, was es noch nicht gibt", mit einer „zivilisierten" simplen 3-Punkte-Lösung: Erstens, Zufriedenheit mit sich selber, dann hat zweitens automatisch der Neid, wieso die Kollegin z.B. einen Schritt schneller ist, kein Leiberl mehr, und ohne Neid, dafür mit Mut, zeigt sich drittens unerwartet weibliche Kritikfähigkeit, die schon bei der nächsten Face-to-Face-Kommunikation z.B. mit der im System gewichtigen Frau Kindergarten-Inspektorin ins Gewicht fallen könnte.

Männer in ihrem Dunstkreis sind, was die Kritikfähigkeit angeht, ihrer Ansicht nach viel, viel mutiger, unvoreingenommener, unbeschwerter und können mit dem Topfen, den sie sich gegenseitig an den Kopf werfen, besser umgehen. Durch die Transparenz der direkten gegenseitigen Anschuldigungen und Frechheiten, kommt rascher Licht ins Dunkel, und schon ist der Topfen wieder vom Tisch und vom Kopf.

Das Bild beflügelt mich irgendwie, ich bin mutig, direkt und erlaube mir, Frau Direktor eine zweite Frage zu stellen: „Wie würde die Welt, nämlich diese pädagogische, die in meinen Augen extrem frauenlastig ist, wie würde diese Berufswelt, das Zusammenarbeiten ausschauen, gäb's einen größeren Männeranteil?" Kurz und bündig bringt sie's auf den Punkt: optimal durchmischte Verhaltensmuster, bewusste Demonstration menschlicher Vielfalt mit Mehrwert nicht nur fürs Pädagoginnen-Team, sondern für die Kinder in zunehmend vielfältigen Familienkonstellationen.

Wäre das ein Garant für viele Sonnenphasen am Kommunikations-Himmel von Kinderbetreuungseinrichtungen?

Die Nebelbänke, die die Aussicht für Männer auf diesen Job verstellen und dessen Attraktivität verschleiern, hängen zäh am politischen Hochgebirge. 30 Jahre Berufserfahrung machen sie sicher, haben sie mutiger gemacht, daher hat Frau Direktor auch gegen den hartnäckigen Nebel einen Plan, der allerdings in ihrer Schreibtischlade verstauben wird.

Denn er beinhaltet in ihren Augen den einen, einzig wesentlichen Punkt für die Öffnung in Richtung Männerwelt, nämlich „das Gehalt". Ja, vieles dreht sich nur ums „liebe" Geld. Ihre Vision ist glasklar: Einstiegsgehälter rauf, damit auch junge Männer und Väter eine Familie erhalten und sich auch eine Frau in Karenz leisten können. Noch basiert die fünfjährige Ausbildung der Kindergartenpädagogik mit Fachmatura auf absolvierten vier Jahren Unterstufe Gymnasium oder NMS, nicht aber auf Maturaabschluss. Ist billiger! Aber ihre Idee ist nicht einseitig monetär und heißt nur „Gehalt rauf", nein, sondern ihre Forderung heißt gleichzeitig auch Ausbildung rauf auf ein höheres Niveau. Sie spricht diesbezüglich sogar eine Empfehlung aus, leider nur mir gegenüber, und nicht den Verantwortlichen auf Landes- und Bundesebene, den Zuständigen in der „Langsamregierung", in den Ministerien und in den Hinterzimmern ausgewiesener Bildungsexperten ohne „innen".

Eine Anmerkung erhalten Sie bereits jetzt gratis: ein umgestelltes, auf den Kopf gestelltes, aufgewertetes Ausbildungssystem ist die nachvollziehbare und gerechtfertigte Basis für ein angepasstes, aufgewertetes Gehaltssystem. Sie nicken? Ich auch. Wieso also trauen sich die politischen Entscheidungsträger nicht drüber, obwohl wissenschaftlich erwiesen ist, dass Kinder im Alter von 0 bis 6 Jahren ihr Prägealter durchmachen und auf allem, was sie in dieser Zeit erleben, aufbauen für ihre und unsere Zukunft? Ja, das kostet Geld, es bedarf einer Investition, ein System umzustellen. Das zu behirnen, dafür braucht's keine Matura. Aber deswegen den Kopf in die Sandkiste des Kindergartens stecken?

Haben Sie auch manches Mal das Gefühl, liebe Leserin, lieber Leser, Sie sind im Kindergarten? Komisches Gefühl, was? Und jetzt stellen Sie sich vor, da gibt es Menschen, die müssen dort jeden Tag hin! Nein, das sind keine Wahnsinnigen, das sind idealistische „Freiwilliginnen" im Kernbereich der Sozialpädagogik mit einem gesellschaftspolitischen Großauftrag: Kinder-Betreuung, Erziehung, Bildung, Menschen-Entwicklung. Schön, wenn es in Zukunft dabei mehr Freiwillige gäbe, koste diese in unseren Köpfen bereits als Selbstverständlichkeit betrachtete Dienstleistung was sie wolle!

20 Faltenlos, was ist bloß los?

Was soll denn los sein? Noch dazu im faltenlosen Gesicht einer Frau? Nichts. Nichts ist aber fad. Kein herzhaftes Lachen in der Mimik lesen, keine Charakterzüge in den Grübchen erahnen, einfach nur ausdruckslos. Wie würden Sie faltenlose Ausstrahlung interpretieren? Welche Rückschlüsse würden Sie aus dieser Frau ziehen? Ein Leben ohne Knick, ohne Falte, ohne Unebenheit, einfach nur glatt und platt wie die austauschbaren Gesichter, die erschreckend rasant im Zunehmen sind? Zunehmen, sagen Ärzte, ist ungesund. Wieso wird dieses Zunehmen von uns Frauen wenig kommentiert und unkritisch hingenommen?

Schon der 1942 geborene Professor für Psychologie an der University of Pennsylvania namens Martin E.P. Seligman hat sich als Mann für das nach seinem Entdecker, dem 1875 verstorbenen französischen Arzt Guillaume Duchenne de Boulogne, benannten „Duchenne-Lächeln" stark gemacht. Die Mundwinkel weisen nach oben und die Haut in den äußeren Augenwinkeln bildet feine Falten, die „Krähenfüße", die echtes strahlendes Lächeln und authentische Fröhlichkeit ausmachen und die wir Frauen wegmachen. Obwohl Seligman mit seinen systematischen Langzeitbeobachtungen und seiner Erfahrung als Therapeut einer der einflussreichsten modernen Psychologen wurde, hat er nie herausgefunden, wieso Frauen auf den „Pan-American-Smile" stehen. Die Stewardessen der 1991 eingestellten Luftlinie stellten in den TV-Werbespots für die Airline ihr natürliches Lächeln ein und tauschten es gegen unechtes Zähne fletschen aus, das laut Seligman Menschenaffen zeigen, wenn sie Angst haben.

Vor wem müssen wir uns mehr fürchten? Vor den faltrigen Frauen, denen die Vielfältigkeit ins Gesicht geschrieben ist, oder den faltenlosen Damen der Schöpfung, die Einfalt ausstrahlen, weil sie alle gleich aussehen?

Was denken eigentlich Männer über schöne, geglättete Frauen?

Ich selbst saß mit meiner Mutter im Juli 2015 in einer lauschigen Weinlaube auf einer Heurigenterrasse in Weißenkirchen in der Wachau. Am Nachbartisch in Hörweite zwei Ehepaare. Ehemann Nummer 1 wirft in die angeregte Unterhaltung ein: „Wichtig ist, im Leben eine schöne Frau zu heiraten und dafür zu sorgen, dass sie nicht und nie arbeiten muss. Schaut's euch die Hacklerinnen an, wie schiach die werden." Ich kann einen Grundlaut der Empörung aus meinem Inneren nicht verbergen. Darauf sagt der Ehemann Nummer 2 leise an seinem Tisch: „Aufpassen, da sitzen zwei Karrierefrauen!" Ich setze ein charmantes „Duchenne-Lächeln" auf: „Danke für den Hinweis, i sag' glei morgen meinen Kosmetiktermin ab!"

Was sagt meine Kosmetikerin und Maskenbildnerin für Theater

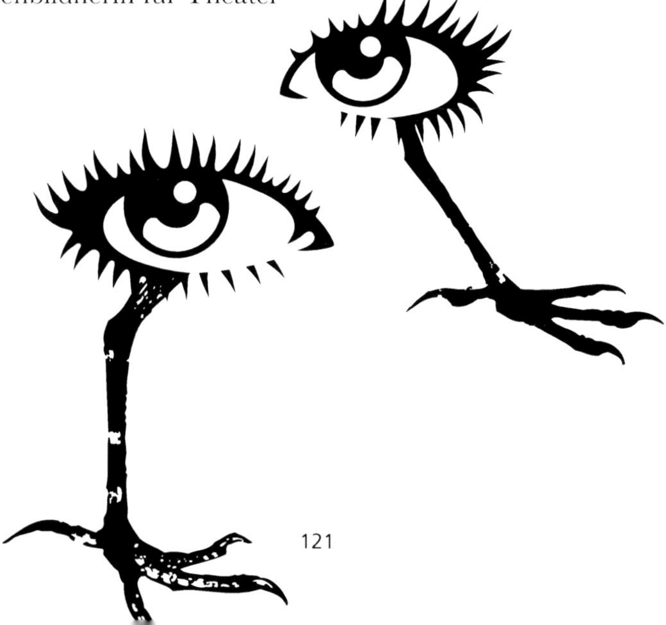

und Film zu faltenloser Schönheit? Im wahrsten Sinne des Wortes ungeschminkt erzählt sie mir, dass sie nach ihrer Ausbildung acht Jahre gearbeitet hat. Dann kamen ihre Kinder auf die Welt. Mit zwei von dreien ist sie nach dem frühen Tod des Erstgeborenen fast zehn Jahre zu Hause geblieben. Der Wiedereinstieg 2003 in den Beruf ist mit ihrer Scheidung zusammengefallen. Eine schwierige Situation für sie. Niemand fühlte sich zuständig, ihr nur vorübergehend, schließlich war sie aktiv auf Jobsuche, Arbeitslosengeld oder irgendeinen Zuschuss zu bezahlen. „Das ist Ihr Pech. Hat Ihnen ja kana ang'schafft Kinder kriag'n und zehn Jahr' daham bleib'n!" War es ein „Duchenne-Lächeln" oder ein „Pan-Am-Smile", sie hat dann doch Arbeitslosengeld bekommen: EUR 2,50 am Tag.

Bald darauf hat sie für ein Kosmetikinstitut gearbeitet, von wo sie nach eineinhalb Jahren eine Ärztin als medizinische Kosmetikerin in ihre Privatpraxis im 19. Bezirk „ab-engagiert" hat. Dort ist sie für 20 Stunden angestellt. Genug Zeit also, den Rest der Woche selbständig Körper- und Energiearbeit, die sie berufsbegleitend drei Jahre lang erlernt hat, anzubieten.

Männer sind in der Döblinger Arztpraxis ihre treuesten Kunden. Nicht die Akne-Patienten, die noch von der Mutter gebracht werden, sondern die, die sich mit 40, 45 entschließen, zur Kosmetikerin zu gehen, was in ihren Alterskreisen als unmännlich eingestuft wird. Dennoch entwickelt sich gerade ein großer Kosmetikmarkt für Männer. Wohl für die Jüngeren, die bis zur kosmetischen Praxistüre weder Hut, Sonnenbrille noch aufgestellten Kragen benötigen.

Zu ihrer energetischen Körperarbeit strömen gleich viele Männer wie Frauen in den 6. Bezirk. Zu 80 % mit einem Grundthema, das unsere Gesellschaft in ihren Augen momentan total beherrscht: Überforderung. Ja, ihre Klientel ist definitiv vom Leben überfordert. Wieso? Weil sie sich viel zu viel zumuten und ihnen alles viel zu schnell geht. Deswegen lassen sie sich auf ihre Liege fallen, um sich fallen zu lassen und Körpertherapie zuzulassen. Für Männer hin und wieder ein schwieriges Unterfangen, wenn die Energie durch ihre zarten Berührungen am Arm so stark fließt, dass sich nicht nur die angeschlagene Psyche aufrichtet. Das ist dem einen oder anderen Mann so unangenehm, dass er bis zum Ende der Behandlung nie wieder die Augen aufmacht und so tut als wäre er auf der Liege überhaupt nicht mehr anwesend. Oder gedanklich verzweifelt versucht, sich zu „vergasförmigen". Keine Chance. Ihre Hände, die seit 35 Jahren mit Körpern arbeiten, spüren das sofort und haben alles in geübtem Griff, ohne darüber ein Wort zu verlieren. Wenn „Lebensfreude" das Thema der gebuchten Behandlung ist, kann eine Erektion auftreten. Schließlich gehört sie bekanntermaßen zur Lebensfreude dazu.

Wenig mit Lebensfreude zu tun hat für sie der Umstand, wie wichtig uns Frauen unser Aussehen ist. Einfach um alles in der Welt wollen wir jünger, jünger, jünger aussehen und ja keine Falte zeigen. Irgendwie lustig, wie sehr wir dieser faltenlosen Frauenwelt zu Füßen liegen, aber eigentlich traurig. Kummerfalten machen sich auf meiner Stirn breit. Auch ihr Gesicht verrät, dass sie mit Sorge auf die junge heranwachsende Generation blickt. Es kann doch nicht Mode sein oder Trend werden, dass junge Frauen nicht mehr zu sich selbst stehen: „Ja, ich bin so wie ich bin. Ich habe eine Narbe und es ist mir egal!" Zu viele sitzen für ihren Geschmack in ihrem Wartezimmer und in der gesellschaftlichen Perfektionismus-Falle. Junge, natürlich hübsche Frauen wollen um jeden Preis DEM perfekten Gesicht entsprechen, das gestern in irgendeiner Schummel-App abgebildet oder auf Instagram gepostet war. Meine Stirnfalten vertiefen sich. Wollen Frauen, junge wie alte, neben ihrem Verlangen nach individuellen Freiheiten und Rechten auf einmal ein kollektives Einheits-Gesicht tragen? Individuelle „Schönheit" begraben und sich chirurgischen Eingriffen unterwerfen? Was ist bloß los?

Sie hat es bei ihren beiden Töchtern geübt und nimmt ihre Erfahrung in ihre Arztpraxis mit. Was zu Hause ihrer Meinung nach recht gut gelungen ist, wird wohl auch bei ihren jungen Patientinnen Gehör finden. Es ist natürlich ein Vorteil, dass sie mütterlich und nicht geliftet aussieht. Ich bin gespannt. Nicht im Gesicht, wie Sie mitbekommen haben, nein, gedanklich. Sie sagt ihren jungen Kundinnen, die sie an sich heranlassen, einfach gerade heraus, was an ihnen schön ist und dass genau das, was sie am meisten stört, das ist, was sie ausmacht, was sie besonders macht. Eine Aufgabe, die die Mütter zu erfüllen hätten. Die sind gefragt. Aber solange die eigenen Mütter jeden Tag vor dem Spiegel und auf der Waage stehen und sich aufregen wie runzlig und fett sie schon wieder geworden sind, wird die Faltenlosigkeit vorgelebt und weitergegeben werden.

Sie selbst ist stolz auf ihre Falten, weil sie sich diese hart verdient hat. Wer schmeißt so etwas leichtfertig weg? Sie, das freche „enfant terrible" in ihrer Familie, sicher nicht. Jedes ihrer Fältchen, das sie in ihrem Gesicht trägt, ist eine Geschichte ihres Lebens. Wie wär's mit Faltensolidarität?

21 FEMINISTISCHE MUSLIMIN

12 Uhr mittags in Wien. Mitten in Wien, in einem altehrwürdigen Kaffeehaus mit viel Sinn für Kultur und Kunst, wo Kellner multikulturell seit vielen Jahren zusammenarbeiten und ein herzliches, manchmal richtig lautes, Verständnis füreinander den Raum erfüllt. Ein ziemlich guter Platz also, um mit einer Frau aus dem islamischen Kulturkreis über das Thema „Frauen im Berufsalltag" zu philosophieren.

Einleitend starten wir mit ein paar Fragen zum gegenseitigen Kennenlernen, sind wir Österreicher doch Menschen, die Wert auf gute Beziehungen legen. Beziehungsaufbau ist doch nicht erst seit vorgestern ein wichtiges Element unseres alpen- und abendländischen Kulturguts! Wobei ich mir schon des Öfteren die Frage stelle, was unsere Politiker definitiv unter österreichischem Kulturgut verstehen. Klar sollen Ausländer Deutsch lernen. Aber in einer zunehmend digitalen Welt, wird ein Inder wahrscheinlich eher nach Silicon Valley reisen als nach Österreich. Wer in einem Land aufwächst, das einst von der kolonialen Flagge Großbritanniens beherrscht wurde, kann Englisch oder Kauderwelsch-Englisch, das für die USA reicht. Wahrscheinlich auch für Österreich. Aber da liegt der Deutschtest schon griffbereit beim Einreiseschalter am Wiener Flughafen. Nun erkläre mir ein Politiker, wieso ein ausländischer saisonaler Erntehelfer oder wofür ein niedrig qualifizierter Integrations-Straßenkehrer unbedingt in drei Wochen unsere Landessprache beherrschen soll. Soll er mit den Mistkübeln oder mit seiner Schaufel Vokabel üben?

Zurück zu unserer Konversation und dem Versuch, eine angenehme Atmosphäre für das Interview zu schaffen. Übrigens, Beziehungsaufbau ist auch in arabischen Ländern essenziell. Wir bestellen uns Kaffee und plaudern noch eine Weile über das öffentliche Straßennetz in Wien und die gute U-Bahnanbindung zu diesem Innenstadt-Café, bevor wir ins Interview einsteigen.

Sie kam mit vier Jahren nach Deutschland. Dort ging sie zur Schule, lernte Deutsch, und wurde trotzdem niemals ausschließlich Deutsche. „Das ist eine meiner Heimaten", sagt sie, um gleich darauf lächelnd zu ergänzen „heute ist mein Lebensmittelpunkt Wien und dazwischen war es viele Jahre lang die Türkei. Ich habe also viele Identitäten."

Sie erinnert sich, dass sie mit rund 14 Jahren zurück in die Türkei ging und damals das erste Mal in ihrem Leben beim

Besuch einer Tante ein Kopftuch trug. In Deutschland setzte sie statt des Kopftuchs eine Art Baseballkappe auf.

„Wissen Sie was die erste Reaktion meiner Tante war?" „Du bist doch nicht verheiratet, warum willst du denn ein Kopftuch tragen, das machen doch nur Putzfrauen." „In den 80er Jahren war es bei uns in der Türkei tatsächlich nicht üblich, oder sagen wir mal so nur bei einfachen Leuten oder jenen, die weniger gebildet waren, ein Kopftuch zu tragen."

Sie erinnert sich noch ganz genau an den blassen Gesichtsausdruck ihrer Tante, das überraschte Gesicht und den fragenden Blick, der mehr als 1000 Worte verriet: „Was soll das jetzt, warte doch erst einmal bist du einen Mann findest. Ohne Kopfbedeckung ist es einfacher, vertrau mir einfach. Ja und dann warte doch einmal, was er sich wünscht. Wünscht er sich eine Kopfbedeckung, dann trägst du eben eine, wünscht er sich, dass du dich schminkst, dann schminkst du dich eben."

Die traditionelle Zurechtweisung der Tante konnte sie noch irgendwie nachvollziehen, aber dass ein Mann eines Tages bestimmen würde, wie sie lebt, wie sie sich kleidet, oder wie sie sich schminkt, brachte sie auf die Palme. Das überstieg ihre Vorstellung von Kopfbedeckungs-Freiheit.

Sie interessierte sich schon in frühester Jugend für Religion. Für unterschiedlichste Religionen, nicht nur für den Islam. Selbst fernöstlicher Philosophie gegenüber zeigte sie sich aufgeschlossen. Irgendwann hat sie den Koran aufgeschlagen und ist über die Empfehlung zum Kopftuchtragen gestolpert. Sie wollte sehen, was das Kopftuch mit ihr und ihrem Umfeld macht. Sozusagen ein kleiner Feldversuch in jungen türkischen Tagen.

War sie eine kleine Revoluzzerin? Und ist sie das bis heute geblieben?

Äußerlichkeiten sind ihr nicht wichtig. Nicht das Formale zählt für sie, sondern Werte wie Respekt und die Suche nach Würde und Bedeutung in einer fremden Welt, die Suche nach Sinn in einer neuen Identität.

Zurück zum Feldversuch und dem Tag, an dem sie ihr Kopftuch zu tragen begann. Als sie ihre Freundin traf, war diese geschockt. Diese konnte nicht verstehen, warum sie plötzlich ein Kopftuch tragen wollte. In nur wenigen Wochen distanzierte sie sich von ihr. Gemeinsame Auftritte in der Öffentlichkeit kamen für sie nicht mehr in Frage. Obwohl die Angst vor dem Islam und seinen sichtbaren Symbolen damals längst nicht so groß war wie heute, irritierte und verunsicherte ein Kopftuch die damalige liberale Gesellschaft in Istanbul.

„Heute fast 30 Jahre später wäre ich in der österreichischen Gesellschaft wahrscheinlich ebenfalls geschützter, wenn ich es nicht tragen würde“, seufzte sie leise vor sich hin.

Andererseits hatte sie den Eindruck, dass Männer durch ihr Kopftuchtragen in der Kommunikation mit ihr eine gewisse Distanz wahrten. „Das passierte automatisch und dadurch erfuhr ich mehr Respekt. Wissen Sie, jungen Muslimen fällt es schwer, einer Frau ohne Kopftuch Respekt zu zollen. Vor allem in ländlichen Regionen, wo traditionelle Rollenbilder herrschen und muslimisch traditionelle Männer ein bestimmtes Bild von einer Frau im Kopf tragen: unterwürfig, devot, demütig, folgsam, aber vor allem brav. Diesem Bild wollte ich nie entsprechen. Also habe ich studiert, da ich bereits früh erkannte, dass Bildung wichtig ist. Dankenswerter Weise hatten meine Eltern Verständnis dafür. Die waren nicht schockiert. Schockiert in Diskussionen mit mir, ob über Bildung oder Kopftuch, waren nur traditionelle Männer, weil ich ihrem Bild einer muslimischen Frau so ganz und gar nicht entsprach. Diese Schockerlebnisse waren und sind noch heute mein Beitrag zur Bildung einer offenen Gesellschaft. Eigentlich kein schockierendes, sondern ein positives Erlebnis für traditionelle Männer, damit sie erfahren, dass Frauen auch anders ticken können. Übrigens für traditionelle Männer aus allen Kulturkreisen, die finden sich auch in Österreich. Die ersten Schockreaktionen lauteten meistens: „Aha, Sie sind eine Feministin!"“

Jetzt lacht sie laut auf: „Also, wenn eine Feministin so ist, dann bin ich gerne eine islamische Feministin.“

Im Jahr 1983 schaffte sie die Aufnahmeprüfung für ihr Studium an der TU Istanbul. Sie entschied sich für Theoretische Physik, also für jenen naturwissenschaftlichen Zweig, der die Phänomene der Natur genauer unter die Lupe nimmt. Doch nur kurz darauf, auf Grund eines Militärputsches, erhielt sie Hausverbot an der Universität. Nicht weil sie schlimm war oder irgendwie verhaltensauffällig, nein, sondern weil plötzlich ein offizielles Kopftuchverbot in der Türkei verhängt wurde. Ein Verbot der damaligen Zeit, das nur 30 Jahre später wieder von sich hören ließ.

Wieder einmal verließ sie die Türkei und war erneut gezwungen, eine neue Identität anzunehmen. Nach all den Jahren ist sie heute Frau, 1/3 Türkin, Europäerin, zumindest 1/3 Deutsche und 1/3 Österreicherin, Feministin und Muslimin. Mit so vielen Identitäten finden sich egal in welchem Land immer wieder anknüpfende, verbindende Berührungspunkte.

Durch eine alte Freundin in Wien und durch die geographische Nähe zu Istanbul entschied sie sich, das Studium an der TU Wien fortzusetzen. Wenn sie Heimweh hatte und ihre Familie in Istanbul besuchen wollte, setzte sie sich für 36

Stunden in den nächsten Flixbus.

1986 lag der Anteil der Frauen an der TU Wien gerade einmal bei 2 %. Professorinnen gab es in ihrem Jahrgang nicht und trotz der vielen Identitäten war sie lange Zeit an der TU eine Exotin mit drei Handicaps: 1. gute Deutschkenntnisse, aber trotzdem Ausländerin, 2. eindeutig Frau und kein Mann und 3. religiöse Ausprägung Muslimin mit Kopftuch. Die Semester waren hart und einsam, die Sommer waren geprägt durch Arbeiten bei Freunden in Norddeutschland. Sie biss die Zähne zusammen, schließlich wollte sie es sich und all den anderen Zweiflern und Nörglern beweisen: „Selbst eine muslimische Frau mit Kopftuch kann ein naturwissenschaftliches Studium in Österreich abschließen."

Im zweiten Studienabschnitt nahm ihr Leben erneut eine Wendung. Sie begann für einen Kollegen den islamischen Religionsunterricht in einer nahen Schule zu übernehmen. Die dafür benötigte theologische Ausbildung hatte sie still und heimlich längst absolviert.

Fragt man sie, ob sie mutig ist oder nicht, antwortet sie: „Ja, ich springe gerne ins kalte Wasser. Ich habe Rahmenbedingungen vor mir und mit diesen Bedingungen beginne ich zu arbeiten und versuche etwas auf die Beine zu stellen. Ich lehne nichts ab, nur weil gewisse Kriterien nicht passen oder Ressourcen nicht gegeben sind. Ich nehme Angebote unter der Prämisse an: „Wird es besser, wenn ich es nicht mache? Nein, wird es nicht, also mache ich es einfach.""

Der Religionsunterricht machte ihr Spaß, und sie erkannte ihre Fähigkeiten im Umgang mit Jugendlichen. Also brach sie ihr Studium im zweiten Studienabschnitt ab und gründete 2002 eine Fachhochschule für Sozialberufe. Seit diesem Zeitpunkt ist sie Direktorin an der Islamischen Fachhochschule für Sozialarbeit, deren Ursprungsidee es war, sich um benachteiligte Mädchen zu kümmern. Mädchen, die eine

Lernschwäche hatten und mit 15 Jahren Gefahr liefen, früh verheiratet zu werden. Zu früh in ihren Augen und dagegen wollte sie etwas unternehmen. Damals gab es in Österreich auch noch keine Ausbildungspflicht bis zum 18. Lebensjahr. Die Perspektive dieser Mädchen wäre gewesen: Ehefrau und Mutter mit nur 15.

Sie will weiterkämpfen, weiterkämpfen für die Bildung von jungen Menschen. Frauen will sie auch in Zukunft vermitteln, wie unsagbar wichtig Bildung ist, um sich von Männern nicht unterdrücken lassen zu müssen. Ihr Ziel und das Ziel ihrer Schule ist es, junge Menschen auf das Leben vorzubereiten, ohne dabei notwendigerweise ihre Ideologie aufgeben zu müssen. Sehr wohl müssen sie sich aber an die Gesellschaft, in der sie leben, anpassen und verständnisvoll kommunizieren, um verstanden zu werden. Religion als Joker lehnt sie ab: „Kann nicht, muss beten" oder „Bin nicht alkoholisiert, bin schließlich Muslim", solche und ähnliche Aussagen versteht und akzeptiert sie nicht.

Die Mädchen an ihrer Schule sind, wenn sie das erste Mal vor ihnen steht, überrascht, dass eine Frau mit Kopftuch diese Schule leitet und gleichzeitig animiert Tanzkurse zu besuchen, ins Kaffeehaus zu gehen, und zu arbeiten, um mit eigenem Geld ihre Unabhängigkeit zu finanzieren.

Zusammenfassend gefällt mir am besten ihr sehr individueller Zugang zur Vielfalt an Identitäten. Vielleicht müssen wir alle unsere traditionellen kulturspezifischen Werte, egal ob Österreicher, Türke oder Syrer, hinter einem gemeinsamen Verständnis für demokratische Kultur zurückstellen.

Vielleicht müssen wir, Österreicher, Türke, oder Syrer uns in diesem Prozess die Frage gefallen lassen: „Worauf seid ihr seit 100 Jahren stolz?" Mit Sicherheit nicht nur auf Schnitzel und Bier, und mit Sicherheit nicht nur auf Kebab und Dürüm, oder Hummus und Taboulé.

22 *Freigeist*

Haben Sie schon jemals die Biographie eines Freigeists gelesen? Nein? Dann schnuppern Sie hinein in ein Kurzporträt, in die Erlebniswelt einer unverheirateten, kinderlosen Frau, die System-Zwangsjacken hasst wie die Pest.

Aufgewachsen ist sie in dörflichen Strukturen am Rande Wiens. Ihre Eltern waren am Hof und in einer Landwirtschaft mit „prunker" Familienkapelle am Feldrand beschäftigt. Sie ist unbelastet und ohne elterliches Kopfzerbrechen über ihre Zukunft zwischen zwei Brüdern aufgewachsen. Weil eben Mädchen, das bestimmt irgendwann einmal heiraten wird. Das war das Einzige in der Erwartung ihrer Eltern. Kein Druck, kein Interesse, keine gedankliche Beschäftigung damit, was aus der einzigen Tochter eines Tages werden wird, außer Ehefrau. Im Nachhinein betrachtet hat sie als einzige von drei Kindern ihren Weg gemacht, wie es so schön im Dorf heißt.

Beide Brüder haben die Schule abgebrochen, waren klassische Schulversager, obwohl sich da die Eltern sehr bemüht hätten. Und weil sie so unbelastet war, hat sie nicht nur als erstes Familienmitglied eine Matura, sondern auch ein Hochschulstudium hingelegt, wo doch in dieser „family" vorher noch nie freiwillig ein Buch gelesen wurde. Ja, das war ihr unbelasteter Weg in das Bildungswesen. In der siebenten Klasse Mittelschule hatte sie eine Nachprüfung in Mathematik, zu der sie der Vater hinbringen sollte. Und vor lauter Nervenschwäche „Oh Gott, ich komm' nicht in die Achte" hat sie im Auto zu weinen begonnen. Der Vater ist stoisch ruhig geblieben, obwohl er sich mit den Stoikern nie beschäftigt hat: „Um Gottes willen, mei Kind reahrt weg'n da Schul'. Nein, wir fahr'n sofort wieder zruck. Werd' doch einfach a Friseurin. Mei Kind braucht do net reahrn, nur weg'n der narrischen Mathe-Lehrerin!" Sie ist nicht eingeknickt an diesem bildungstechnischen Knackpunkt: „Bitte Papa, fahr‘ weiter!“ Ihre Mutter hat diese Geschichte, die sie sich nachher noch 100 Mal erzählt haben, immer abgerundet mit dem Text: „Na zur Matura hab‘ ich sie dann geführt, damit da nix mehr schiefgeht.“ Das klassische Rollenverständnis, sie wird einmal heiraten, hat die Eltern beruhigt und die Tochter nie tangiert. Zu aller Verblüffung hat sie aber genau all das nicht gemacht, was die sich vorgestellt haben.

Unverheiratet, unbeschwert hat sie ein Sprachenstudium in Russisch und Italienisch hingelegt. Ein Lehramtsstudium, mit dem sie nicht in die Schule wollte. In ihrer Studentenzeit hat sie schon zwei Jahre lang an einer Volkshochschule Deutschkurse abgehalten und mit 21 den ersten Deutschkurs selbst veranstaltet. In der Erwachsenenbildung werden so gut wie keine Angestelltenverhältnisse angeboten. So fiel es ihr überhaupt nicht schwer, direkt von der Uni kommend in die Selbständigkeit zu wechseln und dort zu verbleiben, sozusagen für die Ewigkeit. Darüber ist sie „hoch-froh“. Das Lieblingsvokabular des sprachlich gewandten und wendigen Freigeists, der nicht aus der Flasche, sondern aus einer bildungsfernen Großgrundbesitzer-Familie kam.

Sie ist und bleibt ein Einpersonen-Unternehmen, das sich immer bemüht, nicht zu viel zu verdienen, um nicht zu viel Steuern zu zahlen. Nur ein einziges Mal, im Zuge der Wirtschaftskrise 2011, hat sie sich anstellen lassen. Zweieinhalb Jahre war sie mit einem 20-Stunden-Job in einer Erwachsenenbildungsmaßnahme im AMS-Kontext tätig. Noch heute ist sie sehr froh, **„hoch-froh“**, dass sie sich dort wieder losgesagt und einem plötzlich neuen Dienstvertrag, der tagelang auf ihrem Küchentisch auf Unterzeichnung wartete, eine Absage erteilt hat. Das war 2015 ihr Weihnachtsgeschenk an sich selbst. Obwohl sie dieses Institut, den Job, den Chef kannte, und alles bestens vertraut war, wehrte sich ihr Freigeist mit Händen und Füßen gegen den zwanghaft geänderten

Vertragsinhalt: 38 Unterrichtsstunden für EUR 2.100 Brutto mit Versetzung im Bedarfsfall. Für sie höchst unvorstellbar und äußerst unerwünscht.

In besagtem Institut hat sie schon lange vor der Wirtschaftskrise freiberuflich mitgearbeitet und immer versucht, sich sinnorientiert einzubringen und konzeptionell zu engagieren. Unerträglich bleibt für sie, wenn nur irgendwelcher Systemzwänge zuliebe gearbeitet wird, rein um Zahlen und sinn-entleerte Vorgaben zu erfüllen. Das macht sie krank. Ja, sie ist ein Freigeist und liebt ihre Freiheit. Als Deutsch-Trainerin in ihrem „Sympathischen Sprachtraining" ist jeder Tag ihres Lebens anders. Jede Unterrichtsstunde findet mit jemandem anderen zu einem anderen Thema statt, immer in einer anderen Struktur, auf einer anderen Beziehungsebene, in einem anderen Setting und mit einem anderen Bildungshintergrund. Totale Abwechslung, die wie eine Droge pusht und ihren Geist permanent frei macht. Freigeist halt!

Was hat sie zu den Sprachen geführt? Das war die Volksschullehrerin, die gesagt hat, dass sie ein Sprachentalent hat. Weil sie so viel getratscht hat? Das sicherlich auch. In den Anfängen ihrer Selbständigkeit hatte sie eine kleine Sprachschule in der Mödlinger Fußgängerzone, in der sie ausschließlich Italienisch unterrichtete. Das waren in den 90er Jahren pipi-feine Monate in ihrem kleinen „Institütchen", wo sie ihren Kleingruppen bei offener Türe Italienisch beigebracht hat. Toskana war damals hipp. Alle Leute fuhren in die Toskana zu Wein- und Italienischkursen, zu Kost- und Küchenkursen. Dieser Italien-Hype hat sich, wie so vieles, rasch überlebt, auch für sie. Sie hätte mit ihrem einseitigen Fremdsprachen-Angebot immer nur die österreichische Welt kennengelernt. Das war ihr zu eng, zu wenig. Jetzt, da sie ausschließlich Deutsch unterrichtet, lernt sie die ganze Welt kennen.

90 % ihrer Klientel sind Expats. Expatriierte Führungskräfte,

die vorübergehend ihren Job und ihren Wohnsitz in Österreich haben. 90 % davon sind Männer. Für die meisten von ihnen ist sie, neben der einfallsreichsten Sprachtrainerin, die mir bis jetzt untergekommen ist, eine Lebensabschnitts-Partnerin, zu der die „ausgewachsenen Schüler" viel Vertrauen haben, weil sie in der Welt lebt, in die sie sich erst hineinwühlen müssen. Ihr Vorteil, sie gehört nicht zu deren Konzernwelt. Und so verwundert es nicht, dass sie sehr bald zu deren beruflichem und persönlichem Sparring-Partner mutiert.

Die Expat-Ehefrauen sind sehr oft im Sprachtrainings-Paket inkludiert. Eine wertschätzende Konzerngeste, die dennoch zu skurrilen Situationen führen kann. Bei einer Frauennetzwerk-Versammlung hat meine muntere Sprachtrainerin eine sehr junge, aus Kanada entsendete Finanzchefin kennengelernt. Ergebnis dieses Gesprächs war, dass diese talentierte junge Frau 20 individuelle Unterrichtsstunden Deutsch mit dem Freigeist von ihrem Konzern bewilligt bekam. Randnotiz: in diesem Konzern wurden den Herren, unangefochten, immer 50 Stunden Einzel-Deutschunterricht genehmigt. Ja, wenn ein Freigeist bei der Konzerntüre hereingelassen wird, dann muss damit gerechnet werden, dass urgiert wird. Aus Gründen der Gleichberechtigung wie sie in der Personalabteilung verlauten ließ. Tatsächlich durfte sich die Finanzchefin über die Aufstockung von 30 Stunden freuen. Aber dann kam's noch dicker. Ein wichtiger Mann wurde Hals über Kopf aus Österreich in ein anderes Land abgezogen und hinterließ sein unverbrauchtes Stundenkontingent. Ihre naheliegende Idee und Einforderung: „Darf ich der Finanzchefin diese Stunden übertragen? Das steht in meinem Vertrag drinnen, dass Stunden nie verfallen und auf eine andere Person übertragen werden können." Darauf hieß es: „Nein, weil diese offenen Stunden bekommt die Ehefrau vom Chef." Das wurmt sie heute noch, dass eine Frau, noch dazu die vom obersten Chef, Deutschunterricht auf Konzernkosten erteilt bekommt, um einer „gehobenen Haus-Frauenrolle" in einem fremden Kulturkreis leichter nachzukommen, und nicht eine tüchtige Frau am Beginn ihrer Karriere, die Deutsch für ihren Job wie einen Bissen Brot braucht. Zweimal, dreimal hat sie noch versucht diesbezüglich in der Personalabteilung anzudocken. Ohne Erfolg. Das Thema ist im Sand verlaufen. Mich interessiert sofort wie die Personalchefin argumentiert hat. Die hat nicht argumentiert, sie hat nicht reagiert, denn sie war nie zu erreichen.

Als Freigeist bricht sie gerne und selbstlos außerhalb der Konzernwelten die Lanze für Migrantinnen. In einem Frauenberufszentrum hält sie nun schon über zwei Jahre immer dienstags einen Deutschkurs für eingewanderte Frauen. Eigentlich unvorstellbar, dass diese Frauen seit 30 Jahren im Land sind, davon 27 Jahre neben Haushalt und Kindern durchgearbeitet haben und heute noch nicht Deutsch können. Das Schicksal typischer Arbeiterinnen, die z.B. in der Firma Triumph Strumpfhosen und Wäsche verpackt und in der Produktion Schicht gearbeitet haben, bis diese still gelegt wurde. Für einen neuen Job fehlt ihnen die Flüssigkeit im deutschen Reden und Schreiben.

Erbarmen hat sie aber auch für Männer, die sich nicht um ihre berufliche Zukunft sorgen müssen. Eine Situation, die sie nie vergessen wird, weil sie daraus gelernt hat, war besonders verrückt. Wollen Sie wissen, was sie gelernt hat? Wenn sie mit jemandem in einem Raum ist und das Telefon läutet, fragt sie seither immer: „Soll ich rausgehen?" Sie saß gerade bei einem „Topposition"-Herrn aus Frankreich beim Sprachunterricht, als er vom obersten Konzernboss einen Anruf bekam. Es war unüberhörbar, was ins andere Ende der Leitung hineingebrüllt wurde. Ihr 40-jähriger Top-Manager wurde in einer Sprache, die ihr peinlicherweise geläufig war, zusammengebrüllt wie ein kleiner Bub. Unübersehbar hat er mit den Tränen gekämpft und wie ein kleines Kind herumgestottert. Sie ist vor ihm gesessen so quasi Aug' in Aug', wollte der extrem unangenehmen Situation entweichen, ist in ihre Tasche gekrochen, um alibihalber nach einer Zeitung zu suchen, und hat sich nur mehr gedacht: „Lieber Gott, lass mich verschwinden." Ihre Anwesenheit hat diese Peinlichkeit für ihren Schüler multipliziert, das lag spürbar in der Luft. Ein schrecklicher Moment für beide. Er hat ihr unendlich leidgetan. Und wie er dann aufgelegt hat, hat er gesagt: „Der Herr über sechs Milliarden Euro kann so mit mir sprechen." Eine Aussage am Ende einer Situation, die sich für ewig in ihr Hirn eingebrannt hat. Und sobald jetzt bei irgendwem in ihrem Beisein das Handy piepst, steht sie schon: „Soll ich rausgehen?" „Nein, nein, warum? Ist nur meine Frau."

Das Korsett der Selbständigkeit schnürt sie auf Grund ihrer bescheidenen Umsatz-Ansprüche nach Lust und Laune. Sie probiert vieles aus, denn von Luft und unverbindlicher Liebe allein kann auch sie nicht leben. Kürzlich ist ihr eingefallen: „Ich schreib' der Anna Netrebko ein Mail." Es wurde ein freundlicher Vierzeiler an vier Management-Adressen der erfolgreichen Operndiva: „Ich höre immer wieder, wenn Frau Netrebko ein tolles Konzert gibt, die leise Kritik der ÖsterreicherInnen daran, dass sie nicht Deutsch spricht. Ich hab' ein exquisites Sprachtraining, spreche Englisch und Russisch, und ersuche, diesen meinen Kontakt an Frau Netrebko weiterzuleiten. Ich bin mobil und flexibel. Mein Sprachunterricht kann aller Orten und jeder Zeit stattfinden, wenn Frau Netrebko ihre Deutschkenntnisse mehren möchte." Nach zwei Stunden kam „flatsch" die Absage einer Agentin: „Sie kann eh Deutsch. Sie spricht nur nicht, weil sie respektvoll gegenüber anderen KünstlerInnen, einer davon ihr neuer Mann, sein will. Vielen Dank."

Eine ihrem Empfinden nach geringschätzende Antwort auf eine Anfrage, die nicht weitergeleitet, sondern zweckentfremdet abgefangen wurde. Ehrlich, wie würden Sie auf diese Absage reagieren? Würden Sie sich ärgern, die kühle Abfuhr persönlich nehmen? Die exquisite Sprachtrainerin hat zurückgeschrieben: „Oh, das freut mich zu hören. Dann wünsche ich Frau Netrebko viel Glück und weitere schöne Erfolge. Und auch Ihnen in der doch sicher sehr spannenden Zusammenarbeit viel Glück und alles Gute." Das ist der Arbeitsstil eines Freigeists, der sich unbeirrt selbst treu bleibt, egal wie sich der Rest der Welt benimmt.

23 GENERATION „SUPER-REICH(LICH)-GECHILLT"

Beneidenswert, bedauernswert oder bemerkenswert lässig diese Generation? „Laissez faire" eben. Selbstsicheres Vertrauen, dass sich das Leben wohl am besten von selbst regelt. Gerade einmal 20 Jahre alt, blickt sie mit der gleichen Coolness auf meinen Spickzettel wie auf ihre berufliche Zukunft. Die Vermutung liegt nahe, dass sie ein Back-up, also reichlich Eltern hat.

Das Mädel wirkt selbstsicher und reflektiert, „gechillt" reflektiert. Ein Wort, das in unserem Baby-Boomer-Wortschatz noch nicht erfunden war, weil sonst Chili, sprich Feuer am Dach unserer Erzeuger gewesen wäre. Irgendwie witzig, wenn ich so nachrechne, ihre Eltern könnten diese Baby-Boomer sein, deren Weg, es auf alle Fälle zu etwas bringen zu wollen, mehr von leiwanden, illuminierten, Sinn erfassenden Schulsprüchen gepflastert war als von Modewörtern.

Professor Geographie: „... zyklische Schweinehaltung, dadurch kommt es immer wieder zu einem Schweineberg."

SchülerIn:- Jo, an Sauhaufen!

Professor Naturgeschichte: „Die Makaken werden bei Tierversuchen oft grausam verstümmelt, man schneidet ihnen die Gehirnkalotte auf."

SchülerIn:- Des Beste is, wia nie a Makak!

Professor Philosophie: „Sartre sagt, man ist, was man will."

SchülerIn:- Du ißt, wos aum Tisch kummt!

Ein Seicherl, wie sie in meiner Jugend noch haufenweise unterwegs waren, ist sie mitnichten, wenn ich sie so betrachte, wie sie mir Ex-Seicherl gegenüber aufrecht und selbstbewusst auf der Gartenterrasse des 2-geschossigen Niedrigenergie-Wohnwürfels, der immerhin einen Niederösterreichischen Holzpreis wert ist, im trendigen Holzsessel lehnt und meine Fragen beantwortet.

Ihre Würfel, ihre beruflichen Würfel sind noch lange nicht

gefallen. Nach der Unterstufe des Gymnasiums ist sie für fünf Jahre nach Wien ins Modul, in eines der exquisiten Häuser der Tourismusausbildung gewechselt. 1908 hieß diese Einrichtung noch „Fachschule für das Gastwirts-, Hotel- und Kaffeesiedergewerbe". Ob sie sich dort auch angemeldet hätte, um eine private Reifeprüfung hinzulegen, ohne zu wissen, dass diese Institution eines Tages die älteste Tourismusschule der Welt sein wird?

Absolut unerheblich. Denn sie hat bereits während dieser schulischen Ausbildung die Sparte Gastronomie als ihre berufliche Zukunft abgehakt. Viel zu unzufrieden waren die Kollegen und Kolleginnen, mit denen sie insgesamt acht Monate lang, während ihrer Pflichtpraktika in Service und Küche, zusammengearbeitet hat. Gehobenes Restaurant hin oder her, abgehoben war dort niemand, abgesehen von den Gästen, denen das ziemlich harte Geschäft rund um schicke Teller und Gläser, die sie serviert bekamen, vorzüglich schmeckte. Die Aussicht auf saisonal immer wieder abserviert werden war alles andere als vorzüglich. Blieb noch der Tourismuszweig mit seinen vielseitigen Berufsfeldern. Sind fünf Jahre die elitäre Schulbank drücken Zeit genug, oder eine zu lange Zeit, um die anstehende Entscheidung zu treffen, wie es mit dem Maturazeugnis in der Hand, in dem noch dazu viel Schulgeld steckt, weitergehen soll?

„Es reicht" durfte schon ein österreichischer Ex-Vizekanzler ungeschoren, frei von der Leber weg hinausposaunen. Die junge Modul-Absolventin hat's ihm gleich getan, denn Hotellerie, Gastronomie, Reisebüro, Tourismusverband, Veranstaltungsorganisation, Eventmanagement, Airline, Schifffahrtsgesellschaft, Werbeagentur, Kongressbüro, Kurverwaltung und Dienstleistungsbetrieb, waren jetzt im Moment nicht das, worauf sie Lust hatte. Sie inskribierte Komparatistik, normal Sterbliche nennen das vergleichende Literaturwissenschaft, um nach dem vielen Küchendunst in ein bisschen was anderes hinein zu schnuppern und nicht nur zu Hause im behüteten, hölzernen Schachtelhaus zu sitzen und gar nichts zu machen.

Im Herbst wird dann ein anderer beruflicher Wind wehen. Sie fängt mit dem Volksschul-Lehramt an. Ich versuche diese angeREICHerte Laufbahn in meinem Kopf zu ordnen: Gastronomie, Touristik, Komparatistik, Pädagogik. Mitschreiben wär' peinlich gewesen, Seicherl quasi. Während ich noch gedanklich ordne, schmunzelt sie verschmitzt, nicht verschwitzt: „Das erste Mal hab' ich in der Volksschule schon gesagt, dass ich Volksschullehrerin werden möcht', weil ich die Volksschule so geliebt habe." Klar doch, logisch. Und dadurch, dass die Mama auch Lehrerin ist, war da schon immer ein Bezug. Ein einwandfreier Bezug, dem nichts zu entgegnen ist. Mir fehlen gerade die Worte und der Faden.

Papas Traum wäre natürlich gewesen, wenn sie zusammen ein Lokal aufgemacht hätten. Am besten auf einer steuerschonenden Karibikinsel. Ich frage mich an dieser Stelle, wieso hat Papa nicht selbst das Modul gemacht und ist Luxushotelmanager geworden? Die Nachricht von der kleinen Volksschullehrerin war, wenn ich so zuhöre, ein Schlag ins Gesicht für den großen, ehrgeizigen Vater, der das unerschöpfliche Potential seiner Tochter verschwendet und vernichtet sah. Es hat ein paar Tage der Ernüchterung, vielleicht sogar Ausnüchterung, gebraucht, um über den eigenen Projektionsschatten zu springen und sich mit dem Berufswunsch der Tochter anzufreunden. Herr „Doctor Iuris" im diplomatischen Dienst hat diplomatisch bekräftigt, dass Lehrtätigkeit an und für sich eine durchaus sinnvolle Arbeit sein und viel Spaß machen kann.

Wie sieht die Verschwendung ihres Potentials, die verschwendete Chance, durch Ausschöpfung ihrer Fähigkeiten und Talente irgendwann einmal so richtig viel Geld abzuschöpfen, in Wahrheit aus? „Margaritas ante porcas" existiert womöglich nur im lateinischen Wortschatz oder der zwanghaften Vorstellung ihres (ge)wichtigen Vaters. Ihr ist es nämlich wesentlich wichtiger, einen Beruf zu finden, der ihr wirklich Freude bereitet und wo sie am Montag in der Früh nicht schon grantig ist, weil eine 5-Tage-Woche vor ihr steht. Es ist ihr auch wichtiger, hör gut zu, lieber Papa Dagobert Duck, einen weniger angesehenen Job zu haben und normal zu verdienen als unglücklich und super reich zu werden. Das mit angesehen, hoch angesehen, weniger hoch angesehen ist so eine Sache. Wer bestimmt und entscheidet darüber? Sie lacht und meint: „Das kommt darauf an, in welchen Gesellschaftskreisen du dich bewegst." Wo wird wohl Papa Duck gerade seine Kreise ziehen?

Ihre Perlen wird sie sicherlich nicht vor die Säue werfen. Sie weiß um ihr REICHhaltiges Potential: ziemlich kreativ, offen und zugänglich im Gespräch mit allen Leuten, nicht nur mit den Angesehenen, immer motiviert, wenn sie sich für etwas begeistert, und gutaussehend. Ist doch super, diese gechillte Selbsteinschätzung! Da überrascht es nicht, dass sie es nett findet, wenn Männer in Karenz und Frauen arbeiten gehen. Die Notwendigkeit, dass sich Frauen gegen ihre „alten Rollen" auflehnen, sieht sie nicht. Kann doch jede selbst entscheiden, mit welchem Lebensmodell sie einverstanden ist. Entscheidend ist doch nur, dass das für den Partner in Ordnung geht. Machen wir baby-boomenden Seicherln uns zu viele Gedanken? Ein Frauenleben ist nicht kompliziert, weil es reich an Varianten und Möglichkeiten ist, die junge Damen noch ohne Sehbehelfe besser erkennen als wir, der alterssichtige Altweibersommer, der in den Herbst des Lebens gekommen ist.

Der Leistungsdruck, der nicht nur auf junge Frauen ausgeübt wird, nervt. Gute Ausbildung, schnell einen guten Job, gutes Geld verdienen, auf eigenen Beinen gut und sicher stehen. Die eigenen Eltern machen am meisten Druck. Die gehen in absehbarer Zeit in Pension und wollen, dass die Kinder genug verdienen, um ihnen als krönenden Lebensabschluss noch eine schöne Pension zu ermöglichen: „Wir haben euch 18 Jahre oder länger über Wasser gehalten, jetzt kriegen wir was zurück!"

Selbstverständlich will jede Tochter geschätzt werden für das, was sie tut. Wenn das zufällig oder geplant nicht das ist, was die Eltern oder die Gesellschaft erwartet, Pech gehabt. Ein bisschen Egoismus wird doch einer Volljährigen erlaubt sein. Sie will arbeiten, um zu leben und nicht leben, um eine 80-Stunden-Woche abzuarbeiten. Über Einsparungen ihres von den Eltern anerzogenen Lebensstandards will sie erst nachdenken, wenn es in einem eigenständigen Leben finanziell eng werden sollte. Bis dahin heißt es weiterhin sich beruflich ausprobieren und im Moment leben. Chilliger Schlussgedanke!

24 HALBE PORTION ARBEITET VOLL

Es ist montags kurz nach 13 Uhr, als sie im Büro Schluss macht, zum Parkplatz geht, kurz aufstöhnt, weil sie wieder einen Stapel Arbeit mit nach Hause genommen hat, und trotzdem beschwingt ins Auto steigt. Dieses Mal geht es nicht darum, die Kinder rechtzeitig von der Schule abzuholen, sondern sich mit mir bei ihr zu Hause zu treffen. Kurz vor 14 Uhr parkt sie das Auto vor dem Haus. Sie sperrt die Eingangstür auf, betritt den geräumigen Vorraum, in dem sie schon freudig erregt ihr kleiner Hund erwartet und sie anspringt. Gelassen wirft sie die Arbeit auf den Esstisch, begrüßt den kleinen Racker mit einem flüchtigen Klaps, zieht die bunten Sandalen aus und reißt die Terrassentür auf, um endlich frische Luft ins Wohnzimmer zu lassen.

Pünktlich um 14 Uhr läute ich an der Glocke neben dem Gartentor. Nur wenige Sekunden später, schließlich werde ich erwartet, öffnet sich das riesige weiße Garagentor. Eine groß gewachsene, schlanke, junge Frau mit fröhlichen Augen begrüßt mich freundlich, ihr am Fuß folgt der kleine semmelbraune Hund, der schon wieder freudig erregt mit seinem Schwanz wedelt. „Folgen Sie mir bitte auf die Terrasse. Trinken Sie lieber Kaffee oder Tee, oder wollen Sie ein Erfrischungsgetränk?" Ich entscheide mich für ein Erfrischungsgetränk aus Minze, Gurken und Wasser und lasse mich auf die „griechische" Holzbank nieder. Der kleine Hund gesellt sich zu mir, während sie für kurze Zeit im Haus verschwindet, um unsere Getränke vorzubereiten.

Ich werfe einen ersten Blick in die Runde, d.h. in den Garten, der sich vor der Terrasse ausbreitet. Ein kleiner Vorgarten mit einem saftig grünen Rasen, einer Vielzahl an blühenden Sträuchern und einer Obstallee entlang des Gartenzauns. Ich sitze auf dieser wunderschönen Holzbank, vor mir ein Holztisch und darauf ein kleiner Olivenbaum in einem Tongefäß. Sofort werden Urlaubsbilder in meinem Kopf geweckt und ich denke an Sonne, Meer, Strand und das Rauschen des Windes über griechische Steinterrassen. Überall liegen Zierkissen herum und ihre weibliche Handschrift in dieser privaten Oase ist deutlich erkennbar. Ein Gefühl der Geborgenheit steigt sofort in mir hoch. Ich sage es ja immer, Räume, selbst Gartenräume, erzählen viel, viel über Menschen und ihre Vorlieben.

Nach kurzer Zeit kehrt sie mit einem Krug, gefüllt mit der gekühlten, selbst gemachten Limonade zurück. Sie schenkt mir ein Glas ein und während sie den Krug zur Seite stellt und sich in den Sessel fallen lässt, sagt sie: „Wir sollten mit dem Interview gleich beginnen, da ich um 16 Uhr meinen kleinen

Sohn abholen und zum Fußballtraining bringen muss. Wissen Sie, meine Tage sind durchgetaktet und fast immer will jemand etwas von mir."

Das war ein klares Signal in meine Richtung, mich nicht mit Warm-Ups aufzuhalten, keine Zeit für höfliche Floskeln zu verschwenden, sondern sofort zur Sache zu kommen. Ich liebe diese Direktheit. Ich weiß, woran ich bin. „Gut, dann mache ich nur schnell das Aufnahmegerät startklar, teste es und wir legen schon los."

Gleich zu Beginn behauptet sie von sich eine halbe Portion im Unternehmen zu sein und trotzdem voll zu arbeiten. Im Consumer Bereich der digitalen Kamerawelt, für den sie Marketing-Agenden betreut, arbeiten nur mehr 3,5 Personen in Wien und von diesen 3,5 ist sie 0,5. „Ich wurde nicht halbiert, sehen Sie mich an, ich habe noch immer zwei Arme, zwei Beine und einen funktionierenden Kopf, zumindest meistens." Selbstironie hat sie schon mal, und obwohl sie ein FTE, ein sogenanntes Full Time Equivalent ist, das offiziell nur 18 Stunden in diesem internationalen Unternehmen arbeitet, sind ihre Tage bis zum äußersten Rand mit Arbeit ausgefüllt. In den letzten Jahren wurde das Unternehmen immer kleiner. Mitarbeiter wurden abgebaut und viele Bereiche nach Deutschland zentralisiert. Nach Deutschland zu gehen, dort eine internationale Karriere anzustreben, war für sie trotz 17-jähriger Betriebszugehörigkeit kein Thema. Ihre zwei schulpflichtigen Kinder, der Mann, der Hund, die Eltern, sowie das Einfamilienhaus sind neben der Arbeit ihr Lebensmittelpunkt und erfordern, ja verlangen, ihre Anwesenheit in Österreich. Erst seitdem die Kinder auf der Welt sind, geht sie Teilzeit arbeiten. Ein klassischer weiblicher Karrierebruch? Nein, Karriere wollte sie nie machen. Nach der Geburt ihrer Kinder blieb sie nur für kurze Zeit zu Hause. Sie wollte nicht riskieren wegen der Kinder ihren Job zu verlieren. Dafür schätzt sie arbeiten gehen viel zu sehr, selbst wenn das bedeutet, dass sie ein

Hochleistungsleben zwischen Schule, Meetings, Küche und „Rollenverständnis-Seminaren" für peppigere Zusammenarbeit führen darf. Mittlerweile genießt sie auch das Vertrauen der Unternehmensleitung, sodass sie von zu Hause aus ohne Angabe von Gründen arbeiten kann. Sie muss niemals fadenscheinige Gründe erfinden, und wenn eines der Kinder einmal krank ist, ist es keine Ausrede, sondern die Angina. Natürlich hat sie Vor- und Nachteile, diese Arbeitszeitflexibilisierung. Oft sitzt sie bis spät in die Nacht hinein oder patzt das Wochenende an, um das Projekt zeitgerecht zum Abschluss zu bringen. Zeit ist Geld und ihr Arbeitgeber erwartet die Marketingstrategie pünktlich zum vereinbarten Termin. Wie sie das schafft, das bleibt ganz allein ihre Sache. Wenn sie liest, dass zu viele Frauen Teilzeit beschäftigt sind und eine Vollzeitarbeit anstreben sollten, muss sie laut lachen: „Wissen Sie, wir Frauen arbeiten nie Teilzeit. Der Jammer ist nur, dass nicht jede Frauen-Arbeit einen Wert in der Gesellschaft hat. Uns wird vieles abverlangt, viel Flexibilität, und welche tausenden Arbeitsschritte teilweise hinter Projekten oder Konzepten stecken, überlegt und hinterfragt kein Chef mehr. Wir müssen liefern. Das Gute daran ist, wir müssen für Arbeitszeitflexibilisierung nicht umlernen. Männer vielleicht schon. Wir haben im Laufe der Zeit „geübt" belastbar zu sein und flexibel zu agieren. Den ganzen lieben Tag lang, 365 Tage im Jahr, kommunizieren, organisieren und integrieren wir.

Wie das geht? Ganz einfach. Im Beruf integriere ich meine

männlichen Kollegen, wenn es darum geht, Kaffee und Wasser für das nächste Team-Meeting zu holen. Ich werde nicht müde, es immer wieder einzufordern, und ja, es dauerte, aber mittlerweile finden sie allein und ohne Navi in die Kaffeeküche. Zu Hause integriere ich meine Kinder und meinen Mann. Mein Sohn soll lernen, die Teller abzuräumen und in den Geschirrspüler zu stellen, mein Mann kann gerne einmal kochen und meine Tochter darf sich an manchen Tagen bedienen lassen." Sie lacht und zwinkert mir dabei zu: „Stereotype Rollenbilder aufzubrechen, macht mir einfach Spaß. Kürzlich waren wir bei einem Rechtsanwalt geladen, als mein Mann sagte: „Wow, was für ein riesiges Haus, aber putzen möchte ich das auch nicht." Die Antwort des Rechtsanwalts ließ nicht lange auf sich warten: „Wieso? Ist ja eh meine Frau zu Hause." Diese Selbstverständlichkeit „alter Chauvinisten", dieser Glaube an die eigene Überlegenheit ist einfach unfassbar und nicht nachvollziehbar."

„Haben Sie offene Wünsche als berufstätige Frau?", frage ich sie. Leidenschaftlich bricht es aus ihr heraus: „Es gibt so viele Themen, die ich mir als Frau wünsche, nicht nur für mich, sondern auch für nachfolgende Generationen und für meine gleichaltrigen Mitstreiterinnen. Diese verdammte Pisa-Studie zum Beispiel und der Druck auf die Kinder im frühen Alter ist der helle Wahnsinn. Kinder haben heute kaum mehr eine Chance, Unterrichtsgegenstände in Ruhe zu erlernen und anschließend zu festigen. Das Tempo ist einfach zu schnell. Sich mit Freude und Freunden einem schulischen Thema zu nähern, steht nicht am Lehrplan unserer Bildungs-Politiker. Nicht zielführend. Sinnerfasstes Lesen in der Volksschule spielerisch zu erlernen wird nicht zur Priorität erhoben. Der Druck auf uns alle, auf die Kinder, die Eltern, die Lehrer hat zugenommen, der Druck nach immer mehr Leistung. Diesem Druck sind wir aber auf Dauer nicht gewachsen und wir Eltern geben diesen Druck ja unbewusst auch an unsere Kinder weiter: „Du musst lernen, damit du gute Noten bekommst, sonst kannst du nicht ins Gymnasium gehen. Und ohne Gymnasium...was bitte schön soll nur aus dir werden?“ Ist doch wahr, so oder so ähnlich laufen die Dialoge zu Hause bei uns und unseren Bekannten. Falls die Kinder dann „explodieren“, erhöhen wir Eltern den Druck auf die Lehrer, seit Jahren ohne nennenswerte Vorteile für niemanden. Beim Ping-Pong gewinnt wenigstens einer, in dieser Debatte keiner. Wäre ich Bildungsministerin, dann würde ich den Druck aus dem derzeitigen Schulsystem rausnehmen, Lehrinhalte endlich an die Jetztzeit anpassen und allen Schülern Chancengleichheit ins Schulfach legen, auch wenn Mütter keine Zeit oder keinen Nerv zum Lernen haben. Das ist es, was ich mir spontan wünschen würde.

Und für meine Tochter wünsche ich mir, dass sie keine Rebellin mehr sein muss. Dass sie als Frau in der Gesellschaft ihren fixen Platz hat. Dass sie als Frau gehört und nicht belächelt wird. Dass sie Bildung konsumieren kann und nicht feststellen muss, dass sie trotz der Bildung die Karriereleiter nicht emporklettern kann, weil eben Frau. Dass sie sich nicht gegen Kinder entscheiden muss, wenn sie auf diese Leiter hinauf will. Dass sie sich für Teilzeit entscheiden kann, aber nicht muss. Dass sie eigene Erfahrungen machen darf, ohne belehrt zu werden. Dass sie als Frau ohne Quote respektiert wird. Dass sie frei entscheiden kann, ob sie uns Alten pflegt oder nicht. Dass sie ihre Weiblichkeit zeigen kann, ohne auf den Status Sexsymbol reduziert zu werden. Dass ihre Arbeit einen Wert, ideell wie monetär, hat. Dass der „wahre Manager“ nicht mehr ausschließlich weiß und männlich ist.

Und für meinen Sohn wünsche ich mir, dass er meine Tochter und all die anderen Frauen dabei unterstützt. Ist das zu viel verlangt für eine Gesellschaft, die wir Frauen seit Jahren mittragen? Ist es nur eine galaktische Vision? Ich weiß es nicht. Nur so viel weiß ich, dass wir Frauen viel leisten und es nicht vermessen sein kann, dass wir unsere visionären Träume verwirklichen."

Sie ist nicht vermessen und sie hat sich nicht vermessen, sie ist eine halbe Portion und eine vollwertige Frau.

25 Hosenrolle

Sie verfügt weder über eine klassische Gesangsausbildung, noch hat sie jemals den heimlichen Hintereingang zu einem Staatsopern-Engagement gesucht, sie hatte es schließlich nie auf eine Opernkarriere abgesehen und schon gar nicht auf einen Rosenkavalier, der sich von einem als Octavian verkleideten Mezzosopran singen und spielen lässt. Dennoch ist ihr die Hosenrolle wie auf den Leib geschneidert. Aber alles der Reihe nach wie in der Oper. Ein Aufzug im Anzug nach dem anderen. Das Libretto hat ihr Berufsleben geschrieben.

Alles hat damit begonnen, dass ein angepeiltes Jobangebot nicht gleich sofort nach Schulabgang funktioniert hat und das junge Mädel aus dieser Absage heraus per Zufall beim Studium der Handelswissenschaften gelandet ist. „In der Schule war ich immer gut in Buchhaltung, also schau' ich einmal auf die Wirtschaftsuni." Mit dieser lässigen, einfach gestrickten Einstellung ist sie das Hochschulstudium angegangen, mit relativ wenig Blick darauf, was das alles wirklich für sie und ihr Berufsleben bedeuten könnte. Per Schicksal hat sich schnell herausgestellt, dass sie nebenbei arbeiten muss, um sich das Zufalls-Studium überhaupt leisten zu können. Und da kam erneut der Zufall ins Spiel, dass sie bei einem Trainingsinstitut angefangen hat, Geld zu verdienen. Sie hatte nicht die leiseste Ahnung, dass dieses Institut damals schon mit sehr innovativen Settings gearbeitet hat. Das Schicksal hat es wohl so eingerichtet, dass sie, obwohl sie es nie ausdrücklich wollte, kennenlernen sollte, was es bedeutet mit Menschen und Gruppen zu arbeiten. Alle guten Dinge sind drei, und so hat der Zufall sehr bald zum dritten Mal zugeschlagen, und sie merken lassen, dass das etwas ist, was ihrem Talent entspricht. Sie hat dort zum Teil Büroarbeiten erledigt, durfte aber zunehmend zu den Seminaren mitfahren und Protokollarbeiten und sonstigen Kleinkram übernehmen. Allein beim Zusehen ist ihr das Wasser im Mund zusammengelaufen, sie hat so richtig Gusto auf den Trainer-Job bekommen. Was Begeisterung auslösen kann, das wissen wir alle, und daher überrascht es nicht, dass sie binnen kurzer Zeit ihr Studium mit einer Master-Arbeit über „Teamentwicklung und Teambildung in Organisationen" abgeschlossen hat.

Nun ging's erstmals mit einem richtigen Job in eine internationale Agentur, die Großveranstaltungen in der Größenordnung von Weltausstellungen vermarktet, und für sie gerade zum richtigen Zeitpunkt ein Büro in Wien, sozusagen vor der Haustüre, aufgemacht hat. Alles drehte sich nun um Marketing, bis ihre Tochter auf die Welt kam. Dieser familiären Veränderung hat sie zwei Jahre Auszeit gegönnt, bis sie wieder auf der Bühne der Arbeitswelt aufgetreten ist. Nun stand am thematischen Spielplan Strategieberatung. Aber nicht lange, denn sie vermisste die Menschen „on stage" ihrer Beratungsaktivitäten. Strategie schön und gut, vergleichbar mit Belcanto, dem meisterlichen Sologesang, aber ihr fehlten das Ensemble, die Bühnenschieber, die Musikanten im Orchestergraben, die Komparsen im Hintergrund und die tragenden Rollen vor dem Vorhang.

Der nächste Akt begann mit einem Trommelwirbel. Sie eröffnete mit der Arie der Selbständigkeit ihre erste eigene Firma mit dem wenig überraschenden Fokus auf Training und Managementberatung, um Organisationen, die in komplexen

Strukturen arbeiten, extern zu begleiten. Vor allem die menschlichen Figuren standen von nun an für sie im Scheinwerferlicht ihrer Beratungsangebote.

Sind Sie schon ungeduldig und fragen Sie sich, wann endlich ihr Auftritt in der Hosenrolle kommt? Ich verrate Ihnen vorab, dass diese mit sich zufriedene, coachende Begleiterin von Führungskräften, eloquente Moderatorin von komplexen Kommunikations-Settings in unternehmerischen Veränderungsprozessen und frisch gekürte Service-Designerin in Innovationsprozessen eine bühnenreife Grundvoraussetzung in die Wiege gelegt bekommen oder sich selbst auferlegt hat: Mut zum Spielerischen! Eine spielerische Art und Weise an den Tag legen, erlebnisorientiert arbeiten, egal ob in innovativen Denkprozessen oder in künstlerischen Handlungsprozessen, knackt die schützende Komfortzone. Von wem auch immer, es wirkt ansteckend. Applaus!

Tosender Applaus. Denn jetzt kommt abschließend der Aufzug, wo ihre Hosenrolle Gestalt annimmt. Diese hat sich nicht nur unvergesslich in ihr Gedächtnis, sonst hätte sie mir davon nicht erzählt, sondern auch unwiderruflich in ihre Laufbahn eingeprägt. Sie debütierte in der Hosenrolle bereits zum Zeitpunkt ihrer Ausbildung, ihres Studiums, wo sie ausschließlich mit männlichen Trainern konfrontiert wurde. Ein weibliches Vorbild gab's nicht einmal im Souffleurkasten. In dieser mit wenig Anstrengung geübten Rolle reflektierte sie immer: „Wie haben meine männlichen Trainer agiert?" Kommt jetzt schon der erste Buh-Ruf von einer Leserin? Den können Sie sich sparen, denn sie war trotz männlicher Rollenausrichtung im Vorteil. Da staunen Sie, was? Ihre intuitive Weiblichkeit war ja nur geschickt versteckt, und entpuppte sich als kleiner Zusatz und großer Vorteil.

Aus den vielen Trainings und Seminaren, bei denen sie nur physisch anwesend war, hat sie geschickt eigene Generalproben inszeniert, indem sie einfach dabei war und beobachtet hat. So hat sie intensiv gelernt, gelernt, mitgelernt. D.h. sie ist oft dort gesessen und hat das, was ihr gefallen hat, sofort in ihr Rollen-Repertoire übernommen. Sie musste nicht den ganzen Octavian einstudieren und auswendig lernen, nein, das, was ihr nicht gefallen hat, hat sie nicht übernommen. Natürlich hat sie den Originaltext meistens mit ihrer Persönlichkeit übernommen. Das wäre ja, wie wenn Otto Schenk seine Rollen nicht „verschenkt", sondern „verlohnert" hätte.

Sie hat nichts verschenkt in diesem Rollenspiel. Sie hat alles ausprobiert und es hat ihr getaugt, dass sie 1:1 die Art und Weise, wie Herr Trainer den „Eisberg" präsentiert hat übernommen und dieses Modell mit genau dem gleichen Wortlaut zum Besten gegeben hat. Die Vorbereitung war arbeitsintensiv, sie musste ja auch 1:1 mitschreiben. Es war gut, ist sie heute noch davon begeistert, weil sie damit auf der Bühne, und eine Trainerin ist, sobald sie vor Leuten steht, immer auf einer Art Bühne, ohne Anstrengung und Kopfzerbrechen totale Präsenz, getragen von Zuversicht und Selbstverständnis, gewonnen hatte.

Sie ist bewusst in die männliche Rolle hineingeschlüpft. Aber nachdem sie ja anders ausgesehen hat als ihre auserwählten männlichen „role models", Geschlechtsunterschied sei Dank, hat das anders auf ihr Publikum gewirkt. Denken Sie an den Rosenkavalier! Was, wenn Placido Domingo den Octavian singen würde? Irgendwie großartig wär's trotzdem. Sie empfand viele ihrer Trainerkollegen und deren Wirkung auf Seminarteilnehmer großartig, wenn sie im Zuschauerraum saß und die Chance nutzte, ganz, ganz viel zu beobachten. Der Trainer war der Meister und sie war die Schülerin.

Es gab nicht immer Standing Ovations. Aber sie hat in ihrer jugendlichen Unbekümmertheit nicht lange nachgegrübelt, sondern schnell herausgefunden, was sie tun muss, um bestimmte Reaktionen bei ihren überwiegend männlichen Zuschauern oder Zuhörern auszulösen. Schließlich mussten Inhalte dem Auftrag entsprechend gut transportiert werden. Im Hosenanzug war das ein Kinderspiel für sie!

Keine Sorge, liebe Leserinnen, ich will Sie mit dem Beispiel dieser außergewöhnlichen Hosenrolle nicht anstiften, in Zukunft bei Dressmann einzukaufen oder den Kleiderschrank Ihres Mannes oder Sohnes zu plündern. Bevor der letzte Vorhang fällt, lüfte ich noch schnell ein Geheimnis. Auf der Bühne der Berufswelt verhält es sich doch anders als auf der Opernbühne. Die Szenerie hat sich verändert und meine Protagonistin hat schon lange die schlichte Hose mit dem strengen Sakko gegen Rock oder Kleid eingetauscht. Der Grund ist für sie witzig und für mich einleuchtend: sie erspart sich in Rock und Bluse den subtilen Konkurrenzkampf um den Führungsanspruch mit den teilnehmenden Anzügen im Workshop- und Seminar-Raum. Eigentlich gar nicht witzig, sondern irgendwie absurd, weil schon alleine jeder schriftliche Auftrag ganz eindeutig der Trainerin, der Beraterin, der Moderatorin die führende Rolle zuweist.

Egal, sie tritt in ihrer Weiblichkeit auf und denkt nicht einmal mehr im Ansatz daran, so zu erscheinen, dass nichts von ihrer Weiblichkeit zum Vorschein kommt. Selbst wenn nur Frauen auf ihrer Besetzungsliste stehen. Wenn's in der Hose ungemütlich wird aus Identifikations- oder Gewichtsgründen, ist der Rockzipfel oder der zipfende Rock die ehrliche ungeschminkte Selbsterkenntnis: „Ich weiß, wer ich bin, was ich kann und was mir passt!" Das verleiht nicht nur Flügel-Ärmel, sondern die nötige Selbstsicherheit, um auf allen gebotenen Bühnen als

Frau in jeder erdenklichen Kostümierung aufzustehen und gut sichtbar das Mikrofon zu ergreifen. Was für ein Schlussapplaus!

26 ICH BIN JUNG! DARF ICH DESWEGEN WENIGER ERNST GENOMMEN WERDEN?

Es ist ein schöner Herbsttag mitten in der Wiener Innenstadt. Die frühe Abendsonne wirft ihre letzten Strahlen in die engen Gassen der Altstadt. Gemütlich sitzen wir im Schanigarten vom Café Engländer und hoffen, dass der Abendlärm nicht weiter an Fahrt gewinnt.

Sie leitet die größte Abteilung in einem pharmazeutischen Unternehmen und punktet in dieser Schnittstellenfunktion nicht nur mit Weiblichkeit, sondern auch mit Jugend. Sie ist 36 Jahre alt, spricht drei Sprachen, studierte Internationale Betriebswirtschaft in der Mindestzeit und arbeitete während des Studiums in einer Bank.

Wurde sie anfangs als junge Frau noch belächelt, schaffte sie in nur 13 Jahren den Aufstieg an die Spitze des Unternehmens. Dabei kam das alles eher zufällig. Wobei „Zufall" ein unpassendes Wort für eine Frau ist, die Dinge durchzieht, wenn sie ihr wichtig sind, und von sich selbst behauptet, eine wahnsinnig undiplomatische Person zu sein.

Lange war ihr nicht klar, was sie nach dem Studium mit ihren Spezialgebieten „Marketing und Finanzdienstleistung" anfangen sollte. In einer Bank würde sie sicherlich nicht alt werden.

Viele Bewerbungen verliefen im Sand. Und obwohl sie gut gebildet war, überlegte sie sich nicht nur einmal: „Was verlangen Firmen eigentlich von Kandidaten? Wollen die eine eierlegende Wollmilchsau mit 22 Jahren? Soll sie jung und adrett sein, zehn Jahre Berufserfahrung und fundierte Sprachenkenntnisse, mindestens zwei Fremdsprachen, am besten vier, mitbringen? Das kann sich schon rein mathematisch gesehen nicht ausgehen."

Plötzlich sah sie eine Anzeige, wo eine Person als Schnittstelle zwischen Finanz, Marketing und Medizin gesucht wurde. „Das ist es, was ich spannend finde und was zu mir passt. Ich bin doch die perfekte Schnittstelle!“

Wochen später begann sie als Junior zu arbeiten und ab diesem Zeitpunkt sollte sie nie mehr wieder eine Bewerbung schreiben müssen. Die Branche ist klein und interessante Persönlichkeiten sprechen sich rasch herum. Über Empfehlungsmarketing landete sie schließlich in ihrem jetzigen Unternehmen, wo sie trotz ihrer Jugend Teil einer Erfolgsgeschichte ist. Dass sie als Frau in ein paar Jahren eine Spitzenposition im Unternehmen bekleiden wird, war nie ihre erklärte Absicht. Sie hatte keinen Karriereplan und sie weiß auch heute nicht, wo sie in fünf Jahren sein wird. „Andere Positionen haben mich schon immer gereizt, und wenn es die nächsthöhere Position war, habe ich nie „nein" gesagt und auch nicht gezögert. Im Gegenteil. Mitunter kamen mir Gedanken: „So schwer kann das doch nicht sein." Erst als ich auf dieser nächsthöheren Position saß, habe ich mir gedacht: „Upps, doch ein bisschen anders als gedacht!""

Eine Position von außen einzuschätzen ist fast unmöglich, weil immer nur ein Bruchteil, ein Ausschnitt wahrgenommen wird. Für sie bleibt der Reiz sich auf neue Positionen einzulassen, wieder Neues zu lernen und neue Schnittstellen zu bilden, ungebrochen. Ungebrochen bleiben ihr ungebrochener Arbeitswille und gleichzeitig ihr „Heidenrespekt" vor neuen Aufgaben.

Den wünscht sie sich manchmal auch von ihren Mitstreitern. Sie sollen sie nicht an ihrer Jugend messen, sondern an ihrer Arbeit. Alter ist schließlich keine Eigenschaft, die man sich erwirbt, sondern ein Automatismus, der niemanden auszeichnet, weder den Jungen noch den Alten. Das ist ihr kleiner „Kampf", den sie zeitlebens führt, sich durchsetzen zu müssen, härter kämpfen zu müssen, nicht weil sie eine Frau ist, sondern weil sie zu jung ist, zu jung ausschaut und zu jung wirkt. Da könnte ja jeder kommen und mit knappen 35 Jahren die Erfahrung der Alteingesessenen vom Tisch fegen und neue Wege beschreiten. Wo sind wir denn, wo kommen wir denn da hin?! Wenn das einmal einreißt und zum Standard wird, haben die Alten nichts mehr zu lachen.

Ob die etwas zu lachen haben oder nicht, macht sie mit Sicherheit nicht an deren Alter fest. Sie verlangt Respekt ihr gegenüber und allen anderen Mitmenschen. Sie will Professionalität in der Zusammenarbeit und einen sachlichen Ton. Jeder kann alle Themen ansprechen und andiskutieren. Jeder soll gehört werden, soll ernst genommen werden. Einem Vorschlag soll Gehör geschenkt werden, bevor er aufgrund des Geschlechts, des Alters, der Zugehörigkeit, der Nationalität oder der Hautfarbe vom Tisch gewischt wird.

Sie behauptet von sich selbst: „Ich bin eine Person, wenn ich etwas zu sagen habe, dann habe ich mir das meistens auch überlegt und mit dieser Idee möchte ich dann in einen Diskurs treten. Diese Idee soll nicht verworfen werden und der Protokollführer soll nicht zum nächsten Sitzungspunkt übergehen. Diese Idee oder dieser Standpunkt soll ausdiskutiert werden. Themen unter dem Teppich verschwinden zu lassen, ist nicht meine Art."

Sie ist eine junge Frau, die klar ihren Standpunkt vertritt. Und obwohl sie weiß, dass sie Einfluss hat und Einfluss im positiven Sinne für das Business und für die Mitarbeiter wahrnimmt, distanziert sie sich vom Wort „Macht". Macht hat für sie einen negativen Beigeschmack und ist für sie ein männliches Wort. Ihr als Frau geht es um die Sache, ihr geht es nicht um das eitle „Gockel-Verhalten" so mancher Männer im Sinne von „Ich bin wer". Deren Titelgeilheit oder deren Streben nach der neuesten Markenspieluhr am Handgelenk oder den genagelten Schuhen vom „Edel-Schuster" kann sie wenig bis gar nichts abgewinnen.

Selbst die Incentives in der „Pharma" findet sie zu „technisch"-lastig, weil Autos, Handys, iPads weniger Frauen und viel mehr Männer ansprechen. Frauen würden sich wahrscheinlich über Work-Life Balance mehr freuen als über ein Smartphone der neuesten Generation.

Geldwerter Bonus hingegen ist geschlechtsneutral. Denn Geld interessiert Menschen oder eben nicht. Sich anzusehen wie und mit welchen Incentives Frauen und Männer ans Unternehmen zu binden sind, erachtet sie als wertvoll und zukunftsweisend. Hier kann sie wirken und ihren Einfluss geltend machen. Die Unterscheidung zwischen „alt" und „jung" greift längst zu kurz. Ihr erscheint es weitaus sinnvoller in ihrer Branche, deren Frauenanteil überproportional hoch ist, auf genderspezifische Unterschiede abzuzielen.

Aufgrund dieses hohen Frauenanteils ist natürlich auch die

Vereinbarkeit zwischen Beruf und Familie ein spannendes Thema im gelebten Alltag. Für Frauen, die nicht 100 % nach der Babypause arbeiten wollen, gibt es in ihrem Unternehmen zurzeit zu wenige Möglichkeiten. Die Modelle, die angeboten werden, sind unattraktiv und haben zu wenig Bindungskraft. Wünschenswert wäre zum Beispiel eine Position zu teilen und mit zwei Teilzeitkräften zu besetzen. Sie arbeitet in einer Matrix, die von Koordination und Abstimmung lebt, und trotzdem zeigt das Management für eine geteilte Position noch wenig Bereitschaft.

Solche oder ähnlich spannende Fragen will sie über ihren Einfluss mit viel Weitsicht vorantreiben. Ihre Jugend soll dabei kein Hindernis mehr sein. Schließlich konnte sie bereits in der Vergangenheit zeigen, dass man sie durchaus ernst nehmen kann. Selbst wenn „Ernst“ nicht auf ihrer persönlichen Visitenkarte aufscheint.

27 Ich brauche Wachstum in geistige Richtung

Dass sich Mädchen angeblich kaum für Naturwissenschaften interessieren, konnte sie während ihres Studiums nicht feststellen. Ihre Eltern, beide Professoren, drängten sie fürsorglich zur Finanzmathematik. Sie waren stolz und erleichtert, als sie endlich ihr Studium an der TU Wien begann.

An der TU Wien ist Finanzmathematik das Studium mit dem dritthöchsten Mädchen-Anteil. „Die Burschen zeigten kaum Interesse für diesen Zweig, er ist ihnen einfach zu leicht“, sagt sie lachend und holt weiter aus. „An der Uni studieren die meisten Burschen den mathematisch-technischen Bereich, wo Roboter zusammengeschraubt und programmiert werden. Hier findest du tatsächlich kaum Mädchen."

Sind Roboter kein Puppenersatz? Warum der Anteil der Mädchen in diesem Bereich so gering ist, hat sie einmal mit einem Professor an ihrer Fakultät erläutert. Sie erinnert sich noch genau, seine spontane Antwort lautete: „Weil wir an unserem Institut keine Frauenquote haben. Wir bräuchten dringend Professorinnen, dann würde sich das Thema relativ rasch aufbrechen lassen. Wir bräuchten Professorinnen, die in Vorträgen erzählen warum sie Mathematik studieren, warum es ihnen Spaß macht, was sie an der Arbeit von Ingenieuren faszinierend finden und warum Mathematik wirklich spannend sein kann. Diese Vielfalt, im Sinne der weiblichen Perspektive, fehlt uns zurzeit und das ist wirklich schade."

Angela Saini hat das spannende Buch „Inferior – How Science got Women wrong" verfasst. Saini demontiert darin die Ergebnisse der Gender-Hirnforschung. Wobei sie weder alle Forscher widerlegen will noch den Unterschied zwischen den Geschlechtern leugnet. Sie geht vor wie ein investigativer Journalist und untersucht jede einzelne Studie, die zu dem Ergebnis kommt, dass Frauen sich für bestimmte Denkweisen nicht eignen, um sie anschließend zu entzaubern und Vorurteile gegenüber weiblichen Wissenschaftlern abzubauen.

Dieses Buch sollte in die Bibliothek der Schulen einziehen und von Schülerinnen, Eltern und vorweg vom Lehrpersonal gelesen werden. Dann würden alle miteinander nicht mehr versuchen, Mädchen durch Vorurteile zu entmutigen.

Sie selbst hat erlebt, dass Studienkollegen ihr lange und breit erklärten: „Deine Noten bekommst du doch nur aufgrund deines Aussehens, weil du ein Mädchen bist, ein junges, schönes Mädchen."

Obwohl sie solche Ansagen nur an manchen Tagen störten und sie ihnen sehr oft mit einem Achselzucker begegnete, bemerkte sie, dass sich etwas verändert. Nicht in der Beziehung zu Jungs, sondern in der Beziehung zu ihr. Dieses „deine Noten bekommst du nur, weil du so hübsch bist" war gar nicht böse gemeint, hinterließ aber dennoch Spuren. Bei Prüfungen schaute sie immer mehr auf ihr Äußeres. Sie trug keine engen, figurbetonten Kleider mehr, keine kurzen Röcke, die ihre Beine in ihrer vollen Länge freigaben, und ihr Busen musste ohne tiefe Ausschnitte auskommen. Sie trug von nun an ausschließlich Gewand, welches ihre Weiblichkeit verbarg. Moderner Schlabberlook sollte bei mündlichen Prüfungen ihr Markenzeichen werden.

Als ihr auch ihr Lächeln als Flirtversuch ausgelegt wurde, reichte es ihr: „Jungs, nur weil Mädchen lächeln, heißt das noch lange nicht „ich steh auf dich"." Lächeln kann Freude zum Ausdruck bringen, wenn wir zum Beispiel einen Freund treffen, Offenheit und Vertrauen signalisieren, ebenso kann es Nervosität ausdrücken, gerade in Situationen, wo Menschen nicht genau wissen, wie sie sich verhalten sollen. Ein „falsches" Lächeln kann auch Hinterlist oder Schadenfreude bedeuten. Das Lächeln einer Frau ist demnach vielschichtig wie wir Frauen selbst und daher nicht automatisch als Flirtversuch zu verstehen.

Sie trotzte den Versuchen sie auf ihre Weiblichkeit zu reduzieren und legte sich schlagfertig zu Recht: „Der flirtende Schein trügt nicht nur zur Sommerzeit, nein, auch im Winter, wenn es schneit." Sie arbeitete, lernte, legte Prüfungen ab und zog ihre Lehren aus diversen Praktikantenjobs in der

Versicherungs- und Bankenwelt. Mit dem Ergebnis, dass der zweite Studienabschnitt im Nu verflog und der Versicherungs- und Bankensektor nichts für sie ist. Er ist ihr viel zu stark reguliert.

Gut zu hören, finde ich, dann wird sich die letzte Finanzkrise wohl nicht mehr so rasch wiederholen! Sie lacht und sagt: „Na ja ganz so ist es nun auch wieder nicht. Ich persönlich bzw. mein Gehirn wurde in diesem Regel-Dschungel nicht gefordert. Ich bin einfach die kreative Mathematikerin und ich will keine vorgefertigten Modelle füttern müssen. Das sollen die Jungs machen, nicht ich. Mir geht es um die Struktur für die Aufgabenstellung und die will ich mir selbst schaffen, die will ich mir mit meinem Know-how überlegen. Natürlich verwende ich je nach Aufgabenstellung gewisse geregelte Bausteine, allerdings nütze ich zusätzlich Hirnschmalz und Kreativität. Das ist es, was mir an Finanzmathematik gefällt."

Seit sie für ein Energieunternehmen arbeitet, berechnet sie den Bedarf an unterschiedlichsten Energiequellen. Unzählige Variable müssen in diese Berechnung miteinfließen. Welchen Einfluss nehmen Politiker? Wird es Förderungen in die eine oder andere Richtung geben? Wie wirken sich diese Förderungen aus? Wird es in den nächsten Monaten verstärkt Wind geben? Wird die Nachfrage nach Gas steigen? Werden Kohlekraftwerke geschlossen? Diese und viele andere Parameter berücksichtigt sie in ihren Berechnungen. Jetzt kann sie Finanzmathematik endlich so praktizieren, wie sie es sich wünscht.

Ob es das Ende ihres Berufswegs ist, wagt sie nicht zu beantworten. Viel zu viele Jahre liegen noch vor ihr und wer weiß, wohin die Arbeit sie noch verschlägt. Zurzeit ist sie die Karenzvertretung in ihrem Energieunternehmen und ob die Herren Geschäftsführer sie verlängern, wird sich erst weisen. „Kommt wahrscheinlich darauf an, wie gut meine Berechnungen sind, und ob meine Kreativität mir keinen Strich durch die Rechnung macht." Sorgen um sich selbst macht sie sich jedoch keine, irgendetwas wird sich finden lassen. Sie ist ein Mensch, der sowieso von sich selbst behauptet: „Persönliche Weiterentwicklung ist mir wahnsinnig wichtig. Meine Podcasts höre ich fast täglich. Ich brauche Wachstum in geistige Richtung!"

Interessen hat sie viele und obwohl sie Mathematikerin ist und das Rationale in sich trägt, glaubt sie zu wissen, dass es mehr gibt als nur vernünftig sein, mehr gibt als Menschen rational erfassen können. Sie macht es YouTube-mäßig fest: „Es sind die Schwingungen, unser Gespür, unser „Feeling": „Hey, du erlebst es gerade …"!"

Diesen emotionalen, irrationalen, absurden Bereich für sich noch zu entdecken, mehr darüber zu erfahren, eventuell ein weiteres Studium drauf zu setzen, würde ihr schon noch Spaß machen: „Wenn die Realität von meinen Gedanken abhängt, kann ich Dinge positiv sehen und natürlich auch negativ sehen. Sprich, wenn ich mein Leben oder meinen Job oder mein Umfeld positiv sehe, wird allein dadurch schon vieles besser, und manches sogar gut."

Bin ich ihrer Meinung? Jein. Für mich hat Spiritualität allerdings wenig damit zu tun, dass ich mir einbilde, also positiv visualisiere, dass am nächsten Morgen ein Porsche vor meiner Wohnung parkt. Kann doch nicht sein, dass ich morgens auf die Straße trete und er vor mir steht, in einem leuchtenden Schwarz, obwohl ich ihn mir abends in Blau spirituell bestellt habe.

Abschließend erzählt sie noch die Geschichte einer Freundin, die zuvor erklärtes, positives Gedankenspiel untermauern sollte. Diese Freundin wollte eines Tages unbedingt nach Mexiko reisen, um dort für einige Zeit zu leben. Sie hatte diesen tiefen Wunsch in sich, wurde allerdings anfangs ziemlich enttäuscht. Anstatt Freunde zu finden, das Leben mit anderen Menschen zu teilen, war sie die ersten Wochen fürchterlich einsam. Also flog sie nach Costa Rica zu einer Freundin und lernte dort einen Mann kennen, der ihr erklärte: „Deine Realität wird von deinen Gedanken geleitet.“ Wenige Tage später kehrte sie nach Mexiko City zurück und war von dem Gedanken beseelt: „Ich bin nur mehr wenige Tage hier und diese Zeit will ich etwas erleben. Ich will Menschen erleben. Ich will mit ihnen leben.“ Und wie aus heiterem Himmel erfüllte sich ihr Wunsch. Das Universum schlug zu und schenkte ihr Freunde. Sie wurde von der Familie von Nelson Eduardo Alvarez mit traditionellem Essen bekocht und in ihrem Kopf summte im Wiederholungsmodus die Melodie von Rex Gildos „Hossa! Fiesta Mexicana …“. Sie beschloss musikalisch beflügelt: „Heute gebe ich zum Abschied für alle ein Fest. Eine Fiesta. Eine Fiesta Mexicana!“ Und Rex Gildo sang in ihrem Kopf weiter: „Es gibt viel Tequila, der glücklich sein lässt. Alle Freunde, die sind hier, feiern noch einmal mit mir. Wir machen Fiesta, Fiesta Mexicana. Weil ihr dann den Alltag, die Sorgen schnell vergesst. Adio, adio Mexiko. Ich komme wieder zu dir zurück. Adio, adio Mexiko. Ich grüß mit meinem Sombrero, te quiero, ich habe dich so lieb …“.

Gibt es das Universum also tatsächlich? Ist da jemand? Jemand, der unser Leben lenkt, der uns Glück und Wohlstand schenkt oder sind es im Grunde genommen unsere Gedanken?

Wikipedia verrät: „Die Moderne sagt, es gibt verschiedene Rationalitäten der einen Vernunft. Ratio steht für Berechnung, Vernunft, Verstand, Verhältnis, Grund, Rechtfertigungsgrund.“ Simple Schlussfolgerung: verschiedene Menschen kommen zu unterschiedlichsten Erkenntnissen, warum also nicht auch an die Macht der eigenen Gedanken glauben? Selbst Medi-

ziner stellten schon fest, dass sie nicht alles rational herleiten können und viele Heilungserfolge an Wunder grenzen.

Wird auch sie eines Tages etwas erforschen oder erfahren, das bis dato noch keine Frau zuvor entdeckte oder erlebte? Das Interesse an lebenslangem Lernen und eine gesunde Portion Rationalität hat sie auf alle Fälle schon im Gepäck. Wenn jetzt noch das Universum zu ihr aufschließt, mal sehen, was dann noch alles möglich ist. Albert Einstein philosophierte:

„ZWEI DINGE SIND UNENDLICH, DAS UNIVERSUM UND DIE MENSCHLICHE DUMMHEIT, ABER BEI DEM UNIVERSUM BIN ICH MIR NOCH NICHT GANZ SICHER."

Möge das Universum mit ihr sein und ihren Wunsch nach Wachstum an geistigem Reichtum erfüllen.

28 Ich habe gelernt aufzuzeigen

Sie ist gebürtige Steirerin und lebte während ihrer Kindheit mit ihren Eltern im Ausland. Irgendwo in Mitteleuropa, wo ihr Vater auf zahlreichen Baustellen im Einsatz war. Sie genoss eine gute Ausbildung, maturierte und studierte, um sich irgendwann zu entscheiden: „Meine Zelte schlage ich fix in Wien auf, einer „multikulti"-Stadt, die meine Kindheit wiederspiegelt."

Seit einigen Jahren leitet sie die Abteilung „Marketing und Vertrieb" für ein Spezialgebiet in der Pharmazeutischen Industrie. Um in ihrem Job aufzugehen, Auslandsreisen wahrzunehmen, Kundengespräche zu führen, an Veranstaltungen teilzunehmen, sich einzubringen, braucht sie, wenig überraschend, Unterstützung. Diese Unterstützung kommt zu 100 % aus der Familie. Speziell ihrem Mann und den Eltern beider Familien-Seiten verdankt sie viel. Mit dieser kompakten familiären Unterstützung kann sie sich Freiräume schaffen, wenn ihr der Job wieder einmal mehr Zeit abverlangt als geplant. Schließlich ist das Leben ihrer zwei entzückenden Kinder, die ihr Privatleben abwechslungsreich gestalten, in guten Händen.

Sie ist eine jener Frauen, die bestrebt sind, Karriere zu machen, die bestrebt sind, ihren beruflichen Werdegang immer wieder aufs Neue zu fordern. War es ein Gefühl des „Nichtankommens"? Dieses Gefühl, nach Höherem zu streben und dennoch nie ganz zufrieden zu sein? Und obwohl andere längst mega-zufrieden, manchmal fast neidisch auf sie blickten, wollte sie ihrem Gefühl des „Nichtankommens" auf den Grund gehen. Eines Tages fiel es ihr wie Schuppen von den Augen: „Selbstmarketing endet ja nicht mit meiner erfolgreichen Bewerbung für das Unternehmen. Auch danach kann und muss ich an meiner Wirkung auf andere feilen."

Die Erkenntnis folgte auf den Fuß: „Ich habe gelernt aufzuzeigen." Mittlerweile verkauft sie nicht nur ihr Team, sondern selbstbewusst sich selbst.

Tatsächlich haben internationale Studien und Umfragen gezeigt, dass unsere Fachkompetenz nur einen Anteil von rund 10 % daran hat, wie unsere Karriere verläuft. 30 % wird dem Image zugeordnet und rund 60 % dem Bekanntheitsgrad.

Sie hat den Grad ihrer Bekanntheit über die letzten Jahre erfolgreich gesteigert. Nicht nur Kunden in Österreich, sondern auch Mitarbeiter in der Europazentrale kennen mittlerweile ihren Namen. Durch ihre Affinität zu Marketing kann sie fachbezogenes und fachübergreifendes Wissen miteinander verknüpfen und interne sowie externe Kunden rasch für ihre Ideen begeistern. Der charmante Ruf, eine marketingaffine Persönlichkeit zu sein, eilt ihr voraus und festigt das Image, das sie umhüllt. Sie verbiegt sich nicht oder präsentiert sich anders als sie in Wahrheit ist. Authentizität ist ihr oberstes Gebot: „Menschen durchschauen rasch, wenn du nicht du selbst bist."

Dass der Gesamteindruck, den sie hinterlässt, eine subjektive Kategorie ist, muss ihr nicht zweimal gesagt werden. Sie weiß nur zu gut, dass der Gesamteindruck nicht objektiv richtig sein muss. Gleichwohl beteuert sie: „Er steuert das Verhalten meiner Kunden oder meiner Geschäftspartner. Sie verschreiben meine Produkte, wenn ich diesen meinen positiven, professionellen Eindruck hinterlasse und meine Geschäftspartner erweisen mir Loyalität, wenn wir einem gemeinsamen Ziel durch meine Ideen ein Stück näher rücken."

Sie konzentriert sich voll und ganz auf das Image, das sie sich aufbaut, das sie steuert und das sie bis zu einem gewissen Grad positiv beeinflussen kann. In ihrer Kommunikation setzt sie Schwerpunkte und rückt erfolgreich absolvierte Projekte ins rechte Licht. Sie hat ein Gespür dafür, was Menschen hören wollen und lässt Erfolge weit über ihre Niederlassung hinaus erstrahlen. Getreu dem Motto: „Tue Gutes und sprich darüber!"

Männer ziehen nicht mehr an ihr vorüber, während sie ruhig und fleißig für ihre Karriere vor sich hinarbeitet. Ein lieber Freund hat ihr einmal zugeflüstert: „Ich bin stolz auf dich. Weißt du, wir Männer sind ja eigentlich faule Hunde, und wenn wir nicht gezwungen werden etwas zu machen, dann machen wir auch nichts."

Was will sie mir damit sagen? Werden Männer zu ihrer Karriere gezwungen? „Nein", antwortet sie lachend. „Männern fällt es einfach nur leichter Karriere zu machen. Männer reden doch überall mit und zeigen schneller auf als wir Frauen. Die Männer, die ich kenne, kommunizieren mit fester Stimme und breiten Schultern und wirken dadurch viel selbstbewusster und „aufgeräumter" als wir Frauen. Einzig im Haushalt haben sie Aufholbedarf. Dort müssen wir sie zu ihrem Glück: „Schatz, mit dem Müll bist heute du dran", zwingen."

In ihrer Liga erlebt sie traditionelle Frauenbilder: „Stellen sich Frauen in den Mittelpunkt, gelten sie als Klugscheißer und wenig weiblich." Trifft das nicht auf alle Frauen zu, die ihre Leistung laut darstellen? „Nein", antwortet sie mit kräftiger Stimme. „Wenn du dir bewusst machst, dass du sichtbar werden willst, kannst du lernen, deine Leistungen, auch die kleinen, alltäglichen Leistungen, zu kommunizieren ohne dabei rot zu werden. Das kann jede lernen, wenn sie nur will."

Erst neulich hat sie eine Kollegin, die zurzeit Teilzeit arbeitet, zur Seite genommen und sie neugierig gefragt: „Wie schaffst du das nur? Zwei Kinder, einen herausfordernden Job und trotzdem immer gut gelaunt?" „Nichts leichter als das", antwortete sie. „Meine Eltern, die Schwiegermutter und mein Mann unterstützen mich bei meiner Karriere. Ohne sie wäre es ehrlich gesagt schwierig. Und natürlich habe ich ein tolles Team."

Sie plauderten einige Minuten über dieses Thema, über Vor- und Nachteile, über Unabhängigkeit und über Rollenmodelle der heutigen Zeit und am Ende des Gesprächs wisperte ihr die junge Frau ins Ohr: „Deine Geschichte inspiriert mich. Ich werde versuchen, das auch so anzugehen." „Frauen, die durchaus „karriere-kritisch" sein können, zu inspirieren, ist doch ein schönes Kompliment", sagt sie in meine Richtung und ist mit sich und der Welt im Reinen.

Jede Frau soll ihren Weg finden und gehen dürfen. Sie hat sich für den Weg „Karriere machen" entschieden und kümmert sich trotzdem um ihre Familie, auch wenn so mancher das nicht immer wahrhaben will.

„Was bedeutet das Wort „kümmern“ für Sie?“, frage ich nach. „Kümmern bedeutet für mich, dass ich ein zusätzliches Einkommen schaffe für meine Familie, für unsere Kinder. Dieses Einkommen bedeutet Sicherheit und Unabhängigkeit. Sicherheit, weil ich für unsere kleine Familie sorgen kann, selbst wenn meinem Mann einmal etwas zustoßen sollte. Unabhängigkeit, weil ich mir eine Handtasche kaufen kann, ohne nach Geld fragen zu müssen. Und natürlich bedeutet Karriere für mich Anerkennung. Anerkennung für die Arbeit, die ich täglich im Unternehmen und am Patienten leiste. Mit unseren Produkten ermöglichen wir unseren chronisch kranken Patienten ein besseres Leben. Irgendwann einmal will ich mit Stolz auf mein Leben zurückblicken und aufrichtig sagen können: „Mit unseren Produkten und meiner Arbeit habe ich den Unterschied gemacht und dabei nie vergessen „aufzuzeigen“!“““

29 ICH SITZE JETZT BEREITS MEHR ALS ZWEI JAHRE ZU HAUSE – WERTVOLLER WERDE ICH DAVON NICHT

Sie ist kreativ, studierte am Konservatorium Saxophon, experimentiert mit Brot und Eis, ist Kaffeerösterin aus Leidenschaft und trotzdem legt sie Wert auf Genauigkeit und es umweht sie ein Hauch von Perfektionismus. Sie ist qualifiziert, spricht Französisch, Englisch und Spanisch, interessiert sich für Kunst und Politik und trotzdem, oder gerade deswegen, behauptet sie, nicht alles zu wissen oder zu können. Sie ist knapp 55 Jahre alt, technisch affin, Web- und Grafik-Designerin und Kosmopolitin, die bereits vieles erlebt und „learning by doing“ zur Lebensphilosophie erklärt.

Trotz ihrer Qualifikationen und der guten Wirtschaftslage in Österreich kann sie wenig bis gar nicht davon profitieren: „Ich sitze jetzt bereits mehr als zwei Jahre zu Hause. Wertvoller werde ich davon nicht."

Tatsächlich verlieren Menschen, je länger sie zu Hause bleiben, den Anschluss zum Arbeitsmarkt und sitzen, in einem der reichsten Länder der EU, in der Falle, aus der sie sich selbst nur schwer befreien können.

Wenn sie in Medien darüber liest, dass rosige Zeiten für Arbeitslose anbrechen und Twitter-Nachrichten Vollbeschäftigung in Österreich verkünden, sprich nur mehr ein „kleiner Kern" an Unqualifizierten übrigbleibt, wird sie nachdenklich und traurig.

Bei ihrem letzten Arbeitgeber war sie Senior Webmasterin und Webdesignerin. Sie hat sich darum gekümmert, dass die Web-Applikationen funktionieren und war im Unternehmen die Ansprechperson für die textliche und grafische Umsetzung. Mit ihrer Arbeit waren alle zufrieden, nur weil das Unternehmen Einsparungen treffen musste, wurde auch sie eingespart.

Anfangs sah es so aus, als würde sie gleich etwas Neues finden. Doch im Zuge der Bewerbungsgespräche stellte sich heraus, dass die Konkurrenz nicht nur groß, sondern auch sehr jung ist. Anscheinend traut man älteren Menschen nicht mehr zu, dass sie moderne Medien beherrschen. Innovation und Kreativität wird mit jungen Menschen, oder zumindest jüngeren Menschen als sie es heute ist, assoziiert.

„Unternehmen wollen Jüngere und für Jugend und Unerfahrenheit weniger bezahlen. Die Ausbildung der Jungen ist gut, und obwohl ich die technische Affinität habe, fahre ich selten die männliche Strategie bei Bewerbungsgesprächen. Was ich damit meine? Ich hinterfrage das „Wie?" und dieses Zögern lässt meine Mitbewerber an mir vorbeisegeln. Wenn sie mir Fragen über den Social Media-Bereich stellen, muss ich leider antworten: „Wissen Sie, ich halte Zuckerberg für eine Datenkralle und persönlich rein gar nichts davon, ihm allzu viele Daten zu geben." Ich bevorzuge die reale Welt und ich bespreche Themen gerne im persönlichen Kontakt. Vielleicht bin ich einfach zu ehrlich für diese Welt, wenn ich hinzufüge: „Tut mir leid, mit dieser Applikation habe ich bis dato noch nicht gearbeitet, aber ich kann sie mir beibringen. Sie müssen wissen, ich habe mir bereits vieles in meinem Leben erfolgreich selbst beigebracht." Darauf gibt es kurzes Schweigen, nachdenkliche Blicke und nach weiteren zehn Minuten ist das Interview meist schon beendet. Firmen hören lieber: „Klar kann ich das, das ist kein Problem", selbst wenn es nicht der Wahrheit entspricht, denn in unserem Bereich gibt es viele Programme und ständig neue Anwendungen, die keiner können kann."

„Ich verstehe gar nicht, warum du nichts findest, ich lese doch täglich in der Zeitung, dass die Arbeitslosigkeit sinkt und immer mehr Menschen in Vollzeitbeschäftigung sind. Wieso trifft dieses politische Versprechen nicht auf dich zu?" Solche Aussagen von Freunden und Familienangehörigen hat sie die letzten zwei Jahre immer wieder gehört.

Doch ihre Branche ist differenzierter zu sehen, so wie viele andere Branchen übrigens auch. Und die Arbeitslosenquote ist nur eine Durchschnittszahl, die nicht für alle gelten kann, und wenig über ihre Chancen am Arbeitsmarkt zum Ausdruck bringt.

Denken Sie an die Wetternachrichten: „Sonne und Wolken wechseln sich morgen in ganz Österreich ab." Bedeutet das, dass es nirgendwo regnen wird? Nein, das bedeutet es natürlich nicht. Auch diese Wetterprognosen sind differenzierter zu betrachten, denn es kann durchaus sein, dass sich die eine oder andere kleine Wolke im Raum Tulln entlädt.

Für sie ist das Klima am Arbeitsmarkt rauer geworden. Ein Headhunter sagte ihr kürzlich: „Für Sie gäbe es in Deutschland mehr Jobs, vor allem als Freiberufliche. In Deutschland arbeiten schon sehr viele Leute projektbezogen, und daher könnten auch Sie drei Tage in Deutschland und den Rest „remote" zu Hause arbeiten."

Was sie ebenfalls beobachtet, ist dass die Spezialisierung in ihrem Bereich immens voranschreitet. Jobangebote im IT-Bereich wimmeln von schwer verständlichen Fachbegriffen. Es gibt kaum welche, die nicht ein langes Anforderungsprofil voller Spezialkenntnisse beinhalten. Gesucht wird nicht irgendein Web-Designer, sondern ein Experte für Design und Programmierung mit dem Schlagwort oder Kunstbegriff „Virtualisierungsumgebung VMare vSphere".

Trotz allem wirft sie noch nicht das Handtuch, wird nicht arbeitsmüde und versucht weiterhin ihr Wissen frisch zu halten, indem sie Fortbildungen wie z.B. „Usability" aus der eigenen Tasche bezahlt und nicht das „kostenlose" AMS-Angebot besucht.

Was hilft also einer qualifizierten Arbeitslosen, wenn das AMS am Ende seiner Weisheit ist? Ein Freund, der ihr vorschlägt: „Wir suchen jemanden mit deiner Qualifikation. Zu Beginn vielleicht nur für zwölf Stunden die Woche, wär' das was für dich?" Braucht es also ein Quäntchen Glück, um wieder Fuß zu fassen? Oder braucht es einfach nur arbeitgeberisches Verständnis, dass nicht alles Wissen in einer einzigen Person verankert sein kann. Und Verständnis dafür, dass Menschen eine Chance suchen, selbst im jugendlichen Alter von wertvollen 55 Jahren.

30 „I kenn' mi net aus" oder was Frau schon immer über Technik wissen wollte

Ich habe es eines Tages selbst erkannt und gebe es ungeniert freiwillig zu, dass ich ein technisches, handwerkliches Wunderkind war und nach wie vor bin, das maximal und optimal Glühbirnen und Batterien auswechselt, die größten Vanillekipferl dieser Welt formt, den gröbsten Zwiebel schneidet und im jugendlichen Handwerkseifer Pullover nur mit den dicksten Stricknadeln zwei glatt, zwei verkehrt gefertigt hat. Meine Eltern, die beide eine höhere technische Ausbildung vorweisen konnten, haben miteinander Radios und Fernseher zerlegt und wieder zusammengebaut, Mixer repariert, elektrische Leitungen verlegt, Steckdosen untersucht, unter der Motorhaube unseres VW-Käfers herumgetüftelt und stundenlang miteinander Schach gespielt. Ich habe ihnen hin und wieder über die Schulter geschaut und mich Kopf schüttelnd gefragt: „Sind die beiden wirklich meine biologischen Eltern?" Von ihrem besonderen, für mich sonderbaren Verständnis, Geschick und vor allem Interesse haben sie mir nichts vererbt. Das hat ihnen aber nichts ausgemacht. Mir schon gar nicht. Später habe ich mir eine super Ausrede für meine manuellen Ungeschicklichkeiten und mein technik-lastiges Unverständnis zu Recht gelegt: „Das hat mich nie interessiert."

Meine Mutter hat eines Tages in einer Freundesrunde stolz verkündet:

„Ilse kann zwar keinen Knopf annähen, aber darüber eine Dissertation schreiben."

Mein Vater hat meinem technischen Unvermögen nie besondere Bedeutung beigemessen. Kam die Welle der Enttäuschung schon bei meiner Geburt, die jegliche praktische und technische Erwartungshaltung hinweggespült hat? Anstelle des gewünschten Sohnes namens Walter, der Handballmeister wie der Papa werde würde, habe nämlich ich kleines, süßes, schwarzhaariges Mädchen-Afferl der Welt und meinen Eltern zuerst die Füße entgegengestreckt und dann den ersten Brüller gemacht. Walter war einige Zeit „Daddys“ Spitzname für mich, den ich irrsinnig witzig gefunden habe. Ich habe in meiner kindlichen Unbefangenheit auch nicht hinterfragt, wie er ausgerechnet auf diesen Bubennamen gekommen ist. Es war kein Trauma, sondern ein Traum, mit meinem Vater unbeschwert herumalbern und lachen zu können. Das humorvoll Provokative steckt wohl in unseren Familien-Genen.

Also mir wäre es nie im Leben eingefallen, beruflich in die Fußstapfen meiner Eltern zu treten, eine HTL zu besuchen, um mich beruflich wie mein Vater an Elektrotechnik und wie meine Mutter an Technischer Chemie zu ergötzen. Insgeheim habe ich vor ihnen und ihren Fähigkeiten, die bei mir nie vorhanden waren oder unbeachtet verkümmert sind, den Hut gezogen. Das, was mich heutzutage brennend interessiert, ist, was eine Frau motiviert z.B. Hausverwalterin zu werden, wo es Tag ein Tag aus vorwiegend um Installateure, Dachdecker, Elektriker, Rauchfangkehrer und sonstige Gewerke geht. Ganz ehrlich, mir können alle diese Professionisten erzählen, was sie wollen, ich nicke es aus Höflichkeit ab: „Aha, so ist das also.“ Und es ist für mich nach wie vor ein spezielles wie lustiges Erlebnis, wenn Gasthermen-Fachmann oder Waschmaschinen-Servicemann mir die Gerätewelt zu Füßen legen und mich abends mein lieber Mann fragt: „Was hat er g'sagt?“

Beim genauen Hineinschauen in die berufliche Welt meiner extrem gesprächigen Hausverwalterin, bitte nicht zu verwechseln mit Hausmeisterin, stelle ich schmunzelnd fest, dass mir zwar vieles ewig fremd bleiben wird, aber ihr Job gar nicht so trocken und technisch ist, wie er auf Protokollpapier, am Anschlagbrett für unsere Eigentümergemeinschaft oder in meiner bisherigen Vorstellung wirkt.

Eine Hausverwalterin muss nicht Expertin in allen Gewerken sein, mit denen sie zu tun hat. Sie überrascht die männlichen Fachleute schlicht weg mit professionell fragen, fragen, fragen, zuhören, erklären lassen, nachfragen, bis sie alles soweit verstanden hat, um es nachvollziehbar z.B. an ihre laienhaften Eigentümer oder Mieter weitergeben zu können: was war kaputt, was hat repariert oder ausgetauscht werden müssen und warum war's so teuer. Für mich daher keine Überraschung, dass sich kein Spenglermeister über ihre Fragen lustig macht und kein Abfallexperte abfällige Bemerkungen über ihre Abfallwirtschaftsgesetz-Lücken fallen lässt. Mein Fazit: Fragen ist nicht dumm, sondern gescheiter als die Weisheit mit dem Schöpflöffel oder der Maurerkelle gefressen zu haben.

Kein scharfer Ton herrscht in ihrem Unternehmen mit vier Mitarbeiterinnen, weder im Büro noch im Außendienst. Scharf ist nur die Gesetzeslage, die immer schärfer und absurder wird und die Frage aufwirft, wem diese Schmankerln z.B. in der Bauordnung einfallen. Liebe theoretische Schreibtisch-Herren, einer praktischen Instandhaltungsfrau ist schon klar, dass Gebäudesubstanzen kontrolliert und Häuser regelmäßig begangen werden müssen. Aber einer Stufe, die nicht gemäß baulichen Vorschriften exakt 17 cm hoch ist, ein gelbes Pickerl oder einen gelben Anstrich verpassen zu müssen? Wie wär's mit „Füße heben"? Oder einer Eigentümergemeinschaft schmackhaft machen zu müssen, dass sie EUR 20.000 in die Hand nehmen, um das alte, geschmackvoll schnörkelige Treppengeländer ihres Gründerzeit- oder Jugendstilhauses zu vernetzen oder zu verglasen? Nur weil Geländer nicht mehr kletterbar sein und die Stäbe und Verschnörkselungen gewisse Abstände nicht mehr überschreiten dürfen? Wie oft haben

Sie Ihren Kopf durch ein Stiegengeländer gesteckt oder dort einen Sturschädel stecken gesehen? Kann es sein, dass ab und zu männliche Verordnungspraxis mit weiblicher Lebenspraktik kollidiert? Obwohl ich, wie Sie ja wissen, ein technisches Wunderkind bin und Bauvorschriften außerhalb meines Interesses liegen, an dieser Stelle würde ich jetzt gerne loslegen mit fragen, fragen, fragen ….

Liftevaluierungen zum Zwecke der Sicherheit sind in Wien seit über zehn Jahren verpflichtend, in Niederösterreich erst seit 2017. „Ist der Mensch, der einen Aufzug benützt, in Niederösterreich weniger wert als der in Wien?“ bleibt wohl eine der unbeantworteten Fragen, die der Haus verwaltenden Frau im Kopf herumgeistert. Und wieso wir als kleines Land für neun Bundesländer verschiedene Gesetzgebungen in der Hausbesorger-Entgeltberechnung haben, konnte ihr auch noch niemand beantworten. Keine Frage ist für sie, dass ihre Hausverwaltungs-Aufgaben im Sinne von Erhalten, sprich Reparieren, Ausbessern statt unnötig Erneuern, erledigt werden: „Wenn ich bei einer Liegenschaft 20 Eigentümer habe, dann fühl‘ ich mich als 21ter.“ Sie wohnt in einem Einfamilienhaus, an dessen Bestand sie genau dieselben Ansprüche stellt. Eine Verwalterin, die auf ihren wirtschaftlichen Hausverstand zurückgreift und nicht auf den Rücklagenfonds. Erhalten ist die Devise ihrer weiblich geprägten Objektbetreuung und der Anspruch ihren Kunden gegenüber, immer einen guten Draht aufrecht zu erhalten, so absurd Eigentümer- oder Mieteranfragen sein mögen: „Heans, wieso hab‘n Sie mei Postkastl net ausg’leert?“

Die Frau, die als einzige Möglichkeit damals nur in der Abendschule ihre Konzessionsprüfung für Hausverwaltung und Makler ablegen konnte, während ihre Tochter bereits an der TU Immobilienwirtschaft und Liegenschaftsmanagement studierte, ist nicht nur eine Frau der Wirtschaft, sondern auch Funktionärin für „Frau in der Wirtschaft“. Sie findet die Initiative toll und unterstützt daher ehrenamtlich diese Plattform, auf der sich Unternehmerinnen vermarkten, austauschen, und vielleicht sogar zusammenschließen können, um gemeinsam größeren Nutzen zu erzielen. Als Hausverwalterin besteht ihr Leben, abseits von Technik, hauptsächlich aus Organisieren, daher ist es keine Frage für sie, ständig neue Themen, interessante Vorträge, Exkursionen oder Firmenbesuche zu gestalten. Die einzige Frage, die sie sich als Bezirksvorsitzende stellt, betrifft das von der WKO promotete Thema „Partnerschaften & Kooperationen“. Da steht sie vor einem „technischen“ Problem, wenn sie auf ihre Unternehmerinnen blickt, die mehrheitlich EPUs sind: was will eine Einzelperson einer anderen Einzelperson anbieten oder zur Verfügung stellen, um von einer Partnerschaft zu profitieren?

Bleibt für mich die „technische“ Frage offen, wo sind sie, z.B. die Maschinen, die Frauen für unterschiedliche Geschäftszweige in Zukunft gemeinsam nützen werden? Oder bleibt jede bei ihrer Waschmaschine, Kaffeemaschine, Nähmaschine, ihrem Computer und ihrer „Produktionshalle“?

31 Im Wordrap von Ost nach West

Der berufliche Werdegang einer Ossi im Überblick …

„Geburtsdatum interessant? Aber ja, 20.11.68 in Chemnitz. In Dresden aufgewachsen. Das ist im Osten, in der DDR. Eine zehnjährige Schule besucht, wo von der ersten bis zur zehnten Klasse alle zusammen waren. Anschließend eine Ausbildung als Kellnerin gemacht. Dann 89, drei Tage vorm Mauerfall, in den

Westen geflüchtet. Dort erst gearbeitet, dann eine Ausbildung „Bürokauffrau und Kommunikation" bei Wella in Darmstadt durchgezogen. Im Einkauf gearbeitet. Danach nach Österreich zum Robinson Club, weil Hobby immer mit Tanzen zu tun hatte. Dort eine Wintersaison und eine halbe Sommersaison gearbeitet, zuständig für Tanz und Choreographie. Dann ab nach Wien zu Elin im 3. Bezirk wieder in den Einkauf. Von dort zum jetzigen Arbeitgeber als Produktionsleiter-Assistentin und später nach diversesten Ausbildungen in die Lohnverrechnung."

Spaß im Job …

„Auf jeden Fall! Und sehr wichtig, da Lohnverrechnung eine eher trockene Geschichte ist mit wenig Kontakt zu Mitarbeitern oder Kunden. Da dominieren sonst nur Tabellen, tausende Zahlen, SAP-Auswertungen, Lohnsummen, Excel-Formeln, Steuersätze, Absetzbeträge und Monat für Monat Monatsgehälter."

Skurrile Situationen in der Lohnverrechnung …

„Die gibt es immer wieder, wenn Mitarbeiter vor der Tür stehen und behaupten, dass sie letztes Jahr viel mehr Netto bei gleichem Brutto gehabt haben und nicht verstehen, warum das jetzt anders ist. Oder Diskussionen, nachdem laufend mit anderen Mitarbeitern verglichen wird, was die so im Lohnsackerl haben, unter dem Aufhänger: „Da steht mir mehr zu!" Abgesehen von der Standardfrage: „Wie viel Krankenstand hab' ich heuer noch offen?""

Humorvolle Begegnungen mit Menschen …

„Ja, klar. Übers Telefon mit diversesten anderen Kollegen oder Geschäftsführern. Gerade bei Anliegen rund um Personalsuche oder Abrechnung passieren sehr lustige und spannende Geschichten.

Der Geschäftsführer einer Industriekonzern-Schwesterfirma, die wir abrechnen, hat laufend neue Mitarbeiter. Das sind nur geringfügige Arbeiter, meistens Studenten, die nach drei Tagen

sagen: „Es ist zu schwer“, „Es ist zu heiß“, und schon sind sie wieder weg. Und genau so ist es wieder passiert. Es war schon alles freigegeben für die Abrechnung und ein neuer geringfügiger Mitarbeiter war mit dabei. Ich hätte alles überweisen, also alles fertig machen sollen, aber ich hab’s für diesen Tag nicht eingeplant, sondern erst für den nächsten, weil es mir vom Zeitablauf zu streng geworden wär‘. Es war auch noch möglich, also alles gut. In der Früh des nächsten Tages seh‘ ich eine E-Mail, Absender Geschäftsführer: „Hilfe, Hilfe, er kommt nicht mehr! Haben wir ihm jetzt das ganze Geld schon überwiesen?“ Meine unverzügliche Antwort: „Na aber sicher nicht, weil ich hab‘ ja meine Glaskugel und ich wusste es“, worauf er zurückschreibt: „Bitte borg sie mir, weil ich hab‘ Budgetbesprechung.“ Also es passiert schon, dass lustige E-Mails hin und her geschrieben werden.“

Macht und Autorität am Arbeitsplatz ...

„Von Geschäftsführerebene nach unten wird demonstriert, wo sich die Machtverhältnisse bewegen, ohne Diskussion. Das erleben wir und haben wir zu akzeptieren, auf jeden Fall nicht zu interpretieren, oder etwas dagegen einzuwenden. Das äußert sich in unzähligen Anweisungen, die auf Papier stehen und auszuführen sind. Auch wenn das Gedruckte nicht der richtige oder korrekte Weg ist, die Anweisung kommt von einer Position, bitte männlich und weiblich, die zu akzeptieren ist, und das ist dann so. Punkt.“

Rollenbilder, Rollenkonflikte ...

„Sorry, ich bin gedanklich immer bei Geschäftsführern, weil

das oft meine Ansprechpartner sind. Die suchen sich schon, wenn sie die Wahl haben gewisse Themen zu besprechen, einen Mann für inhaltliche Fragestellungen, obwohl eigentlich die Frau zuständig wäre, das zu beantworten. Aber, nein, da denkt MANN: „Das mach' ich doch lieber mit männlichen Kollegen." Das erlebe ich sehr wohl von Männern, die jetzt noch nicht so übertrieben alt sind, wo ich sagen könnte: „Okay, das ist ein Generations-Ding", also unabhängig vom Alter. Alles schon erlebt."

Vorteil im Berufsleben eine Frau zu sein ...

„Der Vorteil ist, dass Frau mit mehr Diplomatie und gewissen Charakterzügen besser punkten kann als ein Mann, weil sie in manchen Augen anders, sprich „schwach", wahrgenommen wird und gerade dadurch unterm „zarten" Strich Pluspunkte erzielt. Nach: „Die Arme konnt' ja nicht anders", fällt die Bilanz sehr oft erstaunlich besser aus."

Deine Eltern haben dir als Mädchen mitgegeben ...

„Im Osten gab's diese Rollenbilder nicht. Das lief eher über Vertrauen, über Selbstbewusstsein und „Du wirst schon wissen, was du tust". Dadurch, dass beide Elternteile fast immer Vollzeit gearbeitet haben, die Kinder immer im Kindergarten, im Kinderhort waren, oder wenn nicht anders möglich, sich um sich selbst gekümmert haben, ist das nie so ausgeprägt gewesen wie in Westdeutschland oder in Österreich. Daher wurden Mädchen und Buben nicht unterschiedlich erzogen in diesem westlichen Sinn: Mädchen ist für die Hausarbeit zuständig und Bub bringt das Geld nach Hause."

Binnen-I, gendermäßiges Binnen-I bedeutet ...

„Ich glaub', das ist übertrieben .... Solange dieses „I" nicht wirklich gelebt wird, ist alles, was gelesen und nur so dahinsagt wird, nichts wert. Das ist das Entscheidende. Höchste Zeit, dass diese eingefahrenen Sachen „Wer hat welche Geschlechter-Rolle wo und bis wohin zu haben?" jetzt endlich einmal verschwinden, und Männer sich im häuslich familiären

Verteilerzentrum von sich aus mehr verpflichtet fühlen und nicht nur tun, weil ein Binnen-I sich das einbildet. Dieses „automatische" Bewusstsein steckt noch im Wickelpolster, ist aber am Ent-wickeln."

Quotenregelung für Frauen in Führungspositionen …

„Eine sehr traurige Maßnahme. Es ist einfach schlimm, dass Frau nur unter diesem Aspekt überhaupt gesucht und dann aus einer Kandidaten-Riege bewusst herausgepickt wird, damit eine Unternehmung seine plakative Quote herzeigen und damit punkten kann, um in einem statistischen Vergleich die Pinocchio-Nasenlänge weiter vorne zu rangieren. Dieser nasale Vorsprung „Wer hat welchen Frauenanteil, in welchen Positionen, wie alt ist die Quotenfrau?" macht aber nicht unbedingt attraktiv am Arbeitsmarkt und schon gar nicht anziehend für raffinierte Fachfrauen."

Frauen-Netzwerke …

„Funktionieren sehr gut, wenn nicht irgendwo ein kleiner Impuls von Konkurrenz reinschneit. Dann sind Frauen schlimmer als ein Mann sich vorstellen kann. Solange wir uns zuarbeiten, sind die Netzwerke perfekt, aber wenn es enger wird, weil Konkurrenz in der Luft liegt, fällt der Toleranzpegel unverzüglich auf null. Was tun in dieser unterkühlten Situation? Wegblenden und lachend zur Kenntnis nehmen, weil abhängig von den Astlängen, auf denen Frauen am Arbeitsplatz sitzen, sachliches Ausdiskutieren oft schwierig bis unmöglich ist. Netzwerk-Kommunikation ist eine Kosten-Nutzen-Rechnung, die im Grunde genommen nur eine kleine Entscheidung erfordert: Netzwerk oder Alleinstellungsmerkmal „Rivalin"?"

Frauen und Humor …

„Doch, doch. Wir sind vielleicht sogar humorvoller als Männer, weil wir nicht so straight & strikt sind und daher zwischen den Zeilen lesen können. Genau dort liegt nämlich viel Stoff für die aktive Beteiligung von Humor am Arbeitsprozess. Wir drei Frauen, aufgeteilt auf zwei Büros, zerkugeln uns jedes Mal, wenn ein sturer Bock einen vorprogrammierten Bock schießt und wir doppelte Arbeit damit haben. Dass für uns klar war, dass das schief geht, erzeugt genau diese Situationskomik, die es braucht, nervigen, vermeidbaren Mehraufwand lustig zu nehmen. Humor ein verankerter Wert in unserer Unternehmenskultur? Wenn unter Humor verstanden wird, dass bei Aussendungen vielleicht ein lustiges Bildchen dabei ist, dann ja, sonst schleicht Humor nur undercover durchs „geradlinige" Firmenhaus."

Frauenbewegungen und ihre Auswirkungen auf die Arbeitswelt der Frau …

„Auf jeden Fall werden wir Dank all dieser Bewegungen besser wahrgenommen und bekommen größere Auftrittsmöglichkeiten. Gleichzeitig werden wieder Vorurteile geschürt: „Die Weiber, mhm", und es ist verdammt schwierig, einen guten Mittelweg zu finden. Mein Plan wäre, mit mehr Humor und mehr Einbindung der Männerwelt diese Frauenbewegungen weiter in Bewegung zu halten und anhaltende wie neue Vorurteile geschickter, ohne Feminismus-Keule, aufzugreifen und ihnen die zerstörerische Kraft zu nehmen.

Diese Feministinnen … Das war so lustig, eigentlich traurig, dieses Jahr beim Frauenlauf. Jedes Jahr gibt es für alle Teilnehmerinnen ein T-Shirt, das jedes Jahr von jemand anderem designt wird. Dieses Jahr war es dunkelblau mit einem „Laufmaxl" drauf und jede Menge bunter Ketten verzierte den Halsausschnitt. Das glaubst du nicht, dass ein harmloses, kreatives Design einen derart riesigen weiblichen Shit-Storm in den Sozialen Medien und in der Presse hervorruft: „Diese Ketten, das ist zu feminin, Frauen werden derart degradiert mit diesen Schmuck-Dingern." Unmöglich, einfach unmöglich. Statt das noch dazu qualitativ hochwertige T-Shirt als Läuferin zu tragen, Solidarität zu bekunden und dieses Sportereignis zu genießen, sind außer unserer Gruppe die meisten beleidigt in ihren privaten Funktions-Leiberln ihrer Spitzenzeit nachgelaufen."

Hashtag me too …

„Me too, oh mein Gott, das war eine große Aktion! Ja, das kann eine schwierige Situation für Frauen sein, die völlig in Abhängigkeit von ihrem Job sind und nicht das Selbstbewusstsein haben mal auf die männlichen Langfinger zu klopfen und fertig. Das Thema wurde wiederum so hoch gespielt und übertrieben, dass ich selbst eine absurde Geschichte erlebt hab', als #metoo in Österreich gerade brandaktuell war. Es war Dezember und ich war in Salzburg auf einem Weihnachtsmarkt allein an einer Punschbude. Es hat geregnet und es kam ein Mann auf die Bude zu, um irgendwas zu essen, und dazu wollte er sich unter dem Mini-Dachvorsprung unterstellen. Natürlich hat er sich ganz eng zu mir stellen müssen, sonst wär' er nass geworden, und viel Platz unterm Dach gab's sowieso nicht. Der hat sofort das Wort ergriffen und aus einer Art schlechten männlichen Gewissens heraus gefragt: „Bitte, ich möchte Sie nicht anmachen, nicht belästigen, aber darf ich mich hierher stellen?" Da dacht' ich mir: „Der arme Mann, der weiß ja gar nicht mehr ob und wie er sich zu einer Frau stellen kann ohne gleich mit „me too" in Verbindung gebracht zu werden." Ich hab' mich noch furchtbar nett mit ihm unterhalten, aber in meinem Kopf schwirrte es unablässig: „Das hätte der vor einem Jahr nie so ausgedrückt, wenn er sich neben mich gestellt hätte!" Ich frage mich und andere Frauen: „Wie kommen wir drauf, wenn sich ein Mann neben uns stellt, dass wir belästigt werden auf einem Weihnachtsmarkt mit ´ner Bratwurst in der Hand?!" Wenn wir das Thema weiter so aufpushen, dann werden uns aus Angst sogar für ganz normale Konversationen die Männer ausgehen. Wen reden wir dann unter den Tisch? Die, die uns mit bösen Absichten unter den Tisch saufen?"

32 JEDER DARF EINEN VOGEL HABEN

Es war eine haarige Lebenssituation, als sie als jüngstes von vier Kindern einer braven und fleißigen Arbeiterfamilie eines Tages ihren Vater in den eigenen vier Wänden tot aufgefunden hat. Er hat Selbstmord begangen und sie war gerade einmal 13 Jahre alt. Krisenintervention mit psychologischer Betreuung war zur damaligen Zeit noch ein Fremdwort in Österreich und somit fiel dieser tragische Vorfall unter die Rubrik „Familienangelegenheit". Ja, sie hat dieses furchtbare, schlimme, für keinen von uns auch nur annähernd nachvollziehbare Erlebnis selbst in die Hand genommen und ist mit unreifen 15 Jahren

vom Weinviertel in die Bundeshauptstadt gezogen, weil sie sich zu Hause in keiner Ecke der Wohnung mehr wohl fühlen konnte. Gefreut hat sie absolut nichts mehr. Sie hatte keine Lust auf Lernen und null Bock auf Schule, obwohl sie immer eine sehr gute Schülerin war. Ihre autoritäre Mutter hat weder sie noch ihr Verhalten verstanden. Ja, sie war trotz Familie alleine. Dennoch hat sie es irgendwie geschafft, doch noch einen Pflichtschulabschluss in Händen zu halten. Die erste Lehrstelle, bei der sie sich drei Tage nach endgültigem Schulschluss vorgestellt hat, hat sie sofort bekommen. Es war eine Friseur-Lehrstelle. Ob das jetzt ein gedankter Job ist oder sein wird, darüber hat sie sich in dem Moment nicht einmal eine Sekunde lang auch nur einen einzigen Gedanken gemacht, sie musste einfach auf eigene Beine kommen, und sei es mit Haarwascherei und -schneiderei, für diese Chance war sie dankbar.

Ich blicke in ihre lustigen blauen Augen, in ihr lachendes Gesicht und bin fasziniert: weder die beinharte Schule des Lebens noch eine abgeschlossene Friseurlehre haben sie unzufrieden, aggressiv, verzweifelt, unglücklich, grantig, verbittert und schon gar nicht „scheiß drauf" werden lassen. Ganz im Gegenteil. Sie nennt einen netten, kleinen, gut gehenden Friseursalon in Niederösterreich, den sie vor 17 Jahren von ihrer damaligen Chefin mit Haut und Haar übernommen hat, ihr Eigentum und ihren ganzen Stolz. Und dass jeder in ihrem Team EINEN Vogel haben darf, spricht für ihre großherzige Toleranzpolitik, die sie zwischen Waschtischen, Friseurwagen und Regalen mit hochwertigen Festigungs-, Finish-, oder Pflegeprodukten von Dienstag bis Samstag oder

nach telefonischer Vereinbarung an den Tag legt. In ihrem Laden in Pension zu gehen, das würde sie sich wünschen und sie hofft, dass sie irgendjemandem ihr Geschäft weitergeben darf. Aber nicht, um daran zu verdienen und noch einmal am Ende ihres Berufslebens so richtig Kohle zu machen, sondern um aus ihrem ehrlichen Idealismus heraus, das, was sich ihre Ex-Chefin über viele Jahre aufgebaut, sie selbst übernommen und zusätzlich ausgebaut hat, zu erhalten.

Da heißt's einfach Daumen halten, dass sich zum richtigen Zeitpunkt auf dem Marktplatz „Nachfolgebörse" der WKO digital ein potentieller Käufer findet oder analog eine interessierte Nachfolgerin an die Salontüre klopft. Aber bis dahin ist Gott sei Dank noch Zeit genug, und ich habe genug Zeit, um mich genauer nach ihrer „Ein-Vogel-Strategie" zu erkundigen. Wie viele Mitarbeiter sind eigentlich davon betroffen? Sieben, zwei Lehrlinge und fünf Gesellen, und kein reines Frauen-Team. Sie lacht und in ihrem Lachen liegt Erleichterung. Sie freut sich, einen männlichen Lehrling, einen Flüchtling aus dem Iran zu beschäftigen, denn die Förderung von jungen Leuten, woher sie auch kommen, liegt ihr sehr am Herzen, und einen „zweiten Männer", ihren treuen, bereits pensionierten Herrenfriseur Franz, der ihr, wie sie bedauert, nur geringfügig beschäftigt zur Verfügung steht. Ihre Truppe ist seit vielen, vielen Jahren zusammengeschweißt, Stammpersonal sozusagen, und aus diesem Zusammengehörigkeitsgefühl heraus ein gutes Team, in dem ausschließlich die Jugend wechselt, weil Lehrlinge in ihrer beruflichen Sprunghaftigkeit kommen und gehen oder junge Gesellinnen Kinder kriegen. Ja, es ist fast wie Familie, wobei sie großen Wert als Chefin darauf legt, erforderliche Grenzen und Abgrenzungen innerhalb des Teams zu wahren, in dem sie selbst vorher Mitarbeiterin und Kollegin war.

Sie weiß, was sie an ihrem Team hat, und eines ist klar, ohne ihr Team ist auch sie „NIX". Die Angst der ersten paar Jahre

„Wenn ich nicht da bin, jössas na!!" ist verflogen und blind verlässt sie sich auf ihre „Vogel-Schar". Eine Kollegin raucht relativ viel, wird aber ohne Glimmstängel total nervös, eine andere kommt wie mit der Stoppuhr gemessen regelmäßig um fünf Minuten zu spät. Ein Vogel ist für jeden drinnen, für jeden weiteren Vogel im Oberstübchen hat sie Team-Gespräche parat, weil sie grundsätzlich sehr viel Wert auf Meinung legt, nicht nur auf ihre. Vier Augen sehen mehr als zwei, mehrere Ohren hören mehr als zwei, sie hört zu, überlegt und trifft eine Team-Entscheidung, für die sie schließlich die Endverantwortung trägt. Vogel hin oder her, die Mitarbeiter belohnen sie für diese tierisch spannende Art der Mitarbeiterführung mit der Einstellung, das Geschäft wie ihr eigenes zu betrachten und ihren Arbeitsplatz in diesem „Vogelkäfig" bewusst zu schätzen. Die „Ein-Vogel-Strategie" ist offensichtlich ein passendes Rezept für eine aus verschiedenen Typen und Sternzeichen zusammengewürfelte Arbeitsgemeinschaft, die sich im Endeffekt ideal ergänzt, auch wenn die Papagena außer Haus oder auf Urlaub ist.

Nicht der finanzielle Erfolg, nein, die Kunden geben ihr Recht. Die sind höchst zufrieden und trauen sich sogar darüber zu sprechen, sonst wüsste sie es ja nicht, und es ist ihr wirklich noch nie, sie klopft auf die Tischplatte, eine „haarige" Beschwerde zu Ohren gekommen.

Die typischen Eifersüchteleien untereinander von „Wieso kriegt die Kollegin jetzt die Haar g'macht und net i?" bis „Wieso darf die heut' früher heim geh'n?", das spielt's bei ihr nicht. Alle dürfen auf der einen Seite ihr spezifisches Vogerl haben, aber darüber hinaus werden alle gleich behandelt. Geht heute der heim, geht morgen der andere. So einfach ist das. Und was sich noch bezahlt macht, ist dieses Gemisch aus Frauen und Männern, das nicht nur die Stimmung untereinander auflockert, sondern die Kundschaft so erheitert, dass alle gerne wieder kommen. Ja, die Angestellten haben nicht nur ihren Vogel, sondern auch ihren besonderen Schmäh. So einfach ist es, Menschen glücklich zu machen, wenn eine Frau ihre unternehmerischen Möglichkeiten am langen Haarschopf packt.

Mit viel Gelassenheit geht sie mit dem Umstand um, dass es männliche Kunden gibt, die selbst am Telefon zwecks Terminvereinbarung keine Dame akzeptieren. „Die trauen uns nicht zu, dass wir lesen und schreiben können“, Tatsache, aber sie nimmt's mit Humor. Es ist okay, muss halt der Herr Franz ans Telefon geholt werden, damit der Termin „unter Männern“ ausgemacht und aufgeschrieben werden kann. Dauert unnötigerweise oft ein bisschen länger, denn der Herr Franz ist ja nicht jeden Tag im Geschäft. Nur nicht persönlich nehmen ist ihre Devise, gegen solche Menschen ist kein Kraut gewachsen. Das wichtigste ist doch, dass dieser seltsame Vogel von Mann zu ihnen ins Geschäft reinkommt und zufrieden wieder rausgeht. Ein Lächeln kostet nichts, nicht einmal diesem Herrn gegenüber, denn eines Tages kommt es doppelt zurück. Eine nachsichtige, freundliche Chefin zu haben, bringt nicht nur täglich frische Motivation ins Team, sondern nimmt auch die Angst vor den großen Ketten, die am Montag ihre Friseur-Türe offen haben.

Sie selbst bezeichnet sich als zeitlosen Typen, z.B. puncto Kleidung, und dieser Geschmack, diese persönliche Einstellung zu Trends und Moden widerspiegelt sich in ihrem, wie sie es nennt, zeitlosen Geschäft. Die Innenausstattung trägt ihre Handschrift, das ist vielleicht ihr Vogel, weil sie sich voll und ganz damit identifizieren will. Sie weiß, dass es „schönere“ Geschäfte gibt, aber Persönlichkeit bringt mehr in die Kassa als ein blendendes Umfeld von Hochglanz-Möbeln, davon ist sie überzeugt und witzelt darüber, dass jeder die Kunden bekommt, die er sich verdient.

Obwohl sie viel Geld damit verdienen könnte, bietet sie z.B. keine Haarverlängerungen an. Ihre Kundendatei ist und bleibt bezüglich dieser Wünsche leer. Sie ist aus vielen Gründen dagegen und würde für kein Geld der Welt diese Leistung anbieten und der Kundin zumuten, dass sie in fünf Jahren mit ziemlicher Sicherheit kein Haar mehr am Kopf hat. Sie ist eine Frau mit Prinzipien, die sie sich wohl überlegt im wahrsten Sinne des Wortes etwas kosten lässt, wenn sie an ihren Tagesumsatz denkt. Ist das nicht etwas Kostbares?

Sie scherzt unbeschwert über ihren Beruf, ja, das ist maturalose Händearbeit. Das Kundenspektrum in ihrem Salon erstreckt sich von der MA48 bis zum Akademiker oder Regierungsrat, und ich kann Ihnen versichern, liebe Leserin, lieber Leser, sie kann sich mit allen unterhalten. „Ein bissl Allgemeinwissen hat auch eine Friseurin oder ein Friseur", verrät sie mir mit nasalem Unterton und verschmitztem Grinsen.

Sie ist kein Friseur-Weltmeister, aber für mich eine Welt(lebens)meisterin und die viel gehörte Redewendung „Na a Friseurin halt!" bekommt spätestens jetzt hoffentlich eine respektvolle Wendung!

33 KREATUR – kreative Struktur

Eigentlich sollte sie an ihrer Masterarbeit, die sie in nur zwei Tagen abgeben muss, schreiben. Doch sie findet Zeit für ein Interview und schiebt mich zwischen Korrekturlesen und Quellentext-Recherche ein.

Sie ist ein Mädchen der Millennials, zu Deutsch der „Jahrtausender", aber ist sie auch ein Tausendsassa, ein vielseitig begabtes Mädchen? Die Millennials sollen ja auf alle Fälle grün wieder schick finden, von Arbeitszeitverringerung und einem erfüllten Leben träumen. Sie werden als technikaffin eingestuft und wachsen digital auf. Irgendwie sind sie die wenig politischen Vorreiter der Generation Z, deren politisches Engagement weit über unsere Grenzen hinaus bekannt ist und die in Greta Thunberg eine authentische Kämpferin für den Klimawandel gefunden hat.

Ob die Zuschreibung der Millennials auf sie zutrifft oder ob die Generationenbeschreibung in ihrem Fall konstruiert ist, werden wir in den nächsten 50 Minuten erfahren. Seien wir also vorsichtig mit Vorhersagen für eine Generation und einer Klassifikation „falsch" oder „richtig". Richtig, ich lege mich nicht fest, ob sie den Klischees der Millennials entspricht, ich will mir selbst ein Bild machen und freue mich auf das Gespräch mit meiner Jahrtausenderin.

Sie ist eine junge Frau aus gut bürgerlichem Hause, aus der Mitte unserer Gesellschaft und ich erlaube mir hier die Mitte nicht in Frage zu stellen. Sie maturierte, ging nach Wien und begann ihr erstes Studium, ein Jus-Studium, das sie nach nur einem Jahr wieder abbricht, um sich dem Lehramt zuzuwenden und Englisch und Spanisch zu studieren. „Jus war mir einfach zu trocken, zu einseitig, dieses Auswendiglernen von Paragraphen entsprach nicht meinem Naturell. Wissen Sie, ich bin gerne kreativ mit Struktur!"

Was für eine schöne Metapher. Viele Menschen glauben ja, dass man entweder die wilde Pippi Langstrumpf oder die langweilige Annika sein muss. Kann sie tatsächlich beide Charaktere in einer Person vereinen und genau in der richtigen Situation die passende Eigenschaft herausholen? Wie sie so vor mir sitzt, mit ihren Socken, dem zerzausten Haar und den bunten Klamotten, wirkt sie eher wie ein kreatives Genie ohne Struktur.

Das Lehramtsstudium bricht sie ebenfalls nach nur einem Jahr ab. „Es war sowieso nur eine Zwischenlösung, denn

Lehrerin wollte ich nie werden.“

Um sich nicht weiter kreativ durch den Studiendschungel schlagen zu müssen, kehrt sie zu ihrem in der Maturaklasse ausgeheckten Ursprungsgedanken zurück: „Warum nicht Kommunikationswissenschaften studieren? Medien aller Art sind aus unserem Leben nicht wegzudenken. Hier kann ich kreativ sein und, wenn ich die Struktur noch auf die Reihe bekomme, irgendwann meine Ideen auf die „Straße“ bringen.“

Mit viel kreativem Engagement, d.h. unvorbereitet, bewirbt sie sich an der Fachhochschule für Kommunikationswissenschaften, wo sie hoffte, über die Struktur einer Schule Halt zu finden. Die Schlupflöcher für Kreativität würden sich von selbst finden.

Doch dem Multiple-Choice-Aufnahmeverfahren konnte sie nur wenig Positives abgewinnen. Zu viel Struktur ohne die geringste Chance auf Kreativität. Sie scheiterte, richtete sich die Krone und begann mit dem Publizistik-Studium an der Universität Wien. Jetzt bereut sie diese Entscheidung keine Sekunde mehr. Was tragen schon standardisierte Computertests, in denen mathematische Reihenfolgen fortgeführt werden müssen, zur Qualitätssicherung bei der Rekrutierung bei?

Sie glaubt nicht, dass auf Basis eines Aufnahmetests die „Studierfähigkeit“ überprüft werden kann.

Und obwohl Stimmen aus ihrem Freundes- und Bekanntenkreis laut werden: „Was willst du denn mit diesem Studium später einmal machen?“, trotzt sie diesen Wortspenden mit: „Wird auf die Spezialisierung ankommen“, und verfolgt unbeeinflusst kreativ diesen Weg. Der kollektiven Diskreditierung von Menschen, die „irgendwas mit Medien machen“, hielt sie stand. Ob sie das Studium neben ihrem persönlichen Erkenntnisgewinn auch für den Berufsalltag wappnen wird, wagt sie nicht zu beantworten. Nicht nur sie, sondern auch ich bin gespannt auf ihr persönliches außeruniversitäres Berufsengagement.

„Praktika hatten wir ja einige zu absolvieren." Dass es schwer war, welche zu finden, kann sie nicht bestätigen. Sie hat auch nie lange gezögert. Sie hat jeden Strohhalm ergriffen, der sich ihr bot. Die Praktika-Strohhalme waren sehr unterschiedlich und fast ausschließlich schlecht bezahlt. „Das erste Praktikum in einem internationalen Konzern in Deutschland war echt nett. Ich war mit einer älteren Dame und einem homosexuellen Mann im Büro und es gab ein super freundliches Klima. Die haben sich gegenseitig unterstützt, jeder hat Wert auf die Meinung des anderen gelegt, und mich haben's miteinbezogen. Bei dem zweiten, einem sechsmonatigen Praktikum in einer Interessensvertretung in Österreich, war ich dann halt einfach da. Eines Morgens stand ich auf deren Gehaltsliste, nicht, dass die auf mich warteten, oder sich über mich freuten, ich war dann halt einfach da, oder ich war halt auch da und bekam Arbeiten, die keiner wollte. In diesem Unternehmen war die Fluktuation groß, doch der Nachschub ließ nicht lange auf sich warten. Es war egal, ob heute ich und morgen jemand anderer die Tür hereinkommt. Ich glaube es wäre ihnen nicht einmal aufgefallen. Die Arbeiten, die es zu verrichten galt, konnte jeder und wollte doch niemand im Haus machen.

Im dritten Praktikum in einer Werbeagentur waren wir zu fünft, vier Frauen und ein Mann als Chef. Das war eine sehr interessante persönliche Erfahrung, die mir zeigte, dass das Private einen großen Anteil am beruflichen Erfolg oder Misserfolg haben kann. Jede einzelne Frau hatte ihre Problemchen. Die eine lebte in Scheidung, die andere hatte zwei schwierige Kinder, die dritte war gefangen im organisatorischen Elternvertreter-Zirkel und die vierte, weiß ich jetzt nicht mehr. All diese verschiedenen Ansprüche an ihr privates Leben beherrschten das Grundklima und verursachten Stress, puren Stress. Es gab Tage, da konntest du es knistern hören. Zeitlicher Druck bei den Projekten ließen die Stimmung schnell kippen und Sachthemen wurden fast ausschließlich emotional diskutiert. Die Nerven lagen oft blank."

Eine spannende Zeit, die sie lehrte, dass sie Wert auf Selbständigkeit legen muss, Wert auf die Fähigkeit, sich wenn nötig nicht nur selbst zu organisieren, sondern auch zu verkaufen. Eine solide Portion Selbstbewusstsein an den Tag zu legen und die eigene Leistung ins rechte Licht zu rücken, war rückblickend betrachtet, der schwierigste Part.

Das Studium selbst machte ihr hingegen richtig viel Spaß. Diese drei Jahre Bachelor und zwei Jahre Master konnte sie sich auf allen Ebenen ausprobieren, da sie ein Elternhaus hatte, das hinter ihr stand. Das sie um die Welt jetten ließ, sie experimentieren ließ, ihren unbefangenen und flexiblen Umgang mit der digitalen Welt zwar nicht immer verstand, aber auch nicht verhinderte, und ihre Leidenschaft für Menschen, für Freunde und Netzwerke niemals unterband.

Sich nach ihrem „bolognesischen" Master, der ihr immerhin noch österreichische Magister-Würden einbrachte, auch noch den Doktor-Titel zu holen, kommt für sie nicht in Frage:

„Ich bin gefühlte Ewigkeiten auf der Schule und obwohl ich für den wissenschaftlichen Mehrwert des Studiums dankbar bin, muss auch irgendwann einmal Schluss sein. Nach alldem, was ich gesehen habe, könnte ich mir vorstellen, in einem gemeinnützigen Unternehmen zu arbeiten, dessen Kultur sich mit meiner Philosophie

„Karriere ist schön und gut, aber nicht alles" trifft, und wo auf Nachhaltigkeit besonderer Wert gelegt wird. Artenvielfalt soll eine Zukunft haben und nicht wegen uns Menschen verloren gehen."

Als semi-digitalem Menschen ist ihr wichtig, dass sie abschalten kann und sich niemals eine psychisch geartete Beeinträchtigung, die auf Arbeit zurückzuführen ist, holt.

Welchen Beruf hätten sich ihre Eltern für sie gewünscht? „Meine Eltern sind mit allem zufrieden, Hauptsache, ich bin glücklich. Obwohl sie jetzt schon mächtig stolz auf mich sind. Vor allem mein Papa, dem der Magister-Titel schon wichtig ist. Er will einfach angeben mit mir, ein klassischer Österreicher halt. Mich freut es immer, wenn ich Menschen eine Freude machen kann, wenn ich ihnen helfen kann. Meinem Papa ist halt mit dem akademischen Titel geholfen."

Ja, sie ist ein Millennial, liberal in ihrer Anschauung und auf der Suche nach einem Job, der Kreativität ermöglicht, Sinn stiftet, leicht von der Hand geht und gleichzeitig Sicherheit schenkt.

Verlangt sie Unmögliches? Das wird die Zukunft weisen. Sie will auf alle Fälle eine realistische Perspektive auf dauerhafte Beschäftigung, selbst nach der Geburt eines oder mehrerer Kinder.

Mit Sicherheit hat jede Generation ihre Stärken und Schwächen. Diese Generation hat auf alle Fälle mit ihr eine junge Frau hervorgebracht, deren Lebensmittelpunkt das Soziale ist und die sich trotz Kreativität nach Struktur sehnt.

34 KUMPEL SEIN IST SCHÖN

Sie ist Wienerin, bodenständig, geradlinig, offen und so gar nicht verspielt. Nach ihrem Lehrgangsabschluss für Datenverarbeitung und Management an der HTL in der Spengergasse im 5. Bezirk erhielt sie den verdienten Ingenieur-Titel. Der Spruch „Ein Inschinör hat´s schwör" traf auf sie nicht zu, auf ihren berühmt berüchtigten Klassenkollegen hingegen schon. Sie lächelt, wenn sie daran denkt, dass sie ganze zwei Jahre mit ihm die Schulbank drückte. Böse Zungen behaupten ja bis heute, dass er die Matura nur schaffte, weil er sich im Sekretariat mit Computer ein- und ausschalten wichtigmachte. Welchen Vorteil er daraus zog, oder welche besonderen Tricks er dabei anwendete, bleibt wohl für immer sein Geheimnis. Strafanzeigen wegen Betrugs und Falschaussagen bestimmten nach der HTL sein Leben.

1989 begann die junge Systemtechnikerin mit einer Leidenschaft für Computer ihren ersten Job in einem großen Versicherungskonzern. Diesem hält sie, obwohl sie oft innerhalb des Unternehmens wechselte, bis heute die Treue. Sehr bald schon wird sie ihr 30-jähriges Firmenjubiläum feiern können. Für junge Leute heute fast unvorstellbar, dass es arbeitende Menschen gibt, die ihr Leben lang für ein und dasselbe Unternehmen brennen, ohne jemals gelöscht zu werden.

Als Systemtechnikerin, noch dazu in den 80er Jahren, drang sie in eine Welt ein, die Männer dominierten. Zur Domina wurde sie trotzdem nicht. Denn sie hatte während der Schulzeit einen großartigen Professor, der ihr mit viel Engagement und Enthusiasmus ihre Berufswahl, wenn sie vorübergehend daran zweifelte, schmackhaft machte. Er bereitete sie geschickt darauf vor, dass der Weg ein steiniger werden wird und ihre Kompetenzen höchstwahrscheinlich nicht immer für selbstverständlich genommen werden. Da könnte es durchaus Kollegen geben, die versuchen werden, sie auf ihr „Frau sein" zu reduzieren. Doch diesen Versuchen soll sie standhalten und ihrem Talent Vertrauen schenken. Ihr berühmter Schulkollege hingegen wird im IT-Bereich nie Fuß fassen, dafür wird er mit der einen oder anderen Fußfessel belohnt werden für den einen oder anderen IT-fernen Taler in seiner Weste.

Die ersten Jahre war sie Programmiererin, dann Projektleiterin und schließlich Technikerin, die den Kollegen im Versicherungskonzern Computer zur Verfügung stellte und immer wieder neue Applikationen testete. Vor kurzem beschloss der Konzern ein Management-Buyout und sie ging mit und mit ihr sechs Frauen und 66 Männer.

Warum der Frauenanteil in der Informatik noch immer so gering ist, kann sie sich nicht erklären. Ich werfe trivial ein: „Vielleicht weil Computer irgendwann einmal die Herrschaft übernehmen werden und wir Frauen uns nicht mehr allem und schon gar nicht allen „Blechtrotteln" unterordnen wollen. Erinnern Sie sich noch an die Zeit, als in Kalifornien vor vielen Jahren das Land von einem Terminator T-800 regiert wurde, weil ein gewisser Arnie aufbrach, um die Welt zu erobern und schließlich in Kalifornien als Gouverneur hängen blieb? Das waren Zeiten. An der Spitze eines US-Bundesstaates stand ein schauspielernder digitaler Steirer. Vielleicht machen wir Frauen uns aber einfach nur zu viele Gedanken, weil wir fürchten, dass wenn wir den ganzen Tag alleine am Computer sitzen und so vor uns hin programmieren, unsere „gekünstelte" Intelligenz Schaden nehmen könnte."

Sie findet es nicht trivial, sondern schade, wenn Frauen MINT-Fächer von vornherein aus ihrer Berufswahl ausschließen. Übrigens **MINT-Fächer** sind keine Farben, sondern eine zusammenfassende Bezeichnung für Berufe aus den Bereichen **M**athematik, **I**nformatik, **N**aturwissenschaft und **T**echnik. Ein kleines Detail am Rande.

Welche Eigenschaften braucht es für IT-Jobs? „Interesse,

Bodenständigkeit und ewige Lernbereitschaft. Es braucht kein „Klimper, Klimper", sondern eine „Anpackmentalität", eine Frau, die sich für nichts zu gut ist und mitanpacken kann. Nur reden und nichts machen, zählt in unserem Bereich nicht." Darüber hinaus staune ich nicht schlecht, dass Humor und Kommunikationsbereitschaft ihren Bereich dominieren und die reine IT-Technik nur rund 30 % ihrer Zeit in Anspruch nimmt.

„Mein Beruf ist kein einsamer. Ich bin in ständigem Kontakt mit Menschen und mit Sicherheit kein NERD, auch kein Freak. Meine Aufgabe ist es, Problemstellungen und Bedürfnisse aus Usern heraus zu kitzeln und dazu gehört weibliches Fingerspitzengefühl, Einfühlungsvermögen, Kommunikation, eine Prise Humor und Gelassenheit."

Ihr Chef meinte sogar lapidar: „Ich bin froh, dich in meinem Team zu haben, du und deine Kollegin, ihr nehmt die Spannung aus unserem Team und bringt frische neue Blickwinkel in die wöchentlichen Diskussionen." Es ist diese „Kumpel-Stimmung" in ihrem Team, die sie schätzt und die sie nicht missen möchte. Die kann sich nur in einer Kultur des Kompromisses, der Anerkennung und des gegenseitigen „leben lassen" entwickeln. Auf die Frauen in ihrem Team können sich die Kollegen und der Chef verlassen. Nur bei Cloud-Diensten schwächelt sie persönlich: „Da bin ich dann einfach mal blond und verlange nach kollegialer Hilfe. Ich habe kein Problem zu sagen: „Du musst mir das schon zweimal erklären, du weißt doch ich bin blond.""

Früher, vor dem Management-Buyout, hat sie auch andere Zeiten erlebt. Da hat sie Zicken-Kriege ausgefochten, den „Phönix"-Absturz begleitet, ohne selbst abzustürzen, und Jahre nach dem Sturzflug eine schlechte Mitarbeiter-Beurteilung ihrer Chefin erfolgreich abgewehrt.

Sie erinnert sich noch genau, als die Versicherung ein neues Lebensversicherungs-Modell auf den Markt bringen wollte und sie als Projektleiterin mit „Phönix" abstürzte. „„„Phönix verbrannt“ war die überraschende Schlagzeile einer Tageszeitung. Obwohl wir Tag und Nacht an diesem System arbeiteten, bekamen wir die Probleme einfach nicht in den Griff. Unsere internen Nachrichten schwankten zwischen dem Hoch „Phönix fliegt doch“ und dem Tief „Phönix endgültig abgestürzt“.“ Ein wirklich schwarzer Tag für sie und ihr Team. So muss Phönix ausgesehen haben, als er aus der Asche stieg.

Anschließend kam der nächste Tiefpunkt.

Es gab Umstrukturierungen und ihr Typ war plötzlich bei SAP gefragt. Dort hatte sie eine Freundin, die einige Monate später ihre Chefin wurde. Mit der Freundin fuhr sie sogar gemeinsam auf Urlaub. Mit der Freundin als aufgestiegene Chefin war das gemeinsame Urlaubsvergnügen über Nacht vorbei. Ihre Freundin war klein, nur 1,50 m groß und sie „wuchs", indem sie auftrat wie Napoleon: „Was soll das heißen – die Umstände? Ich bestimme, welche Umstände herrschen."

Binnen drei Jahren verabschiedete sich fast die gesamte Mannschaft, teilweise freiwillig, teilweise nicht freiwillig. Auch sie gab nach sieben Jahren auf und bat um ihre Versetzung in eine andere Abteilung. Als es dann endlich soweit war, war ihre Chefin verärgert, d.h. Napoleon beleidigt. Schließlich hatte nicht sie zu gehen, sondern ihre Chefin zu entscheiden, wann sie zu gehen hat. Ihre Verärgerung dokumentierte sie in einer schriftlichen Mitarbeiter-Bewertung, die meine Interviewpartnerin erst nach Abänderung einzelner Passagen und nach Rücksprache mit dem Betriebsrat Wochen später unterschrieb.

Wieso verändern sich Menschen mit Karriere so oft ins Negative? Fehlt die natürliche Kontrolle? Bräuchten diese „Napoleons" jemanden wie Till Eulenspiegel in ihrem unmittelbaren Umfeld, der ungestraft unangemessene Charakterzüge beim Namen nennen darf?

Heute ist das alles längst vergessen und ganz anders. Sie sind sechs Frauen und 66 Männer und selbst als kürzlich eine befristet „geliehene", sehr schöne junge Frau neu zu ihnen ins Team kam, hat sich für die „Kumpel-Gemeinschaft" nichts verändert. „Na ja, vielleicht gab es für kurze Zeit eine kleine Irritation. Als unsere Männer ihre Testosteronspiegel nach oben fuhren und freundlich zuvorkommend die junge Kollegin beschatteten und wir Frauen argwöhnisch das Schauspiel betrachteten und kurz von der Rolle waren.

Doch das Schauspiel war spätestens dann vorüber als wir gemeinsam mit einem neuen Auftrag durchstarteten. Es zählten weder „Klimper, Klimper" noch lange Beine, was zählte war der Beitrag jedes Einzelnen an diesem Projekt und das Schöne dabei: die junge Kollegin konnte endlich ihr Fachwissen unter Beweis stellen. Der Bann war gebrochen und sie wurde Teil unserer „Kumpel-Gemeinschaft"."

Selbst wenn der Frauenanteil in ihrem Unternehmen erst knapp bei 10 % liegt, blickt sie mit Gelassenheit und Zuversicht in die digitale Zukunft. Digitale Vorläufer sind ja längst gelandet. Die Abhängigkeit wird wachsen und diese Abhängigkeit wird Menschen verändern. Sie wird aber gleichzeitig Frauen Chancen in neuen Berufsbildern zeigen, wo die Zusammenarbeit verschiedener sonst antagonistischer Kräfte gefördert wird. Ein Kumpel-Leben ohne dabei tief hinunter in eine Mine zu müssen!

35 „Laute" Frau am Bau

Das Interview findet nicht auf einer Baustelle statt. Sie steht auf keinem Gerüst, auf keiner Leiter und trägt weder Sicherheitsschuhe noch einen Arbeitshelm. Wir sitzen in einer Altbauwohnung, in der eine Werbeagentur logiert, die 1999 von drei jungen Studienkolleginnen gegründet wurde. Information am Rande: dieses mehrfach national und international ausgezeichnete Team durfte heuer zum dritten Mal das Plakat des Wiener Opernballs gestalten. Kein Baustellenstaub, kein Baustellengeruch weit und breit, nur Baustellenlärm am Gang des von Ludwig Baumann, 1884 bis 1894 Chefarchitekt für Krupp im Niederösterreichischen Berndorf,

1896/1897 errichteten Hauses. Während ich um die Qualität der Tonaufnahme fürchte, scheint die 33-jährige Steirerin nur mich und meine Fragen zu hören.

Sie ist Baustellenlärm gewohnt, denn sie hat den Grundstein ihrer beruflichen Laufbahn auf einer HTL für Bautechnik gelegt. Ruhig war es, und war sie, nur im Architekturbüro, für das sie im Anschluss an die Schule zwei Jahre als technische Zeichnerin gearbeitet hat. Auf der Baustelle war es laut und ist sie vehement laut aufgetreten. Das Vehemente kam wie von selbst. Dafür haben die vielen Cousins in ihrer Großfamilie gesorgt, mit denen sie ständig zusammen war. Durchsetzungsvermögen seit Kindesbeinen, die er-bauliche Grundvoraussetzung, um sich als Frau nicht in der Mischmaschine am Bauplatz verstecken zu müssen.

Sehr gut in Erinnerung geblieben ist ihr dennoch einer ihrer ersten Auftritte draußen auf der Baustelle. Sie sollte irgendein Maß nachkontrollieren. Ein Bauarbeiter gab ihr den entscheidenden Hinweis: „Sie müssen da rauf auf die Leiter.“ Mit der Ungestümheit einer 22-Jährigen hat sie ihr Messvorhaben in Angriff genommen: „Ja, ja, das geht schon, passt schon, kein Problem.“ Sie kam nicht einmal auf die erste Sprosse, da hat der Bauarbeiter schon wild gestikuliert: „Nein, nein, ich helf' Ihnen schon.“ Da hat sie laut und deutlich darauf hingewiesen: „Ist okay, ich kann auf eine Leiter selber raufklettern.“ Sie war belustigt über diese Hilfestellung und er beruhigt, die Leiter halten zu dürfen. Wie sie aus luftiger Höhe wieder am Boden der Baustelle und der Realität angekommen war, konnte sie sich das Gefühl

„Halloooo, ich mein' Entschuldigung, nur weil ich eine Frau bin, kann ich doch selber auf eine Leiter klettern!“

nicht verkneifen. Wie wär's einem jungen Bautechniker oder Architekten an ihrer Stelle ergangen? Können Männer wirklich besser und sicherer auf Leitern kraxeln als Frauen?

Heute steht sie zusammen mit ihrem Freund nur mehr auf ihrer privaten Baustelle. Nach acht langen Jahren holt sie das Baustellenthema beim eigenen Hausbau wieder ein. 2011 war der Zeitpunkt, als sie nach Wien in die eingangs erwähnte Werbeagentur als Grafik-Designerin übersiedelt ist. Zuvor hat sie noch fleißig drei Jahre beim Studium für Informationsdesign in Graz mitgemischt und ihren Bachelor einbetoniert.

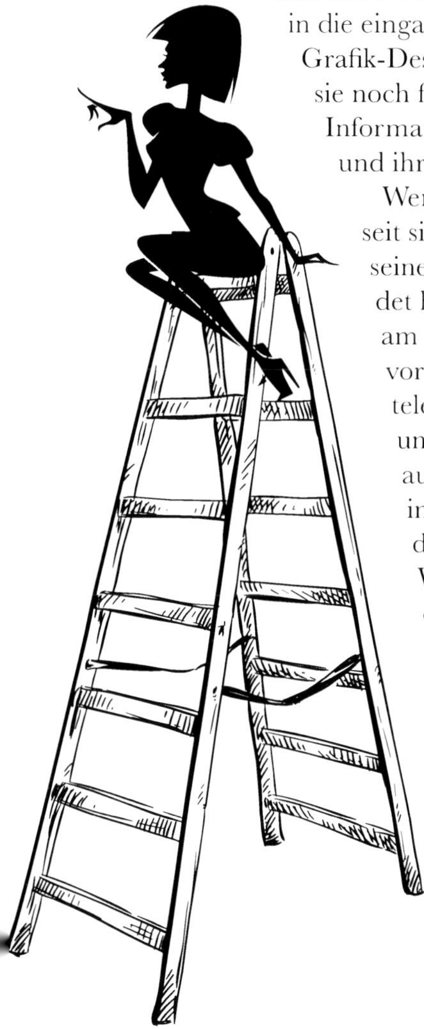

Wenig hat sich in den vielen Jahren, seit sie sich vom Architekturbüro und seinen Kunden-Baustellen verabschiedet hat, an der Einstellung zu „Frau am Bau" geändert. Sie holt Kostenvoranschläge ein, verhandelt alles, telefoniert mit dem Handwerker und macht mit ihm einen Termin aus. Dann stehen alle gemeinsam im Rohbau. Ansprechpartner für den Handwerker zwischen Estrich, Wärmedämmung, Geschossdecken und Zwischenwänden ist, Gretchenfrage? Genau. Manchmal lauter, manchmal leiser wirft sie dann ein: „Auch ICH verstehe, was Sie meinen. Tatsächlich hab' ich die HTL für Hochbau." Diese verbalen Querschüsschen helfen nur einen kurzen Aha-Moment lang gegen so manchen Querbalken im Dachstüberl von beauftragtem Baustellenpersonal. Keine tragende Mauer, sondern eine tragende Rolle spielt in diesem Baustellen-Geplänkel ihr Freund. Er will weder die Bauarbeiter verärgern noch seine „Frau“ vergrämen, daher hat er seinen eigenen freundlich diplomatischen Bauplan entwickelt: „Lieber Mann, das müssen Sie mit ihr besprechen, das haben Sie mit ihr so ausgemacht.“

Was auf der Baustelle nach wie vor „a schware Partie“ für Frauen im Bauvorhaben zusammen mit Männern ist, ist in der Werbeagentur eine Leichtbauweise in der Zusammenarbeit mit Männern, die nur im Kundenkreis zu finden sind. Sie entschuldigt sich lachend bei mir: „Ich find‘ Männer als Kunden unkomplizierter!“ Bei mir braucht sie sich nicht entschuldigen. „Daran müssen wir Frauen in Zukunft arbeiten“, werfe ich zurücklachend ein. Bevor ich beleidigt oder persönlich betroffen bin, interessiert mich doch viel mehr das „Wieso?“, obwohl ich eine leise Vorahnung habe, was an uns Frauen als Kundin kompliziert sein könnte.

Produktkataloge, Plakate, Imagekampagne, Logo, Marken-Relaunch, Webdesign, Verpackungs-Design, Buchgestaltung oder Hochzeitsdrucksorten, was auch immer das Kunden-Herz begehrt, Frau Kundin macht sich vorab schon sehr, sehr viele Gedanken. In ihrem Kopf ist schon so viel mehr drinnen als beim Auftragnehmer, der noch keine Ahnung vom Auftrag hat. Frau Kundin weiß nämlich, noch bevor sie die Agentur überhaupt betreten hat, ganz genau was sie will. Sie ist geradezu eingeschossen auf das, was ihr im Kopf herumschwirrt. Der Auftragnehmer, die Agentur weiß noch immer nicht, was sie für Frau Kundin gestalten darf. Wenn dann das Gewünschte ans Agentur-Tageslicht, sozusagen vom Tiefbau der Kundin in den Hochbau der Expertinnen kommt, ist es hin und wieder schwierig, die festgefahrenen Erwartungen von Frau Kundin aufzuweichen, um Raum und Platz für kreative Angebote freizulegen.

Wie sieht ihr Lieblingskunde aus? Ja, der darf seine eigene Meinung haben, natürlich, aber dann darf er gleich darauf vertrauen, dass sie in ihrem Bereich der Profi ist und sie und das Team wissen, was sie verkaufen können und was gut für den Kunden ist. Ihren Lieblingskunden verpackt und designt sie in ein buntes Wollknäuel, das respektvollen Umgang miteinander und gegenseitiges Lernen voneinander symbolisiert. Bei einem Wollknäuel kann in ihrer Vorstellung vieles passieren, da kann viel Positives daraus entstehen: z.B. aus einer „Null-CI" eine super Corporate Identity, ein Logo, ein Buch. Unlösbare Knoten kommen in ihrem Wollknäuel nicht vor.

So selbstbewusst wie sie damals auf die Leiter gestiegen ist, so selbstbewusst steigt sie in die Kundenaufträge ein, selbst wenn diese einer Baustelle gleichen oder der Faden im Knäuel verwirrt ist. Bedenken abbauen, Vertrauen aufbauen, Lösungen zusammenbauen, ich sehe vor mir einen strickenden Bauprofi, der es liebt Neues auszuprobieren, Neues zu erfinden, Neues zu erarbeiten und sich immer wieder neu auf Kunden einzulassen. Alles ist immer in Bewegung und im Fortschritt.

Sie geniert sich nicht für ihr eher „lautes" Auftreten. Ihre Grundeinstellung ist: „Ich trau' mich zu sagen, was ich mir denk'." Sie nimmt es lachend zur Kenntnis, dass ihre Art in ihrer Umgebung manchmal als „ein bissi forsch" ankommt. Auf der anderen Seite schätzen Freunde und Kolleginnen ihre Ehrlichkeit, die sie auf der Zunge trägt. Das „Laute" ist zeitweise nervig, das streitet sie nicht ab, aber die Menschen rund um sie herum freuen sich Gespräche mit ihr führen zu können, die anders ausgehen, weil mit ihr Klartext und nicht um den heißen Brei geredet wird.

Ich kenne mich aus. Ich höre den lauten Baulärm vom Stiegenhaus schon lange nicht mehr, denn ich habe der „lauten" jungen Frau und ihrem Lebenslauf aufmerksam zugehört. Beide erbauend und bunt!

36 LIEBESGRÜSSE AUS MOSKAU

… flatterten 1963 auf die Kinoleinwände. Da war sie noch nicht einmal auf der Welt. Fünf Jahre später begrüßte sie das Licht von Moskau, ohne jemals eine Liebe zur Sowjetunion zu entwickeln. Sie ist in einer intellektuellen Schicht in einer „eigenen" Wohnung in der Nähe des Roten Platzes im Zentrum der historischen Moskauer Altstadt aufgewachsen. Ein Privileg im Vergleich zu den Kindern, die in „komunál'nye kvartíry", den typischen Gemeinschaftswohnungen, in denen mehrere Familien zusammenlebten, groß geworden sind. 1980 waren das immerhin noch 80 % der Städter im riesigen Sowjet-Imperium. Mit fünfzehn Jahren emigrierte sie mit ihrer Mutter nach Wien. Der Vater wurde nicht von James Bond ausgeschaltet, nein, er wurde geschieden und blieb bis zu seinem Tode 2018 russischer Filmautor in Moskau.

Das sind filmreife Szenen einer Kindheit und Jugend. In Wien wird die Vienna Business School Zentrum ihrer schulisch-intellektuellen Ansprüche. Tatiana Romanova hat im James-Bond-Klassiker vorgetäuscht, in den Westen überlaufen zu wollen. Meine „Tatiana" ist gekommen, um im „Westen" zu bleiben. Sie studierte, sie arbeitete, sie heiratete, sie bekam zwei Kinder, sie arbeitete, sie studierte und sie arbeitet noch immer. Ihr Leben stand bis heute nie still. Und in ihrem öffentlich zugänglichen „Bloomberg Executive Profile" steht geschrieben:

„Tatiana" has been Director of Byblos Bank Armenia CJSC since 2001. „Tatiana" also serves as Director of Makarios Holdings GmbH Payment. She studied at University Munich from 1988 to 1989, University Wien from 1989 to 1992 and Open University Business School from 1997 to 2001.

Bloomberg, der Gründer dieser Finanznachrichten-

agentur, wurde 2001 zum Bürgermeister von New York City gewählt, „Tatiana“ in Top-Positionen des internationalen Investment-Business.

Wäre sie James Bond, würde sie auf der Stelle ausspionieren, woher die fehlende Kooperationsbereitschaft von Frauen in Führungspositionen kommt und wie diese beseitigt werden kann. Ab irgendwo in den oberen Sphären der Geschäftswelt ist Frau plötzlich alleine, einsam und fühlt sich angegriffen. Angegriffen vom Feind namens „Frau“. Anstatt die spärlichen ähnlichen Positionen miteinander wie ein Agenten-Netzwerk zu verknüpfen, kapselt sich jede ab und verteidigt ihre Position.

Sehr oft ist sie als Projektmanager für Finanzierungsprojekte, klingt fast wie ein Deckname, umringt von einer illustren Geschäftsmännerrunde einer Entscheidungsträgerin aus der Banken- oder Anwaltswelt gegenüber gesessen. Verhandlungen auf Augenhöhe, meinen Sie? Nein, sie spürte die Konkurrenz, die in der dicken Verhandlungsluft lag. Wer von den beiden Frauen schneidet besser ab, wer ist die Stärkere, wer ist intelligenter, wer ist härter, welche von den beiden Powerfrauen ist „powerfuller“? „Tatiana“ findet dieses Phänomen, dieses „Phantom“ zwischen Frauen, nicht nur nicht nötig, sondern eher traurig.

Wozu sich ständig verteidigen müssen? Vor wem eigentlich? Vor einem unsichtbaren Angreifer, oder der einsamen Frau vis-à-vis? Woher also dieses Konkurrenzverhältnis in einer

Situation, in der eine „Spionin“ der anderen auf gleicher Höhe balancierend direkt in die Augen blickt, ohne Lizenz zum „Sessel ansägen“. Jede hat ihre Position, ihren stabilen Sitz und ihre gleich-gewichtige Stimme.

„Tatiana“ hat eine unbestätigte Erklärung: „Wir sind noch nicht so viele dort.“ „Dort“ bleibt ein geheimer Ort. Es werden wohl noch ein paar James Bond-Filme gedreht werden, und es wird „ein Quantum Trost“ benötigen, bis ein paar Frauen mehr im „Casino Royale“ des internationalen Business ihr Konkurrenz-Verhalten wie ihre männlichen Pendants geschickt mit Partnerschafts-Verhalten verdecken. Wäre damit nicht viel mehr an Menschlichkeit zu verdienen, und nicht nur viel Geld?

Wenn sich immer mehr Frauen nicht undercover, sondern gut sichtbar in brisante wie prickelnde Jobs vorwagten, wäre die zweite Fliege mit einem Schlag das Ende der gegenwärtigen „Fremdkörper“-Atmosphäre, in der die polierten Maßschuhe zwar nicht mit dem „Goldfinger“ zeigen, aber ein fremdelndes „Goldeneye“ auf die glänzenden Stöckelschuhe werfen. Willkommen geheißen zu werden sieht anders aus! Selbst wenn alle Schuhe meist unter massiven Konferenztischen in den Untergrund verschwinden.

Bei ihren Geschäftsterminen in Russland war es vor 20 Jahren überhaupt nicht üblich, sie mit einem Handshake zu begrüßen. In der Politik hatte längst Tauwetter eingesetzt, in der Wirtschaft schreckten russische Männer teilweise zurück, wenn sie den Verhandlungsraum betrat und ihre Hand zum Gruß ausstreckte. Eine komische Situation nicht nur für den Stöckelschuh, auf dem sie genauso sicher steht wie sie auf westliche Kultur steht.

Ja, „Tatiana“ trägt im Business ausschließlich Stöckelschuhe. Wie wirksam ist so ein Stöckelschuh? Schließlich macht er optisch größer, lässt kleine Frauen hoch hinaus und so manch andere Frau unter sich verschwinden. Sie nickt mir zu. Aber, hört, hört, er ist nicht annähernd so wirksam wie Humor. Der geht ihr unendlich ab. Das, was auf der einen weiblichen Seite zu viel an Konkurrenz-Gehabe ausgestrahlt wird, wird auf der anderen weiblichen Seite zu wenig an Humor verbreitet. Der fehlt absolut in den hohen Positionen, die nichts mit der Absatzhöhe zu tun haben. Aber was tun als einsame Frau? Und wenn wir Frauen mehr werden sollten und weiterhin nichts miteinander „tun", dann können wir gleich alleine bleiben und uns weiterhin gegenseitig humorlos auf die Stöckelschuhe steigen.

Apropos Humor. Westliche Firmen in Russland bräuchten meines Erachtens schon längst einen „Stöckelschuh-Beauftragten". „Tatiana" verrät mir, dass alle, wirklich alle russischen Mitarbeiterinnen in allen, auch westlichen Firmen in Russland mit hohen Schuhen herumlaufen. Die, die es auf hochhackigen Schuhen nicht ins Büro schaffen, bringen sie im Sackerl mit und ziehen sich tagtäglich um. Die Anzahl an hohen Schuhen in ihrer Ex-Heimat tut ihr fast weh. Nicht wegen der tausenden Wadenverkürzungen. Nein, wegen der großen Auswahl und Vielfalt! Trägt sie doch selbst seit ihrem 15. Lebensjahr hohe Schuhe. Aus physiologischen Gründen, wie sie beteuert.

Humor hat sie. Und ich kann mir gut vorstellen, dass gerade der Humor ihr in den Jahren ihres einsamen, harten und trügerischen Berufslebens, dort wo die Luft für Frauen extrem dünn wird, der einzig verlässliche Begleiter war. Woran würden Sie sich klammern, wenn Sie Geschäftsführerin sind und sich plötzlich vor dem Hintergrund russischer Oligarchen zwei Ihrer Gesellschafter über Jahre hinweg eine erbitterte Auseinandersetzung um ihre Anteile liefern? So hoch kann ein Stöckelschuh gar nicht sein, und so lieb können Grüße aus Moskau gar nicht ausfallen, als dass eine Taxierung der Firmenbeteiligungen auf nebulöse 200 Millionen Euro eine Frau darüber hinweg sehen und gut schlafen lässt.

Dieser Rechtsstreit wurde in Österreich ausgefochten. Bei einer in Wien stattfindenden Generalversammlung hatte die dorthin beorderte Rechtsanwältin einer der beiden Streitparteien das Nachsehen. Die Mehrheitsgesellschafter haben sie ausgeschlossen. Ihren Mandanten hat sie daraufhin vom eiskalten Stiegenhaus aus stundenlang per SMS beraten. Profil-Redakteure meinten dazu: „Immerhin trug sie dabei Pelz.“ Und wahrscheinlich wenig wärmende Stöckelschuhe wie das Bond-Girl Tatiana Romanova.

Die „Tatiana“, die mir gegenüber sitzt, arbeitet seit einiger Zeit ruhig, barfuß, zu 90 % von zu Hause aus in der Versicherungsbranche. Sie hat die „Liebesgrüße aus Moskau“ eingetauscht gegen „Und täglich grüßt das Murmeltier“.

37 MANCHMAL STEHT DAS WASSER BIS ZUM HALS

Eingebrockt hat ihr unseren Interviewtermin ihre beste Freundin. Die beiden Frauen begegnen sich mittlerweile seit über 27 Jahren hier in Dürnkrut. In diesen beschaulichen Ort, der durch die historische Schlacht 1278 zwischen dem Böhmenkönig Ottokar und dem Habsburger Rudolf I. Geschichte geschrieben hat, haben die zwei gebürtigen Zistersdorferinnen geheiratet und leiten hier seit über 20 Jahren als Gründerinnen das gemeinsame Projekt „Frauentankstelle“. Drei wertvolle stabile Verbindungen unter zwei Frauen, ohne jemals eine berechnende Seilschaft gewesen zu sein, in einem Leben, das alles andere als stabil gewesen ist. Ein Schlachtfeld ohne Waffen, vor dem auch ein Jahrhunderthochwasser nicht Halt machte.

Nachdem sie in ihrem Leben schon einiges hinter sich hat, ist sie vorerst einmal sehr gespannt, was sie mir alles von ihrem Leben erzählen darf. Es ist zum wiederholten Male, dass sie vor ein Mikrofon, in ein Buch oder auf die Verpackung von Wiener Kristallzucker geholt wird. Aber das ist nicht das, was sie jetzt, im Augenblick unseres soeben gestarteten Gesprächs, unter freiem Dürnkruter Himmel stark erscheinen lässt.

In ihrer Selbstwahrnehmung war sie immer ein sehr grober Stein, der erst durch Schicksalsschläge geschliffen und kleiner geworden ist. Der große grobe Stein hat in eine Landwirtschaft eingeheiratet, die sich in Form einer dominanten Schwiegermutter auf eine reiche Landwirtstochter gefreut hätte. Aber der Sohn des Hauses ist seinen Gefühlen gefolgt, und hat aus Liebe die Frau geheiratet, die weder standesgemäße, amtliche Großbäuerin war noch einen Traktorführerschein besaß. So etwas braucht eine Frau ein Lebtag nicht! Ohne Traktorführerschein, ohne jegliches landwirtschaftliches Wissen, ohne einen Quadratmeter Grundbesitz, dafür mit Ehering gesegnet, saß die blutjunge Frau wohl beäugt im Hause der Schwiegermutter. Auf dem Areal einer riesigen aufgelassenen Zuckerfabrik, das ihr frisch gebackener Ehemann gekauft hatte, war das zukünftige Zuhause der Eheleute noch eine unüberschaubare Baustelle. Ihr Mann hatte neben dem Wunsch, endlich den strengen Blicken seiner Frau Mama zu entkommen, seinen eigenen visionären Blick in die Zukunft, und der schielte Richtung EU-Landwirtschaft. Dafür mussten auf dem ehemaligen Fabrikgelände einige Gebäude weggerissen, andere renoviert und umgebaut werden. Dass sie in dieser arbeitsintensiven Aufbauphase mit 20 Jahren ihren ersten Sohn geboren hat, dem in 2-Jahres-Abständen noch zwei Brüder folgen sollten, bleibt ein untergeordneter Nebensatz. Eine aufgeplusterte Nebenrolle spielte hingegen weiterhin die liebe Schwiegermutter, die nun auch noch dazu Großmutter geworden ist. Jeden Tag kochen, fremde Leute, die in der Landwirtschaft helfen, bedienen, Großbaustelle betreuen, unbeeindruckt überlässt sie der ungeliebten Schwiegertochter das Arbeits-Terrain. Aber es hilft die geliebte eigene Mutter, die allzu früh mit 48 Jahren an Eierstockkrebs erkrankt und zwei Jahre später tot ist. Ein schwieriger Einschnitt, mit 30 Jahren die helfenden Mutterhände zu verlieren, oder schlimmer noch, das Gefühl zu haben, sie sind einem genommen worden. Auch wenn sie als dreifache Jung-Mutti emotional selbst heftig durcheinander gerüttelt wurde, ihre Ehegemeinschaft hat sich durch dieses traurige Ereignis zusammengerüttelt. Sie ist noch stärker geworden, stärker gegen Schicksal und Schwiegermutter.

Zusammengeschweißt haben sie und ihr Mann dem üblichen Bauern-Jammern „zu viel Regen, zu wenig Niederschlag, geringe Ernte, schlechtes Wachstum" getrotzt, ist die Vermarktung der eigenen Produkte und Dienstleistungen doch schon schwer genug. Ohne Fleiß kein Preis, sie freuten sich nicht nur über ihr eigenes Wohnhaus, ihr landwirtschaftlicher Betrieb mauserte sich auch ohne Schwiegermutter. Bis das Wasser kam. Ein gewaltiges Hochwasser, das den Marchdamm zum Bersten brachte und bis heute nicht aus den Köpfen der Dürnkruter verschwunden ist. 2006 nach extremem Dauerregen hatte sie gerade mal zwei Stunden Zeit, um mit dem allernötigsten Sack und Pack, den drei Kindern, mittlerweile 10, 12 und 14, den Hof und alles, was sie mühevoll aufgebaut hatten, zu verlassen. Wohin mit den ganzen Maschinen? Ja, sie sind Maschinenstützpunkt für Landwirte geworden, da stand erheblicher materieller Wert vor dem Ertrinken. Wird die große Siloanlage auch absaufen? Wollen Sie wissen, wie die Naturkatastrophe ausgegangen ist?

Das Wohnhaus musste abgerissen werden, sie und ihre Familie mussten wieder zurück ins Haus der Schwiegermutter. Herzlich willkommen stand nicht an der Eingangstüre. Am Tag nach der Flucht vor den Wassermassen, die ihr Lebenswerk verschlungen hatten, hat ein Kunde angerufen und gefragt, wo die Kehrmaschine bleibt! Die schwimmt gerade zwischen Dürnkrut und Marchegg. Ja, für andere geht das Leben einfach weiter. Hochwasser ist ja nicht Krieg, wo meist alle betroffen sind und sich betroffen verhalten, wenn sie nicht tödlich getroffen wurden. Sie ist nun wieder in der Küche der autoritären Schwiegermutter gestanden, hat nicht einmal einen Schneebesen besessen, und konnte lediglich ihren Laptop mit der Buchhaltung, zwei Ordner und eine Dokumentenmappe ihr Eigentum nennen. Das, was ihre Familie noch besaß, war das im Grundbuch eingetragene Überschwemmungsgebiet, auf dem die Bagger auffuhren und geschliffen haben, was nicht mehr zu retten war. Alle maschinellen Anlagen waren ohne Strom, dafür voll von Schlamm. Messer und Gabel, Schrauben und Werkzeug, alles, wirklich alles war von einer öligen braunen Masse überzogen.

Mir rinnt bei dieser Schilderung die Gänsehaut über den Rücken, aber nicht wegen der spürbar kühlen Feuchtigkeit, sondern wegen dieses NICHTS, vor dem ich diese Frau stehen sehe. Ein Fels in der Brandung der reißenden March. Doch nicht schlecht, was Steiniges im Gemüt zu haben. Sie lacht mich herzlich an, seit dieser Katastrophe ist sie von allem Materiellen gereinigt. Sie hat sich gelöst von neuen Fetzen und all dem, was die Gesellschaft gezeigt haben will „damit du laut Fassade sofort eingeschätzt und in die richtige Schachtel eingeordnet werden kannst."

Und obwohl ein Sohn immer wieder für lange Zeit nachts schreiend aufgewacht ist, der enorme Schaden von der Versicherung nicht gedeckt war, sind sie geblieben. Irgendwie hat die Frau ohne Traktorführerschein im Laufe der Jahre Wurzeln in den umliegenden Feldern geschlagen und wollte nochmals durchstarten. Eine neue Lebensaufgabe stand an den Ufern der March. Heute blickt sie stolz und zufrieden auf ihr wunderschönes neues Wohnhaus. Dort wird eines Tages der mittlere Sohn einziehen, der immer schon Ambitionen für die

Landwirtschaft gezeigt hat, und den Betrieb übernehmen. Sie und ihr Mann haben vor, bei der Zufahrt auf dieses weitreichende Grundstück ein kleines Ausnahm-Haus zu bauen, sie brauchen im Alter nicht unzählige Wohnräume. Ja, sie ist mit ihren 47 Jahren gereinigt und faszinierend geerdet. Aufgerichtet haben sie in Phasen, wo sie davon laufen wollte, weil sie nicht mehr konnte, Kleinigkeiten, kleine positive Sachen, das „Jetzt". So wie jetzt, wo wir während des Interviews im Garten sitzen, die Sonne scheint, ein angenehmer Moment, in dem fröhlich die Vögel zwitschern.

Den Traktorführerschein hat sie nie gemacht, dafür den Computer-Führerschein, den Facility Manager, den Reinigungsmeister und „Arbeitskräfteüberlassung". Zu ihrer gemeinsamen Landwirtschaft hat sich ihr eigener marktrelevanter Geschäftszweig hinzugesellt, der am besten mit folgenden Schlagworten zu beschreiben ist: Gebäude-Reinigung, Kehrmaschinen, Winterdienst, Agrartechnik, Personal-Leasing. Kommunale Dienstleistung, die sie mitbegründet hat und in die sie durch gezielte Fortbildungen hineingewachsen ist, weil in ihrem Office im eigenen Home keiner gesessen ist, den sie fragen hätte können. 27 Mitarbeiter hat mittlerweile diese kommunale Firma, in der sie das alleinige verantwortungsvolle Sagen hat. Wasser ist viel in ihre Existenz geflossen, viel zu viel, ein strenges Kontrollsystem fließt in ihre Firma nicht ein. „Chefin, kommst du nicht kontrollieren?" „Brauch' ich nicht und will ich nicht. Du wirst deine Arbeit so erledigen, dass dich der Kunde wieder bucht. Du sollst Freude mit deiner Aufgabe haben, für die du in deiner 40-Stunden-Woche selbst Verantwortung trägst, der Kunde Freude mit deiner Durchführung, dann zahlt er sicher deinen Lohn." Der Kunde ist das beste Kontrollsystem, in dem sofort die roten Lichter blinken und kommunikativer Telefonalarm ausgelöst wird, wenn etwas schief gegangen ist. Sie appelliert immer wieder in persönlichen Gesprächen mit ihrer gemischten Mitarbeiter-Schar an deren Gewissen, Vernunft und Verstand und bietet mit überzeugender Leidenschaft und Aufmerksamkeit das ideale Rahmenprogramm für ihr Dienstleistungs-Angebot.

Ich hänge an ihren Lippen und bin fasziniert von so viel weiblicher Natürlichkeit und Unkompliziertheit. Die Luft bleibt mir fast weg und Tränen steigen in meine Augen, als sie mir unbekümmert erzählt, dass sie 2016 an Eierstockkrebs im dritten von vier Stadien erkrankt ist. Ein Test auf Grund ihrer genetischen Vorbelastung hat bestätigt, dass sie das Krebs-Gen ihrer Mutter geerbt hat. So hat sie sich entschlossen, als eine Art Vorsorge, den linken Eierstock operativ entfernen zu lassen. Dann lag plötzlich nicht nur die traurige Diagnose auf dem OP-Tisch, sondern war auch eindeutig sichtbar, dass er gestreut hat, auf Milz und Dickdarm. Ich bin fassungslos. Sie hingegen erzählt ruhig, mit diesem seltsamen, fast heiligen Strahlen am Gesicht weiter, dass sie körperlich eine sehr, sehr schwierige Zeit durchgemacht hat, und sie bis dahin nicht wusste, wie leer ein Mensch sein kann. In dieser Leere war ihr Mann Georg die große Stütze und das Bewusstsein, wie gut eingetaktet ihre Firma ist, für die sie in der Zeit der sechs Chemos absolut nichts tun konnte. Ihr christlicher Glaube, auch wenn sie mit der Vorgehensweise der Kirche nicht ganz einverstanden ist, hat sie immer begleitet in ihrem ganzen Leben. Sie lacht: „Ich hoff', dass ich noch sehr viele Aufgaben bewältigen darf!"

echt jetzt?!

Vom groben Stein ist längst nichts mehr zu sehen oder zu spüren. Den schönen Schliff verdankt sie den Herausforderungen des Lebens. „Wir müssen umfallen, damit wir wieder aufstehen können. Wer ewig schützend aufgehoben wird, wird nie wachsen, nie erwachsen werden können." Ich sitze einem wunderbaren Stein der Weisheit gegenüber. Was sie in ihrer Lebensweisheit bedauerlich findet ist, dass junge

Frauen so selbständig geworden sind und Männer nicht mehr brauchen oder wollen, höchstens dann mit 40 oder 45, wenn sie draufkommen, dass sie noch keine Kinder haben. Dass junge Frauen ihren geehelichten Landwirten kein Essen, oder was Erfrischendes zum Trinken mehr aufs Feld nachbringen ist ihr ein Rätsel. Schließlich ist Landwirt ein Beruf, der Geld heimbringt, von dem die Frauen leben, selbst wenn sie arbeiten gehen. Die Gesellschaft ist berechnend geworden, da sorgen sich wenige rein aus Liebe um die Lieben, die seit zwölf Stunden bei glühender Hitze am Mähdrescher sitzen.

Sie hat eine Erklärung dafür. Arbeit, und dabei spricht sie nicht von Frauenarbeit, wird ihrem Empfinden nach in unserer Gesellschaft schlecht geredet. Die Frau, der das Wasser schon mehrmals bis zum Hals stand, arbeitet viel und gerne und wünscht sich, dass in Zukunft Arbeiten, Tätigkeiten welcher Art auch immer, ihr verdientes positives Mascherl bekommen: „Wenn ich was koch‘, is‘ dann weg. Trotzdem kann ich mich doch daran erfreuen, weil's den Kindern schmeckt, weil wir alle an einem Tisch sitzen und miteinander reden. Da muss ich nicht unbedingt hervorheben: „Mei‘ Kuchl schaut aus!“"

Wir sind am Ende des Interviews und ein Auto fährt vor. Was heißt fährt vor, es rollt bis zum Gartentisch, an dem wir sitzen, und wird fallen gelassen. Ohne den Fahrer, die Fahrerin durch die Scheiben zu erkennen, war mir klar, das ist die Schwiegermutter. Sie ist ausgestiegen, nein, sie ist erschienen in einem schicken städtischen Sommerkleid und edel beschmückt. Während sie mir höflich oberflächlich die Hand reicht, geht sie ansatzlos nach einem flüchtigen Küsschen auf ihre Schwiegertochter über: „Du, ich war jetzt beim Arzt … der hat auch gemeint, Ägypten, 40°C im Schatten, tolles Fünfstern-Hotel, aber mit meiner Polyarthritis und den vielen Medikamenten hat mein Magen die Kostumstellung nicht vertragen … ich müsst‘ sechs Monate bleiben, dann würde sich der Magen daran gewöhnen … Naja, war ich halt nur eine Woche und nur im Zimmer, aber es war ein sehr schönes Hotel mit zehn Außenpools, so was hab' ich überhaupt noch nie gesehen, außer auf Kreuzfahrtschiffen .... ."

38 Männer und Gorillamännchen klopfen sich gerne auf die Brust

Können wir von Affen lernen? Ist der Unterschied zwischen Mensch und Schimpanse – genetisch weniger als fünf Prozent – tatsächlich dienlich für unser tägliches Leben? Können wir von ihnen lernen „richtig" zu kommunizieren? Rational zu handeln? Schenken wir Dr. Jane Goodalls Forschungsergebnissen Glauben, dann können wir Menschen über und von Affen tatsächlich vieles lernen. Schimpansen haben wissenschaftlich nicht erst seit gestern dokumentiert eine Persönlichkeit, Gefühle und Verstand.

Meine Interviewpartnerin war selbst über viele Jahre für die Pharmazeutische Industrie tätig, hat sich mit Wissenschaft auseinandergesetzt und gruppendynamische Prozesse in unterschiedlichsten Kulturen erlebt. Sie hat gesehen wie sich Hierarchien entwickeln, umstoßen und neu befestigen, wie Dominanz ausgespielt wird und der Typus „älterer Mann" junger Frau erklärt, wie das Leben funktioniert.

Heute ist sie PR-Consultant, multifunktional einsetzbar, vielseitig und erfahren. Sie arbeitet mit Partnern in einem Netzwerk und kennt die nationale und internationale Medienlandschaft. Für ihre Kunden bereitet sie „Werbe-Geschichten" zielgerichtet auf. Sie ist wie ein Zirkusdirektor, der seine Themenlandschaft mit strategischem Weitblick jongliert.

Sie ist davon überzeugt, dass nonverbale Kommunikation

wie Tonlage, Körpersprache, Mienenspiel und eine schwer definierbare Chemie zwischen Menschen ein entscheidendes Wörtchen im gegenseitigen Umgang mitsprechen. „Wer Themen richtig aufbereitet, muss sie noch lange nicht richtig verkaufen können."

Erst kürzlich war sie gemeinsam mit einem Netzwerkpartner zu einem Meeting geladen, wo es darum ging ein PR-Konzept vorzustellen. „Geladen waren zehn Männer und eine Frau. Das Meeting hätte rund zwei Stunden dauern sollen, im Endeffekt waren es drei Stunden und gebracht hat es Nüsse. Nichts Inhaltliches wurde besprochen", dabei schaut sie mich fest an und sagt: „Kennst du das? Zehn Männer haben sich drei Stunden lang auf die Brust geklopft und schriftlich festgehalten, wie toll sie sind. Und was tat ich, die einzige Frau in dieser

Runde? Ich habe selten bis nie das Wort ergriffen und falls doch, wurde ich ignoriert.

Nur wenn sich mein Kollege zu Wort meldete, hielten die neun Männer inne, schwenkten den Kopf in seine Richtung und schenkten ihm für ein paar Minuten ihre volle Aufmerksamkeit. Für kurze Zeit vergaßen sie sogar, sich auf die Brust zu klopfen, unterbrachen ihn nicht und er war plötzlich Teil ihrer „Affen-Bande". Doch dieser Zauber währte nicht ewig. Als er die „letzten" Worte seines Monologs zu Ende sprach, hörten sie ihm schon längst nicht mehr zu. Sie waren wieder unter sich, thematisierten Dinge, die wir nicht kannten, und klopften sich wie zuvor auf die eigene Brust, oder bei Gefallen des anderen auf dessen Schulter. Differenzierte wertschätzende verbale Kommunikation mir gegenüber räumten sie nicht ein. Ich konnte nur nonverbal Schlüsse aus dem Meeting ziehen. Wie gingen sie miteinander um? Wo gab es Spannungen? Wer musste sich behaupten? Wer hatte das Sagen?"

Diese Runde erinnert mich an die Gorillamännchen im Science-Fiction-Film „Planet der Affen". Die Pharmaindustrie hätte ein Medikament entwickeln sollen, das die Affen klug macht, die Menschen hingegen umbringt. Soweit ist es Gott sei Dank nicht gekommen, aber in vielen Szenen bestehen Affen Geschicklichkeitstests, benutzen Werkzeuge oder kommunizieren mit Gesten, treffend und realistisch, so wie Menschen an Konferenztischen. Auch Gorillas schlagen sich auf die Brust, brüllen herum und plustern ihr Fell auf. Wozu? Um größer und somit überlegener zu erscheinen.

Bei Affen gibt es eine Rangordnung, die unmissverständlich exekutiert wird. Alphamännchen schwingen sich kreischend von Ast zu Ast oder werfen sich in einschüchternde Posen, während weniger einflussreiche Artgenossen unauffällig in Ecken hocken. Der Boss macht einfach wonach ihm ist, die Untergebenen applaudieren oder schauen zu.

Gibt es Parallelen zum „Planet der Affen“ in Ihrem Unternehmen? Sind diese Bilder nicht frappierend ähnlich, wenn es darum geht Informationen auszutauschen, Menschen „abzuklopfen“, Statussymbole zu erobern und Ressourcen zu verteilen?

Sie hat viele dieser Runden so oder so ähnlich erlebt. Früher hat sie sich geärgert, war enttäuscht, wütend auf sich selbst. Heute sagt sie: „Ich nehme sie mit Schmäh. Rein sachlich durchzukommen, ist schwierig, mitunter unmöglich, aber mit Schmäh kann ich punkten und die Kommunikation sogar vertiefen, weil mein Schmäh unters Affenfell geht. Und wenn sie mich erst einmal wahrnehmen, entstehen tatsächlich kommunikative Bande, fast wie in der „Affen-Bande“. Autoritäre Führungsstile sind heute übrigens schön langsam die Ausnahme, zumindest in meinem Dunstkreis. Und falls wir auf einen Typus Mann mit autoritärem Führungsstil treffen, sprechen wir in einer affenähnlichen Geheimsprache von Mansplaining.“

„Was bitte schön, ist **Mansplaining**? Ein weiteres Verhaltensmuster aus dem Dunstkreis der Affen?“, frage ich sie. „Nein“, antwortet sie und lacht. „Es bezeichnet die herablassende Erklärung eines Mannes, der fälschlicherweise davon ausgeht, er wisse mehr über den Gesprächsgegenstand, als die Frau, mit der er spricht. Frauen empfinden dies als Machtasymmetrie in der Kommunikation, die von Männern nicht immer bemerkt oder beabsichtigt wird.

Auch hier kannst du mit Schmäh punkten. Männern humorvoll, aber bestimmt vor Augen zu führen, wie verletzend sie sind, ist oft zielführender als beleidigt von dannen zu ziehen.

Ich nenn‘ dir noch ein Beispiel. Ich kann mich an eine Diskussion erinnern, in der es um das Thema „Compliance“ im Zusammenhang mit Kongresseinladungen ging. In meiner ersten Firma wurde dieser Punkt erfolgreich im „Code of Conduct“ verankert.

In meinem nächsten Unternehmen war dieses Thema noch nicht abgehandelt. Das Unternehmen sah diese „Einladungs-Regel" als klaren Wettbewerbsnachteil und wollte diesen Punkt, nur abgeschwächt, in die interne Richtlinie mitaufnehmen.

Gerne hätte ich mein Wissen zur Verfügung gestellt und einen Prozess auf Schiene gebracht. Allerdings gelang es mir nicht, zum verantwortlichen Compliance Manager durchzudringen. Ich hatte das Gefühl gegen Wände zu sprechen. Meine Sensoren und sein Mienenspiel meldeten mir: „Du bist zu jung, zu kurz im Unternehmen, zu weiblich und zu sachlich. Deinen Vortrag will jetzt keiner hören." Unserer nonverbalen Kommunikation folgten alsbald die herablassenden Worte vom Herrn „Compliance": „Das brauchen wir für unser Unternehmen jetzt nicht, den richtigen Zeitpunkt der Einführung müssen Sie schon uns überlassen." Monate später wurde ich angerufen, um den Prozess auf Schiene zu bringen und Mitarbeiter nach und nach zu schulen."

Wie Sie sehen, der richtige Umgang miteinander, die richtigen Worte zur rechten Zeit zu finden sind nach wie vor die schwierigsten Themen überhaupt. Interkulturelle Kompetenz ist nicht selbstverständlich. Schon allein die Definition hinterlässt ein schwammiges Bild: „die Fähigkeit mit Menschen anderer Kulturen konstruktiv umzugehen". Denken wir jetzt an Muslime, greift das Bild zu kurz. Es sind nicht nur Muslime, es sind auch Griechen, die in Österreich arbeiten, Deutsche, die mit uns kooperieren und Frauen, die ein anderes Wertemuster im Umgang miteinander haben. Was brauchen wir daher? Wir brauchen für den Umgang miteinander mehr Wissen voneinander. Also wie tickt der Grieche, der Deutsche und die Frau? Wie eine türkische Frau oder ein albanischer Homosexueller? Das braucht's!

Übrigens lässt sich der richtige Umgang miteinander über Humor vielfach vereinfachen. Jede Form von Selbstironie ist hilfreich und eine gute Beobachtungsgabe dienlich. Heute sage ich mir: „Wenn ich jedes Mal aus meinen Fehlern lerne, werde ich irgendwann ein Genie sein.“

Klar gibt es noch viel zwischen Frau und Mann zu klären, aber Männer sollten endlich aufhören, das Miteinander auf den privaten Bereich reduzieren zu wollen. Wir Menschen sollten längst weiter sein als die Schimpansen, wo eindeutig Männer das Sagen haben und sich Weibchen einzig und allein um die Aufzucht der Jungen bemühen oder den Männchen affengeil als Lustobjekt zur Verfügung stehen.

39 Mein Wiedererkennungswert liegt bei 100 %

Sie ist Biologin, gut ausgebildet, schlank und auffallend attraktiv. Seit vielen Jahren begleitet sie Ärzte mit den neuesten onkologischen Studiendaten auf Forschungsreisen und nationalen wie internationalen Kongressen. Sie ist Medical Scientific Liaison Manager und lebt und liebt ihren Job. Sie hat keine Liaison mit nur einem Arzt, nein, sie hat eine Liaison mit vielen Ärzten. Die arbeitsamen Stunden mit Ärzten, die wissenschaftlichen Gespräche mit ihnen genießt sie. Fast täglich fährt sie in Spitäler, um die neuesten medizinischen Erkenntnisse mit ihren Partnern, wie sie die Ärzte liebevoll nennt, zu besprechen. Sie interpretiert Ergebnisse, diskutiert Statistiken und gibt bereitwillig Auskunft über die Erfolgswahrscheinlichkeit einer neuen Medikation und deren Risiken.

Schon früh forderte sie nicht nur privat, sondern auch beruflich, Wahlfreiheit für ihr Leben. Sie will ihr Leben so gestalten, wie sie es für richtig hält. Dabei will sie nicht arrogant rüberkommen, sondern einfach unmissverständlich zum Ausdruck bringen: „Ich will mich nicht dem Diktat „Mutter sein“ unterwerfen.“

Klar genoss sie einige Privilegien nach der Geburt ihrer Kinder. Sie hatte viele Jahre eine Leihoma, einen verständnisvollen Mann und eine Großmutter im Salzburger Land, die immer dann einsprang, wenn die großen Ferien Müttern, ja und manchmal auch Vätern für ihren Geschmack und Gebrauch zu viel Zeit abverlangten.

Doch diese Privilegien haben sie nicht abheben lassen. Im Gegenteil, sie ist geerdet geblieben und dankbar für die Menschen in ihrem Leben, wobei sie selbstironisch bemerkt: „Vielleicht sind meine Kinder deswegen so toll geworden, weil ich nicht rund um die Uhr zu Hause war.“

Ja, sie hatte Ressourcen und konnte dem sozialen Druck und der Mehrfachbelastung locker standhalten. Sie konnte sich auf ihr **„Frau sein“ versus das Diktat „Mutter sein“** konzentrieren und beruflich erreichen, was sie sich vornahm. Rückblickend weiß sie, dass ihr gesunder Egoismus viel dazu beigetragen hat.

Egoismus als Erfolgsrezept? „Nichts einfacher als das“, lacht sie, „sich selbst egoistisch treu bleiben, das ist es, was wirklich zählt. Ich wuchs am Land auf und genoss eine überfürsorgliche Kindheit. Ich hatte eine großartige Mutter, die mit mir täglich lernte, die meine Hausaufgaben aufbereitete und mich auf Prüfungen vorbereitete. Schularbeiten haben WIR geschafft, und nicht ich. Meine Mutter gab sich mir hin und ordnete ihr eigenes Leben dem Behütetsein ihrer Tochter unter. Meine Mutter war eine Glucke und obwohl sie nur das Beste für mich wollte, erreichte sie mit ihrer gluckenhaften Besorgtheit das Gegenteil. Ich wurde ein unselbständiges und sehr schüchternes Kind.“

Erst im Laufe ihrer Studienzeit vollzog sich offensichtlich ein Wandel und fand der Abnabelungsprozess statt. Aus dem schüchternen, unselbständigen jungen Mädchen wurde eine selbständige, selbstbewusste Frau, die ihre Kinder zu nicht nur relativer, sondern absoluter Selbständigkeit erzogen hat.

Seit Ende ihrer Studienzeit spricht sie überbordend engagiert über medizinische Errungenschaften, über onkologische Innovationen oder hämatologische Wunder: „Wobei über Wunder spreche ich nicht gerne. Ich bin keine Voodoo-Priesterin, sondern arbeite mit naturwissenschaftlich anerkannten Methoden. Und Wunder klingen in meinen Ohren, wenn schon nicht nach höheren Mächten, dann zumindest nach niederen Instinkten, ja sogar nach skrupelloser Geschäftemacherei." Und doch ist es so, dass sie Onkologen kennt, die von Wundern bei einigen wenigen Patienten sprechen. Wo sich Tumore zurückbildeten, teilweise ohne großartiges ärztliches Zutun, obwohl ursprünglich keine große Hoffnung auf Heilung bestand. „Aber diese Onkologen sprechen dann nicht von einem Wunder, sondern von einer Spontanremission."

Für ihre Ärzte bringt sie viele Opfer, nimmt sie lange Reisen in Kauf sowie anstrengende Kongresstage. Ihr Ziel dabei: Studiendaten mit internationalen Kollegen diskutieren und aufbereiten, und wenn möglich bahnbrechende Studien nach Österreich bringen. Wenn dann Monate später erste Erfolge am Patienten sichtbar sind, erfüllt es sie mit einem tiefen Gefühl von Zufriedenheit und Dankbarkeit. Dann fallen endlich die Anstrengungen der letzten Monate von ihr ab. Das was bleibt, ist der Erfolg am Patienten und mit diesem Erfolg ist sie Teil der Erfolgsstory.

Trotz vieler beeindruckender Forschungserfolge bleiben viele medizinische Fragen offen. Sie weiß, dass das System Mensch nicht wie ein Schalter funktioniert, der nur auf „An" oder „Aus" steht. „Manchmal", und da kehrt sie wieder zu den Wundern zurück, „wissen wir nicht, ob es die Wirksubstanz alleine ist, oder die Veränderung der Lebensumstände seit der Diagnose, oder das soziale Umfeld des Erkrankten."

Wie ihre Krebspatienten, braucht auch sie ein soziales Umfeld im Unternehmen, in dem sie sich nicht operativ, mit Operation, verbiegen muss und nicht bürokratisch, mit Bypass-Umleitung, in eine bestimmte Richtung gebogen wird. Sie steht auf Point of Sale und nicht auf PowerPoint!

Daran glaubt sie. Woran sie nicht glaubt, ist das Diktat der aufgesetzten Freundlichkeit, hinter der mitunter nur „gute" Kontrolle steckt. Gut versteckt. Über Menschenkenntnis und Vertrauen sei ihr schon viel gelungen, nicht zuletzt über das Vertrauen in sie selbst: „Mich selbst führen kann ich nur, wenn ich mit mir im Reinen bin und wenn ich weiß, was ich von mir erwarten kann."

Eine Leadership-Funktion interessiert sie nicht. In der hätte sie sich höchstwahrscheinlich wie in einer Zwangsjacke gefühlt. Während möglicherweise Kollegen mit Leadership-Funktion die langen Ärmel am Rücken zusammengebunden werden, genießt sie die Freiheit zu entscheiden, welche Studiendaten wann mit welchen Ärzten zu besprechen sind. Das lässt sie sich nicht nehmen. „Wenn mir Ärzte ihre Aufmerksamkeit nicht schenken, aus welchen Gründen auch immer, macht es wenig Sinn, Daten zu besprechen."

Ihre überzeugende Haltung mit Egoismus-Anstrich unterstreicht sie durch ihr Äußeres, ihre Kleidung und ihr Auftreten. „Frauen, die zu sich und ihrem Leben stehen, haben keine Angst aufzufallen", behauptet sie keck. Und ja, sie fällt auf. Und wie sie auffällt. Sie beherrscht Neun-Zentimeter-Absatz mit einem unverwechselbaren Missoni-Kleid genauso gut wie eine zerfetzte Jeans in Kombination mit einem legeren Top.

Sie holt weiter aus: „Mode muss nicht immer schrill und teuer sein, außer wenn ich absichtlich farbenbetont provozieren will, weil eine Chefetage gerade dabei ist mich hinauszuekeln." Sie hat es satt, dass sich Frauen für Ausdruckslosigkeit entscheiden, um nicht als ausgefallen extravagant und damit oberflächlich und dumm zu gelten. Diesem Diktat beugt sie sich schon lange nicht mehr. Auch nicht beruflich. Denn Mode ist für sie ein Zeichen von Selbstbestimmung. Sie hält auch nichts davon, sich wie in den 80er Jahren dem Aussehen der Männer anzupassen. Damals waren Hosenanzüge und Kostüme für Frauen ein „must have" ohne dem es mitunter sogar schwierig war, am selben Konferenztisch Platz zu nehmen. Aber nennen Sie mir einen Grund, warum sich eine Frau heute noch etwas anziehen soll, was irgendwann einmal für die männliche Silhouette entworfen wurde? Frauen sollen das tragen, was am besten zu ihnen passt und was ihnen Selbstvertrauen verleiht.

„Schließlich müssen Wiedererkennungswert und gesunder Egoismus nicht negativ sein", lacht sie und fährt sich dabei mit der rechten Hand durch ihr volles, langes Haar.

40 MIT DEM FERNBUS HIN UND ZURÜCK

Polen ist ein Land, das viel zu bieten hat: die Ostsee im Norden, die Berge im Süden und eine vielfältige Natur dazwischen. Geschichte und Traditionen treffen heute auf moderne Großstädte. Die Wirtschaft wächst und Polen finden in den wachsenden Städten gut bezahlte Jobs. Nicht so am Land, in einem kleinen Dorf, fernab der nächsten Großstadt, wo eine junge gut ausgebildete Frau mit ihrem kleinen Sohn und ihrem Ehemann im Haus ihrer heißgeliebten Eltern lebt.

Jede zweite Woche für die nächsten zehn Tage verschiebt sich für sie und ihre Mutter der Lebensmittelpunkt nach Wien. Zehn Tage lebt sie fern der Heimat. Zurück bleiben die Männer, ihr Sohn, ihr Ehemann und ihr Vater und mit ihnen ein klassischer Männer-Haushalt. Mit den reinen Klischees „Männer reparieren Maschinen" und „Frauen putzen" haben ihre Männer längst aufgeräumt. Wenn sie und ihre Mutter nach zehn Tagen nach Hause zurückkehren, erwartet sie kein heilloses Chaos, kein kränkelndes Kind oder Hemden mit Brandlöchern. Und obwohl ihr Mann nicht an der Nähmaschine sitzt, um die Vorhänge für das neue Haus zu nähen, ist sie froh, dass er kocht und in der Zeit ihrer Abwesenheit Vater und Mutter zugleich spielt.

Selbst nach so vielen Jahren fallen ihr die Abschiede noch immer schwer, vor allem dann, wenn ihr Sohn, den sie über alles liebt, nur mit Mühe seine Tränen verbergen kann. Jeden zweiten Sonntag ist es dann soweit. Sie geht mit ihrer Mutter zur Busstation, ohne sich auch nur ein einziges Mal umzudrehen. Zu schwer würde ihr ansonsten der Abschied von ihrem kleinen Sohn fallen. Der Bus kommt pünktlich, fast wie jeden Sonntag und ist meist bis auf den letzten Sitzplatz ausgebucht. Ihr Dorf ist einer der letzten Stopps vor Wien. Sie macht es sich bequem, so bequem wie nur irgendwie möglich, in der letzten Reihe, in der sie mit ihrer Mutter Platz findet. Sie wird auch dieses Mal versuchen zu schlafen, die Nächte zu Hause waren nicht allzu lang, ihr kleiner Sohn war etwas verkühlt und ließ sie kaum eine Nacht durchschlafen. Hier im Fernbus Richtung Wien wird sie Schlaf finden, wird sie keiner stören, nicht einmal ihre Mutter, die bald einnicken wird. Für die rund 500 km benötigt der Bus satte sechs Stunden Fahrzeit. Irgendwann am frühen Morgen wird sie in Wien sein und ihrer Arbeit als Reinigungskraft nachgehen. Ihre Mutter wird nach der Ankunft ins Pflegeheim fahren und mit der Morgenschicht beginnen. Beide sind sie zur Arbeit und nicht zum Vergnügen in Wien.

Der Bus schlängelt sich ruhig über Krakow Richtung Bratislava und Wien. Selbst das Businnere ist bereits nach ein paar Kilometern zur Ruhe gekommen. Viele Passagiere

sammeln Kraft für die anstrengenden sieben oder zehn Tage, die vor ihnen liegen, viele schlafen, nur einige wenige sprechen miteinander.

Sie und ihre Mutter kennen die Strecke gut. Seit mehr als acht Jahren pendeln sie zwischen ihrem Dorf, einer knapp 3.000 Seelen großen Gemeinde, und Wien. Ihre Mutter fährt bereits 15 Jahre lang nach Wien und davor fuhr sie viele Jahre nach Deutschland. Sie weiß, dass rund 65.000 Polen in Österreich leben und weitere 30.000 mehr oder weniger regelmäßig mit dem Bus nach Wien kommen. Ich falle ihr ins Wort: „Aber man spürt euch nicht. Seid ihr unsichtbar?"

„Nein, wir sind nicht unsichtbar", scherzt sie. „Allerdings bleiben wir unter uns und fallen deswegen nicht auf. Sie müssen wissen, wir gehen jeden Tag zur Arbeit und abends fallen wir fast immer müde ins Bett. Am nächsten Tag beginnt das Spiel von vorne, bis es irgendwann wieder heißt: „Einsteigen bitte, der Fernbus nach Krakow fährt ab!""

Ihr Deutsch ist mittlerweile richtig gut. Sie versteht fast jeden Satz und legt sich die Wörter, bevor sie mir antwortet, langsam aber richtig zurecht. Als ich sie frage, was ihr wichtig ist, antwortet sie prompt: „Mir ist wichtig, dass meine Kunden mit mir zufrieden sind. Dass sie sehen, dass ich zuverlässig und fleißig bin und nichts kaputt mache."

Sie ist eine fröhliche junge Frau, die offen auf Fremde zugeht und ihr Herz auf den Lippen trägt. Nur manchmal wirkt sie nachdenklich: „Ich dachte nie, dass es so viele gute Menschen gibt, aber auch so viele unsympathische." Ja, sie ist kein Putz-Fetzen, sondern eine Putz-Frau. Für den Moment ist es gut so wie es ist, denn sie muss Geld verdienen. In ihrem kleinen Dorf gibt es für sie keinen Job und obwohl sie maturiert hat und eine zweijährige kaufmännische Ausbildung abgeschlossen hat, fand sie in ihrem Dorf nicht den erwünschten Job. „Ich müsste wahrscheinlich nach Krakow gehen, das ist rund 120 km von uns entfernt. Dort würde ich wahrscheinlich einen kaufmännischen Job finden. Ich bekäme dann die ersten Jahre höchstwahrscheinlich 500 Euro bezahlt und hätte am Ende des Monats 400 Euro in der Tasche. Nicht sehr viel für einen Vollzeitjob, oder? Nicht vergleichbar mit Österreich. Aber das ist nicht alles. Mein Mann hat seinen Lebensmittelpunkt in unserem Ort. Er ist Automechaniker und liebt seinen Beruf sehr. In unserem Ort kennt ihn jeder und seine Dienste werden immer nachgefragt. Und ich liebe meine Familie, also gibt es zurzeit für mich wenig Spielraum.

Wir haben begonnen uns ein kleines Haus mit rund 120 m² neben meinem Elternhaus zu bauen. Dafür haben wir bereits Geld aufgenommen, welches wir dann in rund acht Jahren wieder zurückbezahlt haben möchten. Warum so rasch? Weil wir nicht jünger werden und die staatliche Pension für viele Menschen in Polen extrem niedrig ist. Nicht dass ich in acht Jahren bereits in Pension gehe, aber meine Familie kann krank werden und dann brauchen wir einfach Rücklagen. Wissen Sie, bei uns im Dorf sind viele Menschen krank, viele haben Krebs, auch Menschen in meinem Alter, also mit nur 31 Jahren. Das ist schlimm, das ist wirklich schlimm, vor allem weil wir auch nicht die beste Gesundheitsversorgung haben. Auch meine Oma hat Blutkrebs und meinem Opa wurde eine Niere entfernt."

Kurz schaut sie traurig und gedankenverloren in die Ferne, bevor sie positiv hinzufügt: „Ich mag mich so wie ich bin und auch das, was ich zurzeit mache. Ich bin vielleicht nur eine Reinigungskraft, aber ich habe eine Arbeit, der ich selbstständig und verantwortungsvoll nachgehe und dabei Geld für unsere Familie verdiene. Meine Schwester lebt in Norwegen und arbeitet als Managerin in einem Hotel. Nicht, dass ich jetzt in einem Hotel arbeiten möchte, aber irgendwann einmal eine weitere Ausbildung zu machen, das wäre schon fein. Meine Mutter hat mit 50 begonnen eine Ausbildung zur Pflegerin zu machen. Bei uns in Polen bekommst du ja mit 50 einfach überhaupt keinen Job mehr angeboten. Deswegen hat sie umgesattelt und arbeitet jetzt in einem Pflegeheim in Wien. Ich bin ja noch jung, erst 31, ich könnte noch umsatteln. Mich persönlich würde die Arbeit einer Masseurin interessieren. Ich bin kräftig gewachsen und habe eine offene, freundliche Art, vielleicht schaffe ich ja irgendwann die Ausbildung dafür. Das wäre wirklich schön. Jetzt zwar noch nicht, das ist mir klar, schließlich brauchen wir Geld für unser Haus und die Ausbildung unseres Sohnes, aber irgendwann einmal, irgendwann sattle ich um, wie meine Mutter. Hoffentlich läuft die Zeit nicht aus dem Ruder. Sie rinnt jetzt schon so schnell dahin. Wenn ich nach zehn Tagen nach Hause komme, hat mein Sohn etwas Neues gelernt und ich bin traurig, weil ich leider wieder nicht dabei sein konnte. Wenn ich im Fernbus sitze und nicht schlafen kann, dann vergeht die Zeit nicht schnell genug. Komisch, nicht wahr?“

41 Mundwerk oder Handwerk?

Wir brauchen keine besonders großen, hellhörigen Ohren und auch keine besonders scharfen, dioptrielosen Augen, um mitzubekommen, dass in Österreich die abwertende Meinung vorherrscht: „Des is‘ ja nur a Friseurin.“ Hallo? Was ist los mit uns? Wenn dieser Berufsstand aussterben würde, möchte ich Herrn, aber vor allem Frau Österreicherin sehen - griechische Klageweiber wären dagegen eine Kabarett-Truppe. Wieso müssen Friseurinnen ständig für ihren Berufsstand Federn lassen?

Während in Österreich vorwiegend Frauen den Kundinnen und Kunden den Kopf waschen und an deren Haarpracht Hand anlegen, von Schnitt, über Färbung, bis aus „Federn“ Volumen machen oder füllige Locken glätten, ist das z.B. in Frankreich umgekehrt. Fast ausschließlich Männer sind in den Salons als Friseure angestellt und werden in der Rolle des Figaros wie Stars, Kunstfiguren, ja, gesellschaftliche Leuchtfeuer behandelt. Es kümmert auch niemanden, dass sie fast alle schwul sind. Also die lassen mal keine Haare.

Ja, ich hab's selbst erlebt. Nachdem ich doch einige Zeit ausbildungs- und berufsmäßig in Frankreich verbracht habe, musste ich mich selbstverständlich, wie zu Hause, auch zum Friseur trauen. In Paris hatte ich das Vergnügen am Frisierstuhl gefragt zu werden: „Woher kommen Sie?“ Nein, Figaro war nicht interessiert wer und was ich bin, er wollte nur das Ursprungsland meines in seinen Augen altmodischen Schnitts erfahren. Ja, in Blitzeseile, ohne es irgendwie mitzubekommen und beeinflussen zu können, kam ich unter ständigem Reden und Antworten unter diesen warmen, flinken Händen zur kürzesten Frisur meines Lebens. Ja, ich hatte Haare gelassen, ziemlich viele sogar. Nachteil habe ich dadurch keinen erlitten.

Ich sah zwar etwas ungewöhnlich aus und musste mich beim Blick in den Spiegel erst an mich gewöhnen, aber es war cool. Eigentlich war's ein Vorteil, denn ich hatte unerwarteter Weise den neuesten französischen Trend auf meinem österreichischen Schädel.

Ich bin immer schon sehr gerne zum Friseur, also zur Friseurin gegangen. Für mich ist es Entspannung pur, bedeutet nette Gespräche, und bitte, welche Dienstleistung lässt eine wohltuende und bemerkbare Runderneuerung innerhalb von knapp zwei Stunden zu? Was ich bis dato nie gemacht habe, die Friseurinnen über ihr Leben als Friseurin zu befragen. Es wurde also höchste Zeit. Deswegen habe ich für unser Buch nicht nur eine sondern gleich zwei interviewt.

Ich wäre nie auf die Idee gekommen, dass kindliches Puppen frisieren und Puppenhaare schneiden der einschneidende Moment für eine Berufswahl sein kann, der im Puppenalter gefühlt Lichtjahre entfernt liegt. Überrascht waren nur die Eltern, als sie die Fragen stellten: „Was machst jetzt schulisch weiter?“, „Was willst du werden?“, denn der 15-Jährigen war schon lange klar: „Ich will Friseurin lernen.“ Die Lehre hat sie zwar vier Jahre lang unterbrochen, um im Friseurbedarf zu arbeiten, aber das hat weder sie noch die Eltern gestört.

Sie gibt zu, dass dieser Bereich interessant war, keine Frage, denn fachlich konnte sie sich dort im Verkauf noch breiter gefächert austoben, handwerklich waren ihr jedoch die Hände gebunden. Die Hände werkten dort nicht, sondern vorwiegend das Mundwerk.

Ja, es war ein Ausflug, ein Umweg, aber sie ist wieder zurückgegangen zu den Wurzeln, zu den Haarwurzeln. Auch wenn viele an dieser Profession kein gutes Haar lassen, sie ist von ihrem Beruf nach wie vor begeistert, weil die Haare so wunderbar unterschiedlich und individuell sind. Kein Haar gleicht dem anderen, jeder Kopf und der Mensch, dem er gehört, ist speziell so wie sein Haar. Ja, aufgepasst, unser

Charakter zieht sich bis in unsere Haarspitzen. Gerade diese Vielfalt befeuert die Produktion ihrer Freudehormone.

Die Eltern haben die Berufswahl irgendwann zur Kenntnis genommen, obwohl sie noch immer der Meinung sind, dass es ungesund ist, den ganzen Tag zu stehen und dass es krank ist, was sie nach so vielen arbeitenden Jahren verdient.

Die Meinung der Eltern ist aber nicht mehr ausschlaggebend. Ihr Ehemann steht hinter und zu seiner überraschenderweise auch von Kundinnen hin und wieder so behandelten und bezeichneten „kleinen" Friseurin. Die Damen erheben sich meist unbegründet. Emotional herablassend sind sie auf ihre führende Kundinnen-Position fokussiert in einem Moment, wo ihnen anscheinend nicht dämmert, dass auch sie hin und wieder Haare lassen müssen. Stutzen und gestutzt werden, bekommt in meinen Augen in solchen Situationen den berechtigten Impuls zum Nachdenken, auch Selbstreflexion genannt! Und die funktioniert auch unter der Trockenhaube. Weil eines, liebe Damen, muss uns bewusst sein, wenn der gute Draht einmal vergiftet ist und zwischenmenschlich in diesem Dienstleistungsgespann negative Hochspannung herrscht, dann wird selbst die beste Stylistin nichts Besonderes auf unsere edlen Häupter zaubern können. Das wird einfach nix mehr!

Neidlos blickt die von mir hochgeschätzte Friseurin, die mir und meinem Kopf schon lange Gutes tut, auf die Männer in ihrer Branche: „Die wirklich guten sind bei uns eher die Männer. Also die, die auf der Bühne stehen oder als Friseure große Namen tragen, die jeder kennt." Was hält eigentlich sie ab, auf die ganz große Bühne der Friseurkunst zu gehen? Nichts, denn die Chance hat jeder, der das machen möchte. Die Chance lebt für jeden Menschen, der schon in der Lehrzeit bei vielen Wettbewerben mitmacht und sein Talent auf den Prüfstand stellt oder vom Lehrherrn stellen lässt. Die Firmen von L'Oréal bis Paul Mitchell tun für die Mutigen unter den lebendigen Haarschneidern und Haarschneiderinnen, die ihre

Berufsbezeichnung längst an elektrische Geräte übergeben haben, das Ihrige dazu, wenn Mann und Frau bereit sind, für diese auf der Bühne zu stehen, mit diesen intensiv zu kooperieren und mit ihnen in ihren Seminar-Locations zu trainieren. Eine Hand wäscht die andere, nicht nur Köpfe!

Nein, es gibt doch etwas, was sie immer abgehalten hat, diesen Weg einzuschlagen, obwohl sie in der Berufsschule ein Mal diese Bühnenluft geschnuppert hat und bei einem Wettbewerb für ihre herausragende Föntechnik sogar den ersten Preis abkassiert hat. Ja, sie war sehr stolz darauf, aber sie gibt offen zu, nie der Typ gewesen zu sein, der sich gerne präsentiert und in die Auslage stellt, und bewundert daher ehrlich alle, die das mit einer spürbaren Leichtigkeit hinbekommen.

Wenngleich sie den Weg zur Bühne nie suchen wird, und dieses Kapitel schon längst abgeschlossen ist, bleibt ihr der Weg zur Meisterprüfung und zur Selbständigkeit noch lange offen. Ja, das würde sie reizen. Unterstützung hat sie zu 100 % von ihrem Mann. Er ist so etwas wie die treibende Kraft, weil er in ihren Augen ein Rechner ist, der alles beinhart kalkuliert. Aktiv berechnend zeigt er sich nicht nur beim eigenen Gehalt, sondern auch beim fixen Aktionspreis einer Waschmaschine. Der erzielte Erfolg gibt ihm Recht, denn „es geht immer noch was". Sowohl beim Chef, den er zweimal im Jahr fragt: „Wie schaut's aus?", als auch bei der Waschmaschine im

Sonderangebot. Er hat mehr die Dollarzeichen in den Augen. Zugegebenermaßen hat sie noch nie um eine Gehaltserhöhung gefragt, auch noch nie eine bekommen. Und das Zuckerl der Selbstständigkeit namens „in die eigene Tasche wirtschaften und nicht in den Gewinnbeutel des Arbeitgebers“ brennt ihr weniger unter den Fingernägeln als ihrem Mann. Wieso? „Weil die 100 oder 300 Euro mehr im Monat, die fehlen mir in Wirklichkeit nicht, wissen Sie, was ich mein‘?“

Die frisierende Mutter einer siebenjährigen Tochter, die gerade die erste Volksschulklasse besucht, ist zufrieden, etwas Produktives zu tun, wo sie nach jeder Kundin, jedem Kunden sieht, was sie geleistet hat. Und ihre Freundin, die eine „Frau Doktor“ ist, muss noch lange nicht mehr Spaß in ihrem Job haben, nur weil sie besser verdient. Daher hat sie augenblicklich keine Veranlassung die Zügel für eine berufliche Weiterentwicklung selbst in die Hand zu nehmen. Sie bleibt bei ihrem Handwerk, und ihr Mann bei seinem Mundwerk.

42 Nie lieb Kind sein

Es war ein Traum. Ein schöner Traum, in dem sie das Leben einer flexiblen, jungen Frau spielte. Irgendwann heiratete sie ihren Traummann, zog in ein schönes Eigenheim, brachte zwei gesunde Kinder zur Welt und begann nach ihrer Karenzzeit wieder zu arbeiten. Sie verdiente ihr eigenes Geld, arbeitete flexibel und war anpassungsfähig. Damit legte sie den Grundstein für eine gewisse finanzielle Unabhängigkeit. Ihre Mutter sprang ein, wenn die Kinder krank waren, sie länger arbeiten musste oder auf Geschäftsreise ging. Alles schien perfekt im

Leben der Bilderbuchfamilie am Rande von Wien.

Wenige Jahre später nahm das Leben in ihrem Traum eine unerwartete Wendung. Es gab keine großen Einschnitte, keine schlimmen Ereignisse, es kam eher schleichend und traf sie mit voller Wucht. Sie fühlte sich von einem Tag auf den anderen leer und ausgepumpt. Sie schaffte den Spießrutenlauf zwischen Kinder versorgen, Teilzeitjob erfüllen und finanzielle Unabhängigkeit bewahren nicht mehr. Sich das einzugestehen fiel ihr nicht leicht, denn sie wollte keinen Trost, keinen mitleidigen Zuspruch und keine medizinische Notfall-Versorgung. Dennoch stand ihr eine befreundete Ärztin in dieser Zeit zur Seite. Nach vielen Gesprächen dämmerte es ihr: „Ich will ehrliche Freizeit für ehrliche Arbeit." Sie wollte ihr Leben verändern, um nicht mehr länger die Zerrissene zu sein. Wie, das wusste sie nicht genau, nur so viel: „Nein" sagen, wenn sie „Nein" fühlt. Das Büro verlassen und nach Hause gehen, selbst wenn Mehrarbeit angesagt ist. Die Hausarbeit jenen überlassen, die es besser können. Kinder zur Selbständigkeit erziehen und den Mädchen keine rosa Schleife „Sei lieb, nett, hilfsbereit, mitfühlend" mit auf den Weg geben. Sich ihr Leben so einteilen, dass es für sie einfacher wird. Und wenn das alles nicht möglich ist, will sie ehrlich zu sich sein und Abstriche machen.

Plötzlich wachte sie erleichtert auf: „Ich habe es geschafft. Hotel Mama war gestern, das Ende meines Traumes ist Realität!"

Aber zurück zum Beginn des Traums. Sie war jung und suchte ihren Lebensmittelpunkt nach der Matura nicht in Österreich, sondern im Ausland. Sie bereiste alleine Länder wie Amerika, Frankreich und die Schweiz, lernte Sprachen und arbeitete, um sich das Geld für die nächste Reise zu beschaffen. Sie war zeitlebens ein Freigeist mit Sinn für das „Schöne" im Leben. Doch auch ein Freigeist hat Hunger und benötigt ein Dach über dem Kopf. Also nutzte sie die Tourismusbranche und ihre sprachlichen Fähigkeiten, um Geld im Service als Kellnerin zu verdienen. Obwohl die Jobs schlecht bezahlt waren und schlecht erzogene Männer die Blicke nicht von ihr lassen konnten, war es für sie einfach ein Job. Ein Job wie jeder andere und eine Möglichkeit, sich die Tage so einzuteilen wie sie wollte, um sich die liebgewonnene Freiheit für weitere Jahre zu erhalten.

Zurück in Österreich, wo sie bereits seit einigen Jahren mit ihrem jetzigen Ehemann liiert war, brachte sie zwei süße Töchter auf die Welt. Sie war eine spät Gebärende und Unkenrufe „Höchste Zeit!“ oder „Schon etwas spät!“ ignorierte sie und schob sie unbeeindruckt zur Seite. Schließlich war es ihr Leben.

Voll Selbstbewusstsein suchte sie sich nach ihrer Karenzzeit, der vollen ohne Glucke zu sein, den ersten Teilzeitob. Außerdem organisierte und finanzierte sie sich einen Fremdenverkehrslehrgang an der WU. Selbstverständlich neben dem Teilzeitjob in einem Callcenter. Schließlich sollte ihre Reisetätigkeit im Ausland Früchte tragen und auf ein solides berufliches Fundament gestellt werden. Nur zwei Jahre später wurde sie mit dem Titel „Akademisch geprüfter Fremdenverkehrskaufmann“ belohnt. Heute wäre sie mit Sicherheit „Akademisch geprüfte Fremdenverkehrskauffrau“, so ändern sich die Zeiten und die Titel.

Doch ihrem Traum, mit dieser Ausbildung endlich im mittleren Management Fuß zu fassen, kam sie kein Stück näher. Nach dem Callcenter fing sie wieder ganz unten an zu arbeiten. „Wieso werden Teilzeitjobs nie mit mittlerem Management assoziiert?“, das versteht sie bis heute nicht.

Einst gab es keine Stimmen: „Tu das nicht, beginne nicht Teilzeit zu arbeiten, sonst schaffst du keinen Aufstieg.“ Einst wurde auch nicht von Altersarmut gefördert durch Teilzeitjobs gesprochen, die jetzt in Deutschland Realität ist. Im Gegenteil. Einst hieß es nur:

„Was, du gehst arbeiten mit zwei kleinen Kindern? Was bist du nur für eine Rabenmutter!" Heute weiß nicht nur Dr. Google, dass Raben keine schlechten Eltern sind.

Welches Jahr war „einst"? „Einst" waren die Ausläufer der 90er Jahre.

Gesellschaftlicher Druck prallte lange an ihr ab. Dafür hatte sie zu viel gesehen, zu viel erlebt. Sie wollte nie lieb Kind sein, von niemandem, und will es bis heute nicht. Dadurch gestaltete sich vieles einfacher für sie. Sie war freier, freier als viele Menschen es jemals sein werden.

In ihren Teilzeitarbeiten erlebte sie so manche Firmenpleite und wurde trotzdem nie Langzeitarbeitslose. Je nach Arbeitsmarkt-Bedarf ließ sie sich umschulen oder anlernen. Sie fing unten an und arbeitete sich hoch. Ihr Gehalt war niedrig und jede Gehaltserhöhung empfand sie als Anerkennung ihrer persönlichen Leistung. Sie hat Stunden aufgestockt, weiter gelernt und dabei trotzdem nie ihre persönliche Priorität aus den Augen verloren.

Aber was war ihre persönliche Priorität? Und ist sie es heute noch? „Jein", sagt sie. „Damals als die Kinder klein waren, war Teilzeit meine oberste Priorität. Ich wollte Flexibilität, die mir nur ein Teilzeitjob bieten konnte. Ich wollte „finanzielle" Unabhängigkeit, die mir die schlecht bezahlten Teilzeitjobs bis zu einem gewissen Grad erfüllten. Ich wollte mir das Leben so einteilen, wie es für mich und meine Kinder praktikabel war. Ich wollte selbstbestimmte Gestalterin und nicht Verwalterin meines Lebens sein."

Praktikabilität stand viele Jahre im Fokus ihres Tuns. Praktisch nichts und praktisch niemand sollten der beruflichen Karriere ihres Mannes im Wege stehen. Das hatten sie gemeinsam beschlossen. Schließlich verdiente er praktisch mehr, hatte praktisch eine bessere Ausbildung und praktisch bessere Chancen als sie.

Sie war schon dankbar, dass er die Kleinen in der Früh in den Kindergarten brachte. Vor 20 Jahren noch keine Praktik, keine Selbstverständlichkeit. Einige werden sich jetzt vielleicht denken: „Super, dadurch konnte sie eine Stunde länger schlafen und gemütlich frühstücken". Nein, liebe Leser, das war ihr nicht möglich. Sie konnte dafür aber zwei Stunden früher zu arbeiten beginnen. What a deal!

Der nächste großartige Deal in einem der reichsten Länder Europas, ihr Gehalt ging fast zur Gänze für die Versorgung und Unterbringung der Kleinen drauf. Kein Kindergarten in Österreich ist so flexibel, Geld nur für die Zeit der Anwesenheit zu verlangen. Warum eigentlich nicht? Weil die Abrechnung zu aufwendig wäre? Weil Eltern nicht „compliant" sind, und einmal später, einmal früher kommen? Weil Kinder zu oft krank sind und die Kassen dadurch leer blieben? Viele unbeantwortete Fragen, die unter Frauen nicht diskutiert werden, obwohl gerade sie für die Kosten des Kindergartens häufig aufkommen oder an ihnen beteiligt sind.

Na gut, jetzt können Sie mahnend sagen: „Dafür gibt es Familienbeihilfe in Österreich." Okay, dieser Punkt geht an Sie. Unser Staat trägt seinen Anteil an der Kinderbetreuung. Aber zahlen wir dafür nicht auch ein in ein Sozialsystem, das uns vor Ausbeutung schützen soll, oder habe ich da etwas missverstanden? Ist sozialer Ausgleich nicht ein Trigger für Stabilität und Freiheit in einer Gesellschaft, in einer Demokratie oder verwechsle ich da gerade wieder etwas?

Sie wollte Flexibilität. Flexibilität ist nicht unbedingt ein Synonym für Stabilität, vielmehr für Anpassungsfähigkeit. Und Anpassungsfähigkeit besaß sie, eine Zeitlang sogar Genügsamkeit. Als sie jedoch erkannte, dass sie trotz der Teilzeitjobs in einem Hamsterrad lief und in alten Rollenbildern „Frau kümmert sich um Kinder und Haushalt" festsaß, stellte sie ihre „freie" Zeit auf den Kopf. Und nicht nur auf den Kopf, sondern auf neue Beine. Die Bauherrin in ihr wurde geweckt.

Sie studierte ihre Tagesabläufe und wie sie welche Erleichterung für sich gewinnen konnte. Darauf aufbauend vergab sie „Aufträge“ und langsam aber stetig wuchs ihr Netz an Personen, die sie tatkräftig unterstützten.

Rasch fand sie in ihrer Siedlung und im Kindergarten Gleichgesinnte. Das gemeinsame „Bau-Anliegen“ war noch rascher definiert: „Kannst du mir da helfen, dann helfe ich dir dort!“ Selbst Kurzurlaube wurden gemeinsam bestritten, da die Männer wie so oft keine Zeit für einen Kurztrip fanden und der Kindergarten aufgrund der Feiertage wieder einmal seine Pforten geschlossen hatte. Aber sie beschwerten sich nicht und forderten diese Kurztrips von ihren Männern auch irgendwann nicht mehr ein. Es war ein erster Versuch, alte Rollenbilder aufzubrechen. Diese Frauen wollten nicht mehr länger nur putzen, kochen, waschen, bügeln und einen anerkennungslosen, aber niemals ahnungslosen Teilzeitjob verrichten, sondern der Gesellschaft zeigen, dass nicht nur ARBEIT – egal ob bezahlte oder unbezahlte – das Leben lebenswert macht.

Von der zweiten Priorität, die ihr zeitlebens wichtig war, träumt sie noch heute: von der Unabhängigkeit. Dabei streitet sie gar nicht ab, dass sie sich über ihre Teilzeitjobs freiwillig und dauerhaft in eine gewisse finanzielle Abhängigkeit begeben hat, dass Österreich beim Thema Gender Pay Gap noch Aufholbedarf hat, und dass sich, obwohl sie mittlerweile seit zwei Jahren wieder Vollzeit tätig ist, das nicht mehr allzu positiv auf ihre Pension auswirken wird. Selbst wenn ihre Kindererziehungsjahre noch angerechnet werden und sich ihr Partner dazu entscheidet, ihr einen Teil seiner Pension aus eigenen Stücken zu übertragen, wird sich die finanzielle Unabhängigkeit im hohen Alter für sie wahrscheinlich nicht mehr ganz ausgehen!

43 OH GOTT, DAS GEHT AUCH NOCH SCHLIMMER!

Mehr als 18 Jahre lang war sie Teil einer der größten Interessensvertretungen unseres Landes. An der Seite des Präsidenten koordinierte sie seine geschäftlichen Sitzungen. Jeden Morgen kam sie rund 30 Minuten vor ihm ins Büro. Diese Zeit reichte ihr aus, um seine Termine so aufzubereiten, dass er in kürzester Zeit einen wertvollen Überblick über das Tagesgeschehen erhielt. Sie nahm Telefonanrufe entgegen, verschob lästige Gäste auf ein „nächstes Mal" und verwaltete seine unzähligen Geschäftsreisen. Während der Sitzungen war sie stets anwesend, und selbst wenn sie nicht explizit damit beauftragt wurde, übernahm sie still und leise die Vor- und Nachbereitung der Sitzungsprotokolle. Sie war die interne und externe Kommunikationsschnittstelle und gemeinsam mit ihren Kolleginnen für den Medienplan zuständig. Sie liebte ihren Job und schätzte ihren Chef sehr, doch irgendwann ging er in Pension und seither kann sie dem flapsigen Ausspruch „ein neuer Besen kehrt besser" nur wenig abgewinnen.

Auf den Chef folgte eine Frau, eine Frau Präsidentin sozusagen. Wenn sie über diesen Wechsel spricht, geht es in ihr drunter und drüber: „Ich arbeite lieber für drei Männer als für eine Frau." „Aha, trifft also auf diese Frau die Besen-Weisheit schon mal nicht zu?" „Wissen Sie, bei dieser Chefin hatte ich einfach kein Glück. Egal, was ich tat oder nicht tat, was ich sagte oder nicht sagte, was ich vorbereitete und aufbereitete, es war nie gut genug. Selbst an Tagen, an denen ich bis 20 Uhr anwesend war, weil die Chefin wieder einmal sehr spät am Nachmittag ins Büro hereinschneite, erhielt ich weder anerkennende Worte noch ein freundliches „Gute Nacht" beim Abschied. Nie traf sie Entscheidungen und Projekte zogen sich wie ein Strudelteig in die Länge. Mangelndes Vertrauen wurde mein ständiger Begleiter und im Lesen zwischen den Zeilen wurde ich Weltmeister."

Wie beim Orakel von Delphi hätte sie erkennen sollen, ob heute Tee oder Kaffee zu servieren ist. Ob Termine zu verschieben sind oder nicht. Ob die Nachbereitung versendet werden darf oder nochmals überarbeitet werden muss.

Nur zwei Jahre später verließ sie nach fast 20-jähriger Zugehörigkeit die Interessensvertretung und mit ihr den schwach ausgeprägten Führungswillen ihrer Chefin. „Pech gehabt, ich war zum falschen Zeitpunkt am richtigen Ort."

Paradoxerweise hat sie für einige Jahre ihr Ziel aus den Augen verloren, um am Ende wieder dorthin zurückzukehren, wo alles begann.

Doch mehr dazu abschließend. Ihr nächster Job führte sie in ein anerkanntes Fernlehr-Institut, wo sie von Anfang an die rechte Hand ihrer angenehmen Chefin war. Frau ist eben nicht gleich Frau, genauso wie Mann nicht gleich Mann ist. Die Agenden des Personalwesens bekam sie sukzessive übertragen und sie erfüllte sie mit neuem Leben. Sie lernte viel und viele unterschiedliche Menschen kennen, aber was fast noch wichtiger war, sie gewann endlich wieder Vertrauen zu sich selbst. Das vermeintliche Versagen in ihrem letzten Präsidenten-Job hatte unbewusst Spuren hinterlassen und nagte schwer an ihrem Selbstbewusstsein. „Bin ich als Assistentin geeignet? Kann ich die Personalagenden überhaupt zur Zufriedenheit meiner Chefin übernehmen?", zermarterte sie sich die ersten Monate fast täglich den Kopf. Selbst wenn sie Feldherr ihres Lebenslaufs gewesen wäre, alles präzise geplant hätte, Arbeitsmarktentwicklungen vorhersagen hätte können, hätte ihr keiner rechtzeitig sagen können, dass sie ihre erste Arbeitsstelle nach 18 Jahren kündigen und in ihrer zweiten Arbeitsstelle nur ein paar Jahre später abgefertigt werden würde. Das Fernlehr-Institut schloss wegen finanzieller

Probleme für immer seine Pforten.

Damit stand sie wieder auf der Straße. Unverschuldet wie beim ersten Mal. Doch dieses Mal haderte sie nicht mit sich und der Welt, sondern nahm ihr Schicksal in die Hand. Sie meldete sich beim Arbeitsmarktservice arbeitslos, kontaktierte ihr Netzwerk und studierte die Annoncen diverser Tageszeitungen.

So auch an diesem Tag, als ihr folgende Überschrift ins Auge springt und ihr nicht mehr aus dem Kopf geht: „Suche Haushälterin mit einem Nettogehalt von 2.400 Euro“. Und obwohl sie die Anzeige kurz darauf zur Seite legt, lauscht sie den Impulsen in ihrem Kopf: „Haushälterin klingt doch gar nicht so schlecht, oder? Warum eigentlich nicht? Du willst ja schon lange etwas Neues wagen. Bei deinem ersten Chef hast‘ Buffets organisiert, jetzt kannst du Essen für eine Familie kochen. Du liebst Essen und Kochen ist eine deiner Leidenschaften, also worauf wartest du noch? Ergreif‘ die Chance beim Schopf und koch‘ deinen nächsten Schopfbraten nicht mehr nur für dich und deinen Freund!“

Ihre Neugierde war geweckt und mit ihr die Phantasie, die sie ein Bewerbungsschreiben der besonderen Art verfassen ließ. Da sie die gewünschte langjährige Erfahrung nicht mitbrachte, schrieb sie stattdessen über die vielen Jahre der gehobenen Assistenz beim Präsidenten, sowie ihre Liebe und Leidenschaft für die Küche und ihre erst kürzlich abgelegte Gastro-Prüfung. Das Referenzschreiben des Präsidenten rundete das umfangreiche Bewerbungspaket ab.

Wir schreiben das Jahr 2015 und nur fünf Tage nach dem Verschicken der Bewerbungsunterlagen meldete sich „Haushälterin Nummer 1“ bei ihr: „Kommen Sie bitte zu einem Vorstellungstermin. Ginge es bei Ihnen morgen um 10 Uhr?“

Natürlich war das für sie möglich, also antwortete sie freudig erregt: „Sehr gerne komme ich morgen um 10 Uhr zu Ihnen in den 19. Bezirk!“

Das Gespräch am nächsten Tag verlief positiv. Die Herrin des Hauses war anwesend und ergoss ihren Enthusiasmus über sie und ihre bevorstehenden Aufgaben: „Wir haben eine Wohnung in Amerika und mindestens einmal jährlich versenden wir einen Container in besagte Hafenstadt. Zeitgleich mit diesem Container müssten Sie auf Reisen gehen. Wieso? Weil Sie diesen Container vor Ort empfangen und danach sicherstellen, dass der Inhalt des Containers in die Wohnung gebracht und die einzelnen Gegenstände des Containers im Penthouse am richtigen Ort platziert werden. Ich gebe Ihnen ein Beispiel. Meine speziellen Wattepads müssen am rechten Waschbeckenrand in einer kleinen Schale zum Liegen kommen, nicht mehr als drei Stück davon. Den Rest verstauen Sie im Schrank oberhalb des Waschbeckens, im zweiten Fach von unten. Selbstverständlich erhalten Sie für die ordnungsgemäße Anordnung aller Gegenstände eine Liste von

mir. Wichtig dabei, wenn ich komme, muss alles so sein, wie ich es mir vorstelle."

„Uiiii, ich stelle mir schon die Liste vor! Und „uiiii", wie soll ich das meinem Freund erklären? Ich verschiffe mich gemeinsam mit einem Container. Der Container und ich gehen also vielleicht für Wochen, vielleicht für Monate auf Reisen, so genau konnte sie mir das in diesem Gespräch nicht erläutern. Wir sind halt dann einfach mal weg, ich und der Container. Ja, und selbst wenn ich nicht weg bin, arbeite ich im Wechseldienst. Sprich zehn Tage lang werde ich der Chefin rund um die Uhr, also 24 Stunden zur Verfügung stehen. Dafür gäbe es dann zehn freie Tage, die ganz und gar mir und dir gehören würden ... Was für eine Perspektive?"

Trotz oder wegen dieser Perspektive war ihre Neugierde noch lange und erst recht nicht gestillt. Sie vereinbarte einen Probetag.

Dieser spezielle Tag begann mit der Krankheit des fünfjährigen Sohnes und mit den Worten der „Haushälterin Nummer 1": „Das ist heute kein so guter Tag. Wissen Sie, ihr Sohn hatte in der Nacht starken Husten und an solchen Tagen ist die Chefin immer besonders nervös." Pragmatisch sprach sie aus was ihr spontan in den Sinn kam: „Oje, dann sollte sie vielleicht mit ihrem Sohn zum Arzt gehen." „Nein auf keinen Fall! Der Arzt kommt selbstverständlich zu uns ins Haus. Ich habe ihn bereits kontaktiert." Plötzlich wird die „Haushälterin Nummer 1" kreidebleich und schießt nach: „Verzeihen Sie mir, dass ich Sie für ein paar Minuten alleine lasse. Aber ich habe doch tatsächlich vergessen, ihre Mutter anzurufen. Immer wenn etwas nicht stimmt, muss ich ihre Mutter kontaktieren und sie zu uns ins Haus bitten."

Dies war der Moment, wo ihr ernste Zweifel an ihrem Unterfangen kamen und ihr ungewollt entschlüpfte: „Oh Gott, das geht vielleicht auch noch schlimmer."

Die „Haushälterin Nummer 1" war auch nach dem

Telefonat mit der Mutter fürchterlich nervös und irgendwie ganz aus dem Häuschen. Irgendetwas schien nicht zu stimmen.

Nur 60 Minuten später rauschte die Mutter der Hausherrin mit einem wallenden Kleid und einem kleinen Hund an der Leine ins Haus. Tee und Obst mussten vorbereitet werden. Die Dame des Hauses wurde in den nächsten Minuten erwartet. Sie war spät dran, die fehlende Nachtruhe hatte sie in die Morgenstunden verschoben und ausgiebig den so wichtigen Schlaf nachgeholt. Als sie die Treppen nach unten schritt, sah sie weder übernächtig noch mitgenommen aus. Im Gegenteil, das Haar fiel geschmeidig auf ihre Schultern, der Overall umschmeichelte ihren zarten Körper, das Gesicht war mit Puder gut aufgepolstert und die Schminke unterstrich so etwas wie unbändigen Tatendrang.

Sie selbst stand noch immer wie angewurzelt an der Stelle, an der sie die „Haushälterin Nummer 1" stehen ließ. Die Herrin des Hauses schritt an ihr vorüber, zielstrebig in den Salon, wo ihre Mutter bereits auf sie wartete. Sie selbst würdigte sie keines Blickes.

Der Salon war ein riesiges Zimmer mit einem schweren Esstisch und großen, ebenfalls schweren Sesseln für 15 Personen. An dieser endlos langen Tafel saßen sich die beiden Frauen Gott sei Dank nicht gegenüber. Trotzdem, irgendetwas störte sie: „Irgendwie kommen mir diese Damen an diesem überdimensional großen Tisch verloren vor." „Gibt es in diesem Haus keinen kleineren Raum für ein Treffen zu zweit?", fragte sie die „Haushälterin Nummer 1". Noch bevor die Haushälterin ihr eine Antwort geben konnte, stolzierte die Herrin in den Vorraum und bestellte neuerlich Tee. Nicht weil der alte Tee bereits ausgetrunken war und vorzüglich gemundet hat. Nein, weil der alte Tee nicht ihrer Laune entsprach und daher eine neue Sorte so rasch wie möglich auf den Tisch musste. Minze und nicht Kamille sollte ihre Geschmacksknospen verwöhnen.

Kurz darauf erhielten sie von der Herrin den Auftrag, in die Stadt zu fahren. Sie und die „Haushälterin Nummer 1“ sollten im 6. Bezirk eine spezielle Vitaminmischung, die es nur dort in der Apotheke gab, abholen. Also machten sie sich auf den Weg. Als sie gerade die Landesgerichtsstraße passierten, nur fünf Minuten von ihrem eigentlichen Ziel entfernt, erhielten sie einen Anruf der Dame des Hauses: „Kommen Sie umgehend zurück. In spätestens 20 Minuten kommt der Hausarzt und irgendjemand muss ihm die Tür aufsperren und ihn bezahlen!“ Sie staunte nicht schlecht, als die „Haushälterin Nummer 1“ das Auto an der nächsten Kreuzung wendete und ohne Wenn und Aber zügig den Weg „nach Hause“ einschlug. Was blieb ihnen anderes über? Die „Grande Dame“ besaß nie Bares und überließ es ihrer Haushälterin mit ihrem Haushaltsbudget die anfallenden Kosten zu übernehmen.

Kaum angekommen, klingelte der Kinderarzt. Er ging direkt zum Sohn ins Kinderzimmer. Sichtlich kannte er den Weg und stellte nach nur fünf Minuten die Diagnose: „Leichte Grippe, nichts Schlimmes, wirklich nicht.“ Nach weiteren zehn Minuten verließ er das Haus inklusive der Geldscheine, die ihm die „Haushälterin Nummer 1“ mit den Worten „Danke für Ihr rasches Kommen“ in die Hand drückte.

Mit ihm verließen auch sie, die „Haushälterin Nummer 1“ und meine Interviewpartnerin, wieder das Haus, um zurück in den 6. Bezirk zu fahren und den längst vorbereiteten Vitamincocktail abzuholen. Vom Kinderarzt hatten sie ein weiteres Rezept in der Tasche. Ein Rezept für eine spezielle Schleimlösung, die das rasche Abhusten beschleunigen sollte. Einziger Nachteil dieser Medizin, die gab's wieder nur in einer Apotheke im 18. Bezirk, sozusagen ums Eck von der Wahlarzt-Praxis des Kinderarztes.

Noch heute ist sie der „Haushälterin Nummer 1“ dankbar für die gemeinsame Zeit im Auto und ihren Hinweis: „Wissen Sie, die Herrin ist etwas hypochondrisch veranlagt und alle zwei bis drei Wochen muss ich spät in der Nacht in die Apotheke fahren. Irgendetwas fällt ihr immer ein."

Sie trat die Stelle nicht an und heute weiß sie, dass sie auch nicht zur Dienerin geboren ist. Einer vornehmen Dame zu dienen und immer das zu tun, was von einem verlangt wird, sich dabei ständig auf die Zunge beißen zu müssen, war und ist nicht ihr Lebensziel. Sich hingegen die Tage selbst einzuteilen, Projekte zu übernehmen und voranzutreiben, dabei ihr Organisationsgeschick unter Beweis zu stellen, ist schon eher ihr „Ding". Und wer weiß, vielleicht wird ihr Traum vom eigenen kleinen Kaffeehaus mit selbstgebackenem Kuchen irgendwann Realität. Dann dient sie allerdings sich selbst und ihren Kunden. In der Zwischenzeit ist sie mehr durch Zufall als durch Planung wieder dort, wo sie bereits einmal 18 Jahre lang „diente". Doch heute „dient" sie nicht mehr nur, sondern koordiniert eigenverantwortlich Projekte an der Seite ihrer Chefin. Eines hat sich dabei für sie herauskristallisiert: Führungseigenschaften sind Führungseigenheiten und daher keine Frage des Geschlechts, sondern der jeweiligen Persönlichkeit, des jeweiligen Charakters.

44 Okay, ich werde Hebamme

Jung und schön sitzt sie vor mir, lächelt mit der kleinen Katze, die durch den Wintergarten streift, um die Wette und schenkt uns eine Tasse frischen Kaffee ein. Dazu gibt es eine herrliche Mohntorte, eine der vielen Waldviertler Spezialitäten. Übrigens selbst gebacken, nicht gekauft.

Sie ist kaum 26 Jahre alt und ich habe selten Menschen erlebt, die in diesem zarten Alter so in sich ruhen. Tatsächlich umgibt sie eine Aura von Zuversicht, Vertrauen in sich selbst, Einfühlungsvermögen und diesen unbändigen Optimismus, gepaart mit Achtsamkeit.

Ist sie aber wirklich ein Optimist, dieser Mensch, der sagt: „Das Auto springt nicht an! Kein Problem, ich wollte sowieso das von meinem Freund nehmen. Den Job verloren! Endlich eine Chance Neues zu entdecken. Die Jean gerissen! Super, endlich ein Grund shoppen zu gehen“?

Wer will nicht erfolgreich, zufrieden und attraktiv sein? Wer will nicht neue Perspektiven gewinnen, wenn die alten nicht mehr passen?

Bereits im kindlichen Alter von sechs Jahren sagte sie, als sie das Bild einer Nachgeburt in der Hand einer Hebamme sah: „Okay, ich werde Hebamme."

Die Eltern haben sie dabei immer unterstützt und ihr zu verstehen gegeben: „Geh diesen Weg, wir glauben an dich." Heute arbeitet sie in einem der ältesten Frauenberufe der Welt und strahlt nicht ausschließlich mit der Sonne um die Wette, wenn sie über ihren Job spricht: „Wissen Sie, dieser Job macht mir wahnsinnig viel Spaß, er wird einfach immer schöner. Ich glaube, und das soll jetzt nicht überheblich klingen, dass ich den Job deswegen so gerne mache, weil ich wirklich gut darin bin. Ich habe in den letzten Jahren so viel an Sicherheit gewonnen. Ich weiß, was ich tun muss, welche Entscheidungen rascher, welche langsamer zu treffen sind. Das Spannende dabei, ich lerne jeden Tag neue Menschen kennen. Menschen mit unterschiedlichsten Persönlichkeiten und Charakteren, Menschen aus unterschiedlichsten Kulturen und das macht es vielfältig, bunt und schön. Selbst meine Mutter unterstreicht noch heute: „Dieser Job passt einfach richtig gut zu dir, es ist ungemein schön zu sehen, wie du darin aufgehst.""

Wenn Frauen große Angst vor einer natürlichen Geburt haben, oder keine Schmerzen ertragen können und sich aufgrund dessen für den Kaiserschnitt entscheiden, muss sie nicht lange überlegen, was zu tun ist. Sofort nimmt sie sich für die „Kaiser-Schnitten" Zeit. Wofür? Für unendlich lange Gespräche. Wozu? Um Vertrauen aufzubauen und ihnen Schritt für Schritt ihre Kaiserschnitt-Sicht näher zu bringen. Wie? Ohne dabei altklug zu wirken, oder Druck auszuüben. „Klar", gibt sie zu, „ist es schön, keine Schmerzen zu haben, sich das Datum der Geburt aussuchen zu können und den Kindesvater, der sechs Monate zuvor schon seinen

Urlaub einreichen konnte, entspannt, ohne dieses Wehen-Theater neben sich am OP-Tisch zu wissen." Trotzdem, und dabei bleibt sie, ist es eine Bauch-Operation und die Schmerzen kommen dann eben später, aber sie kommen mit Sicherheit. Was viele Frauen nicht wissen, dass durch den kaiserlichen Schnitt jede weitere Schwangerschaft zur Risiko-Schwangerschaft wird. Es ist nicht wie Zähne putzen, wo unter Umständen erst Jahre später Schäden sichtbar werden. „Natürlich sind wir froh, dass wir ihn haben, unseren kaiserlichen Schnitt, allerdings nur dann, wenn wir ihn medizinisch brauchen." Dass aus einer Not eine Tugend gemacht wird, kann sie nur schwer verstehen.

Am Ende des Tages treffen aber die Frauen, die werdenden Mütter, die Entscheidung. Hört sie jedoch am Tag nach der Geburt: „Ich bin so froh, dass kein operativer Eingriff notwendig war, es war ein voll schönes Erlebnis", macht sie das stolz und glücklich. Stolz auf ihr Einfühlungsvermögen, auf die guten Gespräche und auf den natürlichen Optimismus, der ihr innewohnt. „Ich gebe nie auf im Werben für eine natürliche Geburt und im Umwerben meiner schwangeren „Holt mich hier raus"-Fanatikerinnen", sagt sie und strahlt mich dabei mit ihren blauen Augen an. Pessimisten dürften gar nicht heiraten, denn sie wissen wie viele Ehen scheitern. Pessimisten dürften sich niemals selbständig machen, denn sie wissen wie viele Unternehmen in zwei Jahren Konkurs anmelden. Warum sollte also meine Hebamme nicht daran glauben, dass ursprünglich gefasste Meinungen nicht doch verrückt werden können? Ihr Optimismus gepaart mit Achtsamkeit und ihre Überzeugung lassen sie unmöglich erscheinende Geburten angehen, denn kein perfekter Bikini-Schnitt der Welt kann eine natürliche Geburt ersetzen.

Weder Ärzte noch Krankenschwestern, noch ältere Hebammen mischen sich in ihre Arbeit ein. Sie vertrauen ihr, denn sie weiß, was sie tut. Dabei darf sie ihre Persönlichkeit ausleben. Sie setzt auf ihre Art und Weise einen Schritt nach dem anderen bis zum ersten Schrei des neugeborenen Winzlings. In ihrem Krankenhaus herrscht kein „battle" im Sinne von „ich weiß es besser", oder vielleicht sogar im Sinne von „ich bin besser". Alle helfen sich gegenseitig und wenn jemand einen Tipp braucht oder Hilfe sucht, bekommt er worum er gebeten hat.

Täglich schärft sie ihre Wahrnehmung, mit jeder Geburt ein bisschen mehr. „Wir laufen mit einem wachen Auge durch die Gänge, selbst in der Nacht, wenn wir bereits sehr müde sind. Wir konzentrieren uns, um nichts zu übersehen. Die Symptomatik richtig zu deuten, obliegt mir und meinen Kolleginnen, und wir müssen die Anzeichen einer sich anbahnenden Geburt so sehen, wie sie sind. Weibliche Interpretationslust ist in diesem Fall fehl am Platz!"

Sie sind ein gutes Team. Warum kann sie mir nicht erklären. Vielleicht weil jeder die Freiheit hat, seine Persönlichkeit einzubringen, und Meinungen anderer toleriert werden. Selbst mit den Älteren zu arbeiten macht ihr Spaß. Von ihnen kann sie noch wahnsinnig viel lernen. Die haben viel Erfahrung und sind trotzdem jung geblieben. Aufsteigen kann sie in diesem Job nicht. Nicht so wie in anderen Berufen. Aber sie kann in diesem Job immer besser werden und dafür Sorge tragen, dass nichts Unnatürliches passiert. Das ist ihre Karriere und letztendlich ihr ganz persönlicher Erfolg.

Natürlich und nicht unnatürlich weiß sie heute, dass sie Glück hatte. Sie musste sich nie wirklich mit dem Gedanken beschäftigen, was einmal aus ihr werden würde, welchen Beruf sie ergreifen sollte. Sie wünscht allen Frauen, dass sie zumindest einmal in ihrem Leben sagen können: „Ich konnte natürlich als Frau alles erreichen und schenke Menschen gerne meinen Blickwinkel auf das Natürliche."

45 On the road again

In vielen Branchen geht es am Ende des Jahres darum, Kosten zu sparen und Wachstum zu generieren. Das erreichen Unternehmen am besten über Flexibilisierung – mitunter der eigenen Person – und schon war sie „on the road" und im Laufe der Zeit „on the road again".

„On the road" – unterwegs oder ins Deutsche übersetzt „auf der Straße" ist ein österreichisches Roadmovie aus dem Jahr 2012. Würde ihre Geschichte verfilmt werden, würde es das Leben einer jungen Frau einfangen, die eines Tages beschloss, Karriere zu machen und ihren Kindern und ihrem Mann trotzdem eine gute Mutter und Frau zu sein. Und dabei, ja so ganz nebenbei, nahm sie viele Kilometer auf teilweise schlecht asphaltierten Straßen in Kauf. Nicht weil sie sich dadurch eine Luxusyacht kaufen konnte. Nein, sondern weil sie ihrem sozialen Umfeld und sich selbst beweisen wollte, dass Familie und Karriere auch in einer „normalen" Familie unter einen Hut zu bringen sind. Sie hat den Spagat zwischen gebraucht werden und erfolgreich sein gelebt und belebt. „Für meine Tochter bin ich ein „role model" und sie ist ordentlich stolz auf mich. Meinen Kindern zu zeigen, dass sie „alles" erreichen können, war mir viele Jahre wichtig."

Natürlich waren die ersten Jahre im Kindergarten, in der Volksschule für die Familie und für sie eine große Herausforderung namens Zeitmanagement. Wenn die Kinder warten mussten, weil sie wieder einmal zu spät kam, quälte sie das schlechte Gewissen. Heute, wenn sie gemeinsam mit ihren erwachsenen Kindern über diese Zeit spricht, sagen beide mit einem Lächeln auf den Lippen: „Mama, pünktlich warst du wirklich nie." Ihr Mann war zur damaligen Zeit die treibende Kraft und ermutigte sie kurz nach der Karenzzeit wieder arbeiten zu gehen. Wohlwissend, dass sie nur zu Hause nicht glücklich werden würde. Und so kehrte sie in ihren Beruf, in den Außendienst eines pharmazeutischen Unternehmens zurück. In diesem Unternehmen übernimmt sie nur wenige Jahre später ihre erste Führungsrolle und damit Teamverantwortung.

Jahre später verlässt sie dieses Unternehmen, um in einem anderen Pharma-Konzern ein größeres Team mit noch mehr Verantwortung zu leiten. Der neue Konzernchef und mit ihm seine engsten Mitarbeiter pflegen einen vertrauensvollen Führungsstil, dessen Ziel es ist „Mitarbeiter zu entwickeln", um sie eines Tages an die Spitze kleinerer oder mittlerer Niederlassungen zu setzen. Diesem Ziel folgen nicht nur leere Worte, sondern viele Taten.

Tatkräftig wie sie ist, zeigt sie auf, lernt, arbeitet, zeigt wieder auf und beweist sich und ihrem beruflichen Umfeld ihr Geschick und Können. Nur kurze Zeit darauf wird die Geschäftsleitung auf sie aufmerksam und nur wenige Jahre später lenkt sie die Geschicke der Zweigstelle in der Slowakei. Und die Reise beginnt.

Von nun an hieß es „on the road again". Nicht nur die Slowakei wurde montags zu ihrem erklärten Reiseziel. Dazwischen lagen andere Länder, wo sie mit Kollegen an Marktstrategien tüftelte, an internationalen Kongressen und Workshops teilnahm und mit Geschäftsführern aus zwei anderen Ländern Mentoring auf Augenhöhe (er-)lebte. Eine Bilderbuchkarriere, oder etwa nicht?

An manchen Tagen hatte sie ein latent schlechtes Gewissen. Nämlich dann, wenn sie sonntags die Koffer packte, um montags wieder einmal für ein paar Tage aus dem Leben ihrer Familie zu verschwinden. Aber sie hatte lange Zeit kein Gegenmittel. Obwohl oder gerade, weil sie für die pharmazeutische Industrie arbeitete, war kein probates Mittel gegen Leidenschaft griffbereit.

Und für Leidenschaft war sie bereit, Opfer zu bringen.

Bereit, große Schlaglöcher im Asphalt auf ihrer täglichen Reise in die Slowakei in Kauf zu nehmen. Bereit, Turbulenzen im Flieger mit Gelassenheit zu ertragen, bereit, ihre müden Beine mit Franzbranntwein einzureiben oder ihre geröteten Augen abends mit einer kühlenden Augenmaske zu entlasten.

Irgendwann war sie sogar bereit, die Distanz zwischen Bratislava und Wien täglich zu fahren, da die Sehnsucht nach Familie und Freunden sie buchstäblich übermannte, um nicht zu sagen überrannte.

Trotzdem wurde ihre Leidenschaft für ihren Job zu einer Währung, mit der sie konsequent den eingeschlagenen Weg verfolgte. Die Leidenschaft, mit der sie ein Umfeld gestaltete, in dem mit Freude und Respekt für Leistung geworben wurde. In ihrem Fall ist Leidenschaft etwas Gutes, denn sie ließ sie Kinder großziehen, Gewinne für ihr Unternehmen einfahren, Mitarbeiter weiterentwickeln und mit Menschen Projekte zum Wohle der Patienten realisieren.

Mit einem Schmunzeln im Gesicht verrät sie mir: „Hat Frau einmal verstanden, dass der Weg Teil des Ziels ist, geht ihr vieles leichter von der Hand.“ Die Zeit im Flieger nützte sie zur Geschäftsvorbereitung und zum Lesen von Mails. Die Fahrt mit dem Auto nannte sie „ihr rollendes Büro“, in dem sie nach Herzenslust mit Kunden, Mitarbeitern und Geschäftspartnern telefonieren konnte. Die Nächte zu Hause waren der Balance geschuldet. Die Nächte im Hotelzimmer der Fitness. Schließlich wusste sie, dass Geschäfts-Reisende niemals auf der Flucht, aber mit zunehmendem Alter zur Unbeweglichkeit verdammt sind.

Und obwohl sie mit Leidenschaft viele positive Erfahrungen machte, sah sie, dass Leidenschaft auch Leiden schafft. Nämlich dann, wenn Arbeitnehmer einzig und allein mit beruflicher Selbstverwirklichung statt mit Geld motiviert werden. Die Frage nach einer Gehaltserhöhung war ihr nie zuwider. Sie meint trocken: „Ich forderte es ein und heraus.“ Und sie rät

Frauen, mehr einzufordern als sie im ersten Moment intuitiv herausfordern.

Wenn Menschen Leidenschaft sektenhaft mit Showcharakter vermittelt bekommen, ihnen eingeredet wird, dass es für Glück und Erfolg im Beruf nur die richtige Einstellung braucht, dann stößt das Leidenschaftscredo an seine Grenzen. Davon ist sie überzeugt. So funktioniert unsere Welt leider nicht. Menschen brennen für ihre Arbeit und verlieren trotzdem mit 50+ den Job. Nicht jeder talentierte Schifahrer wird Weltmeister. Viele sind zur falschen Zeit am falschen Ort und manche sind schlichtweg nicht talentiert.

Bekanntlich hat ja jedes Ding drei Seiten: eine positive, eine negative und eine komische. Die Komische lautet: „Wenn Sie es schaffen, mit Leidenschaft Ihre Anliegen im Unternehmen so zu präsentieren, als kämen sie in Wahrheit aus dem Interesse des Arbeitgebers, haben Sie gewonnen." Und diese Art Leidenschaft nutzte sie für den Weg, den sie einschlug.

Ihr war von Anfang an bewusst, Zeit mit einer Tätigkeit zu verbringen, die einen nicht erfüllt, schadet der Arbeitsmoral und ist schlecht für die Produktivität. Sich um Mitarbeiter zu kümmern, sie in schwierigen Lebenssituationen nicht im Stich zu lassen, sie aufzufangen, ihnen zu helfen, war für sie selbstverständlich und ist ihr nach wie vor ein großes Anliegen. Für sie hatten und haben harte Profite auch immer mit sozialer Kompetenz zu tun.

Wahrscheinlich werden sich jetzt einige denken: „Soziale Kompetenz, typisch weiblicher Führungs-Anspruch, was sonst?" Und obwohl soziale Kompetenz in aller Munde ist, herrscht nur selten gemeinsames Verständnis, was damit gemeint ist. Ja, vielleicht ist das der augenscheinlichste Unterschied zwischen Mann und Frau. Denn wenn wir daran denken, dass Testosteron impulsiv und tendenziell unvorsichtig macht und sich Männer lieber für Technik als für Menschen interessieren, liegt diese Schlussfolgerung durchaus nahe.

Doch auch sie will von einem weiblichen Führungs-Anspruch nichts hören. Ihr ist wichtig, dass zwischen Frau und Mann kein Unterschied gemacht wird, sprich es sollen Menschen – unabhängig vom Geschlecht – dieselbe Chance bekommen. So hat sie es kennengelernt und so will sie es auch weitergeben. „Wir sind nur Frauen und keine kulturfremden Eindringlinge, als die wir manchmal gesehen werden“, ist nur einer ihrer bemerkenswerten Aussprüche an diesem Tag.

Sie spricht aus, was sich andere denken: „Zu viel Testosteron in einem Raum ist nie gut.“ Damit unterstreicht sie, von Hormonen unbeeindruckt, ihren Anspruch auf Diversität im Sinne von Geschlechterparität.

Seit zwei Jahren pendelt sie nicht mehr. Sie ist in Österreich Geschäftsführerin einer internationalen Niederlassung und setzt um, was ihr Leben sie gelehrt hat: „Sich gegenseitig zu respektieren, miteinander in Dialog zu treten und voneinander zu lernen.“

Ein einziges Mal im Laufe unseres Gesprächs wird sie emotional. Genau dann als wir auf Gehaltsunterschiede zu sprechen kommen: „Wo bitte schön steht geschrieben, Frau soll, darf, muss alles leisten für wenig Geld? Wo bitte schön steht geschrieben, Frau darf, soll nicht fordern, schon gar nicht gleiches Geld für gleiche Leistung? Nirgendwo! Also bitte schön, liebe Frauen, fordert endlich gleiches Recht, im Sinne von gleichem Geld für gleiche Leistung!“

Eine erst kürzlich veröffentlichte Studie an der Carnegie Mellon University zeigt, dass aktuell nur 7 % der Master-

Studentinnen ihr erstes Gehalt verhandeln. 57 % der Master-Studenten tun dies womöglich genetisch bedingt unaufgefordert. Ja, es ist noch viel zu tun, und ja, es ist eine Reise – on the road again – in eine Gesellschaft, wo sich Frauen stark fühlen dürfen und Männer, wenn sie wirklich wollen, sensibel fühlen können.

46 SAGT DER SCHEICH ZUM EMIR

Kennen Sie dieses Sprücherl?

Sagt der Scheich zum Emir: „Zahl'n wir und dann geh'n wir." D'rauf sagt der Emir zu dem Scheich: „Zahl'n wir nicht und geh'n wir gleich!" Wie soll der kleine Emir das jemals verstehen können, wenn er in Wien keinen deutschsprachigen Kindergartenplatz bekommt? Die junge, ambitionierte Mama mit bosnischem Migrationshintergrund wünscht sich, dass ihr zweijähriger Emir im Kindergarten Deutsch spricht. Die Wiener städtischen Kindergartenplätze sind fulminant mehrsprachig: Bosnisch, Serbisch, Kroatisch. „Das lernt unser kleiner Emir zu Hause!" Na gut, dann bietet die Stadt Wien noch Türkisch, Mazedonisch, Albanisch. Deutsch haben die Kinderbetreuungseinrichtungen, die noch über freie Plätze verfügen, nicht im Repertoire. Wow, Albanisch zur besseren Kommunikation der so gefürchteten Parallelwelten untereinander? Ich bin als gebürtige Österreicherin peinlich berührt und weiß augenblicklich gar nicht, wie ich das der 36-jährigen Zahnärztin gegenüber gut machen kann. Gut macht das ihr Arbeitgeber, die Universitätszahnklinik der MedUni Wien, wo sie als Zahnärztin angestellt ist und zusätzlich in der studentischen Ausbildung arbeitet. Ihren Mann hat sie beruflich ganz in ihrer Nähe. Sie kannten sich zwar aus Tuzla, konnten aber nicht ahnen, dass sie eines Tages in Wien an der Uni gemeinsam mit Zahnmedizin fertig werden, sich verlieben, heiraten und sogar gemeinsam arbeiten. Die kleine Zahnarztfamilie ist trotz der fleißig bohrenden Eltern kinderbetreuungsmäßig nicht mehr gestresst, denn der kleine muslimische Emir ist im selben Gebäude und darf nun im betriebseigenen Kindergarten Deutsch lernen und sich auf den Nikolo freuen.

Gleich nach dem Gymnasium in Tuzla, einer Industriestadt im Nordosten von Bosnien-Herzegowina, auf dem die behütete, aber nie mit Kopftuch bedeckte Muslima Deutsch gelernt hat, ist sie alleine mit einer Freundin an der Hand nach Wien gekommen, um hier weit weg von den Eltern Zahnmedizin zu studieren. Die ersten Monate waren hart, aber sie hat nie ans Aufgeben gedacht, weil sie ihren geschäftstüchtigen Vater, der immer an sie und ihr Können geglaubt hat, nicht enttäuschen wollte. Sie wollte es schaffen für ihren Vater, der ihr so unendlich viel Kraft und Mut verliehen hat, diesen riesengroßen Schritt nach Österreich zu wagen, um zu bleiben. Sarajevo kam für das von ihr angestrebte Studium aus Qualitätsgründen nicht in Frage. Ein alternativer Studienplatz wäre noch Zagreb gewesen. Es ist Wien geworden, weil diese große Stadt mit gut fundierter theoretischer wie praktischer Medizinausbildung, tollen Weiterbildungsmöglichkeiten und kultureller Vielfalt punktete. Sicher nicht mit dem deutschlosen Kindergarten-Angebot, wie sich später herausstellte.

Viele junge Menschen aus ihrer Heimat, aber auch aus Serbien und aus Kroatien sind gekommen, um hier vor allem Medizin zu studieren. Viele sind geblieben, weil Österreich ein attraktives Land ist, in dem es leicht fällt, seinen Lebensmittelpunkt einzurichten und die beruflichen Zelte aufzuschlagen. Karriere im österreichischen Sinne möchte sie in ihrem Bereich nicht machen, also weder einen Professortitel tragen noch eine Klinikleitung übernehmen. Mit ihrem Mann als Zahnarztehepaar irgendwann selbständig machen, ja vielleicht, aber vorher wird noch die Familie erweitert. Außerdem macht ihr die aktuelle Arbeit zu viel Spaß, um daran etwas ändern zu wollen. Auf der einen Seite behandelt sie Patienten und sieht jeden Tag Menschen mit massiven Problemen, was deren Mundgesundheit betrifft, kommen, aber schmerzfrei und erlöst wieder gehen. Mehr als glücklich ist sie, wenn sie einen starken Raucher zu einem Rauchstopp bewegen kann und bereits nach kurzer Zeit sieht, wie sich Mund, Zahnfleisch und Zähne von den Nikotin-Schäden erholen. Auf der anderen Seite betreut sie Studenten auf ihrem Ausbildungsweg zum Zahnarzt. Gibt es was Schöneres als junge Menschen, Männer aber immer mehr Frauen, zahnmedizinisch auszubilden, und ihnen zuzusehen, wie sie sich entwickeln und zu fachlich überzeugenden Ärzten werden?

Patienten, Patientinnen, Studenten, Studentinnen, Kollegen, Kolleginnen, Ärzte, Ärztinnen, Österreicher, Ausländer, in diesem „Misch-Masch" der Universitätszahnklinik Wien hat menschliches Miteinander die behandelnde Oberhand. Nur ab und zu erlebt sie Rollenklischees, wenn am Zahnarztstuhl z.B. ein alternder Österreicher liegt, der die diensthabende Studentin ablehnt, die herbeigerufene Ärztin zum Teufel schickt und schreiend, aber nicht vor Schmerz, darauf besteht, dass ein Zahnarzt, am besten der Chef, ihm erklärt, wie seine Ruinen gerettet werden können. Der Herr Doktor-Kollege hat sich tatsächlich für die Erklärung der notwendigen Behandlungsschritte ein paar Minuten Zeit genommen. Auf der chirurgischen Abteilung allerdings hat ihm dann eine Frau Doktor seine letzten Zähne gezogen. Was sie bezüglich Rollenverhalten noch wundert ist, dadurch dass sie an der Klinik viele Asylanten und Flüchtlinge betreuen, dass gerade Frauen mit Kopftuch aus Herkunftsländern mit patriarchalischer Gesellschaft mehr Vertrauen zu Männern haben als zu Frauen.

Auf die stets höfliche, rücksichtsvolle Frage: „Wollen Sie eine weibliche Behandlerin haben, eine Ärztin?“, kommt die unverzügliche Standardantwort der Kopftuch-Trägerinnen: „Nein, nein, auf keinen Fall. Einen Arzt!“ Behandeln lassen sie sich unter ihrem Kopftuch ausschließlich von männlichen Kollegen. Während in unseren Spitalswelten der Mythos vom „Gott in Weiß“ an Wahrheit und Geltung verliert, ist in den Frauenwelten ihrer „geflüchteten“ Patientinnen nach wie vor der Mann wie Gott, egal ob er einen Arztkittel trägt oder einen Kaftan.

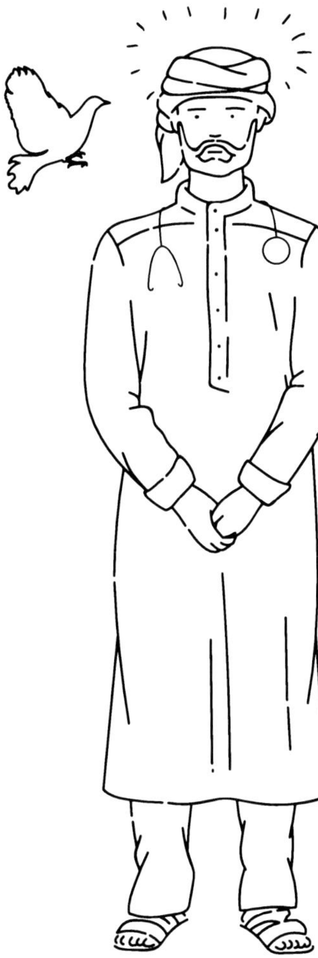

Ja, sie wundert sich über dieses Verhalten und kann es irgendwie nicht nachvollziehen, ist ihr Religionsbekenntnis doch auch muslimisch, was im katholischen Österreich übrigens noch nie zu Aufsehen oder Aufregung ihr gegenüber gesorgt hat. Ja, sie und ihre Familie glauben an ihre Feiertage, die im österreichischen Arbeitsrecht nicht vorgesehen sind und daher keinen Anspruch auf 24-stündige Feiertagsruhe begründen. Gefeiert wird trotzdem, auch Alkohol getrunken und Produkte aus Schweinefleisch gegessen. Was es in ihrem muslimischen Glaubensverständnis nicht gibt und nie gegeben hat: „Das dürfen wir machen, das dürfen wir nicht!“ Daher hält auch jedes christliche Fest, das Emir im Kindergarten kennenlernt, bei ihnen zu Hause z.B. in Form eines Christbaums Einzug.

Sie bringt offensichtlich die richtige Portion Kulturverständnis mit, ist zufrieden mit ihrer Anstellung als Zahnärztin, arbeitet gut und gerne, erledigt ohne Murren die Sachen, die zu erledigen sind, schätzt ihren Chef genauso wie ihre Teamkollegen und ist daher in ihrem österreichischen Leben noch nie Zielscheibe von Untergriffen geworden. Zum Einschießen gäb's genug: Frau, Muslimin, ausländische Studentin, Migrationshintergrund, Bosnierin .... . Keinen dieser spitzen Pfeile hat sie jemals als Nachteil empfunden oder erlebt, schon gar nicht eine Frau zu sein.

Was sie stört, und das hat sie mehrmals erlebt bei ihrem Spießrutenlauf durch Wiens Kindergärten, dass sie Frauen, Mütter in Teilzeit oder ohne Beschäftigung, getroffen hat, die über Vollzeit beschäftigte Mamas so richtig die Nase rümpften. Wieso sind nur sie die super Mütter, die einzig guten Mamas? Nur weil sie ihr Kind um 14 Uhr abholen? Sie hält das Argument, dass Frauen in Vollzeitbeschäftigung sich nicht um ihre Kinder kümmern können, nur für eine Ausrede. Diese offensichtlich unterbeschäftigten, über andere Mütter urteilenden Frauen in den Garderoben und Eingangshallen der Kindergärten würde sie alle zum Arbeiten schicken, Vollzeit. Allen voran die, die für ihre Kinder einen 40-Stunden-Kindergartenplatz beanspruchen, obwohl sie jahrein jahraus zu Hause hocken. Sie ist fast ein Jahr herumgelaufen und hat herumtelefoniert, um einen freien Betreuungsplatz für Emir zu ergattern. Antworten wie: „Na ja, dann bleiben Sie halt drei Jahre zu Hause. Warum sind Sie nur ein Jahr in Karenz gegangen?“, waren entbehrlich. Ja, Zahnärztin ist nun einmal ein praktischer Beruf, liebe unpraktische Kindergartentante, wenn sie drei Jahre zu Hause bleibt, verlernt sie ihren Beruf wieder.

Da hat sie sich in ihrem geliebten Wien kurz gefragt: „Okay, wo bin ich jetzt? Was ist da jetzt los?“ Ist sie eine schlechte Mutter, nur weil Emir unter anderem von Anfang an richtig

Deutsch lernen soll im spielerischen Umgang mit anderen Kindern? Vielleicht sitzt er ja schon in der Volksschule neben dem Scheich! Und erklärt ihm, dass Vater-Mutter-Kind keine Orgelpfeifen sind, weil bei ihm zu Hause Papa und Mama die gleiche Höhe haben.

47 Seht her, es geht

Sie nennt sich selbst Arbeiterkind, wurde in Österreich geboren und hat serbische Wurzeln.

Mit nur drei Jahren ging sie gemeinsam mit ihren Eltern und ihrem älteren Bruder zurück nach Serbien. Damals waren ihre Eltern der Meinung: „Jetzt ist eine gute Zeit in Ex-Jugoslawien, wir gehen zurück." Bereits sechs Jahre später, als die schlechte Zeit begann, kehrten sie nach Österreich zurück.

Sie kam also mit zehn Jahren in die 4. Klasse Volksschule und lernte in nur einem Jahr Deutsch. Jetzt werden sich vielleicht viele denken, geht das denn? Kann sie in nur einem Jahr Deutsch lernen? Kann das tatsächlich funktionieren und sie damit Geschichte schreiben? Sie strahlte mich an und sagte: „Ja, das ist machbar. Schließlich bin ich der lebende Beweis dafür. Im Halbjahreszeugnis wurde ich zwar nicht beurteilt, aber am Ende des Jahres legte mir die Lehrerin nahe, es mit dem Gymnasium zu versuchen." Diese Worte klingen noch heute in ihren Ohren und ergeben schon sehr bald eine wunderbare Melodie. Und obwohl ihre Eltern sie für die Hauptschule anmeldeten, beschloss sie selbst und frei, nicht in die Hauptschule zu gehen. Ihr Weg führte sie ins nächste Gymnasium, in das Gymnasium am Henriettenplatz im 15.

Bezirk. Dort setzte sie sich sowie alle Kinder auf einen Sessel in die 1. Klasse und wartete, was passiert.

Die Schüler wurden namentlich aufgerufen und mussten ihr Dasein bekunden. Da sie als Einzige übrigblieb, sagte die Lehrerin: „Wer bist du? Du stehst nicht auf meiner Liste. Du bist nicht angemeldet." Mit fester Stimme antwortet sie:

„Kein Problem, dann melde ich mich eben jetzt an. Wo kann ich mich anmelden?"

Zu diesem Zeitpunkt glaubten ihre Eltern noch immer, dass sie in der 1. Klasse der Hauptschule sitzt.

Die erste Zeit war nicht ganz einfach und schon sehr bald wurde ihr Vater vorgeladen. Sehr direkt und ohne Umschweife teilte ihm die Lehrerin mit, dass ihr Deutsch eine Katastrophe sei, für eine Österreicherin, die hier geboren und aufgewachsen ist, eine Zumutung. Als ihr Vater der Lehrerin erklärte, dass sie erst seit einem Jahr Deutsch spricht, ist diese überrascht, setzte ein breites Lächeln auf und sagte: „Na für das ist es aber wieder sehr gut."

Ab diesem Zeitpunkt unterstützte sie die Deutschlehrerin, wo sie nur konnte. „Nach nur drei Jahren waren meine Sätze ausgewogen und ich hatte erstmals das Gefühl, dass mein Studenten-Traum Wirklichkeit werden könnte. Diese großartige Frau hat meinen Horizont in alle Richtungen erweitert. Sie hat mich bestärkt und mir die Hand gereicht, sie hat an mich geglaubt und ein paar Jahre später hat sie dann sogar meine Aufsätze in Deutsch vorgelesen. Warum? Weil die einfach wirklich gut waren."

Sie hatte Träume und Wünsche, die ihrer Mutter gänzlich fremd waren. Sie erinnert sich noch an den Tag, als ihre Mutter, eine einfache Frau, zu ihr sagte: „Wenn du brav lernst, kannst du mit Sicherheit beim Billa Kassiererin werden."

Doch bereits zu diesem Zeitpunkt war ihr klar, sie will kein Arbeiterkind bleiben. Sie will einmal studieren, sie will zeigen, was in ihr steckt. Sie will eine Chance bekommen, um ihre Fähigkeiten auszuleben und sie will einen Abschluss an einer Universität in Wien. Sie will der Welt zeigen, dass es geht, dass auch ein Arbeiterkind studieren kann.

Wieso war ihr das so wichtig? „Das ist eine gute Frage", antwortet sie. „Vielleicht waren es die Nachbarn in Serbien, die mich sechs Jahre meines Lebens tagtäglich begleiteten. Ich war noch jung, ich war sieben Jahre alt, aber schon damals wollte ich Recht sprechen. Das war übrigens neben Ärztin mein zweiter Berufswunsch. Ich hätt' mir auch vorstellen können, Anwältin zu werden. Im Nachhinein betrachtet wollte ich wahrscheinlich Gerechtigkeit. Ich wollte der Wahrheit zum Sieg verhelfen und damit das Leben von Menschen, denen es schlechter ging, positiv verändern. Wenn ich an unsere Nachbarin in Serbien denke, die immer zu uns kam, wenn es ihr wieder einmal nicht gut ging, wenn sie wieder einmal ein blaues Auge hatte. In diesen Momenten wusste ich, ihr Mann war gestern wieder einmal betrunken. Als Frau wurdest du damals nicht wahrgenommen. Nicht in Serbien. Das sind Dinge, die mich schon immer störten. Und falls du doch wahrgenommen wurdest und du es gewagt hast, deine Stimme zu erheben, dich den Anweisungen des geliebten Mannes zu widersetzen, hast du die Antwort prompt und selten ohne Spuren zu hinterlassen, bekommen. Das war damals halt so", sagt

sie und blickt gedankenverloren vor sich hin. Eine junge Frau, die bereits als siebenjähriges Mädchen wusste, dass kein Mann das Recht hat, seine Frau zu schlagen. Wow, was für Bilder in meinem Kopf, was für eine tolle junge Persönlichkeit.

Sie selbst behauptet, sie habe von beiden Eltern profitiert und sie haben sie geprägt, auf ihre Art und Weise. Ihrem Vater war es zum Beispiel immer wichtig, anständig zu sein und anständig zu bleiben. Das gab er den Kindern nur zu gerne mit. Mit einem selbstbewussten Mädchen in der Familie konnte er lange Zeit nichts anfangen. Es gab viele Konflikte zwischen ihr und ihm. „Heute“, sagt sie, „hat er gelernt, dass auch wir Frauen eine Meinung vertreten können und wahrscheinlich würde er es nicht gerne hören, aber ich würde sagen, auf seine alten Tage ist er ein kleiner Feminist geworden.“

Schön zu sehen, wie sich Menschen verändern, positiv verändern können und doch noch immer traurig zu sehen, wie viele Generationen es dafür braucht.

Über ihre beste Freundin, eine Perserin, fand sie schließlich zum Medizinstudium und heute ist sie Fachärztin für Allgemeinmedizin und Fachärztin für Dermatologie. Sie hat zwei Kinder und einen netten Mann, den sie während des Studiums kennenlernte. Auch er ist Dermatologe, hat seine eigene Praxis und ist stolz auf seine junge Frau, die in der Klinik jeden Tag ihren „Mann“ steht.

„Wenn Eltern mit einem kleinen Kind in die Klinik kommen, nehmen sie mich, die Frau Doktor, erstmals gar nicht wahr.“ Ist sie zu klein? Ja, kann sein. Ist schließlich immer eine Frage des Betrachters. Schaut sie zu jung aus? Ja, auch das kann sein, liegt allerdings ebenfalls, Sie wissen schon, im Auge … . Woran liegt es also, dass sie nicht ernst genommen wird?

Wie aus der Pistole geschossen antwortet sie: „Ich bin eine Frau und kein „Gott in Weiß“. Dieser Berufsstand war viele Jahrzehnte von Männern dominiert und ältere Menschen kennen nichts anderes als von einem „Gott in Weiß“ behandelt zu werden. Früher gab es kaum Frauen in diesem Beruf. Aber das wird schon." Dabei strahlt sie mich an: „Selbst hier ist es nur eine Frage der Zeit. In ein paar Jahren wird es ganz normal sein, dass eine Frau, selbst eine Frau mit ausländischen Wurzeln, Menschen in Österreich behandelt und versorgt."

Sehr oft sind es festgefahrene Bilder und Meinungen in unseren Köpfen, die für Überraschung sorgen. Selbst ihr kleiner Sohn sagte vor vielen Jahren einmal zu ihr: „Was, du bist auch Arzt?" Er wusste zwar, dass sie fast täglich in die Klinik fährt und dort ihrem Beruf nachging. Aber dass sie als Ärztin dort arbeitet, kam ihm nicht in den Sinn. Vielmehr glaubte er, dass sie in der Klinik Menschen wäscht und anzieht, Mamasachen halt einfach. Dass der Papa Arzt war, das wusste er zu diesem Zeitpunkt bereits längst.

Wenn ich sie frage, ob ihr Karriere wichtig ist, dann sagt sie: „Nein, ich bin nicht karrieregeil. Die Karriere setzt sich an meinem Lebensende nicht an mein Bett und fragt: „Wie geht es dir? Bist du sterbenskrank oder tod-gesund? Kann ich etwas für dich tun?" Am Ende deines Lebens sind es Familie und Freunde, die für dich da sind. Es sind keine Titel, die dich umsorgen und keine Funktionen, die dich bereichern."

„Seht her, es geht" –

BILDUNG ist kein Unsinn, sondern ein Aufstiegsmodell.

48 SEI ANGEPASST ODER GEH!

Nichts ist schöner als nach einem langen Arbeitstag bei ein, zwei Gläsern Wein entspannt mit Freunden in einem netten Rahmen abzuhängen. Doch dort im österreichischen Süden, wo sie aufgewachsen ist, war es lange Zeit verpönt, ein Mensch mit verschiedenen Identitäten, mit verschiedenen Gesichtern zu sein. Unterschiedlich zu sein, sich weiterentwickeln zu wollen, um nicht im Wandel gefangen zu bleiben, war ein Recht, das vielen „südländischen" Menschen lange Zeit versagt blieb. Nein, wir sprechen nicht von den Jahren der Nachkriegszeit. Wir sprechen von den 80er Jahren, in denen das Recht auf Anpassung herrschte und einem das Recht auf ein wenig „un-normal" statt gänzlich normal zu sein, rasch verwehrt wurde. Und wenn die „Südländer" es doch versuchten, fand es im Verborgenen statt, etwa im Theater, aber mit Sicherheit nie an öffentlichen Plätzen.

„Die Normalität ist eine gepflasterte Straße; man kann gut gehen auf ihr – doch es wachsen keine Blumen auf ihr", schrieb van Gogh anno dazumal.

Und so kam es wie es kommen musste, sie fühlte sich nicht mehr zu Hause, sie war längst Tourist und nicht mehr Einheimische, sie war auf der Durchreise und dafür doch sehr lange vor Ort. Wahrscheinlich war sie längst ein Fremdkörper, wenn auch ein vertrauter.

Viele Jahre „vegetierte" sie am Land vor sich hin. Erst mit rund 30 Jahren wechselte sie in die Großstadt, wo es nicht mehr einzig und allein darum

ging, zu heiraten, Kinder zu bekommen und anschließend das Dasein der Großeltern und Eltern, ein Leben am Herd zu wiederholen. Wo es nicht mehr darum ging, dass Männer ihren Bierkonsum bis zur Unendlichkeit steigern, um im zarten Alter von rund 65 Jahren an Herzversagen zu sterben, sondern wo es darum ging, seine Persönlichkeit frei entfalten zu können, wieder Luft zum Atmen zu bekommen und mit Gleichgesinnten das ländliche Exotendasein aufzugeben. Hier machte sie ihr Recht geltend und begann, ihre vielen Identitäten endlich zu leben.

Ja, sie war eine Exotin. Geboren und aufgewachsen in einer bäuerlichen Großfamilie, in der Toleranz für Bisexualität lange Zeit ein Fremdwort war und der Landesfürst mit den Worten: „Die Sonne ist vom Himmel gefallen“, verabschiedet wurde.

Ein Bundesland, in dem jeden Sonntag der Pfarrer von der Kanzel: „Der Teufel in Form der Schlange und Eva in Gestalt der Sünde verführen Euch! Widersteht all diesen Versuchungen und führt wie unsere gläubigen Vorfahren ein rechtschaffenes Leben unter Gottes Augen und Segen“, so oder so ähnlich predigte.

Auffallen war nicht erwünscht, weder in der Familie noch im Dorfwirtshaus. Als ihre Andersartigkeit irgendwann einmal von der Familie toleriert wurde, ging die murrende Toleranz nicht weiter als bis zur Hausgrenze. Innerhalb der familiären Grenzen bekam sie vielfach zu hören: „Was werd’n die Leut‘ dazu sagen! Samma dann da Schandfleck der Gemeinde?“

Sie lernte fast wie eine Schauspielerin, in unterschiedliche Rollen zu schlüpfen, je nachdem wo sie war und je nachdem mit wem sie zu tun hatte. Menschenkenntnis, so sagt sie heute, wurde zu ihrer Profession. Sie könnte Bücher füllen mit den Milieustudien, die sie hautnah ungewollt betrieben hat.

In jungen Jahren quälten sie unentwegt dieselben Fragen: „Was passiert mit mir, wenn mich jemand outet? Bringe ich tatsächlich Schande über meine Familie? Verliere ich dann sogar meinen Job?" Mit Hilfe ihrer Cousine, der sie sich in dieser schwierigen Zeit anvertraute, schaffte sie es, den quälenden Fragen auszuweichen, sie irgendwie beiseite zu schieben. Ihre Cousine ist ein Alice Schwarzer-Typ müssen Sie wissen, und hat sich ihr ganzes Leben für Frauen engagiert. Sie hat Frauenhäuser aufgebaut und sexuelle Übergriffe in einem „südländischen" Kinderheim angezeigt. Kurze Zeit darauf gab es erste Drohungen: „Sie werden nie mehr wieder einen Job in diesem Bundesland bekommen, das verspreche ich Ihnen." Ihre Cousine hat sich nicht unterkriegen lassen und trotz der Drohungen weiter gekämpft und sich weiter für Frauenrechte eingesetzt. Mit großer Dankbarkeit betont sie: „Sie ist eine großartige Persönlichkeit. Ich bin wirklich stolz auf sie. Nicht nur auf sie, sondern rückblickend auf meine ganze Familie. Ja, ich bin einfach nur stolz."

Ihre Ausbildung führte sie an einen Ort, an dem sich Kurärzte und Spitzensportler die Türschnalle in die Hand drückten. „Das Massage-Handwerk erlernte ich bei den Besten, sowohl fachlich als auch menschlich. Ich lernte während meiner Arbeit am Massagetisch viele unterschiedliche Menschen kennen, erfuhr viel über deren schlechtes wie gutes Gedankengut und über deren innere Zerrissenheit oder Widersprüchlichkeit. An solchen Tagen schlüpfte ich gerne in die Rolle der Seelentrösterin, der Therapeutin oder der schweigenden Zuhörerin."

Fast jeden Samstag fuhr sie in die Landesfürsten-Stadt zum Energie tanken. In ein Lokal, das sie heute noch liebevoll „meine Kulturoase" nennt. Hier konnte sie ganz sie selbst sein, sich mit Querdenkern und Künstlern, mit Gleichgesinnten, denen ein Treffen am Sonntag nach der Kirche ebenso zuwider war wie ihr, treffen. Die Treffen nach der Kirche waren in ihren Augen Treffen, bei denen die Scheinheiligkeit des Miteinanders treffenderweise christliche Oberhand hatte. In ihrer „Kulturoase" fühlte sie sich verstanden, selbst ohne viel predigender Worte, hier war sie zu Hause, hier fand sie Anerkennung statt Verachtung.

Irgendwann beschloss sie, nicht mehr angepasst sein zu wollen, zumindest nicht mehr als notwendig. Nicht mehr verstecken spielen zu wollen, zumindest nicht öfter wie Kinder danach verlangen. Nicht mehr Teil einer Gesellschaft zu sein, die von unsichtbaren Gräben durchzogen wurde. In der Ortstafeln und deren Zweisprachigkeit über viele Jahre die Gemüter der Menschen erhitzten und in der Exoten wie sie, von einer konservativen, rechtspopulistischen Haltung erdrückt wurden.

Als sie dann mit rund 30 Jahren nach Wien in die Großstadt zog, war sie gereift und bereit für den nächsten Schritt und ein Leben in Freiheit ohne die Zwänge und Normen des Südens, denen sie sich nicht länger unterordnen wollte, weil sie sie für veraltet und spießbürgerlich hielt.

Sie eröffnet ihre eigene Massage-Praxis und findet über Nacht die ersten Kunden, die sie teilweise noch aus ihrer Zeit im Süden kennt. Mundpropaganda ist wichtig in ihrem Geschäft und durch ihre aufgeschlossene, interessierte und offene Art findet sie immer wieder neue Kunden. Und langjährige Kunden, fast schon Freunde, halten ihr bis heute die Treue. Sie arbeitet mit und nicht unter Sportärzten und lebt mit Freunden ihre „sexuelle Geselligkeit" im öffentlichen Raum. Kein Verstecken mehr! „Sei angepasst oder geh!", bekommen ihre Ohren nicht mehr zu hören.

Frei von Angst und Zwängen findet sie die Frau fürs Leben, der sie in naher Zukunft ihr Jawort geben wird. Und obwohl vieles im Süden besser geworden ist, sich vieles gewandelt hat, nicht zuletzt durch die rote Politik, wie sie betont, wird sie nicht mehr dorthin zurückkehren. Urlaub ja, das kann sie sich vorstellen, aber dort leben, das will sie nicht mehr. Mit Wien hat sie eine Stadt gefunden, in der sie sich wohl fühlt, unabhängig von ihrem Geschlecht, ihrer sexuellen Neigung und ihrer Religion.

Kann durchaus sein, dass sie irgendwann mit ihrer Frau wieder aufs Land zieht, dann aber mit Sicherheit nicht in ihr „südländisches" Bundesland.

49 Sie: „Bildungshomogamie war der Titel ..." Ich: „Wie bitte? Polygamie?"

Haben Sie das Wort Bildungshomogamie auf Anhieb verstanden? Ja? Dann haben Sie sicher einen bildungs-positiven Hintergrund. Nein? Dann wird so mancher Mensch jetzt denken: „Eure Sorgen hätt' ich gern' und dem Rothschild sein Geld!"

Die Publikation mit dem vollständigen Titel „Bildungshomogamie und Vermögensverteilung in Österreich" meiner 20+ Gesprächspartnerin verdiente sich kein Vermögen, dafür 2016 den Rothschild-Preis. Haben Sie Lust mehr über die Co-Autorin und den Inhalt dieser Forschungsarbeit zu erfahren? Ja? Dann lesen Sie bitte weiter. Nein? Dann blättern Sie doch zur nächsten Geschichte!

Die junge ambitionierte Dame, die, wie sie sagt, ganz klein angefangen hat mit Matura am Gymnasium im 8. Wiener Gemeindebezirk, sieht es heute noch als Privileg, dass sie mit 16 ein Auslandssemester in Frankreich absolvieren durfte. Es war cooler in ein fremdes Land, in eine fremde Schule zu hüpfen, sprachliche Ängste zu überwinden, als eine Klasse zu überspringen, und aus der vertrauten Klassengemeinschaft herausgerissen zu werden.

Sie hat sich in der Schule immer gespielt, nicht mit dem Handy, und wenig überraschend „ruckzuck" ihr Bachelorstudium in Wirtschafts- und Sozialwissenschaften an der WU Wien abgeschlossen. Im Zuge dieses Studiums hat sie spielend erneut ein Auslandssemester an der École des Hautes Etudes Commerciales de Montréal (HEC Montréal) bewältigt und mit kanadischer Hochschulluft ihren Horizont erfrischt und erweitert.

Mit Pflichterfüllung des Uni-Lehrplans hat sie sich nie zufrieden gegeben. Auch Freifächer wie z.B. „Geschlechterverhältnisse und Ökonomie", für die sie jegliche Zusatzliteratur eingesaugt, viel Reflexionsarbeit geschrieben und das erste Mal in der Tiefe kritisch über Feminismus nachgedacht hat, waren vor ihr nicht sicher. Ein Anruf ihrer Freifach-Professorin erreicht sie eines Tages in Montreal. Schon wieder ein Privileg. Daher zögert sie keine Minute und sagt über den großen Teich hinweg zu, an dem Forschungsprojekt, das nichts ahnend in einer preisgekrönten Publikation gipfeln wird, mitzuarbeiten. Obwohl sie zurück in Wien das Küken im Forschungsteam war, wurde sie absolut gleichwertig von Postdoc, Ph.D. und Master aufgenommen.

Schwirrt Ihnen schon bei den akademischen, mittlerweile internationalisierten Titelwürden der Kopf? Mir nicht. So viel Aufmerksamkeit haben sie sich gar nicht verdient, die Titel. Auf Visitkarten erstaunen sie mich immer wieder mit ihrem Platzbedarf, und auf einer kolumbianischen Insel verwirrte mein Doktortitel im Reisepass die Camp-Ranger, die mich flehentlich baten, einem groß gewachsenen, breitschultrigen „Uncle Satchmo" seine Malaria-Spritze zu geben, weil der Insel-Doktor wegen Schlechtwetters nicht einfliegen konnte. Ich hab's ohne viel nachzudenken einfach getan und mir ein

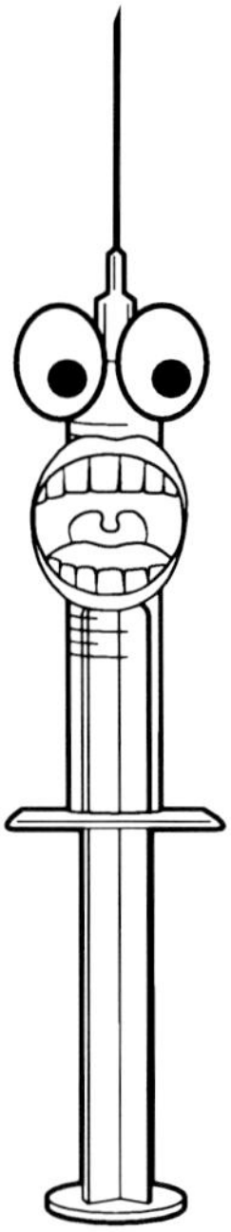

„lullaby“ gesungen, auf dass er überlebe. Die Bilder vom winzigen Mickey-Maus-Pflaster auf seinem riesigen Oberarm und vom breiten, dankbaren Lächeln auf seinem gutmütigen Gesicht ließen mich irgendwann ruhig einschlafen.

Diese zwischenmenschliche Begegnung und medizinische Notwendigkeit auf den Islas Gorgonas haben mich bereichert, ohne dass ich je daran gedacht habe, mit oder ohne „Dr. med.“ eine Klinik unter Palmen aufzumachen. Die junge Studentin, die sich mit 20 auf ein halbes Jahr Forschung einließ, hat auch nie daran gedacht, in der Wissenschaft Karriere zu machen. Was bleibt ist Bereicherung. Zweimal durfte sie das „Paper“ auf internationalen Kongressen präsentieren und auf der jährlich in Wien stattfindenden „Young Economists Conference“ auftreten. Außerdem hat sie ihre Spezialisierung gefunden: Verteilungs-Ökonomie. Liegt ihr doch Ungleichheit in Einkommen, in Vermögen, in Geschlechterverhältnissen und in Bildung, abseits von den zu paukenden langweiligen Mainstream-Ökonomiesachen, schon seit längerem besonders auf dem Herzen.

Was steht nun Spannendes in diesem publizierten „Papier“, das nicht geduldig ist, drinnen?

Nachdem Bildungshomogamie ein schwieriges Wort ist, erhalte ich eine sprachliche Einführung: Homogamie heißt immer, dass zwei gleiche Sachen zusammenfinden. Das Gegenteil von Heterogamie, wo zwei unterschiedliche Sachen zusammenfinden. Klar doch, wie Mann und Frau. Und seitdem ich weiß, dass sich „gamie“ vom griechischen „gamós“, Hochzeit, ableitet, ist sowieso alles logisch. Oder doch nicht? Bildungshomogamie heißt selektive PartnerInnenwahl. Puuh, doch noch einmal kompliziert, obwohl ich, Frau Doktor mit Spritzenerfahrung, dachte, gebildet zu sein. Fehlt wohl die Spitzenerfahrung!

Also wenn Sie jetzt einen Universitätsabschluss haben, ist

die Wahrscheinlichkeit, dass Sie einen Partner haben, der auch einen Universitätsabschluss hat, sehr viel höher als dass Sie einen Partner haben, der nur die Grundschule absolviert hat. Das ortet meine Forscherin in Österreich bei 70 % der Paarhaushalte. Ja, Mann und Frau bewegen sich in speziellen Kreisen, auf bestimmten Schulen und lernen dort vielleicht den zukünftigen Partner oder die Partnerin kennen. Das führt eben auch dazu, dass gerade Vermögen in Österreich noch sehr viel ungleicher verteilt ist als Einkommen. Da wird vererbt, von einer Familiengeneration zur nächsten weitergegeben. Und genau durch diese selektive PartnerInnenwahl, wenn zwei Menschen z.B. mit einem sehr hohen Bildungsabschluss und mit einem hohen Vermögensstand zusammenkommen, heißt das, dass die reichen und armen Enden der Bevölkerung immer weiter auseinander weichen. Quasi dadurch, dass mehr soziales Kapital, d.h. Netzwerke und Wissen über Kontakte zusammentreffen, können in dieser Paarbeziehung auch bessere Investment-Entscheidungen getroffen werden.

Die Publikation enthält keine „Policy“, die Bildungsheterogamie vorschreibt. So à la Dick & Doof – gebildete Frau mit tertiärem Schulabschluss und dickem Bankkonto muss arbeitslosen, verschuldeten Schulabbrecher suchen und finden. Sie hat keine Empfehlungen oder Lösungen in der Conclusio, dafür diskussionswürdige Punkte für Frau und Mann: Stadtpolitik und Nachbarschaftseffekt. In welchem Bezirk wohnen welche Menschen? „Wien ist anders“, viele erinnern sich an das monatelange plakative Mantra der Donauufer-Autobahn, aber fördert Wien ausreichend gefördertes Wohnen, „sozialen Wohnbau“ in Bezirken mit sehr hoher Dichte an z.B. hohen Bildungshaushalten? Diese urbane geographische Ungleichheit hat Effekte, liebe Stadtregierung, und soziale Herkunft Auswirkung auf Bildungsweitergabe. Mehr soziale Durchmischung wünscht sich die junge Akademikerin, die in ihrer Forschungsarbeit abgesehen von Vermögensunterschieden und –ungleichheiten alleinerziehender Haushalte, Frauen wie Männer, im Gegensatz zu Paarhaushalten, darauf plädiert, auch die Verhandlungsmacht innerhalb einer Beziehung zu bedenken. WIE findet Arbeitsaufteilung statt und WER hat die Macht der Geldverteilung? Eine Frage, die sich genauso für zwei Menschen stellen sollte, die über und mit hohem Bildungshintergrund zusammengekommen sind. Spätestens dann, wenn die Frau strukturell in eine schwächere Position gedrängt wird, nur weil sich gesellschaftliche Rollenbilder und nicht ihre individuelle Entscheidung in der Beziehung breit machen. Ruhig betont sie noch einmal, strukturell niemals mit individuell zu verwechseln. Viele Entscheidungen in der Berufsbiographie einer Frau sind strukturell bedingt. Ich gebe ihr Recht. Einkommensarmut und Mindestpension sind keine individuellen Misserfolge, sondern strukturelle Erfolge, weil die Arbeit, die Frauen eine Zeitlang zu Hause leisten, keinen

monetären Wert hat. Dicke Politiker und doofe Hausfrauen – mir wird schwarz vor den Augen, nein türkis!

Ihr außergewöhnlich ausgeprägter Fremdwort-Wortschatz hat sie nicht davon abgehalten, einmal bei einem Versicherungsriesen ein äußerst unterbezahltes Praktikum in der Personalabteilung zu machen. Die Vision und das Gebäude des Branchen-Giganten waren schrecklich. Auf keinem Stockwerk eine Kaffeeküche, wo sich Leute begegnen können. Heißes Wasser für Tee gab's beim Kaffeeautomaten oder am Klo. Höchste Effizienz lag in der Luft und im Raum: kein Müll, kein herumstehendes Geschirr, keine Pflanzen, keine Autonomie und fast keine Frauen bei Leadership-Workshops mit einem Teilnehmerkreis von 50 Männern, Aktionäre und Vorstandsmitglieder, Führungskräfte und drei Frauen. Statt der Kaffeeküche entdeckte sie eine Innovations-Abteilung, die von niemandem ernst genommen wurde, und die nicht wirklich Innovatives ans Tageslicht brachte, solange sie durch die kühlen Gänge schlich. Alles war extrem rigide und musste 50 Mal abgesegnet werden. Daher hat sie doch glatt das Angebot auf einen „sicheren" 40-Stunden-Job, das aus der Marketing und HR-Ecke kam, abgelehnt: „Ich möchte gerne Teil eines Unternehmens oder einer Organisation sein, wo ich das Gefühl hab', dass es da ein höheres Ziel gibt, die Gesellschaft zu einer gleicheren Gesellschaft oder zu einer besseren Gesellschaft hin zu unterstützen." Bei der Versicherung hatte sie den Eindruck, als würde es für viele Menschen nur um sie selbst, um das eigene Prestige gehen und darum, den eigenen Nutzen voranzutreiben.

So ein Arbeitgeber bittet vergeblich um ihre Arbeitskraft, versucht erfolglos, sie als Mitarbeiterin zu binden. Sie hingegen sucht es sich aus, sucht und findet immer wieder Unternehmen, die ihrer Vorstellung und ihrem Lebensstil entsprechen und für die sie daher viel und gerne arbeitet: auf ihrer Uni als Forschungsassistentin und Tutorin, bei „Südwind" Fair-Trade-

Laden als Verkäuferin und bei „Licht für die Welt" in der Programmabteilung. Erfüllende Jobs, die ihre Entscheidung, noch ein Master-Studium in Soziologie auf ihren bisherigen hohen Bildungsabschluss drauf zu packen, nie erstickt haben, sondern, ganz im Gegenteil, befeuern.

Diese gebildete Frau hat viel über unser Bildungssystem nachgedacht und brennt für die Debatte über Bildungsexpansion. Ja, zahlenmäßig waren die 80er Jahre gute Jahre. Die Anzahl der Frauen mit Hochschulabschluss ist gestiegen. Das war's auch schon wieder von Seiten der Politik. Alles gut in unserem Land: Chancengleichheit ist gestiegen, weil mehr Menschen im Schulsystem gezählt wurden. Chancengleichheit ist etabliert, weil der Zugang zu freier Bildung für jeden offen ist. Das Individuum, er und sie, sollen jetzt einfach endlich lernen. Sie stellt sich die heiße Frage: „Ist es wirklich im Interesse unserer Gesellschaft und ein Merkmal unserer Bildungskultur, ALLEN Menschen die gleichen Bildungsabschlüsse zu geben?" Die höheren Bildungsschichten werden wieder andere Wege finden sich durch einen „besseren" Abschluss z.B. an einer Elite-Universität in England zu differenzieren. Die Bildungsexpansion darf sich auf die Schulter klopfen. Es bekommen zwar alle mehr Bildung, aber diese Bildung wird immer weniger wert.

Und wer hat sich eingebildet, dass top-ausgebildete junge Frauen auf politische Werbe-Videos für den 12-Stunden-Tag reinfallen? Wird wohl ein Freud'scher Versprecher sein, denn sie spricht vom 12-Stunden-Alltag und schüttelt beim Gedanken an die Sequenz, bei der eine glückliche, nun endlich für Familie und Beruf auf flexibel getunte Frau mit Kind gezeigt wird, ihren vorgebildeten Kopf. Haben Männer keine Familie? Das ist keine Frage von Interesse oder Desinteresse, sondern von Lebensrealität, in der die ton- und bildangebenden Video-Macher offensichtlich gesessen sind. Die junge Intellektuelle wartet ungeduldig darauf, dass nun endlich

Männer ihren Platz in der Gesellschaft neu reflektieren und sich wie sie ihren Raum nehmen und gestalten. Wenn sie dies ungeachtet ihres Vermögens vermögen!

50 SIE SPRICHT MIT ERDOGAN UND TRINKT MIT MARIA HAPPEL EIN GLAS ROTWEIN

Sie behauptet von sich selbst, sehr vielseitig zu sein, und schauen wir uns ihren Lebenslauf genauer an, können wir dem nur beipflichten. Sie hat ihr Leben lang unterschiedliche Rollen in unterschiedlichsten Häusern gespielt. Ähnlich wie Maria Happel, die in Bremen, Köln und Hannover spielte, bevor sie Claus Peymann nach Wien ans Burgtheater holte. Ähnlich wie Maria Happel behauptet auch meine Interviewpartnerin: „Ich bin eine Lustige", und unterstreicht dies mit einem herzhaften Lacher, der in einen breiten Grinser übergeht und ihr Gesicht zum Leuchten bringt. Es sind diese großen, schönen rehbraunen Augen, die mich für ein paar Sekunden in ihren Bann ziehen und in eine andere Welt eintauchen lassen.

Ihr Bühnentitel:

„Auf der Suche nach meiner Karriere".

Ich schrecke hoch, als sie sagt: „Zurzeit versuche ich alles unter einen Hut zu bekommen, meinen Mann, die zwei Kinder, den Haushalt und den intellektuellen Anspruch an einen neuen Job." Dabei verliert sie nicht an Strahlkraft. Im Gegenteil, es scheint mir fast so, als ob Müdigkeit und Mutlosigkeit weder Raum noch Zeit in ihrem Leben bekommen. Vielleicht ist es auch ihr Intellekt, der sie auszeichnet, wer weiß? Intellekt hat ja bekanntlich viele Facetten wie Erkenntnisvermögen, Einsicht,

Verstand und ist ein philosophischer Begriff.

Intellekt wird oft als Synonym für Verstand verwendet und es drängen sich mir sofort Sager auf, die ich nicht ausspreche: „Bist du noch bei Verstand? Du willst deinen Geist über 50 hinaus fit halten? Du willst nach einer längeren Babypause einen neuen Job finden, der dir kreatives Denken ermöglicht? Was für eine Ansage. Einen Job, der dich Probleme lösen und Informationen bewerten lässt, der dir Entscheidungsspielraum einräumt? Der für 30 Stunden überdurchschnittlich gut bezahlt wird und dich trotzdem erst gegen 17 Uhr das Büro verlassen lässt? Du willst also mit Kompetenz, Einsatzfreude und Leistungsbereitschaft punkten? Träum weiter und dann wünsch ich dir noch ein langsames, nicht allzu abruptes Erwachen. Klar, mag sein, du hast eine gute Ausbildung, ein Wirtschaftsstudium an der Webster Universität, bestichst mit Berufserfahrung in leitenden Funktionen und verfügst über Kompetenz und Wissen. Aber hat dich diese Qualifikation vor einer Kündigung geschützt? Hilft sie dir beim Wiedereinstieg, bei deinem Alter?"

Sie denkt im Gegensatz zu mir laut: „Nein, keine Qualifikation, kein Know-how schützt dich vor einer Kündigung. Passt du nicht mehr in die Strategie, gehören die erzielten Ergebnisse der Vergangenheit an. Dein beruflicher Werdegang wird ausgeblendet, so als wenn es dieses Leben in diesem Unternehmen nie gegeben hätte. All das habe ich selbst erlebt. Und dann kommt da noch diese wunderbare Erwartungshaltung von „fremden" Menschen auf dich zu, unvorbereitet und mit voller Wucht wie der Schnellzug von Wien nach

Paris. Diese Erwartungshaltungen, die uns fast täglich eine Enttäuschung schenken: „Nein, die Sonne scheint heute nicht.“ „Nein, ich habe für das Krampus-Fest keine Torte gebacken.“ „Nein, ich bin nicht perfekt.“ „Nein, ich habe noch keinen Job.“““

Solche oder ähnliche Aussagen trafen auch sie ungebremst und ohne Warnsignal. Warum? Weil sie beschloss, sich nach der Babypause einen 30-Stunden-Job mit intellektuellem Anspruch suchen zu wollen.

Die Umwelt, häufig in Gestalt einer Frau, begann zu ratschen und zu tratschen: „Na schau, jetzt hat sie sooooo eine tolle Ausbildung, sooooo viel Erfahrung und jetzt will sie nicht mehr voll arbeiten! Wozu hat sie dann eigentlich die Strapazen des Studiums auf sich genommen? Wieso will sie jetzt plötzlich nicht mehr Karriere machen und nur mehr 30 Stunden arbeiten?“

Umgekehrt, hätte sie versucht, einen Fulltime-Job zu bekommen, hätten die relevanten Umwelten wohl geätzt: „Na schau da sie an, sie hat jetzt überhaupt keine Zeit mehr für ihre Kinder. Kein Wunder, dass diese Rotzpipp‘n so frech und schlimm geworden sind. Sie ist und bleibt ein karrieregeiles Luder und einen Kuchen hat sie auch nie gebacken. Kann sie wahrscheinlich gar nicht.“

Würde ein Mann zurückstecken, würden die Stimmen wahrscheinlich folgenden O-Ton sülzen: „Na schau wie süß, der kümmert sich um die Kinder. So ein liebevoller, braver Mann, der hat doch tatsächlich auf seine Karriere verzichtet, nur um sich mehr Zeit für die Kinder zu nehmen.“ Manch eine Frau würde wahrscheinlich auch neidvoll anmerken: „Kann sich halt nicht jeder leisten, auf das Einkommen zu verzichten.“

Wir leben schon in einer wahrlich komischen Zeit. Es gibt viele unterschiedliche berufliche Möglichkeiten und Modelle, mehr als je zuvor, und trotzdem scheinen Menschen mit ihrem Leben nicht zufrieden zu sein. Scheinen Menschen neiderfüllt auf andere schielen zu müssen. Scheint Neid und Missgunst wieder zu wachsen.

Als ich sie frage, ob sie ein politischer Mensch ist, antwortet sie: „Schwierig zu beantworten. Ich bin auf alle Fälle eine sehr offene und diskussionsfreudige Person mit Persönlichkeit. Und obwohl ich hier geboren bin, kann ich nachvollziehen, dass man in einem Land wie Österreich sein Leben lang ein Fremder bleibt. Wissen Sie, meine Mutter stammt aus einer wohlhabenden türkischen Familie. Sie ist in den 70er Jahren nach Österreich gekommen und hat an der Akademie der bildenden Künste studiert. Bereits damals in den 70er Jahren war es nicht „politisch korrekt" Türkin zu sein. Und als sie wieder einmal nach ihrer Nationalität gefragt wurde, hat sie einfach gelogen und gesagt: „Ich komme aus Griechenland." Damit war ihr Fremdsein kein Thema mehr und sie wurde nicht weiter zur Projektionsfläche von Hass."

Ihre Augen waren traurig geworden, als sie über dieses „Fremdeln" reflektierte. Plötzlich war das Thema Arbeit und ihre berufliche Zukunft in weite Ferne gerückt. Ganz leise sagte sie, so als ob ihr die Stimme plötzlich versagen würde: „Das gab es jetzt lange nicht, doch jetzt ist es zurück. Die Vergangenheit wiederholt sich. Ich habe in der Schule meiner Tochter Flüchtlingskinder kennengelernt, ihre Geschichten gehört, Erzählungen über ihre brennenden Häuser vernommen und mit meinen Kindern spontan beschlossen, ihnen, wann immer möglich, zu helfen. Dass es Menschen gibt, die solche Dramen nicht berühren, kann ich einfach nicht verstehen." Was dagegen helfen würde, frage ich sie spontan. „Das Fremde kennenlernen! Es reichen schon eine Fremde oder ein Fremder, es müssen ja nicht gleich alle sein", ist ihre direkte Antwort.

Plötzlich gewinnen ihre Augen wieder an Leuchtkraft und die kleine Österreicherin mit den türkischen Wurzeln meint kämpferisch: „Ich wünsche mir Feminismus für Männer und Frauen. Männer sollen nicht auf Krieger reduziert werden und Frauen sollen nicht ständig bestimmte Idealrollen einnehmen müssen. Und wissen Sie warum? Weil gemeinsam nicht so einsam macht. Schauen Sie sich doch um in Wien. Es gibt unzählige Ausprägungen und Formen von Männlichkeit und Weiblichkeit und diese Vielfalt ist sichtbar auf den Straßen, in Cafés, auf öffentlichen Plätzen, im Freundes- und Familienkreis. Und manchmal nimmt selbst der Krieger neben der Feministin Platz. In dieser schönen Stadt sollte auch weiterhin Platz für Vielfalt und Farbenfroheit sein. Selbst Istanbul war einmal so!“

Sie erinnert sich an die Zeit, als Erdogan als Bürgermeister die Öffnung des Landes vorantrieb. Heute versteht sie nicht mehr, was ihn motiviert, was ihn antreibt oder einfach in die Irre treibt. Sich mit ihm zu treffen, mit ihm zu diskutieren, fände sie spannend. Nicht weil sie ihn schätzt, im Gegenteil. Aber sie würde gerne wissen, warum er Menschen für ihre Geisteshaltung einsperren lässt. Warum er diesen persönlichen Wandel vollzog. Und wieso er die türkische Demokratie, eine der letzten Bastionen im Mittleren Osten ins Wanken bringt. Ja, und wenn wir schon dabei sind, mit Maria Happel hätte sie gerne einen netten Abend mit einem schönen Glas Rotwein, was sie wahrscheinlich nach einem Gespräch mit Erdogan auch bitter nötig hätte.

51 Spinnen und gewinnen

Keine Sorge, es kommt nicht der Dornröschen-Klassiker, in dem „a wunderschöne Prinzessin spinnt und damit einen Prinzen g'winnt". Ich weiß nicht, wie es Ihnen geht, wenn ich spinne, hab' ich bei meinem Mann noch nie gewonnen.

Mit den Spinnern und Spinnerinnen ist das so ein Kreuz. Die sagenumwobene Spinnerin am Kreuz hat am Wiener Berg jahrelang spinnend auf ihren Mann gewartet, während auf einen in einem waldigen Viertel spinnenden Schuhmacher die FMA gelauert hat. Wie viele Spinner und Spinnerinnen verträgt ein Land? Ich bin der Meinung, es darf mehr gesponnen werden, weil gerade die, die in den Augen der anderen spinnen, am Ende des Tages gewinnen.

Und es gibt tatsächlich Regionen in Österreich, wo besonders gern und gut gesponnen wird. Wien hat ausgesponnen und mit der gotischen Steinsäule in Favoriten das letzte Bildnis einer Spinnerin in Stein gemeißelt. Ich spinne vor mich hin und gewinne den Eindruck, dass in dem besagten waldigen Viertel unseres Landes Spinnen gelebte Tradition ist. Obwohl oder gerade, weil es dort oben im Norden die meiste Zeit des Jahres eher kalt und feucht ist, tummeln sich neben unzähligen vierbeinigen Spinnen einige zweibeinige Spinner und Spinnerinnen herum. Nebel, Schnee, eisige Winde und tiefe Temperaturen halten offensichtlich nicht nur den Weihnachtskarpfen frisch, sondern auch die menschlichen Gehirnzellen.

Es ist also wenig verwunderlich, dass eine „dort droben" gebürtige freie Redaktionsmitarbeiterin der Niederösterreichischen Nachrichten eine eigene Kolumne über Frauen in handwerklichen Berufen schreiben durfte und zu diesem Zweck Waldviertler Frauen vor den Vorhang geholt hat, die mehr drauf haben als Gummiknödel kochen. Das war nicht jetzt 2019, weil Herrschaften Tag und Nacht „100 Jahre Frauenwahlrecht in Österreich“ medial bejubeln und damit ihre geschichtliche Großzügigkeit untermauern wollen, sondern bereits Ende der 1990er Jahre. 15 junge Frauen, die Malermeisterin oder die Heizungstechnikerin, haben von ihrem, einer Männerwelt vorbehaltenen, Beruf erzählt und damit den einmaligen Sprung in eine lokale österreichische Zeitung geschafft. Die junge Journalistin war inspiriert von den Gesprächen über Jobs, hinter denen niemand eine Frau vermutet hätte.

Sie ist dem Journalismus nach dem Studium von Publizistik- und Kommunikationswissenschaft zusammen mit Spanisch noch eine Zeitlang treu geblieben und hat namhaften Journalisten, die ihr nahegelegt haben: „Vergiss das Publizistikstudium, das ist oberflächlich, da lernst nichts Gescheites, wirst nie einen Job finden und sowieso nie etwas erreichen!“, die kühle Waldviertler Stirn geboten. Was verdient so ein Journalist eigentlich, der als Art Uni-Professor „nix G’scheits“ unterrichtet? Es war übrigens sehr leicht einen Job in einer Agentur zu finden und Öffentlichkeitsarbeit zu machen, ohne die große Ahnung von den Tiefen z.B. der Wirtschaft zu haben.

Die inhaltlichen Anforderungen waren das Lässigste, die Arbeitszeiten das Absurdeste und die permanenten Sonderwünsche, mit DEM speziellen Kunden zu Abend zu essen, das Perverseste. Sobald der Folgeauftrag in der Tasche war, lag der unmoralische Auftrag am Tisch. Haben Sie jemals gehört, dass Waldviertler abschätzig als „Kartoffel-G’sichter“ bezeichnet werden? Sind wohl nur die Männer gemeint, denn meine äußerst attraktive Waldviertlerin hat, ohne ihr hübsches Gesicht zu verlieren, nicht nur dem geschätzten Kunden, sondern auch ihrem Agenturchef klipp und klar signalisiert und unmissverständlich paroliert, dass sie sich von diesen Auftragsanforderungen distanziert. Ihr Mann hat sie immer davor gewarnt und nie verstanden, wieso Aufträge nicht untertags im Besprechungsraum verhandelt werden. In manchen Situationen ihres jungen, ungestümen Agenturlebens hat sie sich innerlich gewünscht, ein „Kartoffel-G'sicht" zu haben und einen „schiachen Fetz'n" anziehen zu dürfen, um als arbeitende Frau angesehen zu werden und nicht immer in die Rolle des begleitenden „feschen Pupperls" abdriften zu müssen.

Unglaublich sind jene Männer, die im einseitigen Vorspiel noch über Ehefrau und Kinder erzählen, bevor sie zur Sache kommen wollen, wenn sie können. Agenturleben hat was Glamouröses, ein bisschen etwas von Zirkus. Alles verwandelt sich abends in glitzernde Events und rauschende Partys und alles ist immer lustig. Selbst die agenturintern organisierten regelmäßigen Montagabend-Netzwerk-Treffen. Diese tolle Plattform, wo sie dachte, Gott und die Welt von Politikern über Wirtschaftstreibende kennenlernen zu können, entpuppte sich als Zigarren paffendes Männernetz, in das die 10 % Frauen, die geladen waren, gehen sollten. Gaudeamus igitur!

Igitt. Raus aus dem Qualm. Wieder erden, weil das abgehobene

Agenturleben doch entwurzelt und realitätsfremd macht. Am besten in einem Waisenhaus in Ghana. Das Bodenständige, Erdige aus dem Waldviertel hat sie nie abgelegt, daher hat das Inserat, das ihr ihr Mann nach Afrika geschickt hat, besonders spannend geklungen: Marketingleiterin im Waldviertel gesucht! Da ging die Sonne auf und ein Tor zu einem interessanten Job in der Heimat. Ja, das will sie probieren. Sie glaubt, sie spinnt als das Vorstellungsgespräch mit drei Herren in zehn Minuten erledigt und ihre Anstellung mit einem kräftigen Handschütteln „Passt, Manuela, du beginnst" besiegelt ist. Das ist Spinnerei, gewinnender Handschlag, der anscheinend nur in der Gegend von Armschlag, Ottenschlag, Langschlag und Haugschlag zu Hause ist.

Wenn ein Firmengründer speckige Lederhosen und lustige rote Brillen trägt, dann können wir getrost weiterspinnen, dass es für die neue Mitarbeiterin kein Problem war, in Karenz zu gehen, im Karenzjahr schon zu beginnen auf Projektbasis zu arbeiten, um nach einem Jahr, wie vereinbart, wieder zurück in der Firma zu sein. Der kleine Laurenz war dann auch eines der ersten Kinder, das ins neu eröffnete „Sonnenscheinchen", die hauseigene Kindertagesbetreuung, gehen konnte. Diese Vereinbarkeit von Job und Familie ist ein Traum.

Aber auch das offene Klima als karenzierte Mama lachend sagen zu dürfen: „Ich möchte wieder kommen, aber mit einem verantwortungsvollen Job. Also wenn ich da irgendwelche Listen abarbeiten muss, das geht gar nicht. Bitte sagt's mir das zeitgerecht!"

Die Kollegin, die während ihrer Karenzzeit das Marketing übernommen hat, macht dankenswerterweise nach wie vor einen super Job, sodass sie selbst einen Schritt weiter gehen und strategische Themen rund um Employer-Branding und Personalmanagement übernehmen durfte. Ein Jahr später ist sie Prokuristin. Sie nennt ihre Entwicklungsschritte bewusst nicht Karriereschritte, weil hinter Karriere für sie immer ein

Fragezeichen steht. Was versteht man darunter? Karriere auf Waldviertlerisch? Ich kann's Ihnen nicht sagen. Ich besitze leider nur ein Weinviertler Dialektlexikon.

Für sie heißt Karriere machen auf gut Deutsch nicht vom Tellerwäscher zum Generalsekretär oder Geschäftsführer, sondern seinen Lebensweg gehen, der einen selbst glücklich macht und einen Beitrag zum Gemeinwohl, zum Miteinander, zum Wirtschaften leistet. Einen sinnvollen Beitrag leistet. Und das ist das Geniale an ihrem Job, an ihrem Unternehmen, dass sie trotz Kind, trotz Familie bei absolut freier Zeiteinteilung Verantwortung übernehmen kann. Diese Bremsen und Blockaden links und rechts kennt sie nicht: „Da wird sie dann Stunden weg sein. Das Kind wird dauernd krank sein. Sie wird ein zweites kriegen … ." Nein, ihr Unternehmen ist keine Blockheide mit unüberwindbaren Wackelsteinen. Sie ist ihrer sonnigen Unternehmerfamilie, die selbst drei kleine Kinder hat, dankbar, so einen einfachen Weg kennenlernen zu dürfen. Die haben mit natürlicher Schlauheit erkannt, dass es sich auszahlt, Leute zurückzuholen. Das sind schließlich ihre tollen Mitarbeiter, in die sie investiert haben, und die mit Engagement und Freude wiederkehren. Egal wer in Karenz geht, niemand wird belächelt, sondern mit einem Lachen wieder aufgenommen, und die Kollegen, die Papa-Monat und Väterkarenz in Anspruch nehmen, als Helden gefeiert. Das übliche Schwangerschaftsgeraunze gibt's nur versprengt unter älteren Kollegen und Kolleginnen, die noch stärker im Rollenbild verhaftet sind: Frau und Kind zu Hause zumindest bis zur Volksschule.

Stimmt, die Nachmittagsbetreuung in den Kindergärten zwischen Karpfenteichen und Mohnfeldern hat noch Ausbaupotential und so mancher Bürgermeister sollte bei einer Tasse belebendem Tee über seine einschläfernde Aussage nachdenken: „Na ja, es ist ja keine Nachfrage da, also warum sollten wir da was schaffen?" Es ist etwas einfallslos, mit einem einzigen Satz recht schnell derartige Möglichkeiten für die Zukunft abzustellen. Was er nicht abstellen kann ist, dass sich betroffene Eltern die Nachmittage untereinander selbst organisieren, Tagesmütter zu Hilfe holen, oder ihr unternehmensfremdes Kind ins „Sonnenscheinchen" stecken.

In ihrer strategischen Verantwortung geht sie sichtlich auf und hat für die Frauen und Mütter im Unternehmen eine Home-Office-Regelung eingeführt. Das war ihr ein großes Anliegen, daher hat sie einfach Gas gegeben und ihrer männerdominierten Personalabteilung ohne Umschweife gesagt: „Wir führen das jetzt ein, weil ich weiß, grad für unsere Frauen ist das eine ziemliche Erleichterung." Alle Männer-Bedenken waren unbegründet, es funktioniert super. Ihr nächster mutiger Schritt in die Unternehmenszukunft war, dass sie ein Büro in Wien eröffnet hat, so dass jene, die Familie bzw. Lebensmittelpunkt in Wien haben, auch von dort aus arbeiten können. Für sie ist es zu kurz gedacht, Frauen wie Männer, vor allem in Schlüsselpositionen ins Waldviertel zum Arbeiten zu locken. Die Chance, dass neue Mitarbeiter rausziehen aus der Zivilisation und raufziehen ins raue, abgeschiedene Waldviertel UND bleiben, ist 50:50.

Mögen sich in Zukunft nicht nur die Waldviertler Buam und Madln für eine gesunde wirtschaftliche Gemeinschaft einsetzen, indem sie neue Ideen SPINNEN, sondern auch viele andere diese erfrischende Erkenntnis GEWINNEN!

52 SPITZENTEAM: „BURNOUT" SITZT NEBEN „BOREOUT"

Excel-Tabellen nach den ausgeklügelten Künsten des Programms und all den ihrigen als Userin bespielen, gerne mit Zahlen jonglieren, was spricht also dagegen, sich auf den öffentlich ausgeschriebenen Posten in der Finanzabteilung eines öffentlich-rechtlichen Medienimperiums zu bewerben? Nichts. Nach abgebrochenem Pharmaziestudium, dafür fertig gemachtem Bachelor in Slawistik und Master in „Europäischer Wirtschaft und Unternehmensführung", war das für die 26-Jährige was Neues, und Ausprobieren ihre Motivation. Außerdem ist das Unternehmen, der Arbeitgeber „nett". Cooler Laden, und vielleicht darf sie ja eines Tages Berechnungen anstellen, um vernünftige Einsparungen zu treffen. Diese Lässigkeit hat sich ausgezahlt. Sie hat den Zahlenjob bekommen. Ohne Vitamin B, ganz allein auf sich und ihre unbeschwerte Einstellung gestellt.

Wenn sie über den Tellerrand ihrer Zahlen, die ihr irrsinnig viel Spaß machen, blickt, ist sie doch einigermaßen verblüfft. Ja, es macht ihr teilweise sogar Angst, wie Menschen in diesem Betrieb miteinander umgehen. Das ist doch mehr als skurril, wenn ein, nennen wir ihn einfach „Außenposten" in ihrer Abteilung anruft, weil etwas nicht so geklappt hat, wie er das gerne hätte, und derart durchs Telefon brüllt, dass die Kollegin am Apparat, die vier Jahre vor der Pension steht, zu heulen beginnt. Im Großraumbüro bleibt nichts verborgen und so ist ihr bei diesem unweigerlich mitgehörten Telefonat durch den Kopf gegangen: „Arg, dass es so was noch gibt!"

Hat das etwas mit Fehlerkultur zu tun? Sie überlegt kurz. Ja, sie beobachtet, wenn Fehler passieren, gehen gleich die Emotionen hoch. Wenn alles glatt läuft, sind alle Fröhlich und Freundlich. Das beherrschen die meisten aus dem **„FF"** (Effeff).

Nachdem sie nicht nur auf einer Zahlen-Stelle, sondern in DER „Zahlstelle“ des Unternehmens sitzt, ist ihr gleich als ganz „Neue“ ein Fehler passiert. Ihre Abteilung zahlt alles, was der Medienanbieter und seine Tochterfirmen zu zahlen haben. So auch die Gehälter aller Mitarbeiter des Gesamtunternehmens. Fatal, wenn ein Teil der Mitarbeiter ihrem Vertrag entsprechend, das Gehalt bis zum 15. des Monats bekommen sollten und der 15. ein Karfreitag ist. Sie hat sich nichts dabei gedacht, die Gehälter am Donnerstag davor wegzuschicken. Diejenigen, die bei derselben Bank ihr Gehaltskonto haben, erhalten für gewöhnlich noch am selben Tag ihr Geld, die anderen eben einen Tag später.
Aber Karfreitag ist ein buchungsfreier Tag in der Bankenwelt und der Ostermontag ein Feiertag.

Das gab ein Aufheulen. Am Dienstag nach Ostern sind ab 9 Uhr Früh in ihrer nur mit Frauen besetzten Abteilung die Telefonleitungen heiß gelaufen. Ihre Kolleginnen wurden geschimpft: „Wo ist mein Geld!“, und die Beschwerden gingen sogar bis ganz nach „oben“ zum kaufmännischen Direktor. Von dort wurde hinunter gebrüllt: „So ein Fehler kann doch nicht passieren!“ Ja, sie hat's verbockt, sie die ganz „Neue“. Was heißt ver-Bockt? Sie hat die zu überweisenden Gehälter ins Bankenprogramm gestellt, das von zwei Personen unterschrieben werden muss, bevor auf den Startknopf gedrückt wird. Zwei verantwortliche „Ziegen“ haben unterschrieben und nicht auf die Daten, das Datum geachtet. Seither gibt es eine neue Prüfliste, die mit interner Mitteilung ausgeschickt wurde und angewiesen hat, dass vorher noch zusätzlich zwei Personen prüfen müssen, um nachher das bestehende Vier-Augen-System für die Freigabe der Zahlungen wahren zu können. Nicht nur mir treibt es die Fragezeichen in die Augen. Das alles wegen eines Karfreitags? Leicht gelangweilt meint sie: „Hat halt keiner daran gedacht, dass Karfreitag ist, kann doch einmal passieren!"

Was sie nicht langweilt, sondern beunruhigt, ist die Tatsache, dass Macht Menschen verändert. Sie hofft, sich menschlich nie zu wandeln, sollte sie eines Tages in eine Führungsposition aufsteigen. Sie erlebt es hautnah mit, dass mit dem Ausstieg aus dem Team nun von oben herab ganz genau auf die Mittagspause und ihre Länge von exakt 30 Minuten geachtet wird. Vier Minuten später von der Kantine zurückkehren und es hagelt schon eine verbale Ermahnung. Über Nacht, über den internen Aufstieg ist extreme Kontrolle ausgebrochen. Sie diskutiert dieses Phänomen zu Hause mit ihrem Lebensgefährten: „Werden manche Menschen so geil aufs „Chef-Sein", dass sie es geil finden, ihre Mitarbeiter, die vorgestern noch ihre Kollegen waren, herumzukommandieren?"

Oder ist doch alles irgendwie abhängig von der Mitarbeiter-Situation? Jemand, der sehr selbständig arbeitet, alles „gescheit" und selten „gescheit-ert" erledigt, braucht weniger Kontrolle dafür mehr Freiheiten, um sich zu motivieren und weiter zu entfalten? Jemand der lasch ist, der angetrieben werden muss, braucht der die ultimative Kontrolle, damit er überhaupt noch seinen Arsch bewegt, um seine Aufgaben zu erfüllen, für die es einmal ausnahmsweise nicht am Karfreitag ein gutes Gehalt gab?

Während sie gerne mehr Aufgaben für ihr Team, für ihr Unternehmen übernehmen würde, weil sie sich mit den Programmen und Zahlen spielt, rasch ihr Tagespensum erfüllt und unterfordert auf den Dienstschluss wartet, gehen ein paar ihrer Kolleginnen, vor allem die älteren „unter". Gehen sie „unter", weil es für die vielen digitalisierten Prozesse mit den unzählig neu eingeführten online-Dokumenten und Tabellen ihren Worten nach nie eine vernünftige Einschulung gegeben

hat? Verbal und unüberhörbar wird auf das selbst diagnostizierte „Burnout" hingewiesen und Krankenstand in unübersehbarer Regelmäßigkeit konsumiert. Dennoch nehmen die ausgebrannten Damen die ehrlich gemeinten Unterstützungsangebote der gelangweilten jungen „Neuen" nicht an. Sie hört ausnahmslos: „Nein, nein, geht schon!", und schaut auf ihre Uhr: „Ich bin mit meiner Arbeit fertig, wieso geben die mir nichts von ihrem angeblichen erdrückenden Aufgabenberg?" Sie will sich in ihrem jugendlichen Elan nicht deren Job unter den Nagel reißen, sie auch nicht vorführen oder demonstrieren, dass sie möglicherweise schon etwas umständlich und langsam geworden sind. Nein, im Gegenzug könnten sie doch ihr mit interner Erfahrung und Wissen unter die Arme greifen!

Sie hat sich an diese skurrile Teamsituation gewöhnt. Ist so. Über Belastungen, Entlastungen und Auslastungen wird in diesem Team nicht gesprochen. Steckt bei den liebenswürdigen Kolleginnen vielleicht eine jahrelange Mehrfachbelastung hinter ihrem „Untergang"? Sie ist sich sicher: ausgebrannt eines Tages die Arbeitstage bis zur Pension zählen, nein danke!

Sie hat zwar noch keine Kinder, aber ein klares Konzept für künftige vermeintliche Mehrfachbelastungen. Wieso ist es selbstverständlich, dass die Frau in Karenz gehen muss? Das regt sie trotz „Papa-Monat" auf. Okay, der ist ein winziger Fortschritt. Schön und gut, der Papa ist ein Monat zu Hause mit Kind und Frau, amüsiert sich ein Monat lang, schaut sich ein Monat sein Neugeborenes an, geht dann wieder in die Arbeit und alles ist wie zuvor. Die Frau wird über den achtwöchigen Mutterschutz hinaus in der Regel noch zwei Jahre zu Hause bleiben. Macht bei einem zweiten Kind schon mal vier Jahre Abwesenheit in einem Alter zwischen Ende 20 und Ende 30, wo kinderlose Frauen und Männer gerade die ersten Karrieresprünge machen. Sie will nicht jahrelang „weg vom Fenster" sein, um dann in einen „günstigen" Teilzeitjob gesteckt zu werden, für den kein Arbeitgeber des Landes eine Führungsposition hergibt.

Ihren Lebenspartner hat sie ausreichend über ihre Vorstellungen informiert. Sie wird nur Kinder mit ihm bekommen, wenn auch er in Karenz und nicht nur in so ein läppisches „Papa-Monat" geht. Sie sieht nämlich gar nicht ein, wieso sie als Frau diesen Nachteil des Mutterseins alleine ausbaden soll. Er ist gewappnet und verständnisvoll bereit, denn er wünscht sich genauso wie sie ein oder mehrere Kinder. Sollte also eines Tages ein Arbeitgeber ihn nicht in Karenz gehen lassen, wird er kündigen und sich einen neuen Job suchen. Finanziell wird sie dann arbeitend diese Zeit schaukeln und er das Kind.

Ihre Zukunftspläne, für die sie in Österreich die Möglichkeit hat, sie aus eigener Kraft zu schmieden, werden nur dadurch getrübt, dass es keinen Frieden auf der Welt geben wird, solange sich Menschen und Unternehmen dadurch bereichern, dass andere ausgebeutet werden, selbst wenn „Boreout" und „Burnout" beginnen, in ihrer Berufswelt Frieden zu schließen.

53 Strizzis und Integration

In den 80er Jahren waren sie noch 10,7 Mio Einwohner. Heute, nur knapp 40 Jahre später, sind sie nur mehr 9,7 Mio Einwohner. Mit 9,7 Mio Einwohnern ist Ungarn ein kleines Land. Übrigens auch mit 10,7 Mio Einwohnern war Ungarn ein kleines Land. Schaut man sich jedoch die Erfolge der Magyaren bei Olympischen Spielen an, gehörten sie einmal zu einer der führenden Sportnationen. Nach Finnland gewann Ungarn immerhin die meisten Medaillen pro Einwohner in der olympischen Geschichte.

Auch sie kam aus der Ära des Leistungssports. Über viele Jahre spielte sie in einer ungarischen Junioren-Handball-mannschaft. Sport war und ist ihre Leidenschaft.

Seit vielen Jahren lebt und arbeitet sie in Österreich und will über die Politik in Ungarn kein Wort verlieren: „Ich schätze Politik nicht sehr." Trotzdem beobachtet sie aufmerksam und besorgt ihre Heimat und merkt nachdenklich an: „Es hat sich vieles verändert. Außer meine Landsleute. Die haben sich nie verändert. Die sind wahnsinnig kontaktfreudig, neugierig und sehr offen."

Verfolgt man die medialen Schlagzeilen ist es nur schwer vorstellbar, dass sie über die ungarische Bevölkerung und das Land, in dem sie vor 46 Jahren das Licht der Welt erblickte, spricht.

Ihre sportliche ungarische Jugend hat sie geprägt. Die vielen harten, gedrillten Trainingsstunden, nur um dazuzugehören, wahrgenommen zu werden und menschlich bestätigt zu werden. Viele Länder, vor allem Ostblockländer, in denen Spitzensport Jahrzehnte ein nicht zu unterschätzendes Gewicht hatte, erkannten früh den Stellenwert von sozialer Anerkennung für das Auffüllen ihrer Leistungskader.

Noch heute viele Jahre später arbeitet und lebt sie für

ihren Sport. Sie ist Fitnesstrainerin geworden, unterrichtet Boxen und arbeitet selbständig als Personal Trainerin in einem Fitnesscenter.

„Mit ein bisschen mehr Reife bedeutet Lob für mich heute, wenn niemand meckert. Wissen Sie, die Österreicher jammern sehr viel und sehr schnell, ständig passt etwas nicht. Das Fenster ist offen, es gehört geschlossen. Es regnet, wieso scheint nicht die Sonne? Es ist kalt, warum ist es nicht heiß? Dann denke ich mir „so what?“, aber frage mich natürlich schon, warum gerade Österreicher so undankbar sind. Warum sie mit nichts und niemandem zufrieden sind. Warum diese Menschen das Leben, das sie führen, nicht schätzen können. Warum sie alles für selbstverständlich nehmen, selbst das, was sie von anderen erhalten.“

Diese Respektlosigkeit anderen Menschen gegenüber treibt sie manchmal auf die Palme: „Der Mensch muss noch sehr viel lernen, schau ma mal!“ Österreichischer Dialekt ist schon mal integriert, da kann keiner mehr raunzen!

Ob es die Sucht nach Sport ist oder die Sucht nach Anerkennung, die sie nach wie vor an den Sport bindet, dabei hält sie sich bedeckt und fügt altklug hinzu: „Wenn du in einem fremden Land lebst, brauchst du die Gemeinschaft. Soziale Isolation schafft kein besseres Leben. Im Gegenteil, dann wirst du rasch empfänglich für Bekanntschaften im Netz. Früher waren es Sekten, heute ist es das Netz, das sich einsame Menschen holt.“

Sie hat bereits viel gesehen und noch viel mehr erlebt. Menschen kreuzten ihren Weg und verließen sie wieder. Eine sichere Beziehung und Liebe, die nicht an eine Bedingung gebunden ist, hat sie bis heute nicht gefunden.

Sind Sie überrascht, warum ich das erwähne? Warum ich das Thema „Beziehung und Liebe" in einem Interview über Frauen und ihren Berufsalltag streife? Ich war genauso überrascht wie Sie, aber es hat für kurze Zeit ihren beruflichen Alltag durcheinander gewirbelt. 24 Monate ihres Lebens war sie Puffmutter. Eine junge Frau, die über eine neue Beziehung zu einem Mann in ein ihr unbekanntes Berufsbild „eintauchte", aber niemals untertauchte. War das der Karrieresprung, der ihr gelang, die Anerkennung, die sie suchte? Tatsächlich wage ich mich auf dünnes fragendes Eis: „Hat es eine Puffmutter „geschafft"? Ist sie in diesem Gewerbe die Karrieretreppe nach oben „gefallen"?"

„Wahrscheinlich kommt es darauf an, wen Sie fragen", antwortet sie mit leiser Stimme. „Fragen Sie eine Prostituierte würde sie wahrscheinlich „ja" sagen und zugeben: „Sehen Sie, Sie müssen nicht mehr tagtäglich Freier empfangen, sondern darauf schauen, dass der Laden läuft und die Gäste zufrieden und befriedigt sind." So würden's, glaub' ich, die Prostituierten sehen." Sie lehnt sich in ihrem Sessel zurück: „Fragen Sie mich, kann ich nur sagen, ich war zeitlebens diskret und erzählte immer nur Anekdoten, aber nie mehr. Das so denke ich, war mein Geheimnis als Puffmutter.

Als alles begann, war ich bereits sieben Jahre in Wien und als Fitnesstrainerin nicht allzu schlecht im Geschäft. Da lernte ich plötzlich einen Mann kennen, der mich mit seinem: „Ich werde irgendwann einmal der größte Strizzi von Wien sein", beeindruckte. Wahrscheinlich verstand ich das Wort „Strizzi" falsch. Auf alle Fälle hat er nach ein paar Monaten tatsächlich ein Puff eröffnet. Ich wollte anfangs nicht mit einsteigen, aber er hat mich weich geklopft: „Schatzi, des schaffst scho. Du kimmast di um die Madln, um die Bar und um die Rezeption, und i mi uman Rest." Irgendwann stand ich dann Abend für Abend in dieser Bar hinter der Theke. Plötzlich war ich die Puffmutter für die Mädels und empfing unsere Gäste. Ich war die Erste, die kam, und die Letzte, die ging. Zwei volle Jahre hindurch, ohne Ruhetag. Ich war Workaholic. Besser als „Alcoholic" im ältesten Gewerbe der Welt.

Aber die Zeit war schlecht. Es war die Zeit kurz nach der Finanzkrise und die Konjunktur lief nicht gut. Männer gaben kaum Geld für Mädchen aus und unser Lokal stand die meiste Zeit leer. Die Freier fragten sogar, wie viel ein Bier kostet. Ich glaube, das hat es in der Zeit vor der Wirtschaftskrise nicht gegeben.

Trotz Flaute kümmerte ich mich um die Mädels, wenn es wieder Streit gab. Es gab eigentlich täglich Streit. „Zickige Huren" schwärzten sich gegenseitig an, die einen drückten auf die Tränendrüse, die anderen begannen uns zu betrügen. Es ging fast ausschließlich ums Geld. Viele der Mädchen kamen aus Ungarn aus Roma-Familien und aus Rumänien. Sie waren wirklich arm und wollten einfach nur rasch Geld verdienen. Da gab es wenig Gefühl, weder für die Freier noch für das Leben der „Konkurrentin"."

„Es gibt ja angeblich viele Männer, die sagen sie würden nicht für Sex bezahlen", warf ich ein.

„Natürlich kamen auch solche Typen. Aber ich erklärte ihnen immer, dass sie für die Frau, für ihren Lebensunterhalt bezahlen und nicht für Sex. „Anastasia hat sich für Sie schön gemacht und das kann sie sich nur leisten, wenn Sie den ausgemachten Preis bezahlen. Für nächste Woche kann ich nichts versprechen.""

„Was war die skurrilste Geschichte?", bohre ich neugierig nach, denn so oft werde ich die Chance auf eine „Rotlicht-Story" nicht haben.

„Eines Tages stand plötzlich ein Mann in unserer Bar und

verlangte nach einer Domina. Ich wusste zu Beginn nicht, was ich tun soll, schließlich hatten wir keine Domina. Was wir schon zu bieten hatten, war ein Zimmer mit Peitsche und Kreuz. Also lud ich den Herrn auf ein Getränk ein und versprach ihm, in fünf Minuten mit der Domina zurückzukommen.

Ich ging zu einem unserer Mädchen, einer vollbusigen Vollblut-Zigeunerin, und erklärte ihr, dass der Gast, der soeben an der Bar Platz genommen hat, sich eine Domina wünscht, und ob sie bereit wäre. Und sie war bereit, und wie sie bereit war: „Das mach' ich!" Ich glaube, sie hasste Männer und es war ihr eine Genugtuung eine Domina spielen zu dürfen. Als sie im Zimmer verschwanden, trommelte ich alle zusammen und wir hingen abwechselnd mit unseren Ohren an der Zimmertür und lauschten. Nach ziemlich kurzer Zeit riss der Freier die Zimmertür auf und schrie:

! „Das ist keine Domina, das ist eine Sadistin!" ! !

Er flüchtete raus aus unserem Etablissement schnurstracks auf die Straße. Die Zigeunerin hingegen war zufrieden mit ihrer Leistung und nahm anerkennend vor der „Sadistenkammer" den Applaus der anderen Mädchen entgegen. Solche Geschichten gab es viele. Es war eine abwechslungsreiche und lehrreiche Zeit, aber auch eine sehr harte Zeit. Ich fühlte mich sehr oft einsam, sogar wenn das Lokal voll war."

Nach zwei Jahren trennte sie sich mühsam vom „größten" Strizzi von Wien und kurze Zeit darauf gelang ihr der Sprung zurück in die Fitnessbranche. Die ersten Monate schlief sie bei einer Freundin. Er hatte ihr die Kreditkarte gesperrt, das Handy weggenommen und sie aus der Wohnung geworfen. Sie hatte satte 50 Euro in der Tasche und besaß noch ein paar Kleider. Das war alles, was ihr blieb aus dieser Zeit. Der Weg zurück war holprig. Viele Stunden unterrichtete sie im Fitnesscenter Boxen, anschließend trainierte sie als Personal Trainerin und am Wochenende kellnerierte sie. Sie arbeitete wie im Bordell zwölf Stunden am Tag, sieben Tage die Woche. Nur die Nachtschicht blieb ihr erspart.

Ihre erste eigene Wohnung hatte 30 m² und eine Matratze mitten im Zimmer. Mehr war finanziell nicht drinnen. Um endlich auf eigene Beine zu kommen, musste sie hart arbeiten und auf vieles verzichten. Vor vier Jahren gelang ihr schließlich der Absprung in die Selbständigkeit. Nun ist sie ausschließlich Personal Trainerin: „Mein Leben ist auch jetzt noch nicht einfach und leicht. Die Sommermonate, wenn meine Kunden auf Urlaub fahren, fehlen mir schon sehr in der Geldbörse. Das ist wirklich hart zu überbrücken. Aber ich komme über die Runden und hoffe, dass Gott, meine Schutzengel und all meine Geister mir noch lange meine Arbeitskraft erhalten und mir auch weiterhin viel Gesundheit schenken. Vielleicht schaffe ich irgendwann noch mein eigenes, kleines Studio, und wenn es dann noch meine Zeit zulässt, kann ich vielleicht sogar einmal auf Urlaub fahren."

Gedankenverloren sitzt sie vor mir und schaut durch mich hindurch. Eine Junggebliebene, die weiß, dass vieles nicht selbstverständlich und schon gar nicht für immer ist. Der Strizzi weiß es seit ihrem Abgang hoffentlich auch!

54 TANKSTELLE

Sie, die Tochter eines Arztes, heiratet einen Unternehmer und zieht an den Ort seines unternehmerischen Schaffens, in ein kleines Dorf an der Grenze zur Slowakei. Vor, während und nach der Geburt ihrer drei Kinder ist sie der gute Geist im Unternehmen und im Haus, vielfach „Mädchen für alles" und immer da, wenn sie gebraucht wird.

Sie lebt eindrucksvoll eine Frau mit vielen Talenten und stellt doch ihr Leben in den Dienst ihres Mannes.

Kennen Sie dieses Bild, meine Damen, meine Herren? Ja, das ist schön für Sie. Nein, dann schauen Sie bitte genauer hin.

Die ersten Jahre übernahm sie den Bereich „Buchhaltung und Lohnverrechnung", schließlich will nicht nur Mann, sondern auch Frau wissen, wie es um die eigenen Finanzen bestellt ist. Und ob der Zweitgeborene Anspruch auf eine neue Hose hat, oder doch noch ein halbes Jahr die Hose vom Erstgeborenen tragen muss.

Jahre später war das Thema „Qualitätsmanagement" gefragt, kurz darauf das Thema „Sicherheit", und wieder war sie zur Stelle. Wieder konnte sie ihre Talente unter Beweis stellen und der Bürokratie die Aufmerksamkeit schenken, die sie verdiente. Denn sie konnte nicht während der Arbeitszeit im Fahrstuhl stecken bleiben und die Zeit im Fahrstuhl entspannt genießen. Sie konnte nicht, erst wenn Feierabend war, die Notruftaste drücken, um zu schreien: „Ich will hier raus und nach Haus'!"

Vor rund einem Jahr wurde sie dann auch noch zur „Datenschutzbeauftragten" gekürt. Mit diesem zusätzlichen administrativen Hut ausgestattet, studierte sie im Büro sorgsam die neue Datenschutz-Grundverordnung, um am Ende des Tages feierlich festzustellen: „Wir erfüllen alle Auflagen."

Sie will sich nicht beklagen. Sie beklagt sich auch nicht, nur ich sehe ihr an, über manche Vorschriften könnten Unternehmer streiten: sind sie ziemlich sinnlos oder vollkommen sinnlos? Durch die reformierten Datenschutzmaßnahmen werden zwar nach wie vor keine Junk-Mails verhindert, aber Unternehmen zu hingebungsvoller, aufopferungswürdiger Kunden-Dokumentation gezwungen.

Politiker versprechen sogar an manchen Tagen „unbürokratische" Soforthilfe, wenn z.B. die Donau über die Ufer tritt und das Umland überschwemmt. Fast so als ob „bürokratische" Soforthilfe in Politiker-Augen eine Strafe wäre.

Manchmal scheint es tatsächlich so zu sein, dass Politiker Regeln und Vorschriften im öffentlichen Raum, für den sie zuständig wären, als lästig empfinden, während sie im gleichen Atemzug Regeln und Vorschriften für den privaten Raum ganz ohne Not erlassen. Doch diese Tatsache bringt meine Unternehmerin nicht aus der Ruhe. Vielmehr ergänzt sie humorvoll: „Regeln gibt es seit Menschengedenken, selbst Gott hatte schon seine zehn Vorschriften."

So arbeitet sie seit vielen Jahre leise und pflichterfüllt an der Seite ihres Mannes, so leise, dass irgendwann einmal einer ihrer Söhne, damals noch im Volksschulalter, auf sie zukam und fragte: „Du Mama, was wirst du überhaupt einmal?" Lächelnd erklärte sie ihrem Sohn mit viel Geduld und Einfühlungsvermögen, dass sie arbeitet, tatsächlich arbeitet, meist dann, wenn er im Bett ist.

Das Gute an ihrer Arbeit, egal ob Hausarbeit oder Büroarbeit, sie kann sich die Arbeit selbst einteilen und wird, da sie die Arbeit zur Zufriedenheit aller macht, selten danach gefragt: „Taugt sie dir? Wie lang hast braucht? War's schwer?"

Viele Jahre war all das nicht ihr Traumjob und heute weiß sie, dass sie unbewusst über ihre Eltern beeinflusst wurde. Ihre Mutter war die Assistentin ihres Vaters, dem Arzt. Sie war es, die ihm lästige Patienten vom Leib hielt, die seinen Ordinationsalltag managte und die sich mit der Sozialversicherung auseinandersetzte, wenn Medikamente nicht genehmigt wurden. Und obwohl ihre Mutter und ihr Vater sich täglich begegneten, miteinander nicht ausschließlich das Bett teilten, lieben sie sich noch heute.

Dieses Bild ließ sie nie los und heute im zarten, reifen Alter von erwachsenen Kindern erklärt sie aufgeschlossen zufrieden: „Ich lernte meinen Job zu schätzen und irgendwie kam ich meinem Traumjob „Sozialarbeiterin" doch sehr nah. Wir haben über 40 Mitarbeiter und ich erarbeitete mir als einzige Frau inmitten meiner Männerschar sehr rasch und sehr praxisnah, bei Konflikten oder schwierigen Lebenssituationen hilfreich einzugreifen. Als Sozialarbeiterin hätte es mich gereizt, haltlosen Jugendlichen Halt zu geben. Jetzt hab' ich halt meine Männerschar, die ich zusammenhalt'."

Jetzt, 30 Jahre später, holt sie sich die Theorie der Sozialarbeit für die unternehmerische Praxis. Sie besucht das Viktor Frankl Institut und stellt dabei fest, dass sie vieles intuitiv richtig gemacht hat, auch wenn es ihr lange Zeit nicht bewusst war oder ihr die empirische Datenlage dafür einfach fehlte. Das Kommunikations-Modell von Thomas Gordon beherzigt sie schon lange. Sehr früh begann sie auf ihre Gefühle zu achten und ihre Gefühle in die Kommunikation einzubinden, d.h. Gordonsche ICH-Botschaften zu senden: „Wenn du Saft auf den Teppich schüttest, muss ICH Zeit damit zubringen, ihn zu putzen und das mag ICH nicht." Sätze wie diese zeigten ihre Wirkung.

Von dieser Wirkung fasziniert und von ihrer ungestillten Neugierde auf zusätzliches Wissen inspiriert, gebar sie vor rund 16 Jahren die Idee, gemeinsam mit zwei Freundinnen eine „Frauentankstelle" ins Leben zu rufen.

Die „Frauentankstelle" ist keine Tankstelle mit Zapfsäulen, sondern ein Ort, wo Menschen Wissen tanken können, Geborgenheit finden, den Alltag kurzfristig vergessen lernen und gestärkt und positiv nach Hause gehen. Hier

sind Menschen unabhängig vom Alter, vom Geschlecht, der Gesellschaftsschicht oder dem kulturellen Hintergrund willkommen, einzig und allein der Mensch zählt in ihrer Runde. „Bei uns müssen Menschen nicht mit Zapfsäulen sprechen und sich nicht mit einem robotischen Silikon-Geschöpf, das womöglich unentwegt „My name is Harmony" haucht, unterhalten."

Und der Erfolg gibt ihr und ihren Freundinnen Recht. Vortragende kommen freiwillig nach Dürnkrut und schenken der „Frauentankstelle" ihr Wissen. Wieso? Gute Frage. An der Gegenleistung „Wasser und Blumen" wird es wohl nicht liegen. Selbst jene, die sich vor 16 Jahren dachten: „Jo eh schen – a Frauentankstelle halt", oder jene die unkten: „Schau ma a mal, wie lang s´es gibt", zollen

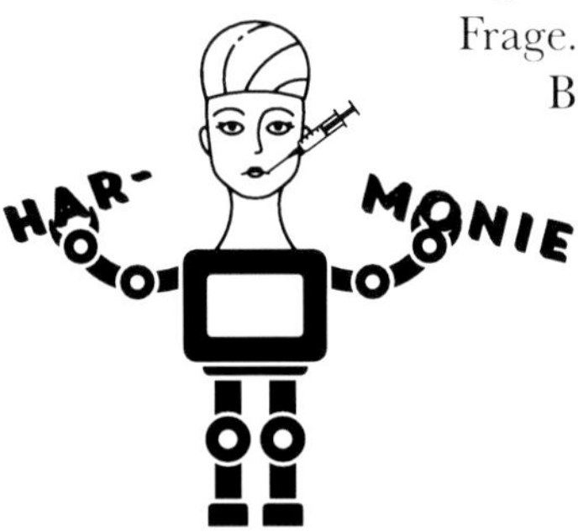

ihnen heute Anerkennung. Selbstironisch merkt sie an: „Frauen können sagen was sie wollen, aber diskutiert haben wir schon immer gerne. Dafür haben wir uns engagiert."

Menschen wollen gesehen werden. Nicht nur in ihrer „Frauentankstelle", sondern auch in ihrem Familienbetrieb. Sie wollen sich austauschen und einer sinnvollen Tätigkeit nachgehen. Eines steht fest. Ihre Mitarbeiter wissen, was und wo ihr Beitrag am beauftragten Dachstuhl ist. „Einen Job zu machen nur des Jobs zuliebe, gibt es in unserem Dachdecker-Unternehmen nicht."

Viele Diskussionen der letzten Monate drehten sich auch um das interkulturelle Verständnis und wie ein solches zu schaffen sei. In ihrem Unternehmen beschäftigen sie immer mehr slowakische Mitarbeiter, da der Fachkräftemangel in Österreich seine Spuren hinterlässt.

Mit viel Humor vermittelt sie ihren Mitarbeitern, dass sie willkommen sind, dass sie gebraucht werden und ihre Person nicht nur für den Dachstuhl wichtig ist. „Ich glaube, es gelingt uns ganz gut. Wir werden immer wieder von Kunden angerufen, die nicht ins Telefon schreien, sondern erfreut erwähnen: „Na was Sie für guate Leut' hab'n!" Das ist dann Balsam auf meiner Seele und klingt fast so, als ob sie meine Kinder gelobt hätten."

Sie hat Mitarbeiter in anderen Unternehmen gesehen, die so viel schlechte Laune ausstrahlten, dass es kein Vergnügen war, dort Kunde zu sein.

„Ich habe meinen Beruf zu lieben gelernt und übe ihn heute so aus, dass er einzigartig für mich ist." Einzigartig, weil sie Menschen mit viel Herzlichkeit und Freundlichkeit begegnet und diese Einzigartigkeit auch ausstrahlt. Tankstelle hin oder her, zum Auftanken kommt immer wer.

55 Von der Knödelakademie in die börsennotierte „Taj Mahal“ AG

Zum Buchprojekt haben wir offline ausreichend Informationen ausgetauscht und facettenreiche Impulse gezündet, die ideale Basis, um nun online einfach entspannt drauf los zu erzählen ….

„Mir wird schon was einfallen! Also meine Ausbildung war total spannend. Knödelakademie, ich liebe diesen Ausdruck, wo dich nachher jeder fragt, wieso du nicht Köchin oder Kellnerin geworden bist. Mit dem berühmten Knödel-Abschluss bin ich im Jahr 2000 in ein Anlagebauunternehmen als Projektassistentin eingestiegen und gleich mit einem Riesenprojekt im Iran durchgestartet. Da haben's dann alle g'schaut, die mit der komischen Koch-Kellner-Frage. Ja, es ist von Anfang an richtig spannend gewesen. Weil ganz ehrlich, ich hab' nicht einmal kopieren können. Da stehst wie ein Trottel vor dem Gerät, eigentlich solltest das können, ist aber leider nicht so. Ja, so hab' ich angefangen zu ARBEITEN.

Sechs Jahre später und 60.000 Kopien reifer hat sich eines Tages die Möglichkeit aufgetan, in die vereinsamte Personalabteilung zu wechseln. Die Personaltante hat nämlich das Unternehmen verlassen und ich könnt' doch locker ihren Job vorübergehend mit-machen, bin ja so ein schlaues Mädchen, wie die liebe Kollegenschaft meinte. „Nein, um Gottes Willen, das kann ich nicht, ich hab' keine Ausbildung dazu! Aber interessieren würd's mich schon. Okay, schau ma's uns amal an.“ Ich weiß bis heute nicht, wen ich mit WIR und was ich mit EINMAL gemeint hab'. Das war der unspektakuläre Startknopf für meine unter Anführungszeichen Karriere im Personalbereich, denn dort bin ich picken geblieben. Vorerst aber war's der Beginn einer extrem spannenden Lehrzeit.

Drei HR-Chefs haben sie mir schlauem Mädchen über die Jahre vor die Nase gesetzt. Alle drei waren so unfassbar grundverschieden, sodass ich von jedem etwas mitnehmen konnte: wie ich sein will oder niemals sein möchte. Überlebt habe ich sie alle drei, denn ich Knödelakademie-Absolventin wurde selbst die HR-Chefin Nummer 4 der nach komplizierten Verkaufs- und Übernahmedeals letztendlich unter indischer Führung weltweit agierenden „Taj Mahal" AG. Googeln nutzt nix, das ist ein WikiLoser Deckname!

Wenn ich an diese drei Menschen, zwei Männer und eine Frau, zurückdenke, werden mir immer wieder die folgenden faszinierenden Details einfallen. Chef Nummer 1 war ein unglaublicher Kumpeltyp mit einem Kaffeehäferl in der Gemeinschaftsküche, das die Aufschrift „Andreas morgens ein Tschick und ein Kaffee, mittags ein Tschick und ein Kaffee, abends ein Tschick und ein Kaffee" zierte und von dem sein Foto lachte. Seinen Job hat er locker, mich und meine Assistenztätigkeiten ernst genommen, und Kollegen hat er regelmäßig auf die Schulter geklopft „Wie geht's?" und „Des mach' ma scho!" Für diesen freundlichen Personalchef wurde nichts ahnend im Hintergrund beinharter Ersatz gesucht. Eines Tages kam der CEO in Begleitung einer Dame in unser transparentes, gläsernes Büro und hat die mit sofortiger Wirkung neue HR-Verantwortliche vorgestellt. Mein Kumpel am Chefsessel

musste zu meinem jungen, lernenden Bedauern tatsächlich gehen, was aber kam, wird mich definitiv mein Leben lang begleiten.

Die Neue hat mir einfach als Frau, als frauliche Persönlichkeit gezeigt, wie in dieser „g'standenen" Managerwelt, wo jeder glaubt etwas Besseres zu sein, Leuten mit ganz einfachen, spontanen Antworten der Wind aus den Segeln genommen werden kann. Wir hatten ja teilweise sehr schräge Kollegen und Geschäftsführer, die unheimlich gerne Witze über Frauen vom Stapel ließen. Die Krönung war stets, dass der CSO (Chief Sales Officer), wenn eine unserer spärlichen Frauen im hippen Büro-Carré mal nicht so gut drauf war, anhand des Geruchs erraten konnte, ob sie schwanger ist oder nicht. Ich hätte eine Woche gebraucht, bis mir eingefallen wäre, was ich diesem Schwachsinn entgegne und wie ich diesem „managed Mannsbild" begegne. Sie hingegen hat die passenden wie treffenden Antworten wie einen Finger-Schnipp aus dem Ärmel geschüttelt. Wenn sie zu Mittag in unserer noblen Kantine Knoblauch gegessen hat, haben das die geschäftsführenden Manager bei ihrem nachmittäglichen Stelldichein in unserem HR-Glaskobel natürlich auch sofort gerochen und ihre unter ihrer Gürtellinie sitzenden Bemerkungen über Ausdünstungen fallen gelassen. Ich wäre vom Sessel gefallen vor lauter Scham, sie hatte sofort eine humorvolle Antwort auf ihrer Knoblauchzunge, in dem sie sich selbst auf die Schaufel genommen und damit die geruchsempfindlichen Herren so perplex gemacht hat, dass das Nebenthema, der blöde Männerwitz, augenblicklich vom Tisch und endlich Platz für Respekt und das Hauptthema war. Das war sehr, sehr lehrreich, weil ich hautnah miterleben durfte, dass jeder „Bessere" auch nur mit Wasser kocht. Eine einschneidende Vorbildfunktion, sich selbst nicht so ernst nehmen, dafür aber sachlich bleiben und mit fundiertem Fachwissen punkten und glänzen, ohne nach Eigenlob zu stinken. Und bis heute schwirren mir Situationen und Bilder im

Kopf herum: „Oh ja, ich glaub‘ so in etwa könnte sie das gelöst haben, ich glaub‘, ich bin am richtigen Weg.“

„Bischt a Tiroler, bischt a Mensch …“,

es kam Personalchef Nummer 3. Sich wieder aufs Neue als HR-Assistentin beweisen, zweimal Glück gehabt, gut ausgekommen, wie wird jetzt wieder das Revier markiert, schließlich kommt ein Mann, zu dessen Territorialverhalten von Natur aus gehört, eine frische Duftgrenze zu ziehen? Innerhalb dieses neuen HR-Reviers, quasi seines persönlichen nach außen abgesteckten Machtbereichs, trieb sich **UNGLAUBLICHES** Wissen herum, das ihm meinen liebevollen Spitznamen „Head of ALL“ einbrachte. Weil wenn Mann alles weiß, wird Mann überall Chef. Binnen kürzester Zeit hat er jeden Prozess hinterfragt, aber nie zu einem besseren Ende gebracht. Hauptsache, jedes Thema wurde aufgerissen oder angerissen. Dass es dann wieder nur versandete, stand nie auf seiner dichten Agenda. Mann kümmerte sich um alles, das war das Wichtigste. Ein Mann jedes Thema wissend, um jedes Detail Bescheid wissend, zu jedem Thema wissend eine Antwort parat habend, aber nichts bis zum Ende selbständig ausführend, hat sich „Head of ALL“ gebührend „erwusst“ und verdient. Die vielen offenen Baustellen und die Ergebnisse seiner goldgräberischen Strategie-Besprechungen türmten sich auf meinem Assistenz-Schreibtisch. Eine neue Ära der Zusammenarbeit war angebrochen: Fuhrwerker und seine Ausführungsgehilfin. Mein Geheimrezept war, mich auf die Situation einzustellen, mich nicht zu ärgern, an meine Chefin Nummer 2 zu denken und viel selbstbewusster, bei allem Respekt, mein fachlich frisch aufmagaziniertes Kapazitäts-Revier abzustecken.

Heute, selbst in der Chefinnen-Rolle, hinterfrage ich erfreulicherweise auch nicht mehr, ob das, was ich in einem Board-Meeting oder in einer Projekt-Besprechung inhaltlich zum Besten gebe, wirklich richtig ist und tatsächlich stimmt, nur weil einer der Herren ins Narrenkastl schaut. Früher hab‘ ich um mich herumliegende, herumhängende Mimik sofort ausschließlich auf mich bezogen und geglaubt, dieser eigenwillige Gesichtsausdruck, das Entgleiten der bärtigen Gesichtsmuskeln bedeutet, dass mit mir und meiner Wortspende etwas nicht stimmt, und dass gerade der mit dem verzerrten G‘schau es besser wissen muss. Ich stehe nicht mehr auf und suche meine Sicherheit in Aktenordnern, Personalunterlagen oder einschlägigen Arbeits- und Sozialrechtsbüchern. **Ich bleibe demonstrativ sitzen,** auf meinem Sessel und auf meinen Fakten. Mit Sicherheit.

Was mich nicht die Knödelakademie, sondern die „Taj Mahal“ AG gelehrt hat, ist Reframing, wie Umdeutung in der Psychologensprache heutzutage genannt wird. Mit ein wenig Mut und einem „scharfen“ Souvenir eines indischen Kollegen hatte ich eines Tages eine ungeahnte Wunderwaffe für die Entschärfung von Konflikten nicht nur in der Schublade, sondern in der Hand. Das aus Porzellan gefertigte Taj Mahal war das Dankeschön-Geschenk für die vielen Mühen, die es gekostet hat, diesen ersten Inder auf aufenthalts- und arbeitsrechtlicher Bewilligungsbasis zu uns nach Österreich ins Team zu holen. Der indische Dank, dass alles so toll funktioniert hat, war nett, war schön. Das Taj Mahal war gar nicht schön, war hässlich, nur die blaue, samtene um das Taj Mahal aufklappbare Schatulle war schön, weil sie zum Verschließen und damit das grässlich kitschige Miniatur-Mausoleum zum Verhüllen war.

Dennoch wanderte diese blaue

Schachtel eines Tages aus der Schublade auf den Schreibtisch. Lustige Idee! Jedes Mal, wenn jemand ins Personalbüro kommt, um sich einfach nur auszukotzen, werde ich diese indische Wunderbox öffnen. Gesagt, getan. Ich klappte die eleganten Seiten herunter, in der Mitte thronte das Kleinod mit Weltruf, dann durfte hineingekotzt werden, damit es demjenigen gefühlsmäßig gleich einmal besser geht. Konflikt-Zündstoffe, ungezügelte Emotionen und aktuelle Reizthemen landeten allesamt im wunderbaren Mistkübel. Nach jeder Kotz-Einheit wurde das kostbare Schachterl nicht nur bildlich wieder zugemacht und verschlossen. Das lästige Belastende war ausgesprochen und draußen, gut anonym verpackt und konnte hier drinnen, wie die Gebeine der geliebten Gemahlin, in Frieden ruhen. „Sprich's ins Taj Mahal" hat sich wie ein unternehmerisches Lauffeuer ausgebreitet und selbst der Betriebsratsvorsitzende hat hie und da ins kleine Grabmal gesprochen, bevor er unseren CEO sekkierte.

Übrigens, ich werde demnächst die „Taj Mahal" AG verlassen, hab' noch Resturlaub und freue mich auf neue Personal-Herausforderungen. Was mir aber grundsätzlich als arbeitender Frau am Herzen liegt ist, dass Frauen aufhören zu versuchen, sich so zu verhalten wie Männer, um ihnen auf gleicher Augenhöhe zu begegnen. Die lassen dieses Männliche raushängen und merken gar nicht, wie gespielt, wie aufgesetzt und wie unnatürlich das Ganze wirkt. Wieso sollen wir Frauen den Mann raushängen lassen, wir Frauen haben nichts zum Raushängen lassen?! Es gebührt jedem Respekt, ob zwei Riesenbrüste oder nicht, und hören wir doch auf mit dem Untergraben der Höhlenmensch-Urgestein-Autorität: „Fürchtet euch nicht liebe Höhlenmänner, Urgesteine des Universums. Wir gehen jetzt auch jagen und sammeln und tauchen aus dem Dunst, dem Rauch der Feuerstelle auf, bekochen euch aber weiter gerne, wenn ihr das wollt. Wir nehmen euch nicht die Keule weg, sondern, wenn ihr uns für voll nehmt, haben wir miteinander zwei Keulen gegen den Säbelzahntiger!‘“‘

Die Frau, die gerade so munter und lustig berichtet hat, hat für mich was Einzigartiges vollbracht. Sie hat in der Zeit als ihre Personalchefin Nummer 2 drei Wochen in Indien auf Urlaub war, das „Tagebuch einer HR-Assistentin“ verfasst. Schließlich war sie zurück gelassen, aber nicht zurück geblieben. Sie hätte ziemlich sauer sein können, hat aber die dreiwöchige Mehrfachbelastungsphase, die schon im Schriftbild dieses Wortes erdrückend wirkt, mit unglaublichem Humor genommen und ein Skriptum mit folgendem Deckblatt auf dem Schreibtisch der Chefin für den Tag ihrer Rückkehr hinterlegt:

„Liebe Chefin,
WELCOME BACK IN GOOD OLD „TAJ MAHAL“ AG
(wie unser Betriebsratsvorsitzender sagen würde) ☺
Nachdem ich ein Hirn wie ein Nudelsieb habe, ist die Idee entstanden, mir jeden Tag die wichtigsten Punkte aufzuschreiben. Daraus hat sich ein täglicher - teilweise witziger, teilweise verärgerter - Bericht ergeben, der dir mit Sicherheit einen guten Einblick bzw. Überblick der letzten Wochen verschaffen wird.
Zur Einstimmung also findest du beiliegend den Bericht vom 5.11. bis 27.11.!
VIEL SPAß DAMIT!!!
Bis „gleich“
Deine Assistentin
.... ach ja, das WICHTIGSTE
Vorweg → mein Urlaubsantrag!!!
„Ich bin reif für die Insel“ ☺

56 VON PONTIUS ZU PILATUS ZU PILATES

Während draußen in der Berufswelt einiges aus dem Ruder läuft, läuft in meinem Home-Office das Aufnahmegerät. Eine kleine, beneidenswert durchtrainierte und fesche Langhaarige sitzt mir geduldig und abwartend gegenüber, obwohl unbeweglich sitzen, auf Unbekanntes warten gar nicht ihrem bewegungshungrigen, selbstkontrollierenden Naturell entspricht.

Daher fackelt sie nicht lange herum, prescht vor und eröffnet mir, dass ihr zum Thema „Frau in der Berufswelt" nichts Besonderes unter den Fingernägeln brennt. Eigentlich unter den blauen Zehennägeln, ihr Markenzeichen vom jahrelangen Laufsport mit herzeigbaren Ergebnissen. Ob hochkarätige Businessrun-Veranstaltungen, Halbmarathon-Staatsmeisterschaften, Berlin-Marathon mit Zielankunft als zweitbeste Österreicherin, engagierte Begleitläuferin im Versehrtensportclub oder „Lauftigerin" mit einer persönlichen Marathon-Bestleistung von 02:52:39, sie ist ständig auf den drahtigen Beinen, fast unentwegt sportlich unterwegs. Tägliches Lauftraining, Wettkämpfe am Wochenende, sie läuft in der Ebene oder über Stock und Stein hinauf auf einen Berg, wenn sie sich mal Urlaub gönnt. Spazierengehen ist nicht ihres, das glaub' ich ihr aufs Wort.

Sie redet selten bis nie über ihre sportlichen Erfolge, und verhält sich unnötig bescheiden, wie ich meine, was ihre unzähligen fulminanten Zieleinläufe auf nationalen wie internationalen Laufstrecken betrifft. Laufsport ist ihr Leben, das gibt sie ohne Geheimniskrämerei lachend zu. Laufen musste die gebürtige Knittelfelderin ohne diesen typisch bellenden Steirerakzent Jahre lang im Gastgewerbe, ihrem ursprünglichen Brotjob neben einem nicht vollendeten Psychologie-Studium. Eines Tages hat es ihr gereicht, und sie ist diesem strapaziösen Gewerbe davongelaufen.

Aber wohin? Kurzfristig kommt sie zum Stillstand auf ihrer beruflichen Laufstrecke. Womit Geld verdienen, wovon leben? Sport, Bewegung, Körperarbeit hat sie im Blut und so macht sie aus der Arbeits-Not eine Ausbildungs-Tugend. Im Grunde genommen sieht sie nur Selbständigkeit als ihre Überlebenschance am Arbeitsmarkt, will sie weiterhin ihre ehrgeizigen Laufprogramme unterbringen. Darauf verzichten kommt nicht in Frage, denn sie sind eine Art Lebenselixier und Booster in der Entwirrung so mancher beziehungshaften Verzwickung sowie in der Auflösung der einen oder anderen familiären Verstrickung.

Mit der Idee als selbständige Pilates-Trainerin beruflich Fuß zu fassen läuft sie zum AMS, nichts ahnend, dass das ein Lauf von Pontius zu Pilatus wird. Sie war nicht mit Laufhanteln bewaffnet, als sie die AMS-Filiale stürmte, sondern mit einem klaren Weiterbildungs-Konzept im Kopf und einer Einstellungszusage in den Händen, um sich im Windschatten des Arbeitslosengelds für das halbe Ausbildungsjahr nicht unnötig die Füße wegen skurriler Jobangebote wund rennen oder wegen sinnloser Beratungsgespräche an irgendeinem AMS-Schalter platt stehen zu müssen. Nochmals zum Mitschreiben: sie hatte einen Ausbildungsplatz zur zertifizierten Pilates-Trainerin in der Lauftasche. Nach einem halben Jahr würde sie geprüft und fertig sein und sogleich bei ihrer Ausbildnerin in deren Pilates-Institut zu arbeiten beginnen. In dem überschaubaren Tascherl steckte also unmittelbar neben dem Ausbildungsplatz das definitive Jobangebot eines gut etablierten Pilates-Instituts.

Ein Berater, also Herr Pontius, hörte sich den Plan an, oder auch nicht, und bot ihr nüchtern und unbeeindruckt an, Schweißerin zu werden. Mit so einer Versorgung hat sie nicht gerechnet, die ist doch katastrophal! Das ist, wie wenn sie beim Wien-Marathon in der Prater-Hauptallee statt reifer Banane und stillem Mineralwasser „a Eitrige mit an 16er Blech“ in die Hand gedrückt bekäme. Pontius, ein unempathischer AMS-Statthalter, der selbst zum falschen Job verurteilt wurde? Sie läuft nach dieser schlechten Zwischenzeit kurzerhand davon, aber sprintet bald darauf nochmals hinein ins Arbeitsmarktservice. Ha, dieses Mal sitzt Frau Pilatus am Schreibtisch. Die Frau, die sich als Pontius‘ Chefin herausstellt, macht Vertretung. Herr Pontius ist krank. Von Pilatus direkt zu Pilates. Sie hat nicht mit einem Zieleinlauf in einer Spitzenzeit gerechnet. Es dauerte aber tatsächlich nur eine gefühlte Sekunde, und alles war geregelt. Frau Pilatus hat das ambitionierte Konzept mit der zugesicherten Jobchance am Ende der arbeitslosen Geschichte schlagartig angenommen, Arbeitslosengeld für den Zeitraum der Ausbildung zugesagt und sogar die Hälfte der Ausbildungskosten übernommen.

An dieser Stelle oute ich mich, denn auch ich war in meinem Erwerbsleben einmal ein halbes Jahr arbeitslos gemeldet und mir ist es, obwohl ich keine Läuferin bin, ähnlich ergangen. Bei meinem AMS-Hürdenlauf als schwer vermittelbare, nicht schwer erziehbare, Führungskraft, konkret als ausgeschiedene Personalchefin, hat mich der junge Berater nicht auflaufen lassen, sondern in seiner tunnelhaften Beratungsverantwortung leer laufen lassen. Er hatte ein Ziel vor Augen, und das kam nicht einmal von ihm, das kam von „oben“: in spätestens drei Monaten muss die Frau Doktor raus aus der Statistik und aus dem kargen Budget. Nachdem adäquate Jobangebote übers online-Service, sprich über mein personifiziertes eAMS-Konto für eine Managerin so selten waren wie lachende AMS-Mitarbeiter, habe ich in seinem Arbeitszimmer darüber referiert, dass ich vollkommen einsehe, dass ich eine geldverschwendende Arbeitslosen-Kennziffer bin und er möge mich erhobenen Hauptes bitte aus dem Arbeitslosenbezug rausschmeißen und mir den diesbezüglichen Bescheid zustellen. Außerdem hätte ich ein paar innovative Ideen für den AMS-Prozess im Hinblick auf führende wie reife joblose Arbeitsmarktteilnehmer.

Er hat nicht einmal mit der Wimper gezuckt. In seinem Blick lag ein müdes „San'S fertig mit Ihrem Monolog?" Dann hat er das Wort ergriffen:

„Sie machen jetzt insgesamt 15 Stunden Bewerbungstraining mit individuellem Coach. Damit fallen' S uns für vier Wochen aus der Arbeitslosenstatistik."

Toll, ich, die ehemalige Personalchefin mit hunderten geführten Interviews und mit tausenden gelesenen Bewerbungsschreiben mache einen statistischen Höhenflug, und finanziere mit meinen geleisteten Beiträgen diese durchdachte Weiterbildungs-Maßnahme selbst noch mit! Weit haben wir's gebracht, lieber Kopf vom AMS, weiter geht gar nicht mehr, bilde ich mir ein. Mich und meinen Kopf schüttelt es heute noch, wenn ich an diese wahrlich geldvernichtende AMS-Maßnahme denke.

Peinlich war das nur der vom AMS extern engagierten Dame, die mich nun coachen musste. Wir haben in einer vom AMS für Coachings angemieteten hübschen Galerie vor farbenfrohen Gemälden bunte Bewerbungsfotos geschossen und statt Rollenspielen rund um das perfekte Bewerbungsgespräch über die Sinnhaftigkeit der verpflichtenden Zusammenfassung von „core competences" auf der ersten Seite eines Lebenslaufes diskutiert. Neuer internationaler

HR-Standard oder AMS-Burner gegen Fachkräftemangel?

Beide, ich und meine kinderlose, auf sich allein gestellte Pilates-Trainerin, wir sind nie wieder einer arbeitsbezogenen Sozialleistung nachgelaufen. Sie ist erfolgreich selbst & ständig unter unterschiedlichen Dächern eingemietet und egal, wer den Raum, das Haus besitzt, wer dort körperlich trainiert oder sportmedizinisch behandelt, sie unterhält mit Männern wie mit Frauen ein konkurrenzloses, sich gegenseitig unterstützendes Mietverhältnis. Das ist schon die halbe Miete. Die andere Miethälfte liefert ihre treue Kundschaft, unter die sich erfreulicherweise immer mehr Männer mischen. Beobachtet sie geschlechtsspezifische Unterschiede auf der Matte? Sie lacht. Frauen stehen mehr auf „Körper spüren", Männer eher auf Turnen und Leistung. Frauen genießen im Training neue Körpergefühle, nehmen sich Zeit, während Männer ohne Rücksicht auf Pilates-Verluste turnen wollen: „TTTTTTT ….", es grüßt Turnvater Jahn.

Egal, wer bei ihr auf der Matte liegt, Mann und Frau stehen wieder auf, gestärkt und mobilisiert in Körper oder Geist oder Seele. Geschickt lässt sie ihren bestens vorbereiteten, abwechslungsvollen Trainingseinheiten nur vermeintlich freien Lauf, am Ende holt sie alle wieder auf die Matte und ins Gleichgewicht zurück. Vor ihr und Pilates ist noch niemand davon gelaufen!

Ganz im Gegenteil, der Zulauf ist ungebrochen, denn zu einer beeindruckenden äußeren Körperhaltung kommt ihre menschliche innere Haltung hinzu.

Berufliche Veränderung kostet einiges an Schweiß, aber deswegen muss Frau doch nicht Schweißerin werden!

57 VORSORGE DURCH TITEL?

Der Raum ist hell und freundlich. Die Wände neben dem Eingang sind mit dunklem Holz getäfelt und davor stehen zwei sehr gemütliche Sessel, die zum längeren Verweilen einladen. Der Boden ist sandfarben und Steinmauern umrunden die Empfangstheke, die den Eingangsbereich dominiert. Warmes Licht durchflutet den Raum und rundet den ersten Gesamteindruck positiv ab.

Hinter dem Empfangspult steht eine sympathisch agil wirkende Frau mittleren Alters mit einer angenehmen Stimme, die Vorsorge-Bewusste sofort herzlich willkommen heißt.

Wer hier hereinkommt, fühlt sich wohl, fühlt sich willkommen, mancher vielleicht sogar umsorgt. Die Frau, die mich begrüßt, ist die Chefin des Hauses und hält seit vielen Jahren die medizinischen Standards in ihrem Gesundheitsunternehmen hoch. Wenn sie darüber zu erzählen beginnt, strahlt ihr Gesicht und überschlägt sich ihre Stimme vor Begeisterung: „Präventiv tut sich einfach wahnsinnig viel, die Labortechnik entwickelt sich rasant weiter, da heißt es am Ball bleiben, schließlich möchte ich meinen Patienten auch zukünftig die beste Vorsorgemedizin bieten."

Ich beginne zu schmunzeln. In meinem Kopf überschlagen

sich die Gedanken, also spinne ich sie vorsorglich weiter: „Sich stärker der Vorsorge und Gesundheitsförderung in gesunden Jahren zu widmen, um bis ins hohe Alter gesund zu bleiben und die gewonnenen Lebensjahre möglichst selbständig und aktiv verbringen und genießen zu können? Ein erhabenes Ziel. Aber wie ist es um uns Österreicher in Wirklichkeit bestellt? Interessieren wir uns für gesunde Ernährung, Sport und „Vorsorge“? Sind wir Österreicher vielleicht sogar „Vorsorge-Kaiser“? Jein. Beim Begriff „Vorsorge“ denken wir Österreicher zu allererst an die Pension oder an „finanzielle Absicherung“, oder doch umgekehrt? Fragen wie: „Kann ich vielleicht früher in Pension gehen? Gibt es Altersteilzeit auch für mich?“, oder „Was bekomme ich raus?“, werden öfters gestellt als Fragen wie: „Wo kann ich zur Vorsorgeuntersuchung gehen?“ Bank- bzw. Versicherungsberater, alle sind sie mittlerweile „Vorsorgeberater“. Ganz ohne Digitalisierung überschwemmt dieses neue Berufsbild den Markt. Die Sorgen der Österreicher waren scheinbar Antrieb genug dafür.“

Noch ganz überwältigt von meinen Purzelbäumen im Kopf, folge ich ihr ins Büro und freue mich auf das Interview mit einer Frau, die das Thema „Gesundheit“ schon ihr ganzes Leben begleitet.

Apropos Gesundheit. Dazu fällt mir spontan folgende kleine Geschichte ein: In Österreich gibt es ja die Reform der Sozialversicherungslandschaft und der neue Hauptverband heißt zukünftig Österreichische Gesundheitskasse. So weit so gut. Jetzt kommt es. Hoffentlich werden Patienten demnächst nicht mit folgenden Worten weggeschickt: „Wir sind eine österreichische Gesundheitskasse. Mit Kranken haben wir nichts zu tun, da müssen Sie bitte schön woanders hingehen.“

Sie lacht bei meinem „geschichtlichen“ Exkurs und formuliert diplomatisch: „Wir werden sehen. Oftmals gestehen wir Menschen uns im Zuge solcher Umstrukturierungen relativ bald ein, dass nicht alles ganz verkehrt war, was ursprünglich über Jahre gewachsen ist."

Kaum hat sie ihren Satz zu Ende gesprochen fährt sie im gleichen Atemzug fort: „Ich habe in den Werkstätten und der Unfallambulanz der ÖBB fürs Leben gelernt. Dort bin ich menschlich und fachlich gewachsen."

Gemeinsam mit zwei Arbeitsmedizinern versorgte sie Schnittwunden, Verbrennungen, Brüche, managte betriebliche Vorsorgeuntersuchungen und organisierte den reibungslosen Tagesablauf. Sie hatten eine kleine „Unfallambulanz" und betreuten während der Woche die rund 4.000 Mitarbeiter der ÖBB, mehrheitlich Nebenerwerbsbauern vom Wald- und Weinviertel. Ihr Organisationsgeschick wurde dabei mehrmals täglich auf die Probe gestellt. Immerhin hatten sie an manchen Tagen bis zu 130 Patienten zu versorgen. Sie lernte zu schwimmen und sich und die „Unfallambulanz" über Wasser zu halten, auch wenn sie das eine oder andere Mal Gefahr lief, unterzugehen, tauchte sie immer wieder auf.

Irgendwann hat die ÖBB schließlich den arbeitsmedizini-

schen Bereich in ein Unternehmen ausgelagert, das sich auf Arbeitsmedizin und Vorsorge spezialisiert hat. Dabei wurde sie Teil dieser Ausgliederung und ging mit. Nur wenige Monate später hat sie die Ausbildung zum Gesundheitsmanager an der Donau Universität Krems gemacht. Seitdem kann sie Biostatistik und beherrscht „abzinsen". Ihr Mann hat bereits Angst, dass sie eines Tages seinen Bankjob übernimmt, falls es ihn dann noch gibt. Den Job meine ich. Mit dem „Donau-Titel" in der Tasche, öffneten sich ihr plötzlich Türen, die vorher verschlossen blieben. Gespräche mit Ärzten fanden auf einmal auf Augenhöhe statt und nicht mehr von oben herab. Sie hatte jetzt einen Titel und so mancher glaubte von nun an, dass sie jetzt besser ist als sie vorher war. Einzig den ÖBB-Arbeitern war der Titel egal. Als sie diplomierte Notfallsanitäterin wurde, meinten sie emotionslos: „Wir haben bereits vorher gewusst, dass du was kannst."

Mir drängt sich auf: „Heißt das, dass Medizin die Hochburg einer Gesellschaftsklasse ist, wo höher gebildete Männer einen sexistischen Umgang mit Frauen pflegen außer diese haben bei der Begrüßung selbst einen Titel parat: „Darf ich mich vorstellen, Frau Doktor Gscheit"?"

„Jein, schwierige Frage. Natürlich hilft der Titel in der Kommunikation mit Ärzten. Vor allem wenn es darum geht, Verträge mit ihnen abzuschließen. Ich hatte ja später, als ich 2004 gemeinsam mit einer Partnerin mein eigenes Unternehmen gründete, auch Mietverträge für Wahlärzte abzuschließen. Mein Titel war der Türöffner für den besseren, einfacheren Einstieg ins Gespräch. Um auf Ihre medizinische Gesellschaftsklasse zurückzukommen. Klar gibt es junge Medizinerinnen, die ihr Studium mit besseren Noten als ihre männlichen Kommilitonen abschließen. Doch je steiler ihre Karriere verläuft, desto häufiger sind sie allein von Männern umgeben. Auf zehn Männer in leitenden ärztlichen Positionen, kommen schätzungsweise ein bis zwei Frauen."

Ich nicke anerkennend und bestätigend. An der Universitätsklinik Wien hat kaum eine junge Medizinerin einen unbefristeten Vertrag, kaum ein Mediziner einen befristeten. Vielleicht hätten Frauen mehr Chancen im Gesundheitsbereich, wenn das Gesundheitssystem verteuert werden würde? Die Mehreinnahmen könnten zusätzliche Stellen schaffen, auch Teilzeitstellen für Frauen, bessere Prozesse auf Schiene bringen, die dem Thema „Arbeitszeitflexibilität" gerecht werden, und eine gute Kinderbetreuung im Haus garantieren.

„Ja, da bin ich ganz bei Ihnen. Wir haben im österreichischen Gesundheitssystem veraltete Strukturen und Prozesse und selbst bei mir in meinem eigenen Unternehmen lief es nicht immer so rund. Als wir noch viele Fachärzte eingemietet hatten, war es überaus schwierig, allen Ärzten zu vermitteln, dass der Patient Kunde ist und ein Recht auf erstklassige Behandlung und fachübergreifendes Denken hat. Ich erlebte jeden Arbeitstag wie ein Heißluftballon. Ich blies Luft hinein und sobald ich keine Luft hineinblies, war ich leicht am Sinken. Auch die interdisziplinäre Zusammenarbeit zwischen Einheiten, die finanziell getrennt waren, funktionierte mehr schlecht als recht. Egomanie und mangelndes Vertrauen waren nur einige der Themen, die sich über die Jahre zuspitzten. Persönlich war ich zu stark in operative Prozesse eingebunden, weil mir der reibungslose Ablauf im Patienten-Management sehr wichtig war. Vielleicht zu wichtig. Habe ich mich im Operativen verloren? Hätte ich das Team aus meinen Angestellten und den eingemieteten Ärzten stärker motivieren und begeistern müssen für meine Vision „Österreichs bestes Vorsorge- und Facharztzentrum"? Vielleicht hätte ich aber auch das eine oder andere Mal auf den Tisch klopfen oder für die Einhaltung gewisser Spielregeln sorgen und strenger bei der Tatsache, was beinhaltet der Mietvertrag für Ärzte und was nicht, einschreiten müssen. Erst als mir mein Hausvermieter nach nur sieben Jahren mitteilte: „Ihr Geschäft funktioniert sichtlich. Das freut mich, denn die Miete wird mit nächstem Monat erhöht“, läuteten bei mir die Alarmglocken. Das war der perfekte Zeitpunkt, den aufgestauten Druck aus der Organisation zu nehmen, mich Schritt für Schritt vom Facharztbereich und den Fachärzten zu trennen, und die Mieterhöhung als Umsiedlungs-Chance zu nutzen.“

Heute ist sie verdient stolz darauf, zu den besten Vorsorgezentren Österreichs zu gehören. Mit einem kleineren Team und weniger m² lässt es sich auch wieder besser schlafen. Die Existenzängste sind verflogen, der Heißluftballon ist auch ohne ihre zusätzliche Luft im Steigen. Sie kann sich endlich wieder auf das konzentrieren, was sie auszeichnet: der persönliche Kontakt zu ihren Patienten und ihr Anspruch an die beste Vorsorgemedizin. „Ich glaube es ist mir gelungen, ein Vorsorgezentrum zu etablieren, wo sich Menschen wohl fühlen, wo vorsorgliche Qualität und nicht der Titel zählt, und die Angst vor Vorsorge ins Hintertreffen gerät.“

58 Was du nicht willst, dass man dir tu‘, das füg‘ auch keinem ander’n zu!

Kennen Sie diesen ethischen Grundsatz? Ich bin mit ihm bekannt geworden, als ich mich auf die erste Diplomprüfung meines Jus-Studiums vorbereitet habe. Übrigens, das Studium hab‘ ich aufgegeben, nachdem ich erfolgreich bei der letzten Diplomprüfung aus „Makro- und Mikroökonomie“ dreimal durchgeflogen bin. Ich habe voll gebüffelt, aber ich habe das Multiple-Choice-System nicht durchschaut. Doppelte Verneinungen haben mir ein Bein gestellt. Und ich bin darauf reingefallen, ganze drei Mal! Na, wer rechnet auch damit. Ich hab‘ mich schön brav auf den fachlichen Inhalt der Fragen konzentriert. Eingefädelt, aus der Traum! War die Entscheidung, Rechtswissenschaften zu studieren, wirklich mein Traum? Nein, beim Berufsorientierungs-Gespräch in der siebten Klasse meiner Gymnasiumzeit hat mich ein angeblicher Experte nach meinem Berufswunsch gefragt. Ich liebte schon damals Sprachen und das Dolmetsch-Studium war mein klares Ziel. „Na damit kriagn'S in Österreich kan Job. Da arbeiten'S im Ausland. Nur im Ausland. Und vül reisen miaßn'S a. Also da is nix mit Familie, Kinder usw. … Is Ihnen des bewusst? Außerdem gibt's net vül Jobangebote, da miaßen'S a Glück hab'n, dass wo einekommen, bei den internationalen Konferenzen!“ Das war unerwartet ernüchternd für mich. Aber er hat positiv motivierend gleich mit einer Frage nachgeschossen: „Haben‘S nix anderes, was Sie interessiert?“ „Oh ja, natürlich, Rechtswissenschaften!“ Ich junges Naiverl hab‘ mich geistig gesehen inmitten der Kriminologie, als weiblicher Hercule Poirot oder als junge Miss Marple mit vielen spannenden Fällen, die es zu knacken geben wird. Vorher hol‘ ich mir das rechtliche Rüstzeug am Wiener Juridikum. „Super, wenn i Sie so anschau‘, des passt wirklich gut zu Ihnen, so vom Typ her!“ Mich hat's zwar gewundert, woran – an meiner Außenrinde – er das in Sekundenschnelle erkennen konnte, aber ich hab's geschluckt, meine Krimi-Laufbahn war abgesegnet und draußen war ich bei der Türe. Nachfragen hätte ich mich damals sowieso nicht getraut.

So rasch kann Motivation funktionieren. Aber jeden von uns motiviert etwas anderes. Manche auch nichts. Logischer erscheint da schon die Motivation der Rechtsanwältin, die vor meinem virtuellen Mikrofon Platz genommen hat. Der Papa ist Richter. Rechtsprechung war also ein Thema zu Hause. Steht in anderen Familien wahrscheinlich eher weniger an der Tagesordnung, außer einer hat was ausgefressen. Das hat natürlich Einfluss gehabt. Nämlich den Einfluss, dass sie eben NICHT Richterin geworden ist. „Das auf keinen Fall. Dasselbe wie er sicher nicht, denn da werde ich die ganze Zeit verglichen." Die Mutter bringt ein anderes Argument auf den Tisch: „So wie du zu Hause diskutierst, wird's gut sein, wenn du Anwältin wirst." Sie hat mit ihrer Mama viel gestritten und diskutiert. Offensichtlich so überzeugend und ausdauernd, bis diese gemeint hat: „Das wird gut passen, das wirst schon können!" Also bitte, liebe Mamas, da draußen in der großen, weiten Erziehungswelt: Streiten kann auch Positives an die Oberfläche befördern! Vielleicht zeigen eure Kinder damit erste Talente und ihr haltet das Zurückreden – durch eure Brille betrachtet – nur für nerviges Frechsein. Ständig das letzte Wort haben, erste vage Anzeichen für top erfolgreiche Schlussplädoyers?

Wenn zu Hause schon einmal die zarten weiblichen Ellenbogen angespitzt werden dürfen, dann steht, bepackt mit dem nötigen Fachwissen, dem Weg in eine große renommierte Anwaltskanzlei und zur Rechtsanwaltsprüfung nichts im Wege.

Und da geht's dann erst so richtig los. Da sitzt eine blutjunge Konzipientin in einer berühmten Kanzlei und bekommt ihren ersten Klienten. Wie aufregend! Fertig war sie nicht, weder physisch noch berufsmäßig, nein, ganz im Gegenteil, voll Elan und Neugierde und nichts ahnend, dass die erste skurrile Situation, besser gesagt, der erste skurrile Mensch in Form eines Mannes vor ihrer Bürotür steht. Der kam nämlich zur Tür herein, entdeckte die junge Frau, die ihn freundlich begrüßte, und auf seinem Gesicht machte sich augenblicklich böse Überraschung breit. Die ließ nicht lange verbal auf sich warten: „Sie? Für mein brisantes Anliegen? Nein, das passt mir gar nicht. Ich lass mich sicher nicht von einer Frau beraten, ich will einen Mann!" Okay, wir Frauen wollen auch keine Schokolade, sondern lieber einen Mann! In so einem Moment braucht eine junge Frau aber doch eher Schokolade zur Beruhigung des noch zarten Nervenkostüms, oder eine gestandene Neben-Partnerin der Kanzlei, die aus der skurrilen wie unangenehmen Situation in Windeseile eine erstaunlich gute Lage für die junge Mitarbeiterin schafft. Sie hat nämlich ohne viel Umschweife in zwei Sätzen dem Klienten kühl und trocken erklärt: „Das ist unser Angebot. Hier können Sie von der Frau Doktor beraten werden, oder Sie gehen woanders hin." Der Herr Klient verfügte entweder noch über ein Quäntchen menschlichen Anstands oder wollte sich an Ort und Stelle nicht die Blöße geben, vor dieser plötzlich sogar doppelt besetzen weiblichen Paragraphen-Macht zu flüchten, er blieb.

Ja, „Arschbacken zusammen" und durch. Ja, er ist über seinen Erwartungsschatten gesprungen und hat sich tatsächlich weiblich beraten lassen. Genussvoll hat auf alle Fälle die Konzipientin dieses Beratungsgespräch geführt, mit dem Plan B im Hinterstübchen, dass sie jederzeit abbrechen und ihn rausschmeißen darf. Dieses Oberwasser fühlte sich so gut an, dass im Nachhinein die Erinnerung bleibt, dass die Situation zwar skurril, aber lustig und extrem förderlich für ihr Selbstbewusstsein war. Ihre Chefin hätte ja auch anders entscheiden können: „Selbstverständlich, sehr geehrter Herr, ziehe ich unsere Frau Doktor unverzüglich ab, und setze Ihnen wunschgemäß einen Mann vor die Nase!"

Glücklicher Zufall oder lustige Fügung in dieser „dunklen" Welt, wo nach wie vor schwarze Anzüge, schwarze Krawatten und blitzweiße Hemden regieren? Nein, lustig finde ich es nicht, wenn ein Anwalt auf den ersten Blick dem anderen gleicht. Eher fad. Im Großaufgebot betrachtet, von Anwaltsmagazinen, Gerichtssälen bis hin zu einschlägigen Veranstaltungen, erinnern sie eher an eine Bestattungszeremonie. Na gut, Rechtsangelegenheiten enden ja meistens in einem Trauerspiel.

Meine Frau Anwältin hat mittlerweile ihre eigene kleine Kanzlei, hat also irgendwann für sich entschieden, der dünnen Luft ganz oben auf dem nach wie vor männerdominierten Partner-Niveau in Großkanzleien ihren entzückenden Rücken zu kehren. Sie hat immer wieder aufmüpfig die Frage an die wirklich „Großen" gestellt: „Liebe Großkanzleien, schaut euch eure Website an, wo sind denn eure Partnerinnen?" Dennoch hat sich sehr viel Positives für Anwältinnen getan. Immerhin steht an der Tür legendärer Anwaltsvereine nicht mehr symbolisch: „Ich muss draußen bleiben". Das bildliche „Hundeschild" ist weg, die typischen Männerklubs gehören der Vergangenheit an und Frauen dürfen „A-dabei" sein. Hurra, die Anwaltei ist offener, femininer geworden.

Sie geht am Abend zwar müder aus der Kanzlei nach Hause zu Mann und Kindern, dafür genauso lachend, wie sie in der Früh gekommen ist. Woher nimmt sie ihre heitere Gelassenheit, ihre Freude am Beruf? Stimmt, da gibt's ja die zahlreichen Auftritte beim „Heiteren Bezirksgericht". Für mich vergleichbar mit einer Theaterbühne: unterschiedlichste Haupt- und Nebendarsteller, Komparsen, gegnerische Souffleure, permanente Uraufführungen, also Abwechslung pur scheint garantiert.

Meine anwältliche Regisseurin geht richtig auf in der Auswahl ihrer gerichtlichen Inszenierung. Ihre Topf-Deckel-Strategie für ein erfolgreiches Klienten-Anwalt-Team in einem Rechtsstreit hat sie im Griff. Sitzt im wahrsten Sinne des Wortes eingeschworen auf der Gerichtsbank, und nicht hinter Gitter.

Dennoch herrscht spannenderweise in ihrer Beobachtung vor Gericht unter Männern, wenn alter, schlauer Fuchs zum jungen, unsicheren männlichen Anwalts-Nachwuchs auf der gegnerischen Seite hinüberblinzelt, viel mehr Waffengleichheit als wenn weiblicher Anwalts-Nachwuchs verteidigt. Also bitte, meine Herrschaften, „Die Waffen nieder", wie es schon unsere Friedensaktivistin Bertha von Suttner proklamiert hat. Schlachtfeld oder Gerichtssaal, leben und leben lassen, Herren und Damen, herrliche und dämliche Juristinnen und Juristen.

Manchmal jedoch sind sich juristisch gebildete Frauen und Männer sogar einig, sozusagen verschworen: „Was ist mit dem?" Da erscheint ein modebewusster Anwalt in der Kanzlei, bei Gericht, auf seinen beruflichen Schauplätzen ausnahmsweise nicht in schwarz-weiß wie die alten Fernseher, nein, er hat sich die Anzüge sehr eng nähen lassen, und trägt dazu sehr gerne ein rosa oder lila Hemd. Also ehrlich, was ist mit dem? Der hat doch was?! Und obwohl alle wissen, dass er mit einer Frau verheiratet ist, wurde er über Nacht von der Kollegenschaft nicht schön, sondern schwul geredet. Bunt in der Gesetzeswelt ist schwul, Punkt, aus.

Ich hake nach, gerade unter Juristinnen und Juristen kommt mir dieses klischeehafte Verhalten, dieses verurteilende Drüberstülpen besonders absurd vor. „Wieso?", lacht mich die Frau Anwalt an, „überall, wo es Unternehmen gibt, sind Gschichtln immer spannend! Außerdem kann man mit solchen Nebenschauplätzen geschickt ablenken. Der bunte, maßgeschneiderte Slim-Fit-Anzugträger ist fachlich einfach wahnsinnig gut, sehr fleißig, bringt viel Geld, ist überall beliebt, weil er wirklich nett ist, ja, und wenn die Konkurrenz keinen grottenschlecht geschriebenen Schriftsatz findet, dann muss das Haar oder das Haarbüschel in der persönlichen Suppe her. Aber ätsch! Er hat, obwohl er hautnah

den getuschelten Hype um seine „Buntheit“ mitbekommen hat, sein Styling bis heute beibehalten und ruht in sich.“

Die kleine, feine Kanzlei meiner lieben Frau Doktor ist nicht nur eine Nachwuchskaderschmiede, sondern auch eine friedfertige Waffenschmiede. Denn mit ihrer ansteckenden Freude am Beruf und mit ihrer überzeugenden Vorbildwirkung unter Frauen abseits von billiger oder teurer Bluse, schleimigem Lächeln oder kompetenter Fröhlichkeit, passendem oder zu kurzem, zwickendem Rock, hat sie längst die Fesseln der alten „Geschlechter-Gesetze“ gesprengt, weibliche Stutenbissigkeit im Keim erstickt und somit den rechtsphilosophischen Satz „Was du nicht willst, dass man dir tu‘, das füg‘ auch keinem ander’n zu!“ zum kollegialen (Über)Leben erweckt.

59 WAS FRAU SEIN ANGEHT, GIBT ES 148.000 MÖGLICHKEITEN

„Ich bin ein Dorfkind, aufgewachsen in einer kleinen Gemeinde in Österreich und bin ein Einzelkind mit relativ alten Eltern. Zumindest zu meiner Zeit galten sie als alt. Anscheinend waren meine Eltern dahingehend Visionäre. Meine Mutter hat mich mit fast 40 auf die Welt gebracht, sie ließ sich Zeit. Oder lag es vielleicht doch daran, dass meine Mutter ein „Flüchtling“ und mein Vater bereits das zweite Mal verheiratet war? Meine Mutter kam im kindlichen Alter von nur acht Jahren nach Österreich, wurde gemeinsam mit ihren Eltern als Jugoslawiendeutsche, ein Sammelname für alle im früheren Jugoslawien lebenden deutschsprachigen Minderheiten, aus einem kleinen Dorf im heutigen Kroatien vertrieben. Übrigens schon damals im Jahr 1944 wurden sie vom Bürgermeister nicht begrüßt, sondern mit den Worten: „Ich will diese Leute hier nicht haben“, in Empfang genommen. Mein Vater hingegen ist in Österreich geboren, hat seine Mutter früh verloren, hatte eine Stiefmutter, mit der er nicht konnte, und seine erste Ehe ging, wie bereits erwähnt, in die Brüche. Mein Vater war ein wunderbares Gegengewicht zu meiner Mutter. Er brachte mir Science-Fiction-Romane näher, die ich bis heute sehr schätze und liebe, diskutierte mit mir neunjährigem Mädchen über die DDR und warum es zwei Deutschland gibt und machte mich, im Nachhinein betrachtet, wahrscheinlich neugierig auf die große, weite Welt.

Bereits mit 18 Jahren, kurz nach der Matura, beschloss ich meinem Dorf den Rücken zuzukehren. Wäre ich nicht gegangen, würde ich wahrscheinlich heute noch immer dort sitzen mit dem Unterschied, dass ich nie glücklich geworden wäre und mit hoher Wahrscheinlichkeit täglich eine Flasche Wodka in mich hineingeschüttet hätte. Also vielleicht hätte ich das Heute, die heutige Welt und meinen Reifungsprozess gar nicht erlebt. Was für eine spannende Sichtweise. Warum ich das weiß? Weil ich damals bereits auf Männer und auf Frauen stand. Und glauben Sie mir, in den 90er Jahren war das noch ein Staatsgeheimnis. Für mich war klar, ich muss weg, ich muss die große, weite Welt entdecken, von der mir mein Vater immer wieder erzählt hat und die ich indirekt über Science-Fiction-Romane erlebte. Und was soll ich sagen, dank seiner Unterstützung schaffte ich es schließlich bis nach Wien. Und in Wien erkannte ich, dass es so viel mehr gibt als Heimatliteratur und Heimatverbundenheit. Ich war umringt von Kunst, Kultur, Literatur und Politik, vorwiegend linker Politik, die, wie sich herausstellte, wie die anderen politischen Färbungen manchmal mehr oder weniger intelligent ist. Ich schaute durch alle diese „Brillen“ und erkannte was „Frau sein“ angeht 148.000 Möglichkeiten.

Ich ließ mir die Haare abschneiden, lief mit Lederjacke durch die Gegend und wurde als Mann angesprochen. Das war vor 30 Kilo. Ich habe das alles einfach ausprobieren müssen. Für mich hat es zum Großwerden dazugehört und damals habe ich wahrscheinlich auch geglaubt, dass ich als lesbische Frau so durch die Gegend wandeln muss. Während des Studiums, ursprünglich Medizin, habe ich mich lange in der Hochschülerschaft engagiert. Ich war im damaligen Zentralausschuss, der heutigen Bundesvertretung. Es gab die erste Lesben- und Schwulengruppe. Das war in den 90er Jahren wirklich noch sensationell und viele meiner damaligen Mitstreiter haben mich geprägt. Das waren meine Identitätswerdungsprozesse. Als 18-jährige bisexuelle Frau hatte ich so gut wie keine Vorbilder. Es gab noch keine Ellen DeGeneres. Die Zeit war noch nicht reif dafür. So viel zum Thema „früher war alles besser".

Wo waren wir stehen geblieben? Ach ja, ich musste mich persönlich ohne große Vorbilder kennenlernen und engagierte mich daher nicht nur im Verein als Vorstandsmitglied, sondern organisierte auch die erste Regenbogenparade mit. Das war 1996 und ich war noch immer blutjung mit mäßigem Erfolg im Studium, was ich dann auch abgebrochen habe.

Diese Zeit habe ich einfach gebraucht. Irgendwann war's dann aber auch genug mit dem sich ausprobieren, kennenlernen und ich wollte nicht mehr länger den „Lesben-Stempel" am Hirn tragen. Ich brach wieder aus. Mein Leben sollte nicht vom Lesben-Dasein bestimmt werden. Ich wollte nicht mehr Lesbe von Beruf sein. Durch mein Coming-out in Wien dachte ich viele Jahre als Lesbe leben zu müssen, bis ich erkannte, dass ich aufgrund meiner sexuellen Orientierung weder ein besserer noch ein schlechterer Mensch bin.

Ich begann die Fachhochschule für „Kommunikationswirtschaft", heute „Kommunikationsmanagement". Mit jungen und stolzen 28 Jahren. Nebenbei arbeitete ich als Supermarktkassiererin, Schreibtischtäterin und teilweise in höher qualifizierten Jobs. So hielt ich mich vier Jahre mehr schlecht als recht über Wasser.

Manchmal blödeln meine Freundin und ich noch heute: „Falls irgendwann einmal beruflich nichts mehr gehen sollte, dann werden wir „Therapie-Lesben“.“ Warum? Weil wir die Erfahrung gemacht haben, dass Menschen die Scheu vor einer Lesbe verlieren, sobald sie den „geschlechtsneutralen“ Menschen erkennen. Sobald sie sehen wie wir miteinander umgehen, sind sie beruhigt, dass wir um dieselben banalen Dinge wie ein heterosexuelles Paar streiten. Spontan fällt mir als Beispiel für Berührungsängste ein guter Freund ein. Früher war er überzeugter ÖVP-Wähler, sehr konservativ und stark im Glauben oder im Irrglauben der katholischen Kirche verankert. Er lernte uns aufgrund seiner neuen Freundin und mittlerweile Frau kennen. Meine Freundin und seine Frau sind beste Freundinnen. Und jetzt kommt es. Eines Tages sagte er zu uns: „Wenn uns einmal etwas passieren sollte, ihr bekommt unser Kind, jederzeit.“ Wow, wie war ich berührt und gerührt gleichermaßen, denn er hat uns zu verstehen gegeben, dass es um die Person geht und dass sexuelle Orientierung eine Spielart ist. Charakter und Persönlichkeit jedoch so viel mehr. Das würde ich mir manchmal auch für uns alle wünschen, für unsere Gesellschaft in Österreich.

Wovon hab‘ ich vorhin gerade gesprochen? Irgendwie verliere ich immer wieder den Faden, eigentlich typisch Frau, oder? Ach ja, bei meinen höher qualifizierten Jobs. Lange Zeit war ich für eine Non-Profit-Organisation als Projektleiterin und später als Bereichsleiterin tätig. Im Fokus lagen Themen wie Arbeit, Bildung und Zukunft für die Frau. Schon damals 1992 zum Zeitpunkt der Gründung bespielten sie Gleichstellungsthemen, eine Nische in der damaligen Zeit. Ich verdiente sehr wenig, heute würde man sagen „nix“, dafür habe ich aber 60 Stunden gehackelt. Ja, auch das ist meine Generation, die Generation der Fleißigen, der Tüchtigen, die viel arbeiten und wenig aufbegehren. Aus meiner Sicht, sprich aus der Sicht einer Frau, habe ich auch nie gelernt, Konflikten anders als mit einer passiv aggressiven, „spinnerten“ Haltung zu begegnen. Viele Frauen tun das. Ich leider auch. Wenn du mich jetzt fragst, was ich darunter verstehe, kann ich das verstehen. Aber ich kann es dir auch erklären. Ich verstehe darunter, dass die Aggression nicht ungefiltert kommt, im Sinne von „du gehst mir am Orsch“, sondern sie kommt von hinten rum, subtil, einfach von hinten rum.“

„Angelika, da muss ich kurz einhaken, weil ich erst kürzlich einen Artikel über das Thema „Radikale Ehrlichkeit“ gelesen habe. Ein neuer Trend schwappt nach Europa. Es geht um brutale Ehrlichkeit. Menschen sollen einfach immer die Wahrheit sagen, kein Taktgefühl mehr besitzen, den Filter zwischen Verstand, Herz und Mund völlig verschwinden lassen. Meinst du das wäre ein zielführender Weg für ein konfliktfreies Miteinander, oder würden sich daraus nicht zusätzliche Streitgespräche ergeben?“

„Wahrscheinlich eher Zweiteres. Vertrage ich die ungeschminkte Wahrheit? Ich glaube nicht. Allerdings hasse ich es, wie ein Trüffelschwein der Kollegin hinterher zu laufen, um heraus zu finden, was jetzt wieder ist. Das Subtile zeigt sich in der Art und Weise wie Informationen weitergegeben oder unterschlagen werden. Da werden Unterlagen mit den

Worten „Mach das!" auf den Tisch geknallt, abwertende Blicke gesendet, zynische Kommentare vom Stapel gelassen und Türen zugeknallt. Was ich damit sagen will, ist, dass ich, und eventuell andere Frauen, Angst vor Konflikten haben. Nehmen wir vieles zu persönlich oder sind wir zu nachtragend?

Stell dir vor, eine Frau ruft dich nach drei Jahren wieder an und sagt zu dir: „Hey, ich brauche das und das!" Wie würdest du reagieren? Würdest du sagen: „Kein Problem, ich helfe dir gerne", oder würdest du denken: „Jetzt hat sie sich drei Jahre nicht gemeldet und jetzt, wo sie etwas braucht, kennt sie meine Nummer?" Männern ist das wurscht. Die checken: „Hey, da gibt es vielleicht einen Deal oder einen Vorteil." Ich weiß schon, dass ich jetzt ein Klischee bediene. Aber weil wir soeben über radikale Ehrlichkeit gesprochen haben, will ich dir nicht verheimlichen, dass es meiner Meinung nach „grosso modo" so abläuft. Und wie gesagt, ich will mich dabei gar nicht ausnehmen. Auch ich habe in meiner Jugend gelernt, mich „spinnert" zurückzuziehen und Dinge weder aus- noch anzusprechen. Ich habe mich immer lieb und nett verhalten, damit alle mich lieben und ich das Gefühl hatte, gut genug zu sein. Aber das ist einfach Blödsinn. Also habe ich im Laufe der Zeit und desto älter ich wurde erkannt, dass es besser ist, klare Worte zu finden. Und ich habe aufgehört, immer lieb und nett zu sein und jedem gefallen zu wollen. Heute bleibe ich mir treu. Ich bin wer ich bin. Ich reagiere nur mehr selten aus einer Emotion heraus. Ich lasse Themen abkühlen. Mein Spagat besteht einzig und allein darin, taff und zielstrebig im Beruf zu sein und dabei auf meine weiblichen Attribute wie Einfühlungsvermögen und soziale Kompetenz nicht zu vergessen.

Manchmal geht mir der Frauen-Spagat derart auf die Nerven, dass ich mir wünschen würde mein Gegenüber vergisst, dass ich eine Frau bin. Ich will keine doppelte Mühle mehr aufmachen, wo von vornherein feststeht, egal wie ich reagiere, ich reagiere falsch. Ich will nicht hören, wenn ich meine Stimme erhebe, dass ich eine hysterische „Trutschn" bin. Erhebt ein Mann seine Stimme, dann hört er ja auch nicht, dass er eine „Trutschn" ist. Stattdessen hört er: „Heute wieder zielstrebig unterwegs! Super lässig Mayer, wie cool Sie Ihr Ziel verfolgen!"

In meiner Science-Fiction-Welt wäre ich auf alle Fälle eine „reife" Heldin, die mit Gleichgesinnten für eine gemeinsame Zukunft kämpft und Frau Mensch sein lässt mit ihren **148.000 oder mehr Möglichkeiten."**

60 WENN DIE (BIO)CHEMIE NICHT MEHR STIMMT UND BEVOR CHEMISCHE WAFFEN GREIFEN

Vieles wiederholt sich im Weltgeschehen, wie jene wissen, die noch Geschichtsbücher lesen. Leider wiederholt sich immer nur das, was die Menschheit schwächt, jedoch nur vereinzelt Kopfweh bereitet. Vieles von dem Grauslichen, was wir Menschen glauben überwunden oder zumindest im Griff zu haben, kehrt immer wieder. Oder ist das Böse in der Welt in Wahrheit nie verschwunden? Wundern Sie sich daher bitte nicht, dass sich auch in unseren Geschichten über frauliches Berufsgeschehen nicht alles, aber vieles an Verzichtbarem wiederholt.

Schlagen wir also zum wiederholten Male das Kapitel eines Pharmariesen auf. Mit einer Hochschulimpfung Biochemie im Blut hat sie sich auf die Pharmaindustrie gestürzt. Sie hat irgendwann ihre eigenen Forschungen angestellt und entdeckt, dass egal, was auf ihrer Jobverpackung über die Jahre hinweg gestanden ist, Biochemie, Medizin oder Marketing, der Beipackzettel immer ähnlicher wurde. Fachlich kreatives Arbeiten war schon lang nicht mehr gefragt, sondern vielmehr gewünscht, administrativ und formal zu dokumentieren. Die anfänglichen Beipackzettel enthielten das Extrahieren von Studiendaten, um daraus nützliche Werbemittel für die Mitarbeiter zu gestalten, die Ärzten marktkonforme, vernünftige Geschäftsgespräche bieten wollten. In einem der letzten Beipackzettel stand drinnen, was wann und wie global gesagt werden muss. Mit der Nebenwirkung, dass ihr dieser Job plötzlich keine Freude mehr bereitete.

Dosierte Dokumentation als Allheilmittel? Nein, danke. Lieber Globuli nehmen statt global(i) ein Schema verschrieben zu bekommen, in dem fragwürdige Business- und Produktionspläne, die früher zehn Seiten umfassten, mittlerweile ausgedehnt auf 120 PowerPoint-Folien befüllt werden mussten. Behandlungszeit zwei bis drei Monate mit Beigeschmack „Hoffentlich muss ich das, was ich da hineingeschrieben hab‘, nie machen, denn das wär‘ gegen alle, die mit mir zusammenarbeiten und von mir einen Service-Gedanken erwarten".

Sie hat die letzten sieben Jahre dieses tägliche Unwohlsein am Arbeitsplatz ertragen, ohne ein richtiges Rezept dagegen zu finden. Wechseln? Von Pest zu Cholera? In anderen Pharmafirmen geht's auch nicht anders zu. Alle agieren mit drei großen vorgeschriebenen Botschaften und ersticken damit geschickt das individuelle Kundengespräch im Keim. Kontrolle über den Mitarbeiter bringt Kontrolle über den Kunden. Bei der Verabreichung dieser strategischen Pille hat wohl niemand daran gedacht, dass der Arzt der jungen, gehorsamen Pharma-Mitarbeiterin auf ihre drei auswendig gelernten Sätze entgegnen könnte: „Sie, san‘S ma net bös‘, aber ich brauch‘ a bissl was anderes. Red‘ ma was anderes, oder wissen'S was, red‘ ma überhaupt nimma übers Produkt, da kumm‘ ma eh net weiter."

Wenn sie auf ihre 17 Jahre Pharmaindustrie zurückblickt,

ist es eigentlich schade, dass ihr ad hoc keine witzige, lustige Situation oder Episode einfällt. Oh doch! Am Anfang war's lustig, als sie noch nicht viel vom Geschäft verstanden hat und zusammen mit anderen jungen, neu aufgenommenen Marketing-Frauen einem nach Firmenzusammenlegungen zusammengewürfelten Rudel von Sales-Managern zur Seite gestellt wurde. Die hatten ohne sich zu kennen einen gemeinsamen Nenner: schauen, ob die Marketing-Mäderln überhaupt was können. Da war jedes Mittel, jede unterschwellige, böswillige Aktion recht. Die Mädels haben's nicht persönlich genommen. Sie haben genauso ein Rudel gebildet und den scheinbar auf Frauen allergischen Verkaufs- und selbsternannten Marketing-Experten einen Spray entgegengesprüht:

wissbegierig arbeiten und den Sales-Mob mobben lassen!

Schade, dass damals keine versteckte Kamera diese Situationskomik festgehalten hat. Besagte Herren würden im Nachhinein staunen, wie kaum erträglich und daher schon wieder lustig sie in der Gruppe gewirkt haben. Und das komischste Bild, das die Kamera nicht einfangen hätte können, war die Tatsache, dass die konsolidierten Angriffe auf die Kolleginnen eigentlich gegen das Management gerichtet waren, um sich eindrucksvoll in einer Phase gewaltiger kultureller Verschiebungen zu positionieren und unentbehrlich zu machen. Selbstschutz-Mittel!

Das damalige „Verschwestern“ am Arbeitsplatz hatte seine Berechtigung. Jahre später hat sie davon nichts mehr gehalten. Eines Tages wurde eine Perserin aus einer amerikanischen Firma eingeflogen. Die neue Vorgesetzte schwärmte für Wining & Dining und forderte unentwegt nett, aber bestimmt dieses „after work“-Tool ein. Sie war lästig, dennoch sind sie nach der Arbeit nie miteinander etwas trinken gegangen. Dafür ist sie eines Tages für immer aus dem Unternehmen gegangen mit dem erleichterten Bewusstsein, dass es diese lästige Vorgesetzte gebraucht hat, um ihr zu zeigen, dass ihr Weg nun ein anderer sein darf.

Die beste Biochemie im Kopf hilft nichts, wenn die Chemie im Herzen nicht stimmt. Zwei Frauen haben sie zur schwierigen Biochemie inspiriert, weil die Chemie gepasst hat. Ihre Biologielehrerin, eine richtige Emanze, und ihre Chemielehrerin, eine begeisterte Chemikerin, die für Experimente sogar kaputte Scheiben vom Auto von zu Hause angeschleppt oder in der Schule Bier gebraut hat, damit ihre Schüler Gärung erleben. Da hat ihr Interesse an Chemie begonnen zu gären. Ohne diese Frau, die gesagt hat: „Chemie kannst nicht lernen, kannst nur verstehen“, hätte sie sich nie für Chemie entschieden. Die Kombination aus dieser guten Chemie zu den beiden Frauen gipfelte in der Entscheidung für Biochemie.

Momentan ist die Mutter einer halbwüchsigen Tochter

in einer Umbruchphase und gerade dabei, ihre Coaching- und Lebensberater-Ausbildung abzuschließen. Vielleicht setzt sie noch eine Trainer-Ausbildung drauf, um sich beruflich komplett neu zu orientieren und fundiert aufgestellt selbständig zu werden. Nicht zu arbeiten kommt für sie nicht in Frage. Unsere Gesellschaft, um überhaupt funktionieren zu können, darf von uns Frauen einen Beitrag erwarten, davon ist sie überzeugt. Einen Beitrag in Form von bezahlter oder unbezahlter Arbeitsleistung, das liegt an uns. Damit die Chemie am oft heiß umkämpften Arbeitsplatz für alle Beteiligten eine bessere wird, wird es endlich Zeit, solche Strukturen und Konzepte in die Berufswelt zu bringen, die anerkennen, dass das nachhaltige Erhalten von dem, was wir haben, wichtiger ist als der permanente Druck „noch mehr, noch mehr, noch mehr“. Dazu zählt in ihren wachsamen Augen vor allem das langfristige Erhalten der individuellen Arbeitskraft und Arbeitsfreude, sofern uns nicht vorzeitig chemische Waffen den Garaus machen!

61 Wenn eine Nase vom Zentrum des Gesichts ins Zentrum der Aufmerksamkeit rückt

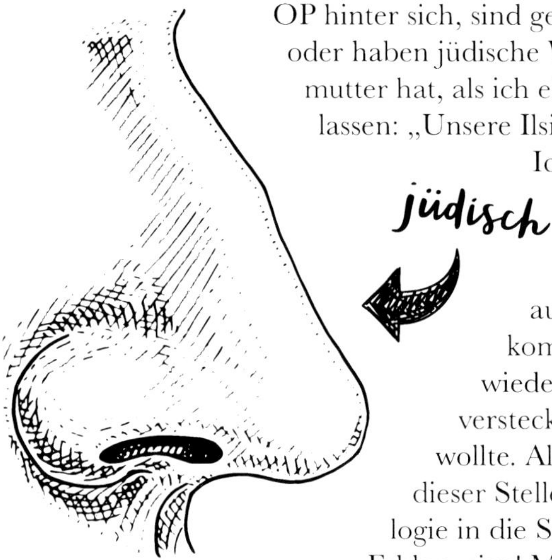

Ja, dann haben Sie entweder eine Schönheits-OP hinter sich, sind gegen eine Glastür gerannt oder haben jüdische Wurzeln. Meine Großmutter hat, als ich ein Kind war, immer fallen lassen: „Unsere Ilsi hat eine jüdische Nase!" Ich hab' nie gewusst, soll ich mich freuen, oder ist das was Schlimmes. Worauf will Oma hinaus? Ich bin nie drauf gekommen, was sie hinter dieser wiederkehrenden Bemerkung verstecken oder damit sagen wollte. Alle, die meiner Familie an dieser Stelle eine bestimmte Ideologie in die Schuhe schieben wollen, Fehlanzeige! Mein Opa hat einer bedeutenden jüdischen Unternehmerfamilie, bei der er Prokurist war, zur Flucht in die Schweiz verholfen. Wie gehen Sie mit Nasen um? Offen, tolerant, ehrlich und selbstbewusst?

Sie ist 20 Jahre jung und Jüdin. Sie findet, dass ihre Nase Witzfaktor hat. Juden haben ja bekanntlich eine große Nase. Vor kurzem ist ihr was Lustiges mit ihrem besonderen Riechorgan passiert. Sie war in Zürich auf Besuch bei ihrem großen Bruder, der an der ETH studiert. Sie, die kleine Schwester, durfte zu einer Studentenfeier mitgehen. Irgendwann standen sie zu dritt mit irgendeinem Typen zusammen. Bruderherz hat geredet, geredet und plötzlich fällt ihm der Typ ins Wort: „Tschuldigung, ich muss dich unterbrechen", dreht sich zu ihr und sagt: „Ich find', deine Nase hat so viel Persönlichkeit."

Immer wieder wird sie gefragt, woher sie kommt, aber noch nie hat einer vermutet, dass sie Jüdin ist und russische Wurzeln hat. Die meisten tippen auf Spanierin. Das findet sie lustig, weil sie gerne aussehen möchte wie eine Spanierin. Dennoch ist sie zufrieden wie sie aussieht und es stört sie nicht, dass Leute denken, dass sie von woanders ist, obwohl sie nicht von woanders ist. Sie ist in Wien geboren. Ihren Migrationshintergrund hat sie von den Eltern geerbt. Sie findet nichts Beleidigendes an den Herkunftsvermutungen und Nasenbetrachtungen und sieht sich selbst nicht als „österreichische Österreicherin". Ansichtssache eben.

Menschen finden es cool, wie viele Sprachen sie spricht, Deutsch, Englisch, Französisch und Russisch durch ihre Eltern, und staunen nicht schlecht über ihre Familiengeschichte. Das macht neugierig, das interessiert. Manche verstehen nur nicht, wieso ihre Eltern aus ihrer Heimat weggegangen sind. Die haben in der Sowjetunion gelebt, und das war nicht unbedingt so toll. Sie weist charmant darauf hin, dass alle in der Schule Geschichte gehabt haben, und wissen, was das bedeutet. Vorstellen, was das für ihre intellektuellen Eltern bedeutet hat, in diesem riesigen Reich unter kommunistischem Regime aufzuwachsen und zu leben, kann sie sich selbst nicht so wirklich. Das gibt sie offen zu. Und ihr Vater hat, bevor er nach Österreich emigriert ist, noch in Israel gelebt. Von dort ist er als junger Mann geflüchtet, um nicht in die Armee gehen zu müssen. Besonders vielen hat sie das noch nicht erzählt. Ich bin gerührt von so viel Offenheit.

Das Lycée Français de Vienne hat ihren Lebensweg von der Volksschule bis zur Matura geprägt. Migrationshintergrund war im Hintergrund. Keiner hat sich dafür interessiert, ob die Eltern in Russland geboren sind, ein Teil der Familie noch immer in Israel lebt und sie in Österreich geboren wurde. Der internationale Vordergrund verschluckte geschickt kulturelle Diskriminierungen, weil jeder von den zehn Mädchen und 14 Burschen in ihrer Klasse von irgendwo herkam. Herkunft ist nichts Besonderes. Mehr Wert wurde von einigen Schülerinnen und Schülern darauf gelegt, sich über andere zu erheben und sie mit subtilen Spielchen in den Hintergrund zu drängen: „ICH bin was Besseres!" Wurzeln, Geschlecht haben dabei keine Rolle gespielt, wohl nur der Charakter.

Gejobbt, also so richtige Jobs hatte sie erst dreimal in ihrem Leben. Immer im Sommer, wenn ASFINAG, SIX Payment Services und WAAGNER BIRO Praktikanten als „Vollzeitler" einsetzen. Jetzt gerade studiert die 20-Jährige im sechsten Semester Bauingenieurwesen. Klar war nur, dass sie etwas Naturwissenschaftliches studieren will, weil ihr das irgendwie liegt, Medizin kam sowieso nie in Frage, und außerdem will sie eines Tages das Leben der Menschen prägen. Reife Ansage, angesagtes Berufsziel oder jugendliche Illusion?

In einem Workshop für „Selbstbewusstsein-Boost" wurde nach den Zukunftsplänen der Teilnehmer und Teilnehmerinnen gefragt. Dort hat sie ihre vage Vorstellung von Naturwissenschaftlichem und Leben der Menschen Prägendem in den Raum gestellt, worauf der Workshop-Leiter jubelnd Architektur vorgeschlagen hat. Architektur? Das fordert Kreativität für Entwürfe. Da ist ihr eingefallen, dass ein ähnliches Studium angeboten wird, das jedoch viel mehr auf Rechnen basiert als auf Kreieren und Zeichnen. So landete sie bei Bauingenieurwesen.

Diese Entscheidung kam wenig überraschend für ihre Mutter. Sie hat ohne jemals konkret zu werden, immer dafür plädiert, dass ihre Tochter etwas Technisches lernen soll, weil sich noch nicht sehr viele Frauen in den Bereich der Technik verirrt, aber Jobchancen reelle Zukunft haben. Mit Papa war das nicht so leicht. Der sah Zeit seines Lebens in seiner Tochter eine erfolgreiche Anwältin. Das war so einprägsam, dass sie selbst jahrelang davon überzeugt war, Jus zu studieren. Es waren aber in Wahrheit nicht Vaters Argumente, die sie beeinflusst haben, sondern die unzähligen Filme, in denen Anwältinnen am Bildschirm brilliert haben. Sie war noch klein, so ungefähr 10, als sie sich diese Filme reingezogen hat, weil diese so unglaublich spannend waren. Sie wusste, sie wird Scheidungsanwältin. Wie sie dann begonnen hat abseits des Flat-Screens nachzudenken, welche Eigenschaften eine gute Anwältin ausmachen, war's plötzlich aus mit ihrem juristischen Traum: „Ich fühl' mich nicht selbstbewusst genug, nicht schlagkräftig genug, um das zu machen."

In naturwissenschaftlichen Fächern sieht sie den großen Vorteil, sich selbst kontrollieren zu können, ob sie etwas verstanden hat oder nicht.

Können Sie ein Rechenbeispiel lösen? Ja, dann haben Sie es verstanden, wenn nicht, dann nicht.

An dieser Selbsterkenntnis zerbröckelte dann Papas „zwinkerndes" Argument für die Anwaltskarriere der Tochter, sie verfüge über die Stärke, die Schwächen von Menschen blitzschnell zu orten und auszunützen, beste Voraussetzungen für eine Star-Anwältin. Wie kommt ein Vater zu dieser Erkenntnis? Er meinte beharrlich, dass sie ziemlich gut an Menschen rankommt, damit sie aufgeben sozusagen. Auf diese Art und Weise hätte sie angeblich ihren Bruder immer wieder klein gekriegt, obwohl sie die Kleine war. Heute lacht sie, findet die Behauptungen noch immer unfair, weil sie sich nicht daran erinnern kann, dass sie genau wusste, wo sie drücken muss, damit z.B. ihr geliebter Bruder vollkommen auszuckt, nachgibt und aufgibt. Ihre rückblickende Vermutung ist, dass sich Papa selbst teilweise von ihr ausgenützt gefühlt hat. Ihr unschuldiger Blick macht klar, ihr war das nie bewusst. Ich nenne es unbekümmertes, unverdächtiges „Papa um den Finger wickeln", hinter dem nicht böse, sondern kindliche Absicht steckt.

Als ich sie frage, mit welchen klassischen Rollenbildern sie persönlich bis jetzt zu Hause, in der Schule, am Arbeitsplatz konfrontiert worden ist, oder was sie diesbezüglich beobachtet und wahrgenommen hat, antwortet sie: „Ich bin mir nicht ganz sicher, ob ich die Frage verstehe." Das verstehe ich, denn das klassische Bild „Vater bringt das Geld ins Haus, Mutter kümmert sich um die Kinder und den Haushalt" kennt sie aus ihrer Familie nicht. Klassisch bei ihren Eltern ist eigentlich nur: „Wenn Mama und Papa gemeinsam im Auto sind, dann fahrt' der Papa." Wenn sie dabei ist, muss sie immer schmunzeln über diese Haltung „Der Mann fährt". Bei ihr und ihrem Freund ist es so, dass immer sie fährt. Er hat nämlich noch keinen Führerschein. Ein banales wie schönes Beispiel dafür, wie sich klassische Rollenbilder plötzlich in Luft auflösen, weil's nicht anders geht! Lustig in ihren Augen ist auch das klassische Bild „Die Frau kocht". In ihrer Beziehung kocht meistens der Freund, weil er schon sehr lange sehr gut kochen kann, und sie nicht wirklich. Scheint alles verdreht, passiert aber vollkommen unbewusst. Keiner der beiden sucht danach, in eine klassische oder unklassische Rolle zu schlüpfen. Vielleicht schon ein Klassiker bei jungen offenen Frauen, die zu ihrer besonderen Nase stehen?

Diese junge Frau setzt sich unbewusst für „Barrierefreiheit" unter Menschen ein. Eine Barrierefreiheit, die keine baulichen Veränderungen notwendig macht, obwohl sie mit Bauingenieurwesen das richtige Rüstzeug in der Hand hält. Barrieren sind noch genug abzubauen, und es muss endlich Schluss damit sein, dass 2018 ein Universitätsprofessor, nur weil zwei Studenten in einer Prüfungssituation eine Frage nicht komplett beantworten konnten, gegen die oberösterreichische Studentin sexistisch und gegen den iranischen Studenten rassistisch zu wettern beginnt.

Ich habe eine Idee: diesem Herrn sollte bei solchen Ansagen in der Sekunde eine warzig-runzelige Knollennase wachsen!

Beweisen wir in unseren Äußerungen und Handlungen immer den richtigen Riecher, egal ob wir für dumm gehalten werden oder nicht?

Nasen wachsen ein Leben lang. So auch Überzeugungen.

Sie wollte schon als Kind nie im Schatten ihres Bruders stehen und hat daher früh versucht, aus seinem Windschatten herauszutreten. Wieso war ihr damals noch völlig unklar. Es war ein Gefühl. Papa und Mama hatten mit diesem Geschwisterwettbewerb nichts zu tun. Die haben in der Erziehung immer fair gehandelt und beide geschimpft, obwohl nur einer von ihnen etwas angestellt hatte. Nie wurden die Kinder miteinander verglichen oder einer dem anderen vorgezogen.

Es waren die kleinen Dinge, die sie aus irgendeinem unerklärlichen Grund anders machen wollte als er. Ihre Bat-Mizwa hat sie, genau wie ihr Bruder vor ihr seinen Bar-Mizwa, im Modul gefeiert. Ihre Einladungen mussten jedoch auf Englisch sein, weil seine auf Deutsch waren. Als er zum Studium nach England gegangen ist, hat sie ihn sofort gefragt, auf welchen Unis noch Englisch gesprochen wird, weil sie, wenn sie auf Englisch studieren wolle, woanders hingehen würde. Irgendwann ging's um Durchschnittsnoten. Da hat sie seine Zeugnisse rausgekramt und geschaut, wer besser war, wer wo besser war. Das war der Zeitpunkt, wo sie sich das Ziel gesetzt hat, besser als er bei der Matura zu sein. Sie ist im Gegensatz zu ihm durchgefallen.

Heute weiß sie, dass die private Schule, in der Nasen zwar keine emotionale Aufmerksamkeit erregen, aber von einigen ziemlich hoch getragen werden, unter erwünschtem, bezahlten Leistungsdruck sie und ihre Schulkollegen ziemlich auf einander gehetzt und untereinander Wettbewerb geschürt hat, den sie nicht in der Schule, sondern offensichtlich zu Hause mit ihrem Bruder ausgetragen und ausgelebt hat. In einen frontalen Wettkampf, in einen Ring wird sie in ihrem zukünftigen Berufsleben weder mit Männern noch mit Frauen steigen, dafür ist ihr ihre Nase zu kostbar.

62 Wenn starre Arbeitgeber-Systeme Schleier tragen, ist es fast eine Kunst, alles unter einen Hut zu kriegen

Wie wär's mit einem Verschleierungsverbot für ewig gestrige, starre Strukturen? Wozu? Damit in Zukunft alle Mitte 30erinnen all das einbringen und umsetzen können, was sie persönlich drauf und in ihrem Kompetenz-Paket mithaben. Und damit eine Anstellung z.B. beim Land Oberösterreich für etwas gut ist und sich nicht auf Abwarten und Abnicken hinterm politisch eingefärbten Schleier reduziert. Ich weiß nicht, wieso immer alle auf die Beamten losgehen, die tun ja nichts!

Sie, die mit der Bahn aus Linz zu unserem Interview angereist ist, will was tun. Gutes tun für Menschen. Und sie tut es auch. Aber sicherlich nicht für die, die im veralteten „System-Apparat" sitzen. Deswegen sitzt sie nicht dort, wo sie jetzt sitzt. In die zum Teil erstarrten Strukturen ist sie nicht gekommen, weil der Papa beim Land was war oder ist. Nein, ihr Vater ist Arzt.

Ihr Kompetenz-Paket hat sie sich, im Gegensatz zu unserer Regierung, die unglaubliche Inszenierungs-Paket-Profis sind, in Theorie UND Praxis geschnürt. Begonnen hat alles auf der BAKIP. Ein Wort, das nur die Beamten im Bildungsministerium auf Anhieb als „Bildungsanstalt für Kindergartenpädagogik“ entschleiern. Aber es ist nicht die Mühe wert, sich diese fünf Buchstaben zu merken, denn diese Anstalt heißt seit 1. September 2016 BAfEP. Wenn Ihnen auch diese Abkürzung schleierhaft ist, informiere ich Sie gerne dahingehend, dass diese Umbenennung zu „Bildungsanstalt für Elementarpädagogik“ aufgrund des Schulrechtsänderungsgesetzes (BGBl. I / Nr. 56) vom 11. Juli 2016 erfolgte. Ich habe diesen Schleier selbst erst lüften, d.h. nachlesen müssen.

An dieser Anstalt hat sie bald festgestellt, dass Kindergärtnerin ein toller Beruf, aber nichts für sie ist. Dieses Gefühl hat sich auch nach einem halben Jahr als Au-pair im Ausland und einem halben Jahr als Kindergärtnerin im Inland nicht geändert. Jedes Jahr das für alle Kinder und „Tanten“ gleiche Muttertags-Gedicht aufsagen lernen, jedes Jahr den für alle Kinder und „Tanten“ gleichen Osterhasen basteln, jedes Jahr der gleiche Rhythmus. Routinetätigkeiten ohne Ende und ohne dem „gewissen Etwas“. Nichts für eine Frau mit einem gesteigerten Bedürfnis an Kreativität und Eigenständigkeit, die sich ehrenamtlich als Leiterin

einer Kindergruppe bei den Pfadfindern austobt ohne fragen zu müssen, ob sie in den Wald darf oder nicht.

„Was mach' ich?" war ihr großes Fragezeichen und groß war gleichzeitig ihre berufliche Ambition, im Bereich Kinder und Jugendliche zu arbeiten. Das klassische Jugendamt hat sie immer gereizt, dort wollte sie hin. Also ab in den Zug und auf nach Wien, um Sozialarbeit zu studieren und vier Jahre später mit dem Zug wieder zurück nach Linz zu kommen und beim Magistrat als Sozialarbeiterin in der Kinder- und Jugendhilfe durchzustarten. Nach sechs Jahren spürte sie nicht vage, sondern entschieden „da fehlt etwas". Ihr fehlte die betriebswirtschaftliche Kompetenz. Nicht für den Job, sondern für ihren Anspruch an sich selbst. Und so hat sie berufsbegleitend an einer FH ein Masterstudium „Sozialmanagement" angefangen.

Nicht leicht unter einen Hut zu bringen mit einem 40-Stunden-Job, der in der Kinder- und Jugendhilfe nie nur 40 Stunden in Anspruch nimmt. Da kann ein Mitarbeiter nicht sagen: „I muss jetzt ham geh'n, i muss lernen." Das ist kein planbarer Beruf. Da wird es am Freitag mitunter auch 22 Uhr bis endlich Dienstschluss ist. Ihre Lösung war, intern in den Projektmanagement-Bereich des Frauenbüros der Stadt Linz zu wechseln. Sobald allerdings ihr zweites Ausbildungspaket fertig geschnürt war, verließ sie das Frauenbüro und ließ sich in der Integrationsstelle des Landes Oberösterreich nieder.

Dort leitet sie mittlerweile die Bereiche Projektmanagement und Öffentlichkeitsarbeit. Ein vielseitiger Job mit unterschiedlichsten Projekten, in die sie direkt eingebunden ist und mitarbeitet wie z.B. in der kommunalen Integrationsarbeit. Selbst eine starrköpfige Chefin konnte bis zu ihrer Pensionierung nicht verhindern, dass sie auch „draußen" und nicht nur „drinnen", gut von ihr verdeckt, gute Arbeit leistet. Draußen, d.h. zurzeit vor Ort in den Gemeinden. Dort treibt sie im Duo mit einem Mitte 50er Kollegen mit Funktionsträgern, sprich

Bürgermeistern und Bezirkshauptleuten, das Integrationsthema voran. Sie verschleiert nicht, dass diese Arbeit mit Gemeinde und Bezirkshauptmannschaft gerade für sie als Frau kein Kinderfasching ist. Ich frage mich an dieser Stelle: Was bringen Bürgermeister und Bezirkshauptmänner zu diesem Thema nicht unter ihren Beamten-Hut? Die Beamten auf Zeit auf der Gemeinde und die rechtskundigen Beamten auf der BH unterliegen doch laut ihres Dienstrechts einer Gehorsamspflicht? Wieso schenken sie ihr kein Gehör?

Ich muss schon wieder nachschlagen, weil ein staubiger Schleier über dem Beamten-Dienstrecht liegt. Während Frauen in Österreich 1919 erstmals wählen durften, sind die Beamten 1914 bereits unkündbar geworden. Gehorsam müssen sie nur einer ihr gegenüber mit hoheitlicher Befehlsgewalt, Weisungsbefugnis oder sonstigem Recht zur Instruierung ausgestatteten Person sein. Da steht aber nirgends geschrieben, dass in Ausübung des Beamtendienstes nur mit Männern geredet werden darf. Und doch ist es so. Wenn sie mit ihrem Kollegen z.B. auf eine der 14 Bezirkshauptmannschaften geht, von denen auf lediglich drei Menschen mit BH als „BH" sitzen, wird grundsätzlich nur mit ihrem äußerst kollegialen Kollegen gesprochen. Bürgermeister zeigen ähnliches Verhalten. Gegrüßt und verabschiedet wird sie, sonst hat sie wenig zu plaudern. Sie spielt in kluger Absprache mit ihrem Kollegen das Spiel dieser etwas „eigenen", starren Welt mit. Wenn sie nicht nach den Regeln, die aus dem 18. Jahrhundert, als die Geschichte des modernen österreichischen Beamtentums begann, stammen könnten, spielt, dann wird für Integration dicht gemacht. Die Route geschlossen. Leider ist sie in der Situation, dass sie in ihrer Projektverantwortung etwas von Herrschaften will, die nichts von ihr wollen. Was sie will, und dafür setzt sie sich hartnäckig ein, ist, dass die in ihrer Verantwortung das Thema Integration forcieren, indem sie konkrete Projekte auf die Beine stellen. Nachdem für sie die Sache im

Vordergrund steht, hat sie kein Problem damit, bei Gesprächen „ergänzend" im Hintergrund zu bleiben. Gerne überlässt sie ihrem Kollegen den kommunikativen Vortritt beim Bezirkshauptmann, der zu Gesprächsbeginn verlautet: „Ich möchte nicht, dass man mich mit „Herr Doktor" anredet, denn ich bin der „Herr Bezirkshauptmann". Doktor kann jeder werden, Bezirkshauptmann nur wenige."

Tragisches komisch und lustig zu sehen, ist ihre Art Psychohygiene, die sie schon seit ihrem Dienst in der Kinder- und Jugendhilfe betreibt. Eines Tages ist es darum gegangen, dass Zwillinge auf die Welt gekommen sind. Das ist noch nichts Außergewöhnliches. Besonders und tragisch war, dass die Mutter Roma war. Ohne festen Wohnort, ohne Aufenthalt, ohne Geld, ohne allem. Der Entschluss stand fest, die Kinder- und Jugendhilfe musste einschreiten, d.h. diese Kinder „abnehmen" und in eine Krisenunterbringung geben. Sie konnten die Kinder nicht einfach auf den „Roma-Weg" ihrer Mutter mitschicken, der irgendwo und nirgends verlaufen würde. Nachdem sie aus Erfahrung wussten, dass eine solche Aktion trotz bester Vorbereitung mit Roma immer schwierig ist, holten sie die Polizei dazu. Es war ein massiver Einsatz mit acht Polizeibeamten, bei dem sie sich sehr gefürchtet hat. Wie diese Nerven aufreibende Sache endlich vorbei und überstanden war, waren sie und ihre Kollegen alle derartig psychisch fertig, dass alle das Angebot einer Kollegin, sich bei ihr zu Hause ein Schnapserl zu genehmigen, sofort annahmen. Das war das Tragische. Nach dem Schnapserl im Kollegenkreis hatte sie dann noch einen Pfadfinder-Termin. Sie musste von einer Sekunde auf die andere den Switch machen. Switchen von der furchtbaren Situation, einer Mutter unter Polizeieinsatz ihre Kinder zu nehmen, auf die angenehme Situation, fröhlichen Kindern unter freiem Himmel einen Stationen-Betrieb aufzubauen. In diesem Moment des Umswitchens musste sie plötzlich herzhaft lachen. Was war das Lustige? Das

Schnapserl war's nicht. Es war ihr Leben, das gerade geradezu grotesk war. Auf einer Seite das hauptamtlich Schwierige, Tragische und Schwere und auf der anderen Seite, am selben Tag und in einem Atemzug, das ehrenamtlich Leichte, Lustige und Fröhliche.

Ich switche den Kontext. Umswitchen wünscht sie sich schon lange von den Bewahrern der starren Strukturen, innerhalb derer sie sich beruflich nun doch schon einige Zeit bewegen und mehr zusammen- als entfalten kann. Umswitchen zu Überlegungen, ob die Regel X, die vor 30 Jahren aufgestellt wurde, noch den heutigen Bedürfnissen entspricht. Alle 50 Jahre ein Entwicklungsschritt hat zwar was Standhaftes, aber nichts Prozesshaftes, wo ein logischer Schritt nach dem anderen gesetzt wird. 40 Stunden arbeiten und sich nebenbei in einem Verein engagieren, da bleibt ihr wenig Lebenszeit unter der Woche. Als Angestellte des Landes Oberösterreich kann sie allerdings nicht switchen zwischen Arbeitszeitmodellen. Jede nur angedachte Abweichung von strikten internen Regularien ist von vornherein ein rotes Tuch. Daher ist es in ihrem Bereich zwar eine Sensation, aber Schwerstarbeit, dass eine Kollegin, die kürzlich nach einem Jahr Karenz wieder zurückgekommen ist, einen Tag „Home-Office" pro Woche genehmigt bekommen hat. Argumentation nach Richtlinie: „Das kriegen nur Leute, die weit weg wohnen."

Ich setze mir den Hut der provokativen Denkerin auf und frage in mich hinein: „Tragen unsere Landesregierungen einen Niqab, oder haben sie nur ein Beamten-Brett vorm Kopf?"

63 Wenn wir einmal schwanger werden

Sie ist Grafik-Designerin und Restauratorin zugleich, also Handwerkerin und Künstlerin in einer Person.

Haben Sie schon einmal in einer Kirche gearbeitet, alte Farbschichten von den Wänden gekratzt und plötzlich eine Hand oder ein Bein oder eine Wolke gesehen? Kein Mensch weiß, was hinter Farbschichten steckt. Vorsichtig arbeitet sie sich Stück für Stück weiter. Die Stunden verrinnen, nur das Bild wird von Minute zu Minute größer und deutlicher. Fragmente nehmen Konturen an und nach Tagen harter Arbeit hat sie plötzlich einen Menschen vor sich. Und kratzt sie weiter, tauchen noch mehr Menschen auf und am Seitenaltar entsteht eine erste Geschichte.

Solche oder ähnliche Momente sind für jeden Restaurator Genuss pur. Die Entbehrungen, die kalten Mauern, die hohen Gerüste und die harte körperliche Arbeit gehören zu diesem Zeitpunkt längst der Vergangenheit an.

Leider hat die Kirche schon vieles entdeckt, vieles schon abgekratzt, daher werden in Österreich nur mehr selten neue Aufträge ausgeschrieben. Und außerdem hat in der Kirche der Rotstift die Führerschaft übernommen. Die Kirche muss sparen, deswegen holt sie sich für neu ausgeschriebene Projekte junge Menschen meist direkt von den Uni.

Künstler werden, solange sie auf Erden weilen, selten fürstlich entlohnt. Erst wenn sie zu Grabe getragen sind, taucht ihr schöpferisches Können am Kunstmarkt auf. Leicht erkennbar an den stark überhöhten Preisen ihrer großartigen Bilder. Aus welchem Grund tauchen sie erst nach ihrem Tod am Kunstmarkt auf? Warum werden sie erst dann „gehypt"? Geschah gar „Himmlisches" mit diesen Bildern oder sind es nur die Kenner der Szene, die urplötzlich eine herausragende

Verkaufsstrategie aus ihrem imaginären Pinsel zaubern, während ihr begrabener Schöpfer das Treiben auf Erden nur mehr still und heimlich von „Wolke 7“ aus bewundern kann?

Der passende Dialog dazu:

„Kennst du Picasso?“

„Ja.“

„Kennst du die Bilder von Picasso?“

„Ja.“

„Weißt du warum er seine Bilder so teuer verkaufen konnte?“

„Nein.“

„Weil es niemanden gibt, der Öl so teuer verkaufte wie er! Was sagt dir das?“

„Nichts.“

„Siehst du, deswegen warst du auf Erden nie erfolgreich!“

So könnte ein Dialog im Himmel auf „Wolke 7“ zwischen Schöpfer und Petrus laufen.

Meine Interviewpartnerin schmunzelt: „Vielleicht haben

Sie Recht. Es gibt wirklich sehr viele gute Künstler, aber auch Künstlerinnen, und wenn wir jetzt deren Können voraussetzen, dann hängt ihr fehlender Bekanntheitsgrad sehr oft von verschiedenen Faktoren ab. Der mangelnden Selbstvermarktung, dem nicht ausreichenden Charisma, ihrer Präsenz, also zur falschen Zeit am falschen Ort zu sein oder zur richtigen Zeit am falschen Ort zu sein, sowie dem Quäntchen Glück, das jeder Künstler braucht."

Ob sie selbst eine gute Künstlerin ist, will sie nicht kommentieren. Sie malt modernen abstrakten Realismus. Ich lausche und staune nicht schlecht, als sie doch noch äußert: „Es sind Formen, die plastisch und verständlich sind, aber in einen anderen Kontext gesetzt abstrahiert vom Sein sind."

„Wow", denke ich mir, „was für eine Sprache", fast wie bei Politkern, die viel sagen und trotzdem unverbindlich bleiben. Ich weiß schon, dass Kunst für Freiheit steht und Maler diese Freiheit für ihre Ausdrucksweise nutzen. Allerdings war mir nie so bewusst, dass sie das auch in ihrer Sprache tun.

Als ich einen kurzen Blick auf ihre Bilder „online" werfen will im Sinne von „wenn ich sie schon nicht verstehe, vielleicht gefallen sie mir ja", höre ich sie leider murmeln: „Meine Bilder wurden gelöscht, schon vor ein paar Wochen. Mein Freund und ich, wir arbeiten gerade an einer neuen Website. Wenn alles gut geht, sind meine Bilder demnächst online!"

Sie hat Recht. Kunst steht für Freiheit, aber trotzdem ist sie in meinen Augen abhängig. So schön Kunst ist, so ernüchternd kann sie sein und falls Menschen von ihr leben wollen, müssen sie verkaufen lernen und sich höchstwahrscheinlich verbiegen.

Zurzeit muss sie nicht von ihrer Kunst leben. Sie arbeitet als Restauratorin drei Tage die Woche in einem Atelier in der Wiener Innenstadt, wo sie sozusagen von außen einen Blick auf ein Gemälde wirft und so wenig wie möglich am Kunstwerk selbst verändert. Das entspricht dem heutigen Zeitgeist. Es geht darum, herausragende Bilder in ihrem Ursprung zu erhalten, zu konservieren und erst wenn Teile zu rekonstruieren sind, kommt sie zum Einsatz. Sie, die Meisterin der Rekonstruktion.

Die restlichen Tage der Arbeitswoche arbeitet sie selbständig als Grafikerin. Gemeinsam mit ihrem Freund entwirft sie Logos und Web-Seiten, die ihr Freund im Falle eines Auftrages programmiert. Hier kann sie die Basis, d.h. ihr Handwerk ausleben und sich gleichzeitig als Designerin verwirklichen. Ihre Aufträge kommen über Bekannte, Freunde und ehemalige Studienkollegen. Türklinken muss sie schon lange nicht mehr putzen.

Trotz dieser zwei sehr unterschiedlichen Jobs schafft sie es, sich gesellschaftlich zu engagieren. Sie ist politisch interessiert, arbeitet meist zwölf Stunden pro Tag, trotzdem kann sie dem gesetzlichen 12-Stunden-Arbeitstag nur wenig abgewinnen. Und obwohl sie noch keine Kinder hat, spricht sie aus, was viele Frauen denken: „Für uns Frauen ist dieses „frische" Gesetz keine erfrischende Erleichterung. Wo sollen wir, bitte schön, unsere Kinder zwölf Stunden lang unterbringen?" Diese kecke Frage stellt sie sich, obwohl sie und ihre Brüder im Familienunternehmen ihrer Eltern immer problemlos versorgt und untergebracht waren.

Was bringt der 12-Stunden-Arbeitstag am Ende des Tages für Frauen? Sollen die lieben Kleinen von arbeitenden Müttern Verzicht lernen, sich Tag und Nacht mit sich selbst beschäftigen? Werden Phrasen wie „Lern du mal schön krabbeln, mein liebes Kind, in zwölf Stunden bin ich wieder für dich da!" gepflegter Alltag?

Falls Frauen das schlechte Gewissen nicht nur drückt, sondern erdrückt, wäre dann ja

noch die Nachtschicht. Da Kinder sowieso nicht durchschlafen, schlagen sie damit gleich zwei Fliegen auf einen Schlag. Sie müssen nicht mehr extra für die nächtliche Schichtarbeit aufstehen, denn wenn klein Susi wieder eingeschlafen ist, geht in der wieder eingetretenen Nachtruhe die Arbeit zügig in aller Ruhe von der Hand.

Und falls Frauen beim Stillen ausnahmsweise vor Ermüdung einschlafen, keine Sorge, der „dritte freie" Tag kommt bestimmt. Für wen sonst, wenn nicht für diesen zusätzlichen freien Tag lohnt es sich sämtliche Entbehrungen in Kauf zu nehmen. Ob dieser „dritte freie" Tag dann ein Schlaftag wird, wird sich noch weisen. Frisch ist momentan nur das Gesetz. Ob Frauen in einem halben Jahr noch frisch sein werden, werden wir sehen.

Sie wünscht sich: „Wenn wir einmal schwanger werden, dann soll es arbeitspolitisch machbar sein, ein Jahr gemeinsam zu Hause zu bleiben ohne große finanzielle Einbußen hinnehmen zu müssen. Die ersten Schritte, die ersten Wörter unseres Kindes gemeinsam zu erleben, stelle ich mir schön vor. Leider gibt es dieses Modell noch nicht, aber träumen kann ich ja schon mal davon. Und was ich dann noch machen werde, ich werde unserem Kind aus dem von mir geschriebenen und selbst illustrierten Kinderbuch vorlesen. Darauf freue ich mich fast noch mehr. Bis es soweit ist engagiere ich mich weiter für die Rechte von Frauen und unterstütze mit meinem grafischen Handwerk den Verein „He for She", in dem es um Gleichstellung zwischen Mann und Frau, ohne den Mann dabei zu diskriminieren, geht."

Gleichstellung sehen Menschen unterschiedlich. Ihr geht es darum, in der gleichen beruflichen Umgebung gleiche Arbeitgeberleistung zu erhalten. Über die Macht allmächtiger Chefs soll kein Druck auf Frauen mehr ausgeübt werden. Wenn sie noch lernt, ihre Bilder lukrativ zu vermarkten, kann sie der „Allmacht" adieu sagen und ihren Verein noch tatkräftiger unterstützen. Mit Gemälden und Installationen, die für Aufsehen sorgen und die Machtfrage ein Stück weiter in unsere Gesellschaft tragen.

64 WER HAT DENN SCHON EINE NANNY MCPHEE ZUR VERFÜGUNG?

Wer kennt sie nicht die Geschichte von Nanny McPhee. Nanny McPhee, die einer Familie, deren Kinder kaum zu bändigen sind, zu Hilfe eilt. Als zur Zeit des Zweiten Weltkriegs die Kinder mit ihrer Mutter auf einem Bauernhof leben, der Vater an der Front ist und lange Zeit als verschollen gilt, kämpft die Mutter finanziell ums Überleben für sich und ihre Familie. Dabei bleibt wenig Zeit für die eigenen drei Kinder und die zwei verzogenen Stadtkinder aus der Verwandtschaft, Cousin Cyril und Cousine Cecillia Gray. Die gemeinsamen Stunden und Tage sind vorwiegend durch Zwist und Streit geprägt.

Plötzlich steht Nanny McPhee vor ihrer Tür: „Die Armee schickt mich. Ich koste Ihnen keinen Cent. Ich wurde Ihnen zugeteilt, um Sie als Nanny bei Ihrer Arbeit zu unterstützen."

Wer wünscht sich nicht eine Nanny McPhee ins Haus, vor allem eine Nanny, die nichts kostet und trotzdem etwas bringt. Die den Kindern ein Stück weit Manieren beibringt, wenn die Mutter abends nicht mehr die Kraft und Energie dafür hat. Die Nanny, die Wäsche macht und den Haushalt schupft, die für die Kinder kocht und sich ihre Sorgen anhört, wenn die Mutter wieder einmal keine Zeit dafür hat oder mit dem Kopf noch in der Arbeit steckt.

Mit ziemlicher Sicherheit ein Wunsch vieler alleinerziehender Frauen nicht nur in den 90er Jahren. Aber das Leben ist kein Film und auch kein Wunschkonzert, Nanny McPhee taucht nicht vor unseren Haustüren auf, selbst wenn wir sie uns inbrünstig herbeisehnen und in so manch stiller Stunde in der Nacht nach ihr rufen.

Meine Protagonistin war in den 90er Jahren mit einem zwei Jahre alten Mädchen gesegnet und nach nur zwei Jahren Ehe mit den Scheidungspapieren in der Tasche belastet. „Auf eine Nanny wäre ich nie gekommen“, sagt sie mit fester Stimme. „Ich hätte mir eine Nanny auch gar nicht leisten können. Sie unterhalten sich gerade mit einer stinknormalen Frau und nicht mit einer Frau, die drei Kinder hat und dank Nanny, Chauffeur und Koch ein selbstbestimmtes „karrieregeiles“ Leben verfolgen kann.“

Bei ihr ging es ums Überleben und nicht nur ums Leben. Da seither viele Jahre ins Land gezogen sind und sie überlebt hat, kann sie heute stinknormal und gut leben und mit sicherem Abstand über Erlebtes sprechen.

Sie lebte irgendwo in der „Pampa“. So bezeichnet sie noch heute den Ort ihrer Zweisamkeit. Dort waren untertags die Straßen leer gefegt, Berufstätige weilten in der Stadt, nur sie und ihre kleine Tochter belebten das Straßenbild. Hin und wieder kreuzte ein Hase oder ein Fuchs ihren Weg und ihr Töchterchen quietschte vor Vergnügen.

Als Alleinerziehende hatte sie auf Vieles zu verzichten. Zeit für Freunde, Zeit für sich blieben ihr kaum. Sich im Job zu verwirklichen und berufliches Weiterkommen anzusteuern, kam für sie vorerst nicht in Frage.

„Was will ich eigentlich arbeiten? Will ich am Empfang eines Unternehmens sitzen?“, solche oder ähnlich lautende Fragen warf sie anfänglich über Bord. „Mir ging es darum, Geld zu verdienen, und zwar rasch. Ich wollte mir eine Versicherung leisten, mir Pflegeurlaub nehmen können und mein Kind in einem guten Kindergarten unterbringen. Das waren die entscheidenden Kriterien meiner geschiedenen, alleinerziehenden Jahre. Das war es, was mein schlechtes Gewissen am Weg zur Arbeit leise beruhigte."

Ihr erster Job war ein schlecht bezahlter Teilzeitjob in einer amerikanischen Firma, deren Finanzmanager sehr schnell ihr Potential erkannte und ihr kurz nach Einstieg „zwei weitere Hüte" aufsetzte. Im Rückblick meint sie süffisant: „Der Finanzchef schätzte meinen Einsatz und mein Engagement. Mehr dafür zu bezahlen kam für ihn nicht in Frage. Die Abhängigkeit meiner Situation wohl kennend, nutzte er meine Energie für sich und seine Prozesse leidlich aus."

Und obwohl alleinerziehende Mütter noch immer von Armut bedroht sind, hat sich diesbezüglich wenig bis gar nichts geändert. Die Situationen dieser Frauen auszunutzen, sie durch ihre Abhängigkeit gefügig zu machen, ist selbst heute noch Teil innovativer Unternehmenskulturen.

Einzig und allein Teilzeitjobs für 21 Stunden, so wie damals, zu ergattern, das ist schwieriger geworden. In letzter Zeit sind viele Stellen als Vollzeit ausgeschrieben und Überstunden werden stillschweigend erwartet. Assistenzstellen, von denen es damals noch wimmelte, werden nun bereits teilweise durch Computer ersetzt oder schlichtweg nicht mehr benötigt.

Sie konnte noch Überstunden auf einem Konto ansammeln und ihr Chef, der selbst Töchter zu Hause hatte, schenkte ihr nach wenigen Monaten wenigstens so viel Vertrauen, dass sie selbst entscheiden durfte, wann sie das Büro verließ. Hauptsache sie organisierte Ersatz für sich und ihre Arbeit lief weiter.

Natürlich war sie gestresst. Ihrem Kind gegenüber, das sie morgens im Kindergarten ablieferte wie ein Zustellpaket. Ihrem Chef

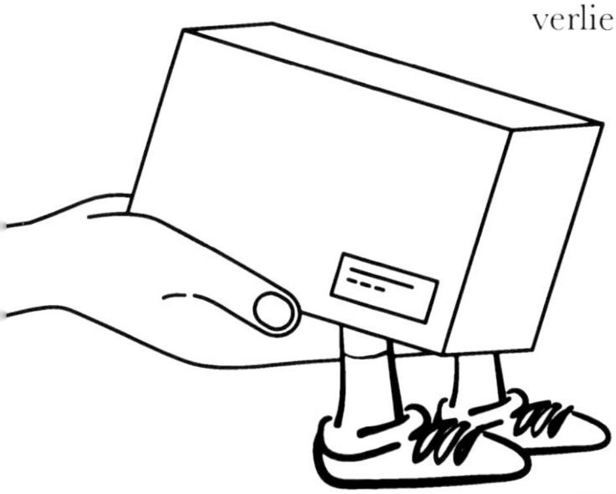

gegenüber, wenn sie wieder früher abhauen musste und ihren Kollegen gegenüber, wenn sie zum wiederholten Male für sie einspringen mussten.

Umstände, mit denen sie früher gut umgehen konnte, raubten ihr plötzlich den letzten Nerv. Vor allem das Unverständnis von Frauen, die sich bewusst gegen Kinder und für Karriere entschieden. Mangelnde Solidarität, Missgunst, Neid, mangelnde Empathie, das sind nur einige wenige Schlagwörter, die sie mir hinschmettert. Aufforderungen: „Du musst dein Leben halt besser organisieren" klingen für sie noch genauso unsinnig wie zu ihrer beruflichen Wiedereinstiegszeit.

Auch wenn sie das „Kinder-Rätsel" nicht lösen kann und mangelnde Frauensolidarität bei Pflegeurlaub vermisst, hat sie ein Rätsel gelüftet: Frauen können organisieren! Das hat nicht nur sie bewiesen, das beweisen täglich tausende Frauen. Die Formel: Haushalt + Kinder + Job fordert großes Organisationsgeschick und tolles Zeitmanagement. Dass all diese verschiedenen Jobs: Mutter, Köchin, Haushaltsmanagerin, Psychologin, Pflegerin, 24 h-Fahrtendienst und berufstätige Frau, und die Aufzählung ist noch lange nicht vollständig, kaum gesellschaftliche Anerkennung finden und bis heute weder ernsthaft diskutiert noch entlohnt werden, findet sie nicht nur schade, sondern erschreckend.

Was sie Frauen unbedingt mitgeben möchte, ist, dass ein Chef, der selbst Töchter zu Hause hat, ein Unterstützer und mit Sicherheit kein „Verhinderer" ist. Ihr Chef unterstützte sie viele Jahre, ließ sie in andere Bereiche reinschnuppern und erhöhte die Arbeitszeit schrittweise für sie immer dann, wenn sie diese Mehrarbeit auch managen konnte.

„Ihr Kind ist zu oft krank! Sie sind unzuverlässig!", solche warnenden Bemerkungen bekam sie von ihm nie zu hören. Dafür klingen noch immer die Tiraden einiger Kolleginnen nach:

Sie seufzt leise: „Kolleginnen zeigten in solchen Situationen ihr wahres Gesicht und das war alles andere als schön."

Vor meinem geistigen Auge erscheint plötzlich Nanny McPheeh mit ihrer Knollennase und den Warzen im Gesicht in ihrem ersten Gespräch mit den unerzogenen Kindern: „Wenn ihr mich braucht, aber nicht wollt, dann muss ich bleiben ... ."

Seit 25 Jahren ist sie in dieser Firma. Die vielen Bereiche, in die sie eintauchen durfte, von der Rezeption über die Buchhaltung bis zur Auftragsbearbeitung und dem Fuhrparkmanagement vervollständigten ihren Blick auf das Unternehmen. Das Erlernte kann ihr keiner mehr nehmen. Außerdem ist ihr abteilungsübergreifendes Detailwissen sowohl bei Kollegen als auch bei Kunden geschätzt. Das ist nicht zu unterschätzen!

Wie Nanny McPhee ist es ihr gelungen, mit viel Disziplin, Anpassungsfähigkeit und einer großen Lernbereitschaft ihr Leben zum Guten zu wenden. Und meine dadurch innerlich „schön gewordene" schöne Interviewpartnerin freut sich erneut über einen Mr. Edelweiß. Nein, er ist keine Dohle, er ist der „neue" Mann an ihrer Seite.

65

WER HAT MIR DIE SPITZWIES'N DUNGT?

Diese Frage stellt Grutz, der „alte Bauer“, der mit 72 Jahren und mit unnachgiebiger Härte seinen Hof führt, seinen Knechten. Wann und wo wollen Sie wissen? 1907 im Bühnenstück „Die Erde“ von dem 1867 in Axams in Tirol geborenen Arzt und Schriftsteller Karl Schönherr. In meiner Jugend hatte ich das große Glück, Laientheater spielen zu dürfen. Eines Tages stand diese tragisch komische Komödie des bäuerlichen Lebens auf unserem Spielplan. Ich schlüpfte in die Rolle der Mena. Als 32-jährige Wirtschafterin hatte ich es auf den Sohn Hannes abgesehen, der es mit 46 unter der strengen Hand seines Vaters nicht weiter als zum ledigen Knecht gebracht hat. Ich wartete ungeduldig zusammen mit dem Totenweibele auf den Tod des Alten. Ein Pferdetritt hat ihn an den Rand des Sargs katapultiert. Bald würde der Weg frei sein, Hannes zu ehelichen und Eigentümerin des Hofs zu werden …

Schauspielerisch bin ich in das Tiroler Leben Anfang des vorigen Jahrhunderts eingetaucht. Erschreckend und faszinierend zugleich wie damals Rollen innerhalb einer Gemeinschaft mit erdverbundener Nüchternheit verteilt und erfüllt wurden. Für mich eine besondere Bühnenerfahrung, war mir dieses Bergbauern-Leben bis zu dem Zeitpunkt, wo ich mich mit Text und der Rolle der Mena auseinandergesetzt habe, völlig fremd. Bis heute spuken Textpassagen in meinem Kopf herum, die vor allem dann mein Herz erfassen, wenn ich in einem Osttiroler Talschluss, den ich samt seinen Bewohnern seit Jahren in mein Herz geschlossen habe, auf „unserem“ Bergbauernhof sitze und beobachte, wie z.B. rund um Ostern die steilen Almwiesen gedüngt werden.

Alles noch in Männerhand. Aber nicht, weil die männlichen Hände noch immer so streng sind wie die vom alten Grutz. Nein, sondern weil das Mist ausführen in über 1500 m Seehöhe und aufwärts noch immer Schwerstarbeit ist. Hundert Jahre nach Schönherrs Erstaufführung und 30 Jahre nach meinem Bühnenauftritt mache ich mir im Gespräch mit einer Jungbäuerin ein aktuelles Frauenbild in dem entlegenen Seitental an der Grenze zu Südtirol.

„Z'erscht bin i 3 Jahr' in a Fachschule in Lienz g'angen für wirtschaftliche Berufe mit dem Schwerpunkt Gesundheit und Soziales. Das war aber ein Fehler, weil eigentlich han i mit 15 no nit genau g'wisst, was i machen will. Des was mi interessiert hätt', da hat's no ganz wenig Lehrstellen geben. I wollt' Landschaftsgärtnerin lernen. Und da isch in Lienz nur ein Ausbildner. Und der war damals pleite. Und da hat man mi eigentlich überredet de Schule zu machen. Dann han i die 3 Jahr' durchgezogen und abgeschlossen. Danach han i Köchin gelernt. Des war a net so super, weil wenn du in einem großen Hotel Köchin lernscht, kriegscht du außer vom Frühstück und auf'd Nacht anrichten helfen net viel mit. Da han i nachher a g'sagt, des will i nit weitermachen. Han i aber a abgeschloss'n und danach bin i kellnern gangen. Am erschten Arbeitstag isch der Andreas um neine in der Friah „Kellnerin schauen" kemman. Und so bin i nachher da am Hof gelandet."

Frisch verliebt ist sie, die „Fremde" aus dem Iseltal, am Bergbauernhof von Andreas Eltern und inmitten einer „fremden" Talgemeinschaft gelandet. Sie ist super aufgenommen worden: „Des passt, frisches Bluat." Die einheimischen Single-Burschen konnten sie noch ein knappes Jahr als Kellnerin „bewundern", dann hat sie sich für sechs Jahre in eine holzverarbeitende Firma gestürzt und im Werk zusammen mit Maschinenführern und Staplerfahrern harte Männerarbeit verrichtet. Riesige Baumstämme hat sie aus den Anlagen herausgezogen und halbe Tage unter der Anlage verbracht, wenn schwere nasse Baumrinden das Maschinensystem blockiert haben.

„Mi interessiert mehr das Handwerkliche, und i muaß

ARBEITEN. Also irgendwo in an Büro tat i versauern. Des war nix für mi. Allweil han i schon gern Männerarbeiten gemacht. Und i arbeit‘ a lieber mit Männer zusammen, weil wenn mehr wie zwoa Frauen sein, nachher gibt’s Streit. Da isch nachher a Monat schlechte Stimmung, net an Tag. Des isch bei Männer ganz anderscht.“

Während ihrer „Fabrikzeit“ wurde an den schwiegerelterlichen Hof angebaut. Seit Generationen wird dort Bergbauern-Wirtschaft betrieben. Im Nebenerwerb, weil schon lange fast niemand mehr ausschließlich von Alm- und Viehwirtschaft leben kann. Selbst wenn diese längst um Zimmervermietung und Verkauf der eigenen Käse- und Fleischprodukte erweitert wurde. Kaum war das gemeinsame Dach über dem Kopf der „Jungen“ fertig, kam nach Wunsch und Plan das erste von zwei Kindern auf die Welt. Viele, viele Gedanken macht sich die 30-jährige mittlerweile Ehefrau des Hoferben Andreas, der als jüngster von sechs Geschwistern den elterlichen Bergbauernhof weiterführt. Ja, er hat sie nicht nur zu seiner Frau gemacht, sondern auch zur Jungbäuerin.

„Wenn i die Zeit nomal zurückdrehen könnt‘, machat i die 3 Jahr‘ Landwirtschaftsschule. Da lernscht wirklich viel was ma da bei uns brauchen kann. Aber de hol i jetzt nach. Weil mein Ziel war eigentlich, amal da am Hof was aufzubauen. Deswegen mach‘ i den landwirtschaftlichen Facharbeiter nach mit Abendkurse. Des werd‘ anstrengend. Geht a über a Jahr. Und nachher machscht die Abschlussprüfung wie die andern was 3 Jahr‘ Schul geh‘n. Wenn du nit von der Landwirtschaft kimmscht, da mit de ganz‘n EU-Vorschriften und mit de Förderungen, da hascht du keinen Tau. Des fangt bei Käse mach’n an, und dass ma sich mit de Viecher auskennt, a da Ernährung und Haushaltsmanagement ... i han’s jetzt nit all’s im Kopf.“

Die junge Frau sprüht förmlich in Gedanken an ihre bevorstehende Ausbildung und „ihr“ künftiges Ab-Hof-Verkauf-Konzept. Ja, sie hat andere wirtschaftliche Ideen als die „Alten“ und andere soziale Vorstellungen vom Zusammenleben von Mann und Frau. Daher geht es sprühend mit „ihren“ Rollenbildern weiter.

„Mann und Frau, so wer macht was, ja, des isch hetz amal da im Dorf extremer wie in anderen Ortschaften. Der Andreas und i san da komplett andersch. Des isch kein Problem, dass er en Geschirrspüler ausräumt, oder, wenn i viel Arbeit han, er saugt, oder amal wischt, oder der Kloanen s’Flaschl gibt. Aber dafür mach‘ i mit’n Spalter des ganze Brennholz und fahr‘ mit der Mahmaschine im Feld.“

In gleichem Maße sprühend ist ihr Engagement für Bäuerinnen. Obwohl mehr als zwei Frauen dabei sind, ist sie freiwillig als Jüngste dieser Initiative im Dorf beigetreten. Sie sind im Gegensatz zu Landjugend, Feuerwehr, Schützen und Musikkapelle nicht als Verein organisiert. Sie hängen an der Landwirtschaftskammer, die ihnen gemeinnützige Aktivitäten erlaubt, aber keinen Cent Verdienst für die „eigene Tasche“.

„Wenn mia irgendwas machen, an Basar mit Kuchen und all’s was mia halt selber mach’n, dann miaß’n mia des Geld vom Verkauf gleich für an guaten Zweck ausschreiben. Früher war des so, dass man ganz viel Kuchen g’schenkt bekemmen hat. Mittlerweile geh’n mia zu die Leit und sag’n: „Bachscht du mir bitte was, mia zahl’n’s dir.“ Mia selber sechen da keinen

Cent, mia mach'n des a gerne. Zwoamal's Jahr geh'n mia essen alle miteinander, zwoamal's Jahr, und mia arbeiten wirklich viel. Aber nachher bekemmen mia wieder solchane Sachen zu hör'n wie: „Nein, die Bäuerinnen back' i kan Kuchen gratis, weil die geh'n nachher mit den Geld vom Kuchenbasar Pizza essen."

Für diese eigenwillige Neid-Entwicklung gerade von Frauen, die sich nicht gemeinnützig für gute Zwecke und die Dorfgemeinschaft einsetzen, hat Ehemann Andreas nur folgende Worte: „Da andere vergunnt in andern in Dreck untern Nagel nit!" Seine unermüdliche Frau braucht, aber nicht um Dampf abzulassen, viel frische Luft, wie sie sagt. Dazu fehlt ihr zurzeit die Zeit. Zeit hat sie nicht einmal genügend für ihre zwei kleinen Töchter, die gerade einmal drei und eineinhalb Jahre alt sind. Neben ihrem ehrenamtlichen Bäuerinnen-Engagement verdient sie sich nämlich ein bissl erlaubtes Geld in einem Bauernladen, den sie mit ihren hausgemachten Produkten regelmäßig beliefert. Deshalb nervt die Frage einiger Frauen im Tal: „Ja gehscht nachher wieder arbeit'n, net?"

„Des siacht ja koaner wie viel Stunden i wöchentlich fürn Bauernladen opfer'. I back' Brot, nachher back' i so Germkrapfeln mit Mohn, nachher mach' i Joghurt, nachher mach' i Topfenbällchen, Keks zu Weihnachten. Die Tage, wo i Brot bach', da richt' in Tag davor schon her. Von zwoa die Nacht bis halbe drei Namittag hab' i 100 Brejtln drauß'n."

Ja, sie arbeitet zu Hause in der eigenen Küche neben ihren Kindern, aber wenn es gut geht bleiben ihr für diese Händearbeit bestenfalls 10 Euro / Stunde. Jeder Cent wird dreimal umgedreht und Urlaub wird für diese junge Familie wohl ein Fremdwort bleiben. Um im Nebenerwerb überleben zu können, braucht es Grundgröße. Um überleben zu wollen, Menschengröße. Noch vor ihrer Zeit hat Andreas mit 19 Jahren ein „Hoamatl" zu bestehendem Grund und Boden dazugekauft. Alles was ihnen und der Bank jetzt gehört, Haus,

Almwiesen, Wald, ist ihr „Hoamatl".

Er sagt: „Unsere Kinder ham's nachher mal schean, nit." Sie sagt: „Mia sein doch nit ein Leben lang da auf der Welt lei für unsere Kinder zu arbeiten. Unsere Kinder kennen sich a selber no was erarbeiten."

Karl Schönherrs Hannes sagt: „Mir geht nix ab! Hab' mein Essen … und mein Arbeit … und mit den Hennen ins Bett … und mehr braucht der Mensch nit."

66 Wir bitten euch, erhöret uns!

Fürbitten? Nein, wir brauchen keinen Gott und auch keine Göttin, die sich unserer frommen Frauen-Wünsche annimmt, nein, wir brauchen auch keinen Dritten, der unsere Bitten ausspricht, nein, wir können selbst denken, sprechen, handeln und dürfen seit 100 Jahren sogar wählen. Das ist doch schon etwas, eigentlich die halbe Maut. Oder besser Opfergroschen?

Hat sie ein paar Bitten? Wer ist diese Frau, die ihren Ehemann bittet, nicht im Unterleiberl vorm Fernseher zu knotzen?

So mancher könnte behaupten, dass sie in einem gemachten Nest sitzt. Ja, sie hat seit ewigen Zeiten ein Geschäft. Ursprünglich war es eine reine Drogerie, die sie über die Jahre in Richtung Reformhaus entwickelt hat. Wieso steht eine Frau bereits ihr ganzes Leben mehr oder weniger alleine noch immer begeistert in einem Laden, der Lebensmittel, pflanzliche Nahrungsergänzungsmittel, rezeptfreie Naturarzneimittel und Artikel für Körperpflege und Naturkosmetik vertreibt und im angeschlossenen Vitalraum Biodanza, Astanga Yoga und Qigong-Kurse anbietet? Ihr Vater hatte eine Apotheke. Unlängst hat sie überlegt, seit wann sie das, was sie macht, so gerne macht. Seit sie mit der Nasenspitze über die Budel schauen konnte, hat sie den Vater beobachtet, wie er mit Kunden umgeht, und ihre ersten Tees und Salben gemischt. Rezepturen erfinden, Naturprodukte eigenhändig herstellen, das hat ihr immer besonders gut gefallen. Ja, diese kindliche Neugierde und Freude ist ihr bis heute geblieben. Ihr Vater war kein guter Geschäftsmann, sie ist es auch nicht.

Ihre Mutter war Schneidermeisterin, die aber bald einmal alles aufgegeben hat für den Vater, um ihm in seiner Apotheke mit der Buchhaltung zu helfen. Ist doch irgendwie paradox, dass sie als Kind früh mitgekriegt hat, dass die Frau die Versorgende ist, die sich Mann und Familie unterzuordnen hat, und dass dann aber von ihr als erwachsener Frau schon auch verlangt und gefordert wird, dass sie ihren Laden gewinnbringend schupft! Das Versorgende hat sie in den Genen, Umsatz und Gewinn eher weniger. Wenn jemand die Miete für den Vitalraum nicht bezahlen kann, weil's momentan finanziell eng ist, würde sie die ausständige Miete am liebsten herschenken. Aber wer zahlt dann ihre Stromrechnung? Sie ist hin- und hergerissen zwischen sich und alles zur Verfügung stellen und rechnerischer Disziplin. Ab und zu sieht ihr Mann die Kontoauszüge und schießt etwas zu. Er wird ihr lebendiger Bankomat bleiben, weil sich an ihrem kaufmännischen Geschick und an ihrer nachsichtigen Großzügigkeit nichts mehr ändern wird. Das kriegt sie nicht mehr hin, drei Jahre vor der Pension. Oder doch? Denn so richtig Lust auf Dichtmachen hat sie nicht.

Abgesehen davon, die Rahmenbedingungen für diese Art von Geschäft werden nicht besser, ganz im Gegenteil. Heute würde sie niemandem empfehlen, einen Laden in dieser Form aufzumachen. Kundenpredigten und -fürbitten überschlagen sich: „Des is' bei der Shop-Apotheke um 50 % billiger!" „Bitte, habt's nicht das und das?" Wenn sie es endlich bestellt oder gemischt hat, interessiert das keinen Menschen mehr. Nicht einmal den, der so darum gebettelt hat. Macht Schnelllebigkeit vergesslich? Hat sie einmal ein Produkt im Angebot, das sehr gut geht, weiß sie haargenau, dass sich genau dieses Produkt innerhalb von einem halben Jahr die Apotheken krallen und apothekenpflichtig in ihre Schaufenster stellen. Die Apotheke, die ihr Vater einst verkauft hat, hat die Eingangstüre direkt gegenüber ihrem Reformhaus-Eingang.

Noch ist es nicht soweit mit dem Zusperren. Noch liebt sie die kreativen Herausforderungen ihrer Kunden: „Ich vertrag' des ganze Klumpat fürs G'sicht net, könnten Sie mir nicht eine Creme machen?" „Ich hab' vor kurzem einen Tee getrunken, ich weiß zwar nimmer was drinnen war, aber der war so gut, der hat mir so gut getan, Sie, können'S den net z'samm'-mischen?" „Mein Arzt weiß nicht so recht, was er mit meinem Ausschlag tun soll, könnten Sie nicht was suchen?" Ja, es klingt wahrlich nach Kunden-Fürbitten: **„Bitte liebe Reformhäuslerin, erhöre uns!"** Gerade Kundinnen kommen neben ihren ausgefallenen und besonderen Produktwünschen gerne zum Ausreden. Seit kurzem hilft ihre Tochter ein bisschen im Geschäft mit und wundert sich lautstark über die Anlehnungsbedürftigkeit der weiblichen Kundschaft: „Mama, Mama, wie du das aushaltest! Das ist ja unglaublich, was die Leut' da einfach so erzählen!" Ja, das ist schon sehr, sehr schräg zum Teil. Auf der anderen Seite zutiefst menschlich, weil gerade Frauen vor ganz, ganz herausfordernden Situationen stehen. Da kümmert sich eine Kundin um ihre Mutter, die im gleichen Haus wohnt. Die Mutter ist senil und bettlägerig. Im gleichen Haus hat sie aber auch ihren Mann, der sich mit ihrer Mutter nicht versteht. Sie hört furchtbare Geschichten von Frauen, die, wenn sie diese bei ihr im Reformhaus abgeladen haben, mit einem Lächeln sagen: „Das halt' ich aus. Ja, das ist mein Schicksal!"

Ihr ist in solchen Momenten zum „Hilfe" schreien. Das gibt's doch nicht, dass das Thema Pflege nur an uns Frauen hängt. Pflege, die so nahtlos übergeht: „Ich kümmere mich um die Kinder. Dann bin ich grad einmal im Job. Dann geh' ich in Pension. Dann kümmere ich mich natürlich um meine ganzen „Altvorderen" und löse mich quasi auf. Versuche das alles zu managen und zerspragle mich." Dann braucht Frau dringend eine besondere Teemischung, weil sie nicht mehr schlafen kann, und ein Wundermittel der Natur für Schönheit und Agilität, um dem Mann zu gefallen, damit er die zerspragelte Situation und die zerflederte Frau weiter gut aushält.

Diese gesellschaftspolitischen Themen bereiten ihr Herzklopfen. Früher waren es die Polizisten, die ihr Herzklopfen bereiteten, wenn sie ihr Geschäftslokal betraten. Aber nicht, weil sie alle so fesch waren. Es hat genügt, dass der Herr Inspektor nur ein bisserl schief geschaut hat, und sie hat sich sofort gedacht: „Hilfe, was hab' ich falsch gemacht?" Der hat aber eh nur ein Pflaster wollen. Das ist heute kein Thema mehr. Aus welchem Grund? Weil sie alt ist und die, die Autorität ausstrahlen wollen, alle ihre Kinder sein könnten. Das Alter hat ihr über diese Hemmschwelle „Um Gottes Himmels Willen" und Panik „Was hab' ich angestellt" drüber geholfen. Autorität war für sie immer ein spezielles Reizthema, herrschte in ihrer Familie nicht der Apotheker-Vater, sondern römisch-katholisches Gesetz: es ist wichtig, was der Pfarrer sagt, noch wichtiger, was der Kardinal sagt, und dann kommt noch der Papst.

Den Papst muss sie nicht um Absolution bitten und dem Ortspfarrer nicht beichten, dass sie ein Junkie ist. Ja, hinsichtlich Weiterbildung ist sie süchtig. Kaum ein Jahr vergeht, in dem sie nicht etwas Neues lernt. Ist doch sonst furchtbar fad, so ein irdisches, römisch-katholisches Leben. Ihre Interessensliste ist unendlich lang. Jetzt gerade laufen parallel ihre Qigong- und Imkerausbildung. Imkerei? Ihre

Augen leuchten. Sie ist an einem Imker-Projekt am Bisamberg, dem Hausberg ihrer Gemeinde, beteiligt. Ein Mann leitet dieses Projekt, und sie ist die einzige Frau unter Männern, die vorgeben was dort oben am Berg zu geschehen hat. Wichtige Männer der Gemeinde und einer Flüchtlingsinitiative hängen mit drinnen. Vielleicht wird sie in diesem Projekt bald als Imker-Meisterin von den Herren der Schöpfung vor den Bienen am Bisamberg erhört werden.

Als arbeitende Frau hat sie für den nächsten Sonntags-Gottesdienst drei Fürbitten:

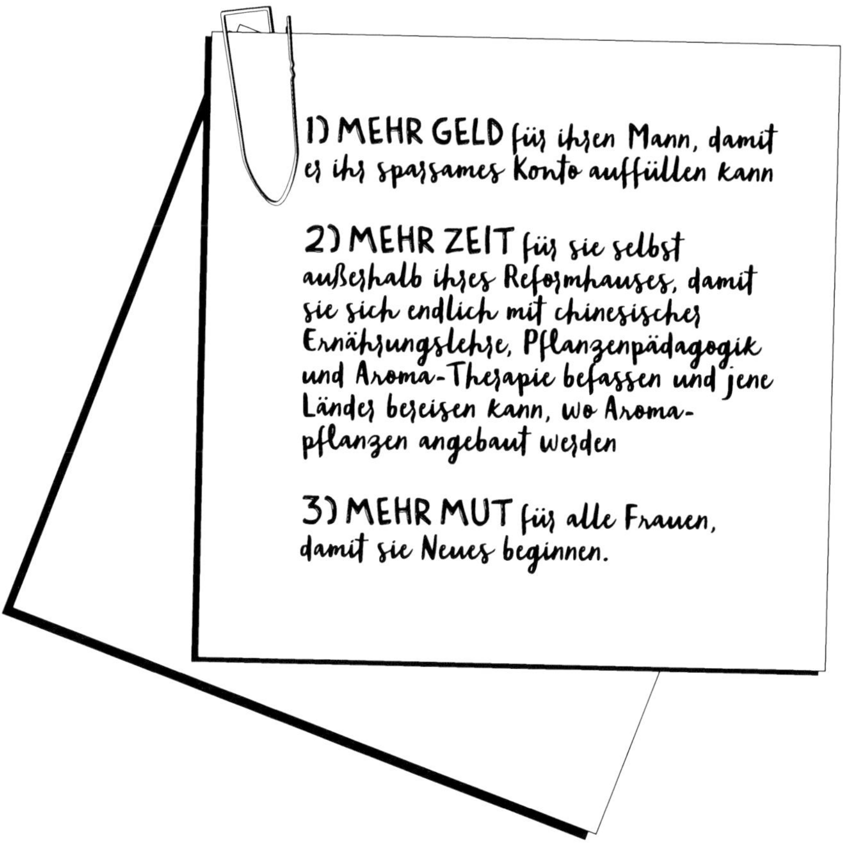

Ihr Mut hat mit der Zeit abgenommen, weil sich Frust und Ernüchterung breit gemacht haben. Sie hat immer geträumt, dass ihr Ortszentrum schöner und belebter wird. Sie hat scheinbar lange genug herum gesudert, bis endlich eine „Zukunfts-Konferenz" zustande kam. Das war eine großartige Aktion, in der sich viele Bürgerinnen und Bürger eingebracht haben, wo an allen Ecken und Enden mobilisiert wurde und hervorragende Ideen entstanden. Bis der Bürgermeister und seine Gemeinde-Struktur diese Erfolgsgeschichte, diesen Prozess so verlangsamt haben, dass die Luft draußen und die Stimmung der Beteiligten „pfeif drauf" war. Ihr Atem ist nicht lange genug und sie wäre gerne aufmüpfiger im Engagement für mehr Geschäftsvielfalt, ein richtiges Beisl, für Verkehrsberuhigung, für Schanigärten und Parkbänke zwischen Bisamberg und Donau. Viele, viele Menschen waren an diesem Prozess anfänglich beteiligt und begeistert. Sehr viele Frauen. Von dieser Initiative übrig geblieben sind die örtlichen Vereine und die Politik. Hauptsächlich Männer. „Wir bitten euch, erhöret uns!"

67 Wussten Sie, dass Unterschiede zwischen ♂ und ♀ diskutieren müde macht?

Papakind ist sie keines. Als sie vier Jahre alt war, haben sich ihre Eltern scheiden lassen. Seither hat ihr Vater nie mehr wissen wollen, wer sie ist und was sie ist. Geboren ist sie in der Slowakei, aufgewachsen an vielen Orten: Slowakei, Tschechien, Deutschland und Österreich. Während ich an eine aufregende Kindheit denke, verdreht sie die Augen. Ihre Mama hat für

Atomkraftwerke gearbeitet, d.h. für die berühmt berüchtigten tschechischen in Jaslovske Bohunice und in Temelin und dann Gott sei Dank für ein Škoda-Werk in Pilsen. In Österreich und Deutschland hat die Mutter ganz andere Arbeiten angenommen, einfach nur um mit dem Kind durchzukommen. Da war alles Mögliche dabei, von Barkeeperin bis Zimmermädchen. Ihre Mutter war in ihren Augen die typische 90er Jahre „Karrierin", die versucht hat, aus dem Osten auszubrechen in eine bessere Zukunft. Geschieden, auf sich allein gestellt, hatte sie ihr Kind im Schlepptau, das in die Schule gehen musste.

Es war ein Hin- und Herpendeln. Im Alter von 13 Jahren ist sie das erste Mal nach Österreich gekommen, mehr oder weniger auf Besuch zu Mama, die hier ihren Job nicht aufgeben wollte. Sie war allein in der Slowakei, 50 km von Bratislava entfernt. Glücklicherweise eine entwickelte Gegend, die mit der O-Slowakei nach wie vor nicht vergleichbar ist. Da hat sie entweder bei ihrer Tante gewohnt oder bei ihrer Oma. Sie wünscht keinem Kind, so viel herumzukommen. Zwischen ihrem 7. und 14. Lebensjahr hat sie 20 unterschiedliche Grundschulen besucht. So wird die Schule der 6- bis 15-Jährigen in den ehemals kommunistischen Ländern bis heute einheitlich organisiert und benannt. Da verwirrt keine Volksschule, Hauptschule, Neue Mittelschule, Gymnasium, Polytechnische Schule, Handelsschule, die fundierte Grundausbildung von Kindern, die mit 15 nach erfüllter Schulpflicht entscheiden sollen, welchen konkreten Weg sie in welcher weiterführenden Schule einschlagen wollen.

20 Mal Schule wechseln! Stellen Sie sich das einmal vor! Ja, sie hat mit ihrer Mutter nicht nur die Städte gewechselt, sondern auch innerhalb der großen Städte immer wieder den Bezirk. Wenn sie heute sieht, dass Eltern ihre Kinder von einem Land ins andere schleppen, bittet sie sie inständig, darüber nachzudenken was für eine Kindheit und was für ein späteres

Netzwerk sie ihren kleinen Lieblingen antun. Ihre Freunde von früher sind da, klar, aber sie sind 200 km weit weg. Die sieht sie nicht öfter als einmal im Jahr. Dazu fehlt die Zeit. Das Netzwerk, das sie sich als Erwachsene hier in Österreich aufgebaut hat, ist überschaubar. Es sind wirklich nur ein paar, dafür aber gute Freunde.

Sie ist in der Slowakei in die Handelsakademie gegangen. Sie werden sich jetzt fragen, wenn die Mutter in Österreich gearbeitet hat, wieso ist ihre Tochter nicht hier in die HAK gegangen? Der Tipp an ihre Mutter, diesen Schultypus lieber in der Slowakei zu besuchen, weil das Schulsystem dort ein Besseres sei, kam von irgendjemandem aus Linz. Was und woher wusste jemand? Niemand weiß es.

Nach der HAK ging es direkt, nicht nach Österreich zu Mama, sondern auf eine slowakische Universität. Qualität und Tempo des Studierens waren für sie die entscheidenden Kriterien noch länger in ihrem Geburtsland zu bleiben. 2003 hatte sie in der Mindestzeit ihr Diplomstudium an der Technischen Universität abgeschlossen. Mit sehr viel Ahnung von Programmieren und Gießen ist sie nach Österreich in einen internationalen Software- und Hardwarehersteller empfohlen worden, wo MACRO und HARD weltweite Spitzenumsätze erwirtschaftet werden. Sie wurde weder für Buchhaltung noch für Technik, sondern für Business-Controlling an Bord geholt. In den mehr als 15 Jahren, die sie dort bereits verbracht hat, hatte sie mehrere Führungspositionen in Western Europe und CEE (Central Eastern Europe) inne. Daneben, neben ihrer üblichen 60-Stunden-Woche und unzähligen Geschäftsreisen, hat sie eine Coaching-Ausbildung gemacht und ist seit 2015 selbständiger Coach. In ihrer Freizeit.

Sie hat kein Thema mit „Gender Diversity“. Das glaube ich ihr aufs Wort. Sie hat sich nach meiner Einladung zu diesem Interviewgespräch gedacht: „Oh mein Gott, nicht schon wieder ein Diversity-Thema“, hat aber dennoch nachgedacht, warum sie kein Thema damit hat. Sie hat sich auch innerhalb der Firma immer gewehrt, bei „sowas“ dabei zu sein, weil sie müde ist, zu diskutieren welche Unterschiede es zwischen Frau und Mann gibt. „Sowas“ kann doch eine „Corporation“ nicht lösen, also so what? Es wird immer Unterschiede geben und es wird immer unterschiedliche Kulturen geben, die uns eben als Frau anders nehmen. Sie kann's nicht ändern, daher ist sie müde, das zu diskutieren. Wenn sie so auf ihre mittlerweile 15 Jahre im Bill Gates-Universum zurückblickt, fällt ihr spontan nur ein, dass sie im Laufe ihrer Karriere von keiner einzigen Frau gefördert, unterstützt und weiter gebracht wurde, obwohl sie zwei Chefinnen hatte. Es waren immer Männer, die das „**young talent**“, wie sie in der Konzernsprache bezeichnet wurde, für neue, höhere Positionen aus dem Goldfisch-Teich, sprich aus dem „**talent pool**“, geangelt haben. Frauen fördern Frauen? Ein Gender-Albtraum oder eine Diversity-Phantasie?

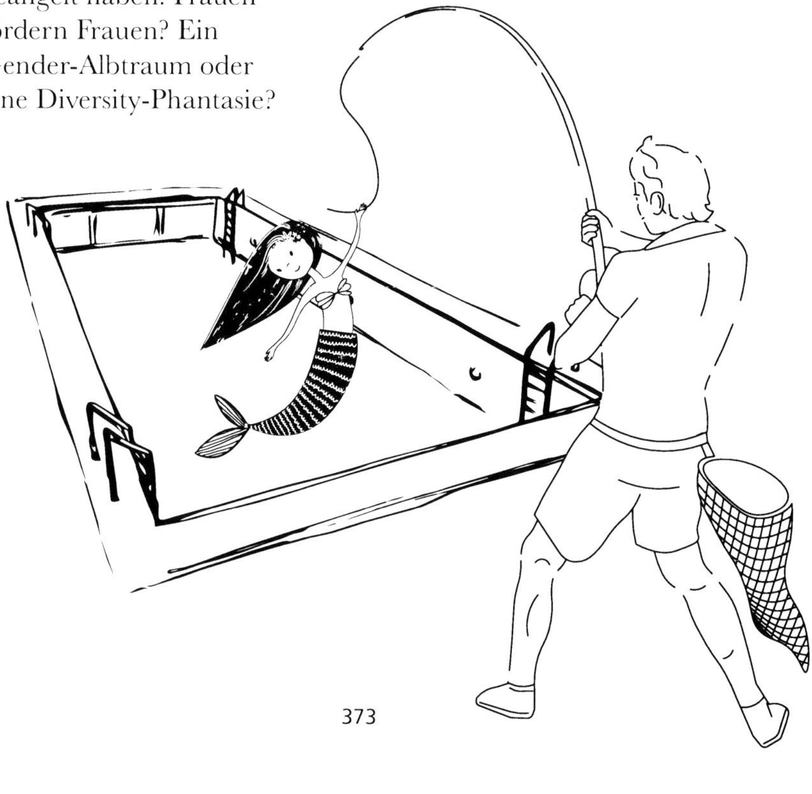

Dieses ganze Gerede rund um „Gender" und „Diversity" hat sie immer ausgelassen. Was sie dagegen nicht ausgelassen hat, waren interne Aufstiegschancen und neue Herausforderungen. Aktuell bereichert sie ihren IT-Konzern mit Business-Development für Regierungen weltweit. Sie hat einen sehr verständnisvollen Ehemann, denn sie ist für diese Aufgabe zurzeit auf 33 Märkten unterwegs. Von Tschechei, Slowakei, Ungarn, Polen, Russland, Balkan, Baltikum, Schwarzes Meer bis nach Armenien, Kasachstan und Turkmenistan. Da steht sie alleinverantwortlich mit ihrem Laptop z.B. vor dem Finanzminister eines dieser Länder. Er hat sie eingeladen, weil er plant, in die Digitalisierung der Gerichte zu investieren. Sie bietet ihm souverän die innovativen Lösungen ihrer Partner an, welche im Auftragsfall zur Realisierung anreisen, während sie schon längst wieder weitergereist ist, um einem Regierungsvertreter die „Smart City" zu verkaufen, in der die Mistkübel melden, dass sie ausgeleert werden wollen und Parklücken mitteilen, dass sie frei sind. Wer sich derartig engagiert und souverän in dieser Innovations-Cloud bewegt, der kann nur müde werden von einer lösungslosen Geschlechtsunterschieds-Diskussion.

Sich als Frau damit auseinander zu setzen, dass sie z.B. beim Empfang einer turkmenischen Delegation auf Washingtoner Boden, weil eben Frau, als Letzte begrüßt und am Konferenztisch keines Blickes gewürdigt wurde, ist für sie in Ordnung. Darunter leiden wäre Zeit- und Energieverschwendung. In manchen Kulturkreisen kann sie als Frau maximal zeigen, dass sie das drauf hat und kann, wonach die machtvollen Herren suchen. Und wenn eine machtvolle, hysterische, zu Falschmeldungen und unerledigten Arbeiten neigende Frau ihren Aufgabenbereich kreuzt und sie regelmäßig zum Kochen bringt, bucht sie, anstatt tagelang über Unterschiede zwischen Frauen nachzugrübeln, ein Konflikt-Management-Training, um zu lernen, diese Art Frau zu nehmen wie sie ist. Was meinen Sie? Im Grunde genommen darf sie diesem Sonderexemplar von Frau dankbar sein für den Anlassfall, der letztendlich einen ungeplanten persönlichen Entwicklungsschritt bedeutete. „Du kannst es nicht jedem Recht machen und nicht jeder wird dich gern haben“ unterschreibt meine Business-Frau blind, und entspannt mit dieser gewonnenen Einstellung jede Lage, in der menschliche Unterschiede für Zündstoff sorgen.

Nachdem sie unserer Diskussion über soziales Geschlecht (Gender) und soziale Vielfalt (Diversity) noch nicht müde geworden ist, liefert sie noch einen aufweckenden, zündenden Gedanken. Den finde ich unterschriftsreif. Ein österreichischer Politiker hat 2018 als Antwort auf die Frage eines Users, wie diese Frau zu ihrem Amt gekommen ist, über eine Berliner Staatssekretärin getwittert: „Schau dir mal ihre Knie an.“ Nach großer Aufregung im sozialen Netzwerk kam der Tweet der Entschuldigung: „Das war ein Moment der Schwäche.“ Sie zwinkert mich verschwörerisch an und fragt: **„Wer erzieht diese Jungs, die hier herumlaufen? Frauen. Also müssen wir bei den Müttern anfangen: wie erziehen sie ihre Söhne? Als Frauen können wir uns die Hände reichen: entweder wir haben’s gut gemacht oder schlecht gemacht!“** Die Mutter des ÖVP-Politikers hat ihm offensichtlich vorgelebt und vermittelt, dass eine Frau, die in der Politik hochkommt, auf Knien gearbeitet haben muss. Aber kehren wir doch vor der eigenen Türe. Wenn sie ihr unmittelbares Umfeld hernimmt, hinterfragt sie gleich mal ihre Tante. Die hat zwei Söhne, denen nie beigebracht wurde, die Tür aufzuhalten, eine Frau einfach nett zu behandeln. Es wurde ihnen auch nie vorgelebt. „Was erwarte ich mir dann als Frau von so einem Mann?“, ist ihre Schlüsselfrage, die hoffentlich keine Mutter der Welt jemals müde macht.

68 ZU SCHNELL FÜR VIELE MENSCHEN?

Vor nicht allzu langer Zeit sagte ihre Chefin zu ihr: „Du bist zu schnell für viele Menschen. Du bist wie ein junger Mann in einem Schnellboot, wahnsinnig wendig und innovationsfreudig. Dabei punktest du mit deiner außergewöhnlich schnellen Auffassungsgabe. Du erkennst rasch, wann und wie Themen lebendig und emotional zu verpacken sind, um die entsprechende Zielgruppe zu erreichen. Du interessierst dich für „digital science“, digitale Wissenschaft, und deren zukünftige Serviceleistung an uns Menschen. Wir hingegen, sprich der Rest der Mannschaft, arbeiten in einem Containerschiff. Wir sind nicht so wendig, reagieren sehr viel langsamer auf angekündigte Veränderungen und meist mit geringerem Vertrauen. Wir sind rasch überfordert, wenn zu viele Kurswechsel anstehen, und sprechen dann gerne von den guten alten Zeiten. Von modernen, innovativen Zugängen wollen wir aus Zeitungen lesen, um darüber zu brüten oder langsam Adaptionen vorzubereiten.“

Hat ihre Chefin Recht? Ja, wahrscheinlich hat sie Recht. Denn wenn sie über ihren Job, über Innovation, über Data Science, über die Digitalisierungswelle in ihrem Finanzdienstleistungsunternehmen spricht, gewinne ich den Eindruck, sie weiß, was sie will und wohin die Reise gehen soll. Sie ist bereits dort. Ob ihr jedoch alle folgen können, ob alle an Bord bleiben werden, das werden wir auch in diesem Interview höchstwahrscheinlich nicht erfahren.

In unserem Gespräch ist sie der Küchenchef. Sie erklärt mir unterschiedliche digitale Modelle, die in ihrem Kopf bereits existieren und die es nur mehr miteinander zu verknüpfen gilt. Übrigens eine der einfachsten Aufgaben für sie, schließlich ist für sie der Prozess des Denkens längst abgeschlossen.

Auch mir versucht sie mit wahrlich großer Begeisterung die Vorteile dieser Modelle näher zu bringen und welche unverzichtbare Serviceleistung auf ihre Kunden zukommt. Spätestens zu diesem Zeitpunkt habe ich das Gefühl, dass es mir wie einem Kellner geht, der die Speisekarte noch nicht kennt, die Zusammensetzung der Gerichte nicht versteht, die Speisenfolge verwirrend findet und sich die Frage stellt: „Wie soll ich das meinen Kunden verkaufen?"

Sie müssen wissen, ich bin ein Kind der analogen Welt und alles was ich die letzten Jahre über Facebook und Datenkapitalismus gelesen habe, lässt mich nicht sofort Urvertrauen in eine digitale Serviceleistung gewinnen.

Als ich sie mit den Gefahren der digitalen Welt konfrontiere, ist sie kein bisschen überrascht und schon gar nicht verlegen: „Klar kenne ich die Gefahren, aber eine missbräuchliche Verwendung der Daten lehnen wir strikt ab." Selbst beim Nachhaken, ob Recht und Moral in der digitalen Welt nicht längst auseinanderklaffen, zögert sie keine Sekunde mit ihrer Antwort: „Mag sein, aber wir werden Kundendaten zum Nutzen für unsere Kunden einsetzen und Modalitäten schaffen, die der Nutzer anerkennt."

Natürlich hat sie Recht, dass die Trennung zwischen Opfer und Täter im digitalen Kosmos nicht mehr ganz klar gegeben ist und dass wir nicht von den Bösen auf der einen Seite sprechen können, wenn wir selbst freiwillige Lieferanten des neuen Rohstoffs, unserer eigenen Daten sind.

Sie holt weiter aus und spricht von Robotern, die total hilfreich sein können, weil sie Menschen ein längeres selbstbestimmtes Leben zu Hause ermöglichen werden.

Und wieder kommen Gedanken in mir hoch, die mich nachdenklich stimmen: „Werde auch ich irgendwann einem Roboter die Hand reichen und ihm sagen: „Schön, dass es dich gibt. Schön, dass du mir die Suppe kochst, den Tisch abräumst, den Geschirrspüler einräumst und noch schöner finde ich deine

Streicheleinheiten und dass du so viel mit mir plauderst. Ohne dich wäre ich längst vereinsamt.“““

In Gedanken versunken höre ich plötzlich das Wort „Kampfmaschine“ aus ihrem Mund und schrecke hoch. Aber gerade noch rechtzeitig höre ich sie ausleitend sagen: „Natürlich sind es wir Menschen, die entscheiden, ob wir digitale Technik für gute oder für böse Zwecke nutzen. Die Ideen sind selten schlecht, leider sind es die Menschen, die sehr häufig das Problem sind. Ihr Machtbewusstsein und ihre Gier.“

Sie selbst bekleidet eine hohe Position in ihrem Unternehmen. Sie ist „Head of Innovation & Marketing, Digitalization und Data Science“ und Themen wie Macht und Gier sind keine Fremden an ihrer Seite. Bei dieser Aussage wirkt sie das erste Mal nachdenklich und verliert für kurze Zeit ihre Begeisterungsfähigkeit für die moderne neue Welt, für den digitalen Hype.

Nachdenklich fügt sie hinzu: „Macht ist für Menschen interessant und ich glaube auch nicht, dass Frauen ein geringeres Machtbedürfnis haben als Männer. Wir zeigen genauso Interesse an Machterhalt, vielleicht mit dem winzigen Unterschied, dass wir Macht anders nutzen und selbstreflexiver sind. Ich würde sagen, wir nutzen sie mit mehr Empathie und wir verfolgen Ziele in einem größeren sozialen Zusammenhang, etwa für eine Gruppe. Persönliche Ziele sind dabei zweitrangig. Ich persönlich bastle viel lieber am Wir als am Ego. Für mich ist mein Job ein „geliehener Job“ und eine meiner Kernaufgaben sehe ich darin, dem Fortschritt auf die Sprünge zu helfen und das Unternehmen in die nächste Generation zu führen, selbst wenn das bedeuten wird, dass wir meinen Teil in eine GesmbH auslagern müssen. Ich brauche das Schnellboot und nicht das Containerschiff, um innovativ und wendig zu sein. Keine Regularien wie im behäbigen tonnenschweren Container Schiff, wo Freiheit in traditionellen Strukturen untergeht."

Mark Twain schrieb einmal: „Als sie das Ziel aus den Augen verloren, verdoppelten sie die Anstrengungen." Bei manchen Vorstandsdirektoren hat sie tatsächlich den Eindruck, dass sie Fortschritt mit Staubaufwirbeln verwechseln. Die Zukunft des Unternehmens aus den Augen zu verlieren, ist ihrer Meinung nach ein Fehler.

Sie will keinen Staub aufwirbeln, sie will die Zukunft nicht aus den Augen verlieren, sie will Ideenproduzentin und nicht Träumerin für ihr Unternehmen sein. Sie gehört zu den hippen Menschen unserer Zeit, die immer an den neuesten Projekten arbeiten, ihren Phantasien freien Lauf lassen und trotzdem oder gerade deswegen den Fortschritt wollen. Ihr digitales Angebot soll auf Partizipation, Mitgestaltung und Mitreden ausgelegt werden, mit flachen Hierarchien punkten und keinesfalls durch Gier zu Fall gebracht werden.

„Gewisse Dinge", sagt sie, „sind zwar erlaubt, aber ich finde es gut, wenn man sie unterlässt, und zwar aus meinem ganz persönlichen Empfinden heraus."

Was meint sie damit? „Nehmen wir zum Beispiel die Veranlagungsform eines alten Mannes. Diese ist konservativ und sein Geld ist höchstwahrscheinlich auf einem Sparbuch gebunden. Eines Tages erhält dieser alte Mann einen Anruf von seinem Bankangestellten: „Wollen Sie das Geld nicht lieber in Aktien anlegen? Ihr Sparbuch wirft ja schon längst Negativzinsen ab?" Der alte Mann vertraut seinem Bankangestellten und lässt sein Geld in Aktien anlegen. Plötzlich ist der Aktienkurs auf Talfahrt. Wie erklären Sie dann diesem alten Mann, dass der

Aktienkurs nur Schwung holt, um spätestens in zehn Jahren durchstarten zu können. Er wird es nur schwer verstehen, da er bereits um die Hälfte ärmer ist und in zehn Jahren vielleicht nicht mehr lebt. Alles ganz legal und trotzdem widersprüchlich, für mich persönlich sogar verzichtbar, finden Sie nicht auch?“

Und als ich sie frage, ob sie ein anständiger Mensch ist, antwortet sie spontan: „Ich habe über anständig sein nie viel nachgedacht. Aber klar bedeutet es viel. Für mich bedeutet es Rücksicht auf andere zu nehmen.“

Diese Rücksichtnahme hat sie im Laufe ihres Lebens lernen müssen, da viele Menschen ihr hohes Tempo nicht gehen konnten. Heute ist sie sich dieser Verantwortung bewusst und schenkt ihrem Team auf ihrer temporeichen Strecke Orientierung und eine Vision: „**Es sind Werte, die wir teilen und nicht Fragen über unser Geschlecht. Wir sitzen sozusagen gemischt in den Kirchenbänken. Und obwohl ich wenig von einer Quote halte, liegt der Frauenanteil in meinem Team bei 60 %.**“

Ihre Teammitglieder dürfen ihren eigenen Weg zum Ziel gehen, nur wenn sie sich zu sehr verlaufen, fängt sie sie ein. Dabei müssen sie nicht 12 Stunden arbeiten und falls sie dennoch einmal 12 Stunden arbeiten, dann sollen sie lernen auf sich und auf ihren Körper zu hören. Schließlich will sie mit ihnen gemeinsam und nicht einsam ihre neuen Ideen und Innovationen entwickeln und umsetzen. Selbst wenn sie dabei wieder einmal ihr Tempo drosseln muss.

69 ZUERST WAR DIE PFLICHT, DANN KAM DIE KÜR

Er soll die Liebe unseres Lebens sein. Wir wollen uns frei fühlen, auch wenn wir viel Zeit miteinander verbringen. Er soll uns nicht einengen, sondern beflügeln. Wenn wir an ihn denken, sollen wir uns auf ihn freuen. Am Ende des Tages ist er es, der uns zufrieden in den Sessel sinken lässt und uns auffängt, wenn es einmal nicht so gut läuft.

Diese einleitenden Worte schenkt sie nicht dem idealen Partner, nicht ihrem Ehemann, sondern ihrem Beruf. Viele Jahre war ihr Beruf Mittel zum Zweck. Die Handelsschule schloss sie ab, weil die Eltern es so wollten. „Ich bin nicht selbstbewusst erzogen worden. Ich sollte einfach nur brav sein, selbst in der Schule.“ Und obwohl sie schon früh ihr Talent im Umgang mit Kindern erkannte, wuchs sie doch selbst in einer Großfamilie auf, in der ältere Geschwister sich um die jüngeren kümmerten, stieß ihr Berufswunsch Säuglingsschwester zu werden auf taube Ohren. Ihr Traum, einen weißen Mantel zu tragen und kleinen Kindern zu helfen, sollte sich sobald nicht realisieren.

Als sich das letzte Pflichtschuljahr dem Ende zuneigte, verlauteten ihre Eltern: „Wir haben einen Onkel im Ministerium und dort kannst du nach der Handelsschule zu arbeiten beginnen. Mach uns jetzt bitte keine Schande und stell, um Himmelswillen, keine weiteren Fragen.“ Ja, so war das damals, und tatsächlich begann sie, brav wie sie war, im Ministerium zu arbeiten.

Kurz darauf wurde ihr erster Sohn geboren und nur wenige Jahre später der zweite. Der Großstadt kehrte sie mit der Geburt des Erstgeborenen den Rücken zu. Sie zog zurück aufs Land, wo sie noch heute mit ihrem Mann am Bauernhof der Schwiegereltern lebt. Ihre Kinder gingen in der nächstgrößeren Stadt zur Schule und sie suchte sich – dieses Mal ohne elterliche Unterstützung – einen neuen Job. Und obwohl ihr Kindheitstraum, das Arbeiten mit Babys, noch immer in ihr schlummerte, wagte sie auch jetzt nicht den Schritt aus der Deckung.

Ihr Sicherheitsdenken verbunden mit einem regelmäßigen Einkommen und einer guten Absicherung im Falle einer Krankheit, ließen sie, selbst jetzt Jahre später, diesen Schritt nicht wagen. Nach nur wenigen Wochen fand sie wieder einen Bürojob. Dort lenkte sie fast 27 Jahre lang das administrative Geschehen eines mittelständischen Handwerk-Unternehmens. Sie nahm Aufträge entgegen, schickte Angebote raus, stellte Rechnungen aus und wies mit viel Organisationsgeschick den alltäglichen Wahnsinn in die richtigen Bahnen.

Erst 20 Jahre später sollte sie damit beginnen, sich in den eigenen vier Wänden zu Hause ein kleines Studio einzurichten. Noch immer parallel zu ihrer Bürotätigkeit. Neben der Massageausbildung und ihrer Bürotätigkeit begann sie erste Kunden zu akquirieren. Zu Beginn waren es hauptsächlich Familienmitglieder, die ihre ersten Massagen mit Gelassenheit ertrugen und sie auf Versäumtes oder Unbequemes aufmerksam machten: „Wieso hast noch kein g'scheites Massagebett? Bitte nicht streicheln, greif' einfach eine in die Tiefenmuskulatur!"

Von nun an wurden die Tage länger und die Nächte kürzer. Mitunter kam sie erst gegen 22 Uhr aus der „Praxis", wie sie ihr Studio heute noch genussvoll nennt. Selbst nach dem Tod des Seniorchefs schaffte sie es nicht, den Bürojob hinter sich zu lassen. Viel zu stark war das Pflichtbewusstsein dem Juniorchef gegenüber. „Jetzt kann ich nicht gehen, er braucht mich doch", lauteten ihre Überlegungen, die sie, wenn überhaupt, nur im Kreis ihrer Familie aussprach.

Klar wurde sie gebraucht. Kollegen, Arbeiter, der Juniorchef und viele Kunden wandten sich regelmäßig an sie, baten sie um Hilfe oder bedankten sich für ihre professionelle Serviceleistung. Verließ sie wieder einmal spät abends das Büro, nickte ihr der Juniorchef anerkennend zu. Nur sie selbst verfiel von

Tag zu Tag mehr. Die körperlichen Beschwerden aufgrund der Doppelbelastung nahmen zu. Ihre Beine begannen zu schmerzen, ohne dass Ärzte die Ursachen dafür fanden.

Erst als ihre Familie nicht mehr locker ließ und sie an einem Wochenende mit: „Du warst immer für alle da, jetzt mach endlich das, was du schon lange machen wolltest" zu einer Entscheidung drängte, gab sie sich einen Ruck und suchte montags darauf das Kündigungsgespräch mit ihrem Chef.

Aus heutiger Sicht blickt sie mit Stolz auf diese Entscheidung zurück, und selbst wenn ihre Praxis nicht ihre wahre große Liebe, ihren Ehemann, ersetzen wird, kommt sie ihr doch schon sehr nah. Die letzten Jahre war sie bereit, sich diesem Job mit Haut und Haaren zu verschreiben, sich neues Wissen anzueignen und viele Stunden dafür zu opfern. Dieser Job frisst sie nicht auf, im Gegenteil, er bereichert sie. Und in ein paar Monaten, wenn die Ausbildung endlich abgeschlossen ist, wird sie ihren Herzenswunsch, eine Cranio-Sacral-Therapie für Kinder in ihrer Praxis anzubieten, in die Tat umsetzen.

Dann erfüllt sich ihr Kindheitstraum: Sie wird Babys bei der Bewältigung von Geburtsstrapazen helfen und Kinder, wenn sie aus dem Gleichgewicht geraten, begleiten. Dabei soll stets ihre weiße Hose sein. Vom weißen Kittel in ihren Träumen hat sie sich verabschiedet, doch die weiße Hose ist längst ihr Markenzeichen. Sie weiß, dass die Cranio-Sacral-Therapie keine medizinische Behandlung ersetzt, aber sie weiß auch, dass sie eine anerkannte, effiziente Ergänzung zur Schulmedizin ist. „Es ist ein Wahnsinn, wenn ich mit Babys kommuniziere. Am schönsten ist es, wenn ich sehe, dass sie mich verstehen und mir ihre Themen aufzeigen", sprudelt es nur so aus ihr heraus.

Mich erfrischen ihre Wortmeldungen und sie erfüllen mich gleichzeitig mit Respekt. Mit Respekt vor ihrem Mut nach 27 Dienstjahren neu durchzustarten und den persönlichen Mut vor die eigene Angst zu stellen. Sie hat sich nach so vielen Jahren endlich für die Kür entschieden. Die Pflicht liegt hinter ihr. Und wer weiß, vielleicht finden sich ja noch mutige Landärzte und Landärztinnen, die lieber gemeinsam als einsam mit ihr den Weg zum Wohle der Kleinsten gehen.

70

30 + 40 sind 70 oder mehr

Es begann alles mit einem Bandscheibenvorfall. Dieser Vorfall sollte ihr Leben auf den Kopf stellen und aus einer 40-Stunden-Arbeitswoche eine 30 + 40 oder mehr machen.

Dabei ist sie ganz und gar nicht frech, sondern ehrlich. Sie ist amüsant, mutig und korrekt. Sie ist nett, hilfsbereit, liebt Sport und Bridge und behauptet von sich selbst ein „Oberkorrektmeier" zu sein.

„Oberkorrektmeier" definiert sie so, dass sie nie ein Schild an eine Wand hängen würde, die nicht ihr gehört. Zu riskant erscheint ihr dieses Unterfangen. Sie will nicht wissen, ob etwas passiert und wann es passiert, ob sich jemand auf den Schlips getreten fühlt oder nicht. Sie will das Schicksal nicht herausfordern, viel lieber nimmt sie es in die eigenen schlanken Hände.

Und das tut sie, als sie nach einem Bandscheibenvorfall mit anschließender Operation eine Trainingsgelegenheit im Achten sucht. Ärzte und Physiotherapeuten empfehlen ihr ein überschaubares Trainingscenter, wo kompakt Kraft, Ausdauer, Koordination und Beweglichkeit in nur 30 Minuten trainiert werden können.

Doch dort wo sie zu Hause ist, im Achten, gibt es dieses Trainingscenter nicht. Wer sollte also die Lücke im Achten schließen? Wer, wenn nicht sie. Eine junge Frau, die akuten Trainingsbedarf aber wenig Zeit hat. Nebenberuflich sozusagen, denn ihre Stellung in einer Aus- und Weiterbildungszentrale einer österreichischen Bank gibt sie auf keinen Fall auf. Sie durchforstet das Internet, googelt sich rauf und runter, schaut sich das „sportliche" Franchise-Konzept im Detail an und bereits nach wenigen Minuten intensiver Recherche wird aus einer spontanen Idee ihr fixer Entschluss: „Ich mach ein Trainingscenter im Achten auf und schicke noch heute meine Bewerbung ab."

Sie war von Anfang an von diesem Konzept überzeugt und ihre Begeisterung wuchs, als sie sah, dass es ein Trainingscenter rein für Frauen sein würde. In ihrer Vorstellung sollten sich Frauen mit einer gemeinsamen Leidenschaft, dem Sport, treffen, zusammen trainieren und Spaß haben. Sie wollte eine Wohlfühloase schaffen. Nicht alleine, sondern mit sportlichen Mitarbeiterinnen, die sie sich zum Großteil von der Sport-Universität holte.

Die Bewerbung fruchtete. Die nächsten Tage nach der konkreten Zusage widmete sie akribisch der Suche nach einer geeigneten Location. Es sollten 200 m^2 sein, sie sollten zentral liegen und vor allem leistbar sein.

Nach Wochen intensiver Suche fand sie geeignete 200 m^2 einer Nicht-Wohlfühloase, schliff den Boden ab, baute mit

Freunden Küche, WC und Bad ein, um den Boden für ihre Wohlfühloase zu ebnen. Parallel dazu lief die Suche nach sportaffinen Frauen, Kundinnen und Mitarbeiterinnen. Durchgestartet sind sie zu sechst. Eine Langzeit-Freundin war von Anfang an mit dabei und übernahm den Trainingsvormittag. Banken beweisen nicht nur bei Veranlagungen Elastizität, sondern auch in der Arbeitszeitgestaltung. Sie reduzierte ihre Stunden auf eine 30-Stunde-Woche und verschaffte sich dadurch die notwendige Flexibilität für den Trainingsnachmittag. Falls außerhalb ihrer fix geplanten Nachmittage Not an der Frau war, konnte sie ihren Arbeitsplatz jederzeit verlassen. Hinter dieser Möglichkeit steckte ihr Chef, mit dem sie seit Jahren ein wunderbares Vertrauensverhältnis pflegte.

Sechs Jahre hat sie die Geschicke ihrer sportlichen Wohlfühloase parallel zu ihrem eigentlichen Job gelenkt. Wäre da nur nicht ein grantiger, angriffiger und anzeigenwütiger Nachbar gewesen. Fast jeden Tag fuhr sie nach der Arbeit in der Bank in ihre Kraftkammer, schaute nach dem Rechten, sprang für Kolleginnen ein und managte den administrativen Bereich. Sie hatte sechs Tage die Woche geöffnet, schrieb Dienstpläne für sich und ihre Mitarbeiterinnen und war für zweieinhalb Tage in der Woche Coach, Ansprechperson sowie Trainerin vor Ort. Für ihre bewegungshungrigen Frauen und Mitarbeiterinnen war es wichtig vor Ort zu sein. Sie musste greifbar sein. Das allein hat genügt, dass alle total motiviert waren, obwohl es für alle nur ein Nebenjob war. Fiel einmal eine aus, wurde sie sofort intern, über Empfehlung einer anderen, ersetzt. Es funktionierte prima mit den Studentinnen und obwohl sie mit diesem Nebenjob nicht reich wurden, jobbten sie gerne bei ihr im Achten, weil sie eine Leidenschaft miteinander teilten: Sport, Bewegung, Fitness. Gemeinsamer Schweißgeruch schweißt zusammen!

Die Zeit war schön und die Monate flogen dahin, dann kam der Nachbar oder eigentlich kam er nicht, er war von Anfang an da. Die ersten Jahre weniger sichtbar, da er noch berufstätig war. Doch dann widmete er seine ganze Energie der nachbarschaftlichen Fürsorge und die Beschwerden nahmen von Tag zu Tag zu. „Wir hatten ein Innenhof-Studio und im Sommer waren die Türen offen. Während des Trainings gab es immer Musik und danach standen wir oft im Freien. Nie viel länger als bis 20 Uhr, aber Musik und Gelächter drangen fast täglich nach außen." Der Lärm war es auch, der ihm ein Dorn im Auge war. An nahezu vier Tagen die Woche schickte er ihr die Polizei wegen Lärmbelästigung an den Hals. **Er war wie ein Hund, der sich an einer Jacke festbiss und für sich beschlossen hatte, nie mehr wieder los zu lassen.** Keine Aussprache half, kein Augenaufschlag, kein gutes Zureden, die Worte drangen nie zu ihm durch. Eines Tages bekam sie dann noch ein Schreiben von der Bezirksverwaltungsbehörde. Jemand hatte einen Antrag auf Feststellung, ob die Genehmigungspflicht gegeben ist, eingebracht. Das Betriebsanlagengenehmigungsverfahren, um es kurz zu machen, endete mit einer Auflage von 20.000 Euro für eine neue Lüftung. Nachbarn können einen in den Wahnsinn treiben, den wohlverdienten Feierabend in wenigen Sekunden zunichtemachen, das Leben erschweren und einem zu Entscheidungen drängen, die so nie geplant waren. Schweren Herzens übertrug sie nach zwei Jahren

intensiver nachbarschaftlicher Liebe und der vergeblichen Suche nach einem neuen Geschäftslokal ihr Studio an eine Kollegin. Jetzt hing der Bescheid über der neuen Eigentümerin wie ein Damoklesschwert.

So ging ihr fittes Märchen leider allzu früh zu Ende. Den Nachbarn gibt es noch immer, das Studio nicht mehr. Heute ist sie Ehrenmitglied und trainiert ohne administrative Last im umgezogenen Studio der Kollegin. Umgezogen? Wohin? Nur zwei Tage nach Vertragsunterfertigung und Übergabe an ihre Kollegin und noch vor Zwangserfüllung der Behördenauflage sah sie ein Schild im Geschäftslokal des alten Herrenausstatters gleich ums Eck: „Wir schließen, alles muss raus". Schicksal oder Zufall, who knows?

Heute arbeitet sie wieder 40 Stunden und geht ihrer neuen Leidenschaft, dem Bridge Spiel nach. Mit Gleichgesinnten trainiert sie Logik, schnelles Denken, Geduld, Konzentration und Teamarbeit. Entspannt und ganz ohne Gram blickt sie auf die letzten sechs Jahre zurück, schließlich gelang ihr wenigstens für sechs Jahre, was sie sich vorgenommen hatte: die „sportliche" Lücke für ihre Bandscheiben im Achten zu schließen.

Einzig und allein für den Nachbarn gilt es noch eine Lücke zu schließen. Tage ohne Ärger und ohne Frauen können schließlich langweilig sein und nur langsam vergehen.

„Ich lebe das jetzt einfach mal"

Was ist es? So könnte die Frage meines Vaters gelautet haben, kurz nachdem ich das Licht dieser Welt erblickte. Seine Neugierde war groß und die Enttäuschung hielt sich in Grenzen, als er erfuhr, dass das X-Chromosom schneller als das Y-Chromosom war und im Rennen um die Befruchtung eine gute Nasenlänge voraus lag.

Ob mich Gene, Erziehung oder Erwartungen der Gesellschaft zu der Frau formten, die ich heute bin, kann ich nicht genau beantworten. Wahrscheinlich spielen viele Faktoren im komplizierten Zusammenspiel eine nicht unwesentliche Rolle.

Das X-Chromosom war also schneller und hat mich zur Frau gemacht und Frauen sind ja, glaubt man gängigen Klischees, kompliziert, bisweilen schwierig im Umgang und nicht immer leicht zu verstehen.

Und als ich vor sechs Jahren den Schritt in die Selbständigkeit wagte, war das Unverständnis vieler, treuer Weggefährten tatsächlich groß. Warum tust du dir das an? Bei deinem Job und deinem Verdienst! Was willst du als kleine Unternehmensberaterin, Humorberaterin, Trainerin, Moderatorin und Vortragende in einem Land, das ein einziges Netzwerk von Netzwerken ist, nur bewirken?

Bei vielen Menschen hat der „sichere" Arbeitsplatz oft größere Anziehungskraft, als der Ruf nach Abenteuer oder der Wunsch nach Veränderung. Bei mir nicht. In mir reifte dieser Wunsch nach Selbstbestimmung und neuen Erfahrungen über zahlreiche Monate. Für mich persönlich sind Erfahrungen noch heute ein riesiger Pool an unbewusstem Wissen, auf deren Basis ich „aus dem Bauch" heraus immer bessere Entscheidungen treffen kann. Gerald Hüther sagte schon: „Gutes Leben entsteht durch Vielfalt an Erfahrungen, indem Menschen Lösungen für Herausforderungen finden, sonst hat man Angst." Also nahm ich die Herausforderung meiner Selbständigkeit mit den Worten „ein Schatz für neues Wissen und Inspiration“ an. Meine Erfahrungen aus der Vergangenheit waren eine Macht im Rücken.

Mittlerweile wissen wir aus der Gehirnforschung, dass die Plastizität unseres Gehirns, unabhängig vom Alter bestehen bleibt, das heißt unser Gehirn ist zeitlebens in der Lage, mit Neuem umzugehen und dazuzulernen. Selbst eine 70-jährige Frau kann Chinesisch lernen, allerdings unter anderen Voraussetzungen. Nicht, wie üblich in einer Klassengemeinschaft, sondern mit einem Liebhaber. Wobei vor allem gilt: Neues zu tun, macht glücklich. Vorausgesetzt, wir wollen das, was wir da ausprobieren, wirklich aus echtem Interesse tun – und nicht weil wir uns viel Geld von einem Job erhoffen und nur aus dem Grund Betriebswirtschaft oder Finanzwesen studieren.

Natürlich entstand zu Beginn ein Durcheinander in meinem Kopf. Als ich mich mit dem Thema Humor beschäftigte, konnte ich nicht auf eingeübte Routinen zurückgreifen. Alles musste neu gedacht, probiert und dann geübt werden. Was tat ich also als Person, die ich sein will? Ich knüpfte an Dinge an, die ich konnte und übte beim Witze erzählen, Reden zu halten, ohne sie vorher schreiben zu müssen. In Teamentwicklungsprozessen ließ ich humorvolle Interventionen und neue Sichtweisen einfließen. Wozu? Um darauf aufmerksam zu machen, dass vieles was uns heute auf die Nerven geht, bereits morgen Stoff für eine lustige Erzählung sein kann. Sich selbst dabei nicht allzu wichtig zu nehmen, lernte ich rasch und dies war ein wertvoller Hinweis für ein gesundes Miteinander. Übrigens, miteinander lachen fördert nicht nur die Kooperation, sondern auch die Produktivität.

Irgendwann war die Ordnung in meinem Kopf wieder hergestellt oder sagen wir mal so: „I am still confused, but on a higher level.“

„Freude an der Arbeit lässt das Werk trefflich geraten“, das hat bereits Aristoteles beobachtet. Die Freude ist auch der

Gradmesser, der mir zeigt, dass es sich lohnt, an etwas dranzubleiben – während ich das, was mir nicht liegt, um eine Erkenntnis reicher ad acta legen kann.

Meine Sehnsucht nach Selbstbestimmung und neuen Erfahrungen, ließ mich irgendwann auf Ilse treffen und mit ihr an meiner Seite bin ich heute ein kleines Team. Sie gab mir als Sprachwissenschaftlerin die Sicherheit in einer Doppelconférence und zeigte mir, wie lebendig und wandlungsfähig Sprache sein kann. Ich konnte mein Wissen über Humor und betriebswirtschaftliche Zusammenhänge miteinbringen und mit ihrem verweben. Und wie Segler ihre Mannschaft nicht ausschließlich nur nach Qualifikation, sondern auch nach dem Gefühl „Das passt!" zusammenstellen, stimmte auch mit Ilse die Chemie. Zweisam brannten wir die letzten Jahre für unsere Kunden und Projekte und aus einer einzigartigen Kooperation wurde im Laufe der Zeit eine wunderbare Freundschaft. Auf mich alleine gestellt, das weiß ich heute, wäre die Hürde, Humor in Unternehmenskulturen zu verankern, sehr viel größer und an vielen Tagen weniger abwechslungsreich und vielfältig.

Die Vielfalt der berufstätigen Frauen in Österreich zu zeigen, war auch der Antrieb für dieses Buch-Projekt. Fast wie Columbo gingen wir an die Sache ran: reine Neugierde leitete uns zu Beginn. Wie Columbo wollten wir einen guten Job machen und mit einer gehörigen Portion Witz und Selbstironie die Geschichten dieser wunderbaren Frauen erzählen. Geschichten, die am Ende zeigen, dass obwohl Lebenssituationen, Ängste und Sorgen unterschiedlich sind, ein gemeinsamer Wunsch nach Teilhabe und Anerkennung spürbar ist. Ob es uns gelungen ist, diesen Frauen eine Stimme in der Gesellschaft zu geben, sie sichtbar zu machen und damit eine Art gegenseitiges Verständnis zu schaffen, wird der Leser entscheiden, nicht wir.

… eine Short Story

Aus meinem langen, niemals langweiligen Leben eine Kurzgeschichte zu machen ist gar nicht so einfach. Kürzlich habe ich von einem Mann, dem ich mich geschäftlich „vorgestellt“ habe, das charmante Kompliment bekommen: „Wie 182 Jahre schauen Sie aber nicht aus … für das, was Sie schon alles beruflich gemacht haben!“ Also wenn Sie mehr über meinen beruflichen Lebenslauf und fraulichen Werdegang erfahren wollen, dann kaufen Sie doch unser Buch „Menschtage“, da steht bereits einiges von meinen biographischen Highlights drinnen.

Da meine Männergeschichten sehr langweilig sind, erspare ich Sie Ihnen und fange ich wegen inhaltlichem Platzmangel meinerseits und lesetechnischem Zeitmangel Ihrerseits bei meinem selbständigen Leben an zu schreiben. Das hat so richtig 2013 begonnen. Eines vorweg, reich bin ich nicht geworden und werde es in der Unternehmensberatungs-Branche auch nicht mehr werden, das haben andere schon erledigt. Aber unter uns gesprochen, was und wer ist schon reich? Mir reicht’s! Ich bin be-reich-ert worden. Reich an erfüllenden wie schwierigen Momenten, reich an sachlichen wie emotionalen Erkenntnissen, reich an Erlebnissen mit Menschen und Erfahrungen mit Methoden, reich an spannenden Aufträgen und super Projekten!

Ja, ich bin reich geworden, weil sich in dieser „kurzen“ Zeit als „einzelne“ Unternehmerin mein Leben angereichert hat und nicht vordergründig mein Bankkonto. Ich habe eine tolle Geschäftspartnerin gewonnen und mit ihr zusammen tolle Projekte und überzeugte tolle Kunden.

Meine Wirklichkeit ist eine andere geworden. Unternehmensberaterin, Trainerin, Moderatorin, Autorin, Vortragende, all meine selbständigen Aktivitäten basieren auf Kommunikation, auf Sprache. Zahlen zählen, aber Dialog zählt noch viel mehr. Sehr intensiv und grenzüberschreitend habe ich mich mit Sprache u.a. 1996 in meiner Doktorarbeit auseinandergesetzt: „Analyse des medialen Diskurses in verschiedenen Gesellschaften – Französische Fernsehnachrichten im Vergleich zu Russischen". Das hat zur damaligen Zeit nur meine Herren Professoren von der Romanistik und Slawistik interessiert. Ich hatte die Hypothese aufgestellt, dass wir uns eines Tages „overnewsed" und „underinformed" wieder finden werden. Wieso? Das ist einfach erklärt: weil Kommunikation nachweislich mehr ist als der Austausch von Informationen und Botox-Bildern.

Hat es Ihnen die Sprache verschlagen? Nein, da bin ich aber froh. Dann reden wir doch miteinander. Männer mit Frauen, Alt mit Jung, Österreicher mit Tschechen. Mein Lebensgefährte wurde vor zwei Jahren auf einem 50er-Geburtstagsfest von einer Frau im Small-Talk gefragt: „Gell, du bist kein Österreicher?" „Nein, ich bin gebürtiger Tscheche." „Na macht' ja nix!"

Im Dialog von Frauen untereinander ist ebenso noch Luft nach oben. D.h. Potential, einander in gegenseitigem Verständnis, was nicht immer lückenloses Verstehen bedeutet, näher zu rücken, ohne uns permanent auf den Schlips getreten zu fühlen. 2017 hatte ich einen sehr schweren Skiunfall. Doppelter Oberarmbruch, Kreuzbeinbruch, Sitzbeinbruch, Schambeinbruch. Das Positive daran: ich weiß seither, dass ich Schambeinäste besitze, also zwei so Astgabeln, Schambein und Sitzbein, im rechten und linken Beckenbereich und dass das, was sich unter unserem berühmten Dreieck befindet, nur eine Fuge ist und nicht wie immer geglaubt das mittige Schambein. Ja, ich hatte viel Spaß und Aufregung mit meinem „Scham-Bam" im Spital, mit der SVA und zu Hause. Nachdem ich von einem 24 h-Pflegefall wieder ins normale Leben zurückgekehrt war, hatte ich nach ein paar Monaten ein aufschlussreiches Gespräch mit einer Freundin.

Wie es halt so ist unter uns Baby-Boomerinnen, fangen schön

langsam die Wehwehchen an. Also hörte ich mir geduldig den vermuteten doppelten Bandscheibenvorfall an. Ich, stolz wieder auf den Beinen zu sein und fast „spurlos" meinen kapitalen Stern auf der Piste überlebt zu haben, hatte wie aus der Pistole geschossen Tipps parat: Physiotherapie, meinen besonders empfehlenswerten Therapeuten, Pilates .... Sie: „I hab ja ka Zeit!" Ich: „Weißt, nach meinem Skiunfall hab' i mir bewusst Zeit nehmen wollen und müssen, um wieder auf die Beine zu kommen!" Sie: „Du hast ja Zeit g'habt. Du musst ja nicht arbeiten!" Soviel zur kommunikativen Wahrnehmung und Wirklichkeit von Frauen-Selbständigkeit.

Wie ich darauf reagiert habe? Gar nicht. Wobei wenn Worte nichts bringen, haben wir noch unsere Körpersprache im Talon. Seitdem ich mich selbst & ständig durch unsere verwirrende Welt schlage, habe ich vermehrte Lust auf körpersprachliches Spiegeln, auf paradoxes Antworten. Wenn ich so überlege, habe ich mich das erste Mal bewusst – ohne eine Ahnung von derartigen Interventionen zu haben – im Kindergarten darauf eingelassen. Die strenge, pensionsverdächtige Tante Anni hat mich eines Tages in die Ecke gestellt, weil ich beim Matador-Spielen meinen Tischnachbarn um einen Baustein gebeten habe. Ja, wir hatten Sprechverbot und sie hatte einen besonderen Stand bei mir: alte Hexe. Im darauffolgenden Fasching haben auch die Überredungskünste meiner Mutter nicht gefruchtet, ich bin fest entschlossen als Hexe zum Kindergarten-Faschingsfest angetanzt. Mit allem Drum und Dran: mit Buckel, Gehstock, Fetzenrock, Kopftuch und mit der grauslichsten Hexenmaske, die ich in einem Spielwarengeschäft finden konnte.

Im Fasching 2020 verkleide ich mich mit einem knallroten Ludwig Wittgenstein-Jumpsuit gespickt mit den Buchstaben: „Die Grenzen meiner Sprache sind die Grenzen meiner Wirklichkeit" und trage eine Muhammed Ali-Maske, auf deren Stirn geschrieben steht:

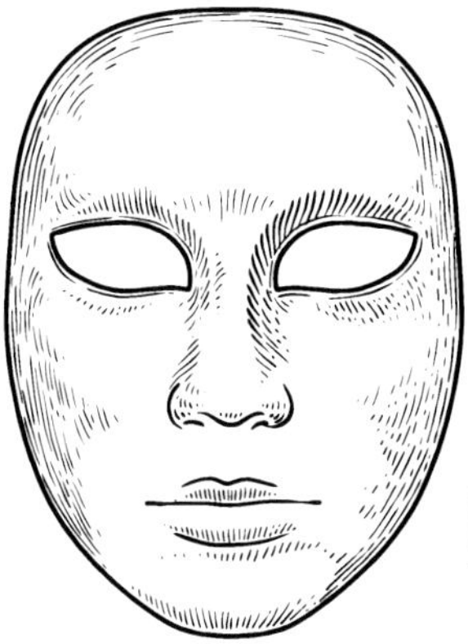

„ICH ZIEHE NICHT IN DEN VIETNAMKRIEG, DER VIETKONG HAT MICH NIE NIGGER GENANNT!"

Noch lauert hinter den Begriffen Frau und Mann nichts Böses, nichts politisch Unkorrektes, aber, und das ist kein Faschingsscherz, wer das gesellschaftliche Spaltbeil schwingt, wird eines Tages vielleicht auch nicht davor zurückschrecken, Frau und Mann auf die „schwarze Liste“ der Unwörter wie Eskimo und Zigeuner zu setzen. Sie sehen, wenn ich gerade keine wirtschaftlichen Geschäfte mache, mache ich mir (sprach-) wissenschaftliche Gedanken. Wie der Schelm denkt, so ist er! Ich liebte als Kind nicht nur Eskimo-Eis, sondern Eskimos und sang vor dem Lagerfeuer laut, falsch und mit Begeisterung „Lustig ist das Zigeunerleben …“.

Kommen wir zurück in die Gegenwart. Obwohl ich in der Wirklichkeit mancher Mitmenschen nie, nicht oder nicht mehr arbeite, denke ich noch nicht an „in Pension gehen“ zum ehestmöglichen Zeitpunkt. Aber nicht, weil die Pensionshöhe unattraktiv für einen endgültigen Ausstieg aus dem Erwerbsleben geworden ist. Oder weil diverse Pensionsreformen die Anrechenbarkeit meiner Studienzeit und die Berücksichtigung meiner besten Verdienstjahre zu Gunsten, zu Gunsten, zu Gunsten von wem eigentlich … eliminiert haben. Nein, sondern weil ich als Frau über den Wechsel ohne Schneeketten in meine besten Jahre gekommen bin und mir persönlich als Mensch noch einiges unter meinen echten Fingernägeln brennt!

Was ich nicht erfunden habe, sondern in der Zeit meiner selbständigen Zusammenarbeit mit Claudia gefunden, aufgefunden habe ist der Humor als Selbstmotivations- und Problemlösungsfaktor. Mordillo weiß, wer den Humor erfunden hat: „Nachdem Gott die Welt erschaffen hatte, schuf er Mann und Frau. Um das Ganze vor dem Untergang zu bewahren, erfand er den Humor." Was ich nicht gelernt, sondern mir erarbeitet habe, ist die „Lust am Scheitern". Wem soll ich meine Fehler in die Schuhe schieben, wenn weder eine unsympathische Kollegin noch ein vertrottelter Chef in beruflicher Nähe sind? Viele beispielhafte Episoden könnte ich an dieser Stelle zum Besten geben, aber ich wollte doch nur eine Short Story schreiben und keinen Brockhaus Band.

Daher spiele ich abschließend noch einmal mit der Sprache: „**MEIST**ern schafft Be**GEIST**erung und erfrischt **MEIST** den **GEIST**" … was auch immer das für jeden von uns, für Frau wie Mann heißen mag?!

Man(n) wird es nicht Geistesblitz nennen, aber mir war plötzlich und unerwartet nach Dichten. Abgesehen davon, die Reime in meinem Kopf haben sich partout nicht mehr abschalten oder ausblenden lassen. Sie waren einfach da. „Na wenn ihr schon da seid, dann lass‘ ich euch halt auf einen Schmierzettel!“ Das geschah zu einem Zeitpunkt, als ich vorsichtig begonnen habe, allein im stillen Kämmerlein, auch Home-Office genannt, unser gemeinsam beschlossenes CRIS-Buchprojekt Nummer 2 gedanklich zu umreißen und in meinem noch sehr verwirrten und verwobenen Hirnkastl nach ersten brauchbaren Ideen für den weiblichen Themenschwerpunkt zu suchen. Und da sind mir wie Adrenalin die Worte „Klischee“, „Stereotyp“ eingeschossen. „Vorurteil“ war auch dabei.

Diese Ergüsse will und kann ich Ihnen nicht vorenthalten. Machen Sie sich Ihren eigenen Reim drauf. Manche werden einfach lesen, schmunzeln, Stirne runzeln, anschlussfähige Bilder sehen, oder auch nicht. Manche brauchen möglicherweise eine Bedienungsanleitung. Also bitte, hier die „Reim-Helpline“:

Wenn Claudia und ich auf der Bühne stehen, fragen wir sehr gerne unser Publikum „Wieso ZWEI Frauen auf der Bühne, wenn EINE doch schon mehr als genug ist?!“

Ganz einfach, weil EINE …

FRAU …

… Grund für an STAU

… steht auf an PFAU

… joggt in der AU

… a „alte Schachtel“ wenn GRAU

… leichte Beute wenn BLAU

… kegelt selten a SAU

… von Technik kan TAU

… a Nietn am BAU

… Magen meist FLAU

… radelt eben an der DRAU

… liebt Abende LAU

… kotzt wenn's Meer RAU

… im Wechsel der Super-GAU …

… d.h. weil EINE Frau wunderbar (stereo-)typisch funktioniert, wie das Leben uns nach wie vor lehrt. Aber Achtung, ab ZWEI können wir noch viel mehr:

FRAUEN …

… sich nix TRAUEN

… nur Luftschlösser BAUEN

… Gefühle STAUEN

… gefärbte BRAUEN

… lackierte KLAUEN

… vorm Altwerd'n GRAUEN

… den Hut drauf HAUEN

… besser frieren als TAUEN

… Probleme KAUEN!

So, genug gekaut. Nachdem wir, mit und ohne Zähne, auf Gleichberechtigung stehen, hat meine Kreativität natürlich auch das männliche Geschlecht unter die Lupe genommen, schließlich gleiches Recht und Spielregeln für alle. Und da ist Folgendes auf meinem Schmierzettel gelandet. EIN …

MANN …

… alles KANN

… stets an PLAN

… Yacht in CANNES

… vernetzt im CLAN

… fährt SUV statt BAHN

… Weisheit im ZAHN

… wichtig wie TRAN

… nie ohne TAN

… „iron“ im RUN

… Minimum schwarzer DAN

… lebt seinen WAHN!

Nachdem es ja bekanntlich mehr als einen Mann auf diesem Globus gibt – leider – nein, Spaß beiseite, Gott sei Dank, wie schaut der (Stereo-)Typenschein von ZWEI aus?

MÄNNER …

… bewunderte KENNER

… begeisterte RENNER

… umhätschelte PENNER

… fahren wie Ayrton SENNA

… bemerkenswerte Schnupfen-FLENNER

… immer Manager, selten SENNER

… Schnaps- Durch- und Dauer-BRENNER

… erfinden gemeinsame NENNER!

Hat die improvisatorische „Reim-Helpline“ geholfen? Oder hätten Sie sowieso auf Anhieb durchschaut, dass es meine Reime lediglich auf Einzahl und Mehrzahl von Frau und Mann abgesehen haben?

Ich geb’s zu, ich habe weder ein Fazebok- noch ein Zwitscher-Account, ich poste keine Fotos auf Instagram und musiziere nicht auf YouTube. Obwohl, ich habe acht Jahre lang Akkordeon-Unterricht absolviert, fast schon eine geile Karriere in der virtuellen Musikwelt. Na vielleicht schicke ich eines Tages, wenn mir richtig fad ist, hippe „Quetschengrüße aus dem Altersheim“! Aber zurzeit steh‘ ich halt nicht drauf, digital „gelikt“ zu werden. Ja, mit meinem Alter hätte ich unter Umständen schon 200.000 followers, oder Millionen 0815 friends. „Likt’s mi analog oder likt’s mi net!“

Falls Sie mehr von CRIS hören und sehen wollen, besuchen Sie uns bei unseren Lesungen. Wir versprechen einen angenehmen Abend mit wenig Versprechern und tollen Pointen. Wir versprechen Wahnsinn – Wahn mit Sinn und Humor!

Claudia Rasper
Ilse Straka